LES TORTUES DE ZANZIBAR

De Washington à Zanzibar, puis en Afghanistan, *Les Tortues de Zanzibar* croise les destinées de cinq personnages. Quatre d'entre eux sont fictifs: Khaled, un jeune musulman engagé dans un réseau islamiste après l'assassinat de ses parents par des agents présumés appartenir à la CIA; Miranda, une fonctionnaire rattachée à la sécurité diplomatique; Nick, un biologiste marin envoyé à Zanzibar au titre de la coopération; Queller, un ancien membre des services secrets passionné par l'Islam et la géopolitique. Le cinquième, lui, est bien réel: c'est Ousama ben Laden, en personne.

Giles Foden compose ici un récit d'aventures, romanesque autant que vraisemblable, dans lequel la beauté des paysages ou les digressions politiques ne distraient jamais de l'action.

«Ce livre n'apporte pas de réponse à la question du terrorisme. Mais il permet – je l'espère – de mieux comprendre les enjeux, le contexte et l'état d'esprit qui peuvent mener à de tels actes.» (Giles Foden)

Giles Foden est né en 1967. À cinq ans, il part vivre en Afrique avec sa famille et n'en revient qu'en 1993. Il est actuellement journaliste au Guardian. *Son premier roman,* Le Dernier Roi d'Écosse *(Éditions de l'Olivier, 2000), a reçu le Whitbread Award, ainsi qu'un Somerset Maugham Award.*

DU MÊME AUTEUR

Le Dernier Roi d'Écosse
Éditions de l'Olivier, 2000
Petite Bibliothèque de l'Olivier, 2003

Ladysmith
Éditions de l'Olivier, 2004

Giles Foden

LES TORTUES DE ZANZIBAR

ROMAN

Traduit de l'anglais
par Claude et Jean Demanuelli

Éditions de l'Olivier

TEXTE INTÉGRAL

Titre original : *Zanzibar*

Éditeur original : Faber and Faber, 2002

ISBN 2-02-066956-0
(ISBN 2-87929-366-9, 1re publication)

www.seuil.com

Pour Tilly

Note de l'auteur

Ce roman a été écrit, pour une large part, avant les attentats du World Trade Center du 11 septembre 2001. À cette date, la Southern District Court de la ville de New York n'avait pas encore publié ses conclusions sur les événements de 1998, qui servent de fondement à ce récit.

Une partie des matériaux utilisés a paru en 1999 dans le magazine *Arena*. Une autre a été incluse dans l'anthologie intitulée *The Weekenders*, Random House, 2001.

Son œil pouvait encore voir
L'empire du négus jusqu'à Erecco, son port extrême,
Et les plus petits rois maritimes
De Mombasa, de Quiloa, de Mélinde
Et de Sofala qu'on croit être Ophir…

John Milton, *Paradis perdu*, 1667

PREMIÈRE PARTIE

1

Quand l'aube commence à poindre, elle tend ses bras avides pour retenir la nuit, la suppliant de lui donner un amant. Dans sa fuite, l'obscurité lui offre un arbre monstrueux. Qui enlace la terre mère dans ses branches, la fait se tordre de plaisir et de douleur. Ils luttent l'un avec l'autre. Au bout d'un long, très long moment, c'est l'arbre qui semble l'emporter. Une fois la déesse enfin libérée, c'est de l'arbre que jaillit la vie. Des pousses vertes fusent de ses racines noueuses. Des oiseaux se glissent par les fissures de son tronc et prennent leur envol. Il engendre aussi des animaux. Dont le premier – et le plus apprécié de l'homme et de la femme quand eux aussi finissent par apparaître – est la tortue marine.

Certains de ceux qui se sont penchés sur le mythe de la création swahilie disent que c'est l'île de Zanzibar qui lui a servi de cadre. Situé sur le littoral oriental de l'Afrique, c'est un endroit connu pour le calme de ses ports, la douceur de ses fruits et les senteurs de ses épices. D'autres érudits, surtout ceux de l'île voisine de Pemba, soutiennent que c'est en réalité chez eux que l'Arbre de vie a plongé ses racines et donné naissance aux grandes tortues de l'océan Indien.

Les tortues sont si rares aujourd'hui que beaucoup les prennent pour des fantômes. Mais les fantômes de

Zanzibar et de Pemba n'habitent pas une demeure océane. Ils vivent dans les vergers odorants de girofliers et d'ylangs-ylangs qui recouvrent les îles comme d'un linceul. Et c'est là, dit-on, que se perpètrent les prédations nocturnes du *papabawa*, le légendaire vampire à la peau blanche de ces îles.

La croyance populaire veut que le papabawa ne soit qu'un vestige du commerce des esclaves dans la mémoire de la race. Pour celui qui a vu un jour une des grandes tortues, il ne saurait s'agir d'un fantôme. Khaled al-Khidr en vit une le 15 février, la Nuit du pouvoir de cette année-là, la nuit où le Coran descendit tout entier dans l'âme du Prophète. La nuit où ils auraient dû être en train de célébrer cet événement trois fois saint, au lieu d'être vautrés sur la plage.

C'était en 1996, l'année de son vingt et unième anniversaire. La lune était pleine – c'est le moment où la tortue pond ses œufs –, et il se trouvait en compagnie de ses amis, Ali et Juba. Ils campaient sur un îlot situé à quelques kilomètres de la grande île, un endroit où son père venait patrouiller de temps à autre pour le compte du nouveau propriétaire.

Ils somnolaient sur la plage, autour d'un feu de bois. Tous trois membres d'une équipe de football de Pemba, ils avaient passé l'après-midi sur le sable à s'entraîner à tirer des penaltys, à shooter entre deux grandes palmes qui servaient de but ou tout simplement à se faire des passes. La nuit était tombée maintenant, et ils étaient fatigués. Habituellement, lors de semblables excursions, ils écoutaient de la musique, le soir, mais ce jour-là, les piles du poste de Khaled étaient mortes.

La lune brillait de tous ses feux, mêlant sa clarté grise aux lueurs jaunes des flammes. Khaled venait tout juste de terminer une boîte de Coca. Ali mâchait du chewing-gum. Juba fumait – un épais rouleau d'herbe, que le vent n'arrêtait pas d'éteindre. Il avait été pris d'une quinte de toux, et Khaled, un instant, crut que c'était lui qui toussait à nouveau. Mais non. Le bruit était plus sourd, plus inhabituel aussi. Et il était accompagné d'un autre: on aurait dit que quelqu'un creusait dans le sable.

Ils échangèrent un regard dans la lueur du feu, avant de bondir sur leurs pieds et de courir dans la direction d'où venait le bruit. Un vent violent fouettait les palmiers, mais ils n'eurent aucun mal à s'orienter, même Juba, qui était encore sous l'influence du *dagga*, la marihuana, en swahili.

La tortue était énorme et mesurait facilement deux mètres de long, tandis que le dôme de sa coquille s'élevait à plus d'un mètre. Elle creusait un trou, et cette toux continue d'asthmatique était due à l'effort qu'elle devait fournir chaque fois que ses nageoires postérieures faisaient voler le sable derrière elle. Elle se servait de ses nageoires antérieures comme de leviers, pour s'assurer une prise: la manœuvre était parfaitement orchestrée. Ils l'observaient, fascinés, leurs silhouettes découpant des ombres sur la plage éclairée par la lune.

Une fois le trou achevé, elle commença à produire un autre bruit, plus aigu celui-là, une sorte de soupir. Au terme de chaque soupir, un œuf blanc et luisant tombait dans le trou. L'opération dura pratiquement une heure, au cours de laquelle plus d'une centaine d'œufs apparurent l'un après l'autre, chacun de la taille d'une balle de golf. Khaled finit par perdre le compte, les yeux rivés sur les œufs, au fur et à mesure qu'ils tombaient.

Quand le trou fut rempli, la tortue se déplaça et se mit à recouvrir les œufs de sable, nullement dérangée dans sa tâche par le regard des jeunes gens. Ses yeux glauques semblaient les traverser, sans les voir. Khaled y lut l'oubli, une suprême indifférence pour tout ce qui ne concernait pas cette loi universelle qui veut que toute créature vivante mange avant d'être mangée à son tour.

Les œufs recouverts, ils crurent que tout était fini. Mais la conclusion de l'épisode fut plus étrange encore que le reste. La tortue se mit à exécuter un cercle au-dessus du nid, se propulsant à l'aide de chacune de ses nageoires à tour de rôle. Elle tourna ainsi en rond à trois reprises. Quand elle finit par s'éloigner de l'emplacement où elle avait construit son nid, le sable était pratiquement plat. Ce qui empêchait l'éventuel prédateur de repérer, du moins au premier regard, l'endroit où elle avait enfoui son trésor.

Dans la clarté de la pleine lune, environnés du bruissement des palmiers et du grondement des brisants, les trois garçons regardèrent la tortue poussive redescendre lentement la plage. Elle s'arrêta un instant au bord de l'eau, avant de disparaître dans les vagues.

C'est le lendemain matin que, en rentrant chez lui, Khaled al-Khidr découvrit son père et sa mère étendus côte à côte sur le sol de leur séjour. On aurait dit qu'ils avaient été déposés là délibérément, les bras renversés au-dessus de la tête. En travers de la gorge, chacun portait une entaille béante qui partait dans un sens avant de revenir sur elle-même, un peu comme un Z couché sur le côté.

Il voulut crier, mais aucun son ne sortit de sa gorge. Terrorisé et haletant, sentant le sol se dérober sous ses pieds, il tendit la main pour ne pas tomber, et agrippa au passage le dossier d'une chaise. Il s'obligea à reprendre son souffle, à regarder, à s'approcher. Les lèvres des deux plaies étaient recouvertes d'une croûte de sang séché, comme l'étaient les épaules de ses parents. Des caillots caoutchouteux constellaient également le tapis sur lequel ils étaient allongés.

L'espace de quelques secondes horrifiées, il chancela, les yeux fixés sur les taches de sang. À nouveau, son cerveau lui commanda de hurler, et, à nouveau, sa voix refusa d'obéir, tout juste capable d'un murmure sourd et épouvanté, qui, en montant dans l'air suffocant, lui emplit la gorge et les narines et finit par envahir tout son être du vacarme d'un mal nouvellement éclos. Incapable de supporter ce spectacle plus longtemps, il défaillit et glissa sur le sol.

2

Le radio-réveil de Queller déchira le silence. Il était sept heures mais il était réveillé depuis déjà une demi-heure. Les chiffres vert acidulé de l'affichage LED clignotaient violemment, et l'annonceur hurlait sa ritournelle W–M–V–Y, les initiales de la station. La date: 1er avril 1997. Le lieu: sa «cabane en rondins», comme il l'appelait. Cet agréable chalet situé sur la petite île d'Aquinnah, tout près de Martha's Vineyard, au large du cap Cod, était en fait une construction nettement plus luxueuse.

Il tendit le bras, avala une gorgée d'eau, puis une autre, plus longue. Il se rinça la bouche, avant de recracher dans le verre. Pourquoi fallait-il, en dépit d'un brossage de dents énergique le soir avant le coucher, qu'il se réveille tous les matins avec l'impression que deux cents éléphants, six cents chameaux et au moins un millier de mules avaient bivouaqué dans sa bouche pendant la nuit?

Il se laissa retomber sur l'oreiller, les tempes battantes, ne connaissant que trop bien la réponse: le whisky, cet ennemi qu'il ingurgitait tous les soirs depuis qu'elle était morte, en espérant qu'il finirait par devenir un ami. Verre après verre, soir après soir… sa dépendance l'exaspérait, mais n'en était pas moins bien réelle.

Le 1er avril… Lucy ne manquait jamais de lui faire une farce ce jour-là. Il gardait les yeux au plafond, égayé par ce souvenir, attristé par son deuil. Tout en réfléchissant à cette curieuse dualité de la mort dans la vie, il entendit le présentateur débiter les gros titres. Allaient-ils risquer une nouvelle bidon au milieu du journal ? Ils étaient coutumiers du fait.

«Poisson d'avril», l'expression – c'était bien de Queller de savoir ce genre de chose – datait du jour où les musulmans de Grenade, trompés par l'assaillant, avaient quitté la ville assiégée. Après leur avoir promis la vie sauve s'ils déposaient les armes, les forces de Ferdinand, roi d'Espagne, les avaient massacrés sur les quais. Hommes et femmes, adultes et enfants, près de quarante mille d'entre eux, avaient tous été passés au fil de l'épée. Les Espagnols n'avaient guère fait preuve de discrimination dans l'exercice de leur cruauté.

À bien des égards, les armées musulmanes de l'époque faisaient montre de plus de clémence que leurs homologues chrétiennes, allant jusqu'à épargner la végétation. *Quand tu mènes les batailles du Seigneur*, dit le Coran, *ne détruis aucun palmier, ni ne brûle aucun champ ensemencé. Ne coupe pas non plus l'arbre fruitier.*

Le 1er avril 1492, telle était la date du massacre – l'année où Christophe Colomb s'était embarqué pour l'Amérique. Voilà qui donnait à réfléchir sur la pratique du poisson d'avril. Queller essaya d'ignorer la voix du présentateur de WMVY. Au bout de plus d'un demi-millénaire, c'est à peine si ce qui s'était passé à Grenade était historiquement reconnu, quant à considérer l'événement comme une atrocité, personne n'y songeait. Il était bien rare que la justice, au cours de ses déambulations dans les corridors de l'histoire, rattrape les crimes qu'elle était censée pourchasser. Pas étonnant que tant de pays islamiques estiment avoir été victimes des violences de l'Occident, ni qu'une véritable vague de folie menace les fils soigneusement tissés de la diplomatie. Les États-Unis avaient rompu pratiquement tous les traités passés avec les pays arabes.

Le bruit de la radio était insistant. Les yeux toujours rivés au plafond, Queller apprit que le Sénat s'apprêtait à ratifier la convention sur les armes chimiques et qu'un juge de l'Arkansas avait lancé une accusation de harcèlement sexuel contre le président. Clinton, en voyage en Afrique, avait fêté la nouvelle en jouant d'un tambour tribal et avait déclaré aux journalistes qu'il avait hâte de rentrer pour «mener à bien le programme ambitieux qui l'attendait».

Exaspéré, Queller se tourna sur le côté, lançant son bras valide vers la boîte blanche et carrée de la radio. Il crut avoir appuyé sur le bouton, mais la voix poursuivit sa litanie. «Les autres nouvelles de la semaine: le Président a publié un mémorandum interdisant l'affectation de fonds fédéraux au clonage humain. Il a appelé les dirigeants de la communauté scientifique et médicale à adopter volontairement un moratoire sur le sujet.»

«Mais pouvons-nous avoir confiance en nos dirigeants?» demanda un catholique militant dans le débat qui suivit. Non, gronda Queller, levant des doigts épaissis par l'âge pour essayer à nouveau d'atteindre le bouton, cette fois-ci avec succès. Surtout pas en celui-là. Il avait entendu parler d'une autre liaison du Président, avec une stagiaire, un lièvre que les journalistes venaient tout juste de lever. Il tenait la nouvelle d'un ami qui faisait partie des services secrets et était chargé entre autres de la protection du bureau ovale.

Queller secoua sa tête grise, essayant de se débarrasser des images scabreuses que la description de son ami évoquait pour lui. Il tenta de se remémorer la dernière fois où lui-même avait fait l'amour avec une femme. La sienne. Mais l'amour, comme presque tous les instants de bonheur, occupe une place instable dans la structure de la mémoire. Parfois, c'est à peine s'il arrivait à se la rappeler. Le visage de Lucy, son corps, sa façon de marcher, de parler, tout cela lui échappait.

Quand il s'évanouissait, ce fantôme de l'esprit, c'était comme si on lui arrachait un membre, comme dans le poème de Djalal al-Din Rumi, au moment où le roseau est arraché à la roselière. Ce qui se présentait alors à lui, avec une acuité extrême, c'était le rappel lancinant d'une autre douleur, fragment de ce qui lui semblait être une autre vie, alors même que l'événement ne datait guère que de huit ans.

Nul besoin de regarder son moignon. Le seul souffle du souvenir suffisait à ranimer ses vieilles craintes. La balle lui avait sectionné l'articulation du coude, l'avant-bras ne tenant plus que par un fil. Il avait été projeté au sol, corps et sang se répandant pêle-mêle. Dans son souvenir restaient surtout des pierres, peu de terre.

Comment avait-il réagi ensuite ? Après la chute, après les éclaboussures rouges ? Il avait jeté un œil de côté, à travers le brouillard du choc, et s'était immédiatement ressaisi. Il était vital de rester sur le qui-vive. Il pinça la chair juste au-dessus de la blessure, dans l'espoir de stopper l'hémorragie. La douleur – il se la rappelait encore, après tout ce temps, tous ces pays traversés – le frappa de plein fouet. Il poussa une série de cris aigus.

Il rit. Mr. Sam, puisque c'était là le nom sous lequel il était connu alors (même s'il en avait déjà beaucoup d'autres), se contenta de rire, avant de remonter dans son 4 × 4. D'autres l'imitèrent, le reste sautant sur les marchepieds, prêts à faire feu. Ils se mirent en route sur la piste rocailleuse. La plupart étaient des wahhabites, des combattants arabes. Quelques-uns étaient des moudjahidin de l'endroit. Les Arabes portaient des turbans noirs, les Afghans des couvre-chefs de laine brune grossière.

Queller restait là, toujours agrippé à son bras, les quatre Bérets verts assis autour de lui, comme ils en avaient reçu l'ordre. Le tout n'avait duré qu'un instant, mais cet instant semblait se démultiplier à l'infini : lui, essayant d'arrêter le sang, les soldats en cercle, fusils empilés au milieu, visages effrayés…

Les Bérets verts ne portent pas toujours un béret vert. C'est un fait. Ses compagnons étaient encapuchonnés, et la crème de camouflage marbrait leur visage de stries bleues et grises. Il y a une façon bien particulière d'appliquer la crème, de manière à créer un effet de rocher et d'éboulis aussi proche que possible du «tissu au motif perturbateur» de l'uniforme de montagne.

Les élancements étaient atroces, les visages bigarrés de ses compagnons dansaient devant ses yeux Au-dessus de leurs têtes, le soleil se levait. Barre de fer brûlante, émergeant derrière les sommets enneigés, il aurait aussi bien pu être un instrument de cautérisation appliqué sur sa blessure. La douleur est un vecteur, qui concentre l'espace et le temps dans un paquet de nerfs Il se mit à crier et à gémir.

Pour faire cesser ces bruits, il mordit dans son col Qui avait un goût de sel. À ses côtés, le lieutenant jurait. Aucun d'entre eux, pas plus Queller que les quatre soldats, n'osait bouger tant que les moudjahidin, une cinquantaine d'hommes, n'avaient pas disparu dans la montagne. Le risque était trop grand que les Arabes les tuent tous. Assis par terre et sentant le froid les pénétrer lentement, les Américains regardèrent le convoi remonter la pente d'un ravin dans le soleil levant.

Une fois les hommes hors de vue, le lieutenant put appeler un hélico sur sa radio. Il leur fallait aller jusqu'à un endroit où le Chinook puisse se poser. On enroula un pansement autour du coude de Queller. Une autre bande, nouée serré autour du biceps, fit office de tourniquet. Deux des hommes fabriquèrent une sellette de fortune pour le transporter jusqu'au lieu de rendez-vous, une prairie en contrebas. Il y avait des éboulis, et les hommes trébuchaient. Queller hurlait chaque fois que son coude ensanglanté heurtait les cailloux. Puis il s'évanouit.

Il se réveilla à l'hôpital d'Islamabad, environ quatre heures plus tard. Il y avait encore quelque espoir de sauver son bras. On lui transfusa aussitôt trois litres de sang, après qu'un commandant d'un groupe de liaison de l'armée américaine basé à Islamabad eut ordonné à celui de ses hommes qui avait le même groupe sanguin de donner son sang. Mais une septicémie se déclara, et au bout de deux jours, la puanteur était insupportable, Queller délirait, l'amputation était inévitable.

On lui coupa le bras à l'endroit où la balle avait fracassé l'os, en laissant une vingtaine de centimètres de l'humérus. Le travail était loin d'être bien fait, et il fallut pratiquer incision sur incision pour tenter d'enrayer l'infection. Queller resta inconscient plusieurs jours, avant de se réveiller un beau matin pour voir quelqu'un lui dessiner un cercle bien net à la teinture d'iode sur son moignon. Le chirurgien pakistanais lui expliqua que c'était pour marquer l'endroit où ils allaient devoir l'ouvrir à nouveau. L'infection latente, la pourriture dans l'os, comme il disait, s'appelait le *sequestrum*, les trous par lesquels elle s'échappait, des *cloaca*.

L'œil fixé au plafond, la bouche entrouverte – un peu comme en ce moment –, Queller repensa souvent à ces mots durant les quelques jours qui suivirent. Il passa également beaucoup de temps, enveloppé dans ses draps trempés de sueur, à se demander pourquoi Mr. Sam ne l'avait pas achevé. Parce qu'il désirait le faire souffrir ? Ou parce qu'il avait voulu s'acquitter d'une dette envers lui ? Après tout, c'était Queller, en un sens, qui l'avait créé.

Queller se mit sur le côté. Le réveil continuait à l'agresser de ses chiffres clignotants monstrueux, chacun d'eux se coagulant sous ses yeux avant de se fondre dans le suivant. Il s'assit sur le bord du lit et regarda sur les murs les planches à rainures et languettes en pin grossièrement équarri qu'il avait lui-même assemblées. Combien de nuits s'étaient écoulées depuis qu'il avait terminé la construction de cette maison ? Combien de nuits depuis cet intervalle, aussi bref que béni, entre sa retraite et la mort de sa femme ? Avant de cesser de travailler, il était en guerre contre… *les ennemis de l'État*. Tout cela lui semblait d'un ridicule, d'un dérisoire achevé, aujourd'hui.

Un petit oiseau, une alouette peut-être, chantait dans le caroubier devant la maison. Il était là pratiquement tous les matins, et depuis le temps, Queller aurait dû être capable de l'identifier. Il regarda par la fenêtre dans les branches de l'arbre, sur lesquelles commençaient à poindre des fleurs d'un blanc duveteux, sans arriver à le distinguer. Il adorait ces arbres, qui, à l'automne, produisaient des gousses brunes et torturées qui renfermaient des graines et une pulpe douceâtre. La Bible et l'histoire du végétarisme s'accordaient à penser – point crucial pour l'une comme pour l'autre – que c'était de cette pulpe, et non d'insectcs, que saint Jean Baptiste s'était nourri dans le désert, en même temps que de miel sauvage. Au dire de tous, c'était une substance très nourrissante. Les écureuils, les cailles et les daims à queue blanche qui peuplaient l'île en raffolaient.

Il continua à regarder dehors par la vitre. Au-delà de l'arbre, une petite pelouse descendait en pente douce, avant de s'incurver et de se fondre dans une lande typiquement Aquinnah. Le mot, d'origine indienne, signifiait «belles couleurs au bord de la mer». Le bleu du ciel était indubitablement magnifique. Et dans quelques minutes, il descendrait jusqu'à la plage pour faire sa gymnastique sur le sable rouge. Sans être sûr d'en retirer un quelconque profit. Non, plus maintenant. Il y avait eu un temps où il pouvait compter sur ces exercices pour lui procurer du plaisir.

Ses doigts de pied s'agitèrent un instant sur les poils de la descente de lit. Quand donc serait-il enfin libéré du sentiment d'être en guerre avec lui-même? Avec ce passé qui l'avait fait ce qu'il était, certaines actions, accomplies secrètement au nom du devoir, et à propos desquelles il avait aujourd'hui de sérieux doutes?

L'oiseau, dehors, se fit à nouveau entendre.

Queller était confronté à toutes sortes de conflits. Il avait à se battre notamment avec le sentiment d'avoir manqué à son devoir au moment de la maladie de sa femme. Il se disait qu'elle n'aurait peut-être pas eu son cancer s'il avait été plus souvent à la maison. Il savait que, d'un point de vue médical, c'était ridicule, mais il n'arrivait pas à se défaire de cette idée, qui nourrissait par ailleurs un doute plus existentiel: avait-il jamais rien fait de bien en ce monde?

Complexe de culpabilité classique de celui qui survit

à l'autre dans le couple, avait dit le psy de l'agence. Ce n'était pas aussi simple. Depuis quelque temps déjà, Queller avait l'impression d'avoir entamé une sorte de pèlerinage, un voyage de pénitence. Il regarda son moignon. Les tissus cicatriciels ressemblaient à une carte routière.

3

1998. Une année s'est écoulée, et c'est une autre journée de ciel bleu qui commence en ce 1er avril. Le genre de journée, si l'on songe que l'on est en Floride, où le ciel serait peut-être heureux de se voir à nouveau reflété sur la plage – dans la surface argentée de l'eau, dans la nacre d'une perle, voire dans l'enveloppe d'une barre de chewing-gum.

Nick Karolides ne voit rien de tout cela. Il est dans sa cuisine, occupé à préparer son petit déjeuner et à verser du lait dans un bol de Cheerios. De le verser directement de la boîte en carton, pieds nus sur le carrelage... Grand, vêtu d'un boxer-short, c'est un jeune homme aux cheveux foncés, bien proportionné, apparemment en excellente condition physique, mais pas beau au sens strict du terme, pas vraiment. Le lait dessine un filet blanc sinueux en atterrissant dans le bol.

Il s'assied et mastique lentement ces «Cheerios, les seuls, les vrais», tout en écoutant la radio et en lisant le dos du paquet de céréales: «Les Cheerios constituent une part importante de notre vie à tous depuis bientôt soixante ans. De l'énergie pour vos enfants, l'un des premiers aliments que peut grignoter bébé, une nourriture saine et équilibrée pour toute la famille.»

Il est fils unique, et ces images de la famille heureuse

et en bonne santé qui peuplent les réclames ont pour lui, encore aujourd'hui, un parfum de nostalgie. Non pas qu'il ait eu une enfance malheureuse – tant s'en faut, du moins jusqu'à la mort de son père –, mais ces pubs lui font sentir que, d'une certaine manière, il lui a manqué quelque chose. Comme si tous ces visages souriants, que ce soit sur le paquet devant lui ou sur l'écran de télévision, étaient la norme américaine, et sa famille à lui, autre chose.

Dans son cas, il y a eu d'autres éléments à prendre en compte : le caractère relativement insulaire de la communauté grecque de Sarasota, et le fait qu'il était d'un tempérament solitaire. Les gens ont tendance à croire que quand on appartient à une communauté ethnique de ce genre, le tissu en est forcément très serré. C'est vrai jusqu'à un certain point, mais, pour sa part, rares étaient les amis d'enfance avec lesquels il était resté en contact. Bon nombre d'entre eux étaient partis, coupant les ponts même avec leur famille.

Le présentateur, à la radio, dissertait sur l'affaire Lewinsky. Pour changer ! Il lui coupa le sifflet, le front barré d'un pli hargneux. Il trouvait toute cette histoire déprimante. Beaucoup de choses le déprimaient, d'ailleurs. À commencer par ces seuls et vrais Cheerios. Les objets familiers de la cuisine qu'il voyait depuis l'enfance – le presse-fruits en chrome de sa mère ou la porte légèrement bombée du réfrigérateur – le déprimaient également. Ces jours-ci, les lettres aimantées formaient sur la porte des messages du genre « Fournaise brûlante » ou « C'était écrit ».

Quand il eut fini son petit déjeuner, il retourna dans sa chambre, ses longs membres vigoureux (il ne passait pas un jour sans nager) se mouvant avec une grâce et une souplesse qui démentaient son humeur chagrine. Il enfila sa tenue de travail, ce qu'Absal appelait son uniforme: jean noir, chaussures montantes élastiquées sur le côté, T-shirt blanc, blouson de cuir noir. Elle avait pour habitude de dire que c'était ainsi que s'habillaient les gangsters au pays.

Au moment où il passait la tête dans l'encolure de son T-shirt, il entendit un bruit devenu familier depuis la mort de son père. Un grommellement qui, de temps à autre, montait dans les aigus, avant de retomber. Il fit la grimace et leva les yeux au ciel. Dans le couloir, le grommellement se fit plus sonore. Il passa la tête dans la chambre de sa mère. Vit son dos, tremblotant dans la lumière d'une rangée de bougies électriques.

Blonde (phénomène plutôt rare pour une Grecque), bien conservée (ce dont elle était fière encore aujourd'hui), en dépit d'un tempérament que le veuvage avait grandement changé, elle se balançait d'avant en arrière tout en marmonnant. Devant elle, au-dessus de la rangée de bougies et d'un amoncellement de bondieuseries, était suspendue une grande image du Christ en croix, entouré d'un cercle de feu. Dans un angle, en lettres enrobées de flammes, rutilait l'inscription «Église du Feu du Saint-Esprit».

Il l'entendit psalmodier: «Le jour est Tien, la nuit est Tienne, Tu as préparé la lumière et le soleil.»

À côté de sa mère en prière – mais comment appeler cela «prier» sans porter atteinte au peu de foi qu'il conservait encore? –, une cigarette se consumait dans un cendrier vert.

L'espace de quelques secondes, Nick observa la silhouette qui se balançait, puis, adoptant le grec, qui restait au sein de sa famille déchirée la langue de l'émotion, il murmura un au revoir et referma la porte derrière lui. Il passa devant un carton bourré d'objets de piété, pour l'essentiel des icônes. Certaines, il n'était pas sans le savoir, avaient une réelle valeur, mais elle les avait fourrées là pour s'en débarrasser. Il y avait même une pyxide en bois ancienne, cette petite boîte qui sert au prêtre à porter la communion aux malades. Il fronça les sourcils, non pas tant parce que sa mère s'était débarrassée de l'attirail de la vieille religion, mais à cause du contenu du second carton qui encombrait le corridor. Il était rempli du matériel nécessaire à la confection de fleurs artificielles, passe-temps qui, à une époque, l'avait pleinement satisfaite.

Une fois dehors, il sortit sa moto du garage, mit son casque et démarra. Il conduisait vite, pour se libérer l'esprit, se faufilant dans la circulation. Un camion-poubelle crachait des nuages de fumée noire, et il rabattit la visière de son casque. Au moment où il doubla un coupé rouge vif, il vit la conductrice vérifier sa coiffure dans le rétroviseur. À côté, le conducteur d'une berline de fonction donnait de grands coups sur son volant, exaspéré de se voir ralenti par le camion-poubelle odoriférant.

Il sortit des faubourgs. Passant devant des lotissements et des boutiques aux allures provinciales. Affiches placardées sur des rideaux de fer. Enseignes – Boulangerie Belaion – et erreurs de la municipalité: un parterre de fleurs fanées, disposées en nœuds incongrus. L'endroit, qui à l'origine avait fait partie du programme de réhabilitation de la mairie, n'était plus qu'un dépotoir de seringues.

Mr. Belaion, d'origine libyenne, avait une fille avec laquelle Nick était sorti pendant un an. La journée, elle portait une blouse blanche de boulanger qu'elle troquait le soir, pour sortir avec lui, contre un jean déchiré et des tresses entrelacées de perles. Elle sentait le pain et le pétrissait comme de la pâte. Elle avait fini par le quitter pour un Cubain, en lui déclarant qu'elle l'aurait épousé si seulement il lui avait ouvert l'intérieur de son crâne. Il avait beau se dire que c'était une source classique d'étonnement masculin, il n'en trouvait pas moins bizarre que les femmes insistent à ce point sur la nécessité de s'ouvrir à l'autre. Le lien le plus fort n'est-il pas celui qui sait se passer de mots? Quelqu'un qui vous répète à longueur de temps: «Je t'aime, je t'aime», même en arabe, vous amène inévitablement à vous interroger sur l'authenticité de ses sentiments.

Pressing Torrance. Il était membre de l'Église du Feu, Mr. Torrance, et se présentait à la maison avec des brochures évangéliques, tout en mastiquant un chewing-gum parfumé. La mère de Nick mettait les brochures sous enveloppe et les expédiait en Afrique, où – de concert avec d'autres sectes apocalyptiques – l'Église du Feu faisait de plus en plus d'adeptes. Un jour viendra, disait sa mère, où Mr. Torrance s'en ira évangéliser les Africains.

Il prit un raccourci en arrivant à la voie ferrée, et atterrit au bas d'une rampe le long du dépôt de charbon. Après être passé devant un magasin de surplus de l'armée, puis un autre de farces et attrapes, il rejoignit enfin l'autoroute, pour se retrouver au milieu des banlieusards qui se rendaient à leur travail. Il méprisait profondément tous ces gens dans leurs voitures, qui trouvaient le moyen d'être grincheux avant même de commencer leur journée. D'un autre côté, il savait bien qu'il n'était guère différent d'eux. C'est dire à quel point il était lucide, Nick Karolides.

Un type en décapotable rouge lui fit une queue de poisson. Nick accéléra, le suivit et, avec un coup d'œil en arrière, doubla la voiture à toute vitesse. À moto, le casque peut se révéler très expressif. Un angle bien précis, une inclinaison du cou sont autant d'insultes qui visent directement l'autre. Pour celui qui manque de maturité ou qui refuse de se coltiner avec le monde, le port d'un casque a un pouvoir libérateur.

Tout cela allait devoir changer. Il ne l'ignorait pas. Dino le lui avait dit. Il ne vivait pas en ce moment, il se contentait de résister. Non pas aux ennemis d'antan – les hommes, par exemple, qui avaient obligé son père à quitter sa patrie –, mais à un sentiment envahissant d'enfermement, le genre d'oppression qui vous interdit d'être libre dans votre tête de manière tout aussi efficace. Le pire, c'était que les gens la recherchaient, la réclamaient, cette oppression. Donnez-leur l'impression qu'ils ont le choix, proposez-leur une série d'expériences stimulantes suffisamment convaincantes, et ils sont prêts à se laisser manipuler comme des pantins.

Sa main joua sur la poignée des gaz, et il accéléra pour doubler une fourgonnette Fedex. Des pantins articulés. Action Man. Barbie et Ken. Ou un jeu électronique, genre Tamagotchi, comme ceux de Fox Kids. Tiens, Fox Kids, voilà qui résumait parfaitement la situation.

Nick Karolides avait très envie de prendre ses distances par rapport à tout ça. Par besoin peut-être d'affirmer ses origines grecques – de forger des liens avec ce pays perdu, peuplé de dieux déchus et d'hommes divins, que son père avait laissé derrière lui. À moins qu'il ne faille voir là une sorte de condescendance à l'égard du commun des mortels, le sentiment d'avoir été choisi pour un autre destin. Mais il n'avait pas une assez haute opinion de lui-même pour entretenir ce genre d'opinion…

Non, la raison il fallait plutôt la chercher dans sa conviction que la vie ne pouvait se résumer à une succession étourdissante de journées, dont l'absence de réalité le frappait. Il n'était pas rare que le monde lui donne parfois l'impression de n'être qu'un manège de foire, mû par un secret de poulies et de cordes. Soupçon qui portait aussi bien sur les événements de sa vie intérieure que sur ses relations avec les autres. Il lui arrivait de penser que l'image qu'il donnait de lui-même au monde était fausse, avant de découvrir, avec un choc, qu'il était lui-même au nombre de ceux qui la croyaient vraie.

Pour tout dire, Nick n'était pas homme à vouloir pousser l'analyse très loin. Il était biologiste marin. Tout ce qu'il savait, c'est qu'il voulait quitter tout ça. Il aurait trente et un ans l'an prochain. Ses espoirs et ses aspirations n'avaient rien que d'assez banal et se résumaient, pour l'essentiel, à un désir d'évasion. À commencer par l'envie de se soustraire aux odeurs de gaz d'échappement qui s'infiltraient sous sa visière.

Ou bien encore de ne plus voir ces panneaux dressés bien haut sur des structures de bois le long de l'autoroute pour être vus de tous. Grande concentration, ce matin-là, de messages apocalyptiques dans le style enflammé qui caractérisait l'affiche de sa mère: *Puis le feu du Seigneur tomba, et dévora l'holocauste, le bois et les pierres, la poussière même et l'eau qui était dans la rigole autour de l'autel*.

Il zigzaguait maintenant au milieu de la circulation avec une belle désinvolture. Il en avait ras le bol de ces panneaux. Il aurait pu avoir un accident à cause d'eux et se blesser. Ou blesser quelqu'un d'autre – comme le conducteur de la fourgonnette Fedex, qui venait de le rattraper et de l'envoyer paître. *Il dira ensuite à ceux qui seront à la gauche: retirez-vous de Moi, maudits, allez rejoindre le feu éternel, qui a été préparé pour le diable et ses anges*.

Et ainsi de suite, jusqu'au fond de l'enfer. Pour finir, au moment où l'autoroute semblait devoir se retrouver à court de poteaux susceptibles de porter la parole du Seigneur et où Nick avait l'impression que les textes étaient inscrits dans son corps lancé à pleine vitesse comme un feu lui embrasant les os et l'exaspéraient tellement qu'il se sentait incapable de rester une minute de plus sur sa moto, arriva la récompense, l'appel aux élus: *Église du Feu du Saint-Esprit – rejoignez-nous avant le grand jour… composez B-R-A-S-I-E-R, appel gratuit.*

À l'intersection suivante apparut enfin un autre panneau où, sur fond de brochets, d'étoiles de mer et de coquillages se détachaient les mots: Bienvenue à l'Institut de recherches océanographiques de Floride, partenaire du programme national de l'Estuaire. *Sarasota Bay: une réhabilitation du paradis.*

Il franchit le portail et gara sa moto près de l entrée, la calant sur sa béquille et mettant son casque sous clé dans la sacoche. En traversant la cour, il fut frappé de constater à quel point il détestait maintenant cet endroit, dont la mission avait très vite perdu toute signification pour lui. Il y avait un bassin avec des dauphins, et un petit aquarium où évoluaient des raies et des requins. Il aimait bien les raies, mais avait les requins en horreur. Ce n'était pas un endroit qu'on venait visiter. Il en existait d'autres à cette fin. Ici, on se contentait de mener des expériences.

Quelqu'un appela son nom. C'était Absal, la réceptionniste, qui se levait d'un bond de sa chaise pivotante. Il lui fit un signe de la main sans s'arrêter ni lui donner le temps d'engager la conversation. Échapper aux gens, refuser de se laisser harponner, il prenait parfois plaisir à adopter ce genre de comportement. Qui n'était probablement pas très positif, dans la mesure où il ne mettait guère de chaleur dans sa vie, mais c'était une manière comme une autre de se protéger. S'isoler, comme sur une île, c'était se mettre à l'abri de la douleur.

Il n'avait pas de petite amie pour l'instant, et c'était vrai qu'il avait songé à Absal. Elle avait beau être jolie, elle n'était pas son type. Elle venait du Tadjikistan et avait un très bel accent, mais elle se maquillait trop.

Malheur à celui qui dispute contre son Créateur!

Décidément, il n'arrivait pas à se sortir ces trucs de la tête. Ces affiches qu'accrochait sa mère partout dans la maison, les mots qu'elle se répétait à voix basse tout en regardant la télévision. *Que les pots de terre disputent entre eux. L'argile dit-elle au potier: qu'as-tu fait? Ton ouvrage n'a rien d'une main habile. Malheur à celui...*

Bon Dieu! Il entra dans la salle, enfila sa blouse et passa la matinée à analyser des prélèvements d'eau de mer pratiqués dans la baie de Sarasota. Travail effectué dans le cadre d'un plan de contrôle des eaux usées. Les fosses septiques contribuaient de façon significative à faire monter le taux d'azote dans la baie. Davantage de merde dans la ville de Saratosa, c'était davantage d'azote dans l'océan. Davantage d'azote, c'étaient des proportions plus élevées de phytoplancton et d'algues épiphytes. Plus de phytoplancton et d'algues, c'était moins d'énergie lumineuse pour les zostères. Moins de lumière pour les zostères, c'était un taux d'oxygène amoindri. Ce qui, au bout du compte, risquait de mettre poissons et autres créatures aquatiques sur le flanc.

Ce n'était pas le seul problème. Eaux de ruissellement pleines de polluants. Terreaux enrichis pour les gazons. Engrais agricoles. Métaux lourds dans les criques et les bayous. Mais s'attaquer à ces fléaux ou tenter d'inverser le cours des choses, même si c'était là une noble cause, ne lui procurait aucun plaisir. Pendant sa formation, il n'avait jamais imaginé se retrouver un jour dans un endroit pareil. Ce qu'il voulait, lui, c'était l'océan. La liberté.

À treize heures, il reprit sa moto, acheta au passage un sandwich emmental-jambon cru-moutarde, et se rendit chez Dino. C'était son habitude, pendant l'heure du déjeuner. Dino avait été plongeur dans la marine US avec le père de Nick, dont le propre père avait été abattu en pleine rue par les sbires des colonels – ce qui expliquait que Georgiou Karolides ait quitté son pays. Dino l'avait suivi, quittant la marine marchande grecque, dont il avait fait partie, toujours avec le père de Nick, pendant de nombreuses années.

Au paradis de la plongée, tel était le nom du magasin de Dino. Le propriétaire, sexagénaire maigre et noueux aux sourcils broussailleux, était en train de bricoler un détendeur quand Nick entra. Penché sur son comptoir, croulant sous un incroyable déballage de masques, de palmes et de fusils sous-marins, il se contenta d'un signe de tête sans interrompre son travail. Nick attaqua son sandwich.

«Comment va ta mère, dis-moi? finit par demander Dino.

– Tu veux parler de la bigote numéro un de la Floride? dit Nick en faisant la grimace.

– Elle n'a pas toujours été comme ça, tu sais. En son temps, c'était une femme superbe. On courait tous après – nous autres Grecs, j'entends. Et puis, je l'ai présentée à ton père…»

Ils se turent.

C'était un dimanche, le lendemain du vingt et unième

anniversaire de Nick. Dino avait débarqué chez eux, la mine sombre. Lui et le père de Nick étaient allés plonger. Le requin était apparu tout à coup, sans prévenir, et avait emporté le bras de son père. Encore en vie quand Dino l'avait tiré sur la plage, ce dernier avait succombé dans l'ambulance qui le transportait à l'hôpital.

«J'ai réfléchi à ce que tu m'as dit l'autre jour, poursuivit Dino. À propos de ton envie de tout plaquer. À mon avis, tu devrais te barrer. Tu es en train de foutre ta vie en l'air. À barboter comme ça dans la merde des autres!»

Nick éclata de rire, mais il savait que l'autre culpabilisait terriblement. Il ne le tenait pourtant pas le moins du monde pour responsable de la mort de son père. C'était une source de chagrin pour l'un comme pour l'autre. Dino était devenu comme un oncle pour Nick, ce qui l'autorisait à le sermonner de temps à autre.

Les yeux de Dino, sous les sourcils broussailleux, ne le lâchaient pas. Ils étaient étonnamment durs pour un homme doué d'une voix aussi paisible. Capables, semblait-il, de déchiffrer l'opinion que Nick avait de lui-même: *trop timoré pour aller de l'avant*.

C'était du moins l'impression qu'il avait. Lui aussi croulait sous le poids de la culpabilité. Pourquoi avait-il fallu que ce soit son père, le héros, qui soit emporté, et pas lui – le raté, le sédentaire?

«Tiens, j'ai là quelque chose à te montrer.»

Dino sortit de derrière le comptoir pour s'approcher d'un présentoir plein de revues de plongée et d'autres publications consacrées à la mer. Il sortit du lot le magazine *Océan*, qu'il feuilleta jusqu'à ce qu'il trouve ce qu'il cherchait, avant de le tendre à Nick.

«Regarde, je te l'ai encadré.»

Au milieu de la page, une petite annonce avait été cerclée de deux traits au feutre rouge.

Garde pour le Programme de protection du récif de Zanzibar.

Projet subventionné par USAID (United States Agency for International Development) recherche conservateur océanographique diplômé pour assurer la surveillance d'une zone de coraux et d'espèces protégées sur les îles de l'archipel de Zanzibar. Contacter dans les plus brefs délais PPRZ, USAID, BP 331, Washington DC 20019

4

Il était assis sur le pont, sur son sac, cigarette au bec, regardant l'océan entre les barres blanches du bastingage. Le soleil tapait dur. Tout autour de lui, des visages. Des gens qui traversaient son champ de vision. Des bouches qui parlaient une langue qu'il ne comprenait pas. Le swahili. Le *sawâhil*, l'arabe pour les gens du littoral, les insulaires, les habitants de la côte, tout le peuple de la mer. Il avait parcouru deux ou trois ouvrages sur le sujet.

Ses lectures ne lui furent pourtant pas d'un grand secours – il aurait bien pu lire tous les livres traitant de la question sans être plus avancé pour autant – quand, par courtoisie, il essaya d'engager la conversation avec une de ses voisines, une grosse dame qui portait un turban aux couleurs vives. Elle répondit au flot inintelligible de mots qui sortait de la bouche du Blanc par un air offusqué où l'incompréhension le disputait à l'assurance.

Avant de marmonner quelque chose qui ressemblait à «Papabawa! P-P-Papabawa!» et qu'il prit pour une formule de salutation.

Il porta la main à ses lèvres. Un petit lambeau de peau se détacha, arraché par le filtre. Il avait gardé sa cigarette à la bouche pour se protéger de l'odeur du gasoil.

Las d'essayer de deviner la mer à travers une forêt de jambes, il décida de se mettre debout, et fut pris d'une soudaine nausée. Il s'appuya contre une cloison qui vibrait et leva les yeux vers le ciel. Les vapeurs de gasoil lui soulevaient le cœur. Il avait l'impression que son esprit flottait au-dessus de l'océan en compagnie des mouettes, emporté par la brise dans un monde irréel. Il s'approcha du bastingage, sur lequel il se pencha, et laissa tomber son mégot dans l'eau.

Le *Dauphin agile* eut un soubresaut. Exploité par une compagnie australienne (dont on se demandait bien ce qu'elle venait faire ici), l'hydroptère ne faisait certes pas honneur à son nom. Le trajet était loin d'être confortable, et Nick commençait à regretter de ne pas avoir pris l'avion depuis Dar es-Salaam. Le port s'était révélé épouvantable, et le *Dauphin agile* ne valait pas mieux: loin de glisser sur les flots, il donnait l'impression d'avancer en mâchonnant l'eau laborieusement.

Juste à côté de lui, un passager, un vieil Africain avec un bandeau blanc sur l'œil, mâchait, lui, pour de bon. De temps à autre, il expédiait une longue giclée rougeâtre sur le pont. La manœuvre, qui laissait des arabesques écarlates sur la fibre de verre, ne faisait rien pour arranger la nausée de Nick. Pourquoi l'homme ne pouvait-il pas cracher par-dessus la rambarde, comme tout le monde ? Nick fut carrément pris de vertige quand son voisin, très convivial, lui offrit un morceau de ce qu'il était en train de mastiquer. Son cerveau à la dérive enregistra le geste sous la rubrique l'homme-au-bandeau-m'offre-quelque-chose. Une sorte de noix. Enveloppée dans des feuilles d'un vert vif.

Nick sourit poliment et, déclinant l'offre, reporta les yeux sur les vagues au loin, faisant semblant de s'absorber dans la contemplation de l'horizon.

«Grosse légume», dit l'homme au bandeau au bout d'un moment, l'air peiné.

Puis il eut un grand sourire, qui plissa la chair autour de l'œil recouvert. Le bandeau était retenu par des morceaux de sparadrap sales.

«Moi, apprendre la langue dans l'armée britannique.»

Nick le dévisagea d'un œil vide.

«Moi, combattre avec wazungu, grands hommes blancs d'Europe», ajouta l'homme avec fierté. Il fit un bref salut militaire. «Tuer Hitler. Tuer Mussolini. Tu viens de Londres?

– Des États-Unis.»

L'homme sourit à nouveau, découvrant largement ses dents rougies par le bétel.

«Ah, USA... grosse légume!»

Le sourcil interrogateur, Nick alluma une autre cigarette.

Il en fumerait deux avant qu'apparaisse Stone Town, la capitale de Zanzibar. Grues, minarets. Il examina les quais au moment où ils accostaient. Effervescence habituelle des arrivées. Population portuaire. Équipement portuaire. Vidage et remplissage des bateaux. Boutres, gros cargos modernes. Dockers munis d'appareils de levage, extrayant des cargos de grands containers en métal brillant et des boutres, des caisses en bois. Des employés du port parlaient dans leurs talkies-walkies, tandis que des marchands arabes distingués, en longue robe blanche et calotte de musulman, attendaient patiemment leurs marchandises.

Spectacle enivrant pour quelqu'un comme Nick qui avait la mer dans le sang. Mais cet endroit merveilleux était aussi fétide et vaguement menaçant. Les bâtiments les plus anciens, construits à partir de blocs de corail massif, sans doute d'un blanc étincelant à une époque, étaient aujourd'hui presque aussi gris que le béton des plus récents. Quand il débarqua, il fut abordé par plusieurs jeunes gens qui lui offrirent de porter son sac, l'un d'eux allant jusqu'à s'emparer de la bride sur laquelle il se mit à tirer violemment. Nick lui fit lâcher prise d'un coup sec.

Suant et transpirant, il fut dirigé sur toute une série de petits bureaux étroits, au milieu des gesticulations des passagers. On rencontrait là d'autres arnaqueurs, appuyés contre les chambranles des portes ou accroupis sur le sol de la salle des douanes. Il fut agacé de devoir à nouveau remplir une fiche d'immigration et de faire à nouveau tamponner son passeport. L'employé, affligé d'une toux caverneuse de tuberculeux, avait davantage l'allure d'un tenancier de bar que d'un préposé des services de l'immigration. Nick crut comprendre que le double tamponnage avait quelque chose à voir avec la précarité du statut fédéral de Zanzibar – séparé de la Tanzanie continentale, mais vivant avec elle une union difficile. Il dut également montrer un certificat de vaccination contre la fièvre jaune, avant de constater que son visa posait problème. L'employé dans sa guérite lui fit accroire dans un premier temps qu'il ne pouvait pas entrer. Déclaration qui n'était que prétexte à encaisser un bakchich de vingt dollars, dont Nick s'acquitta en bonne et due forme, trop las pour vouloir encore discuter.

Il finit par émerger au milieu de la foule de la zone portuaire de Stone Town. Lui revinrent en mémoire les récits de Dino du temps où il était encore dans la marine marchande. Le Pirée, Port-Saïd, Marseille... Il vit les boutres, ces anciens voiliers en bois, qui se balançaient à l'ancre sur une houle légère. Des pêcheurs ramenaient leurs filets et déversaient les poissons argentés dans des caisses en plastique. D'autres coupaient la tête et la queue de poissons plus gros, des barracudas peut-être, à l'aide de machettes. Plus loin, un grand gaillard, torse nu, tenait un poulpe par un tentacule et l'envoyait cogner contre un rocher.

Nick fit quelques pas le long de la jetée, traînant son sac de toile verte, et essayant de se repérer pour savoir où commençait vraiment la ville. Il vit un gamin qui tirait sur un âne. Toujours aussi désorienté, il parcourut de l'œil la corde tendue entre le poing noir du gamin et les narines roses et dilatées de l'âne.

Un bruit de chute. Surpris, il se retourna. Une grue qui chargeait un cargo venait de laisser tomber une palette de sacs en toile de jute. Dont certains éclatèrent, répandant une odeur forte et soudaine.

Des clous de girofle. Le sol en était jonché. Il s'avança pour en ramasser quelques-uns. Petites semences noires dans le creux de sa main. Il fixa d'un œil vide la palette en morceaux. Quand il reprit son chemin, le gamin qui tirait sur son âne traversa à nouveau son champ de vision. Le garçon d'un côté, l'âne de l'autre: on aurait dit une lutte à la corde.

Les docks rejoignaient la ville par un dédale de ruelles sinueuses. La plupart des boutiques ne semblaient rien avoir à vendre que du bois de chauffage et des raisins secs. Il passa devant une mosquée, laissant son œil grimper le long des motifs abstraits de ses piliers en pierre. Il avait mal à la tête. Il décida de boire et de manger quelque chose avant d'essayer de trouver son homme. Un certain Chikambwa, membre de la police maritime, son contact officiel à Zanzibar pour le projet dont il était chargé. C'était le représentant de l'USAID à Dar es-Salaam qui lui avait fourni ce nom, avant de le prévenir, à titre purement confidentiel, qu'il ne fallait pas attendre grand-chose du dénommé Chikambwa. « Vous serez amené à vous débrouiller pratiquement tout seul... »

En dépit des instructions exhaustives de l'USAID, il se sentait mal préparé. L'exposé de la mission de cet organisme – seconder les objectifs de la politique étrangère des États-Unis en promouvant la démocratie et l'économie de marché, et améliorer la vie des citoyens des pays en voie de développement – n'allait pas lui être d'un grand secours au quotidien. Pas plus que ses homologues sur le terrain en Afrique de l'Est. Son supérieur hiérarchique immédiat était Michael Nagle, à Dar es-Salaam, ensuite il y avait quelqu'un à Nairobi, et, au sommet, le bureau des Affaires africaines à Washington. Spécialiste d'économie agricole, Nagle n'était guère au courant des problèmes de protection de l'environnement marin.

Prenant soin d'éviter les jeunes Africains juchés sur d'antiques scooters italiens, il erra dans les ruelles étroites (dont l'une s'appelait précisément « rue Étroite »), avant de tomber sur un hôtel décrépit. Le long de la façade, une véranda à balustrade dominait l'esplanade. Il en gravit les marches et s'installa dans un fauteuil en rotin. Un serveur poussa une porte en bois sculpté d'un âge vénérable et vint prendre sa commande : crevettes et salade. Le serveur était très maigre, et dès qu'il eut tourné les talons, Nick connut un moment d'angoisse à l'idée de manger des aliments crus dans un endroit pareil.

En attendant son déjeuner, il remarqua sur le mur une affiche passée annonçant que le bâtiment « abritait autrefois une partie du harem du sultan », commentaire qui s'inscrivait sous la photo en noir et blanc d'un visage de femme à demi recouvert d'un voile diaphane.

À première vue, la moitié visible paraissait exprimer une sensualité exotique et dépravée – invitation à peine déguisée à l'aventure et au danger. Pourtant, sous les paupières lourdement soulignées de khôl perçait un regard d'une vive intelligence sans aucun rapport avec l'impression de décadence qu'avait tenté de transmettre le photographe.

Nick examinait encore la photo au moment où sa commande arriva. Il s'attaqua aussitôt à son repas, pour être interrompu, quelques minutes plus tard, par un frottement contre sa jambe. Une bande de chats aux yeux écarquillés s'était rassemblée sur la véranda. Plus chétifs et plus galeux que les chats auxquels il était habitué chez lui, ils avaient de petites oreilles pointues et de curieuses marques orangées, un air sauvage, mystérieusement égyptien. Leurs yeux d'ambre fixaient sur lui, ou plus exactement sur son assiette, un regard de sphinx. Il prit une crevette qu'il jeta dans la rue, et les regarda se battre à grands renforts de coups de patte et de feulements.

En réglant l'addition, il demanda au serveur où se trouvaient les bureaux du ministère de l'Environnement marin. L'homme le regarda, l'œil vide.

«Il faut que je trouve l'inspecteur Chikambwa.»

Le visage maigre du serveur s'éclaira. «Ah, vous voulez parler de bwana Ernest. C'est loin. C'est Ng'ambo.

– Ce qui veut dire?»

L'autre prit un air grave, comme si la traduction nécessitait une grande concentration. «Ça signifie… l'autre côté.»

Un silence.

«Oui, Ng'ambo, c'est de l'autre côté de Creek Road», expliqua-t-il.

Cette partie-là de la ville, comme il devait l'apprendre

au cours d'une recherche difficile et rendue épuisante par la chaleur, s'appelait également Michenzani. C'était un quartier pauvre, d'une extrême pauvreté, où des enfants en haillons se poursuivaient dans la poussière devant de vieilles maisons en pierre. Au centre de Michenzani, après avoir tourné au coin d'une rue tout aussi miteuse que les précédentes, il tomba – contre toute attente – sur un ensemble de tours modernes. Elles étaient certes dans un piteux état et avaient perdu toutes leurs couleurs, mais elles avaient un bon siècle de moins que les maisons avoisinantes. Il s'approcha de l'une de ces ruines de fraîche date et examina les étages inférieurs. Les occupants semblaient camper dans les lieux plutôt qu'y vivre. Il n'y avait plus de vitres aux fenêtres, et il n'eut aucun mal à apercevoir les casseroles dans lesquelles ils faisaient cuire leurs aliments sur des feux à même le sol. Quand il releva la tête, il vit de la fumée s'échapper du sommet de la tour. On avait dû percer des trous dans le plafond de chacun des niveaux en guise de cheminée. Il se sentit vaguement découragé. Sans trop savoir pourquoi, il ne s'était pas attendu à trouver cette pauvreté-là, la pauvreté du continent africain qu'il associait plutôt à l'Éthiopie et à d'autres endroits du même genre.

«Alors, c'est vous, le nouvel Américain?»

Les talons de Chikambwa reposaient sur le bureau quand il entra. D'emblée, Nick conçut une animosité instinctive pour cet homme maussade, vêtu d'une chemise de policier gris anthracite, le nez chaussé de lunettes cerclées de fer.

«Exact. Nick Karolides.

– Passeport!»

Le policier l'examina d'un œil sévère.

« Kar-ro-lides ? dit-il comme s'il s'exerçait à prononcer le nom, avant de lui rendre le passeport. On m'a prévenu de votre arrivée. »

S'ensuivit un silence pesant. Nick prit conscience de l'air que soufflait le ventilateur au plafond, agitant au passage les cheveux sur sa nuque.

« Bon, je suppose que je dois vous expliquer ce qu'on attend de vous. Je crois bon de vous dire malgré tout que votre prédécesseur a poussé le zèle un peu trop loin. Franchement, je ne suis pas surpris de ce qui lui est arrivé.

– Vous voulez parler de l'accident ? »

Pendant son entrevue avec les gens de l'USAID, Nick avait appris que l'homme qu'il devait remplacer, George Darvil, était mort dans un accident de bateau

Chikambwa le regarda.

« C'est ce qu'on vous a dit ?

– Pourquoi ? Ce n'était pas un accident ?

– On n'a pas de certitude. On a retrouvé son bateau avec des trous dans la coque.

– On m'a simplement dit qu'il s'était noyé.

– Oh, c'est sans importance.

– Pour moi, si. Qu'est-ce qui lui est arrivé ?

– Comme je viens de vous le dire, rétorqua l'autre en le fixant d'un regard dur, on n'a aucune certitude. Il n'a peut-être pas suivi les conseils qu'on lui avait donnés. En tout cas, il a sectionné les filets de pêcheurs qui braconnaient.

– Et ceux-ci l'auraient tué ?

– Allez savoir ! Il reste que vous, les étrangers qui venez travailler ici, vous avez tout intérêt à ne pas oublier que vous êtes nos invités. Nous sommes une république socialiste révolutionnaire. Si vous êtes ici,

Karro-lides, c'est sur *notre* invitation. Et certainement pas pour nous dire ce que nous avons à faire.

– OK», dit Nick, qui pensait toujours à Darvil. Les gens de l'USAID lui avaient-ils menti, de peur qu'il refuse le poste ?

«Bien. Maintenant, je vais vous montrer ce que vous aurez à faire.»

Chikambwa se leva et se dirigea vers un panneau d'affichage sur lequel était punaisée une carte en couleurs de Zanzibar.

«Cette zone s'appelle Nungwi, dit-il en balayant de la main la partie nord de la carte. Elle est sous votre responsabilité... depuis la pointe de Ras Nungwi jusqu'à Macpherson Cove.

– Et ça, qu'est-ce qu'on en fait? demanda Nick, en désignant un chapelet de petites îles à quelques kilomètres de la côte.

– Les récifs les plus importants se trouvent dans votre zone, dit Chikambwa, ignorant la question. Ce sera à vous de les surveiller, et de vous occuper des braconniers, de la pollution et des espèces rares... J'ai une liste quelque part.»

Il se dirigea vers un tiroir, d'où il sortit une feuille sous plastique, couverte de gravures de poissons et d'autres organismes marins, accompagnés de leurs noms en anglais, en latin et en swahili. On aurait dit une page de manuel scolaire.

«Servez-vous du swahili chaque fois que vous le pourrez. C'est notre langue nationale. Les pêcheurs ne vous comprendront pas si vous utilisez des noms de poisson qu'ils ne connaissent pas.» Il s'arrêta un instant. «C'est peut-être bien dans ce domaine que votre prédécesseur a commis une erreur. Sectionner des filets de manière unilatérale est strictement interdit. Vous ne devez sectionner filets ou pièges qu'avec une permission émanant de moi personnellement.»

Le sourire de l'inspecteur découvrit des dents étincelantes.

«De moi personnellement.

– Bon…, dit Nick, au bout d'un instant de silence. Et je loge où?

– On vous a réservé une chambre au Macpherson Ruins Hotel.

– Pas très prometteur comme nom, hasarda Nick, sans trop savoir lui-même s'il était sérieux ou s'il plaisantait.

– C'est un bon hôtel. Vous avez de la chance de pouvoir loger dans un pareil endroit. Vous devriez remercier votre gouvernement. Un Africain, Karro-lides, n'aurait pas les moyens de se le payer.»

Nick acquiesça, de l'air contrit qui s'imposait.

«Vous verrez que le directeur, Mr. da Souza, est très coopératif. Il est originaire de Goa. Il y a également un bateau, là-bas, dont vous aurez la libre disposition. Il vous faudra néanmoins demander des bons de carburant au bureau USAID de Dar es-Salaam. Ne venez pas me trouver, moi, pour me réclamer du carburant. Je vous conseillerai de trouver un gamin dans un des villages de pêcheurs voisins pour vous aider sur le bateau. Il y a plus d'un chenal très étroit le long de la côte, et la navigation y est difficile.

– Et pour ce qui est de le payer?

– Le gamin? Ce sera à prélever sur votre salaire.

– Et comment est-ce que je me rends à ce… Macpherson?

– En *dala-dala*. C'est ainsi que nous appelons les taxis-minibus. Vous en trouvez partout dans la rue.

– Très bien. Merci. Je suppose qu'on se reverra.»

Nick serra la main de l'inspecteur et fit demi-tour pour se diriger vers la porte.

« Attendez, encore une chose, dit Chikambwa.

– Oui ?

– Il se peut que vous rencontriez un homme, un certain Leggatt, un Européen. Il cultive le clou de girofle et s'occupe également d'affréter des yachts pour la pêche au gros. Sans négliger à l'occasion de se mêler des affaires maritimes de notre pays. C'est un vrai casse-pieds. Évitez-le.

– Très bien… D'accord. »

Perplexe et quelque peu dubitatif, Nick sortit dans la chaleur.

Il lui fallut vingt minutes pour dénicher un dala-dala qui se rende à Macpherson Cove. Il retrouva le moral pendant le trajet. Plus il montait vers le nord, plus le paysage était beau. Il y avait, enfin, des palmiers, des plantations d'épices, des singes et tous les autres éléments du puzzle d'un pays rêvé, qu'il avait attendus avec tant d'impatience, et que le seul nom de Zanzibar avait suffi à évoquer avant son arrivée. Il vit aussi, à travers la vitre fendue de cette caisse à poussière qu'était le dala-dala, des choses auxquelles il ne s'attendait pas, comme, par exemple, cet homme en vélo transportant un énorme poisson pélagique, peut-être un thon, ficelé sur son porte-bagages. Le spectacle le réjouit, et il avait presque mal aux yeux à force de cligner des paupières dans la lumière éblouissante.

Le dala-dala quitta la grand-route pour s'engager sur une piste sablonneuse. Les feuilles des palmiers étaient plus larges, et, comme si le ciel ouvrait ses voiles à la brise marine, la lumière changeait visiblement. Nick était sûr maintenant d'être au bord de l'océan. Les roues du dala-dala tressautaient dans le sable, quand soudain apparut un panneau annonçant le Macpherson Ruins Hotel. On voyait les vestiges d'un bâtiment ancien encore debout dans un jardin, qui donnaient d'ailleurs plutôt l'impression que c'était le jardin qui était installé dans les ruines. Des lianes s'enroulaient autour des tuiles du toit. De grosses fleurs rouges jaillissaient entre les pierres, recouvrant les blocs et les dalles d'un lacis d'ombres.

En dépit de la brise, il faisait une chaleur étouffante. Nick paya le chauffeur et transporta son sac le long d'un sentier qui menait à des constructions plus récentes. De facture banale, en dehors des toits, grands cônes de paille très pointus. La chaleur traversait la semelle de ses baskets. Il pénétra dans un des bâtiments chapeautés de paille, en passant sous un linteau en teck sur lequel était gravé le mot «RÉCEPTION».

À l'intérieur, il faisait frais et très sombre. L'absence de soleil procurait au corps un soulagement immédiat – la peau autour de ses yeux se relâcha, son crâne et ses cheveux s'adaptèrent au changement d'atmosphère avec la précision d'un instrument de mesure finement calibré. Il n'y avait personne derrière le comptoir, ni rien sur le comptoir lui-même, en dehors d'un registre relié en cuir et d'une sonnette cabossée, de celles que l'on actionne en tapant dessus. Voilà donc quel serait son chez-lui pour l'année à venir. Il pensa à sa mère, à Dino et à son magasin d'accessoires de plongée, à son travail au laboratoire... à la vie qu'il venait de quitter. Puis, d'un geste qui ne manquait pas de panache, il fit résonner la vieille sonnette en cuivre.

Pendant quelques instants, seul le silence lui répondit. Puis une voix surgit de l'obscurité.

«Un client ! Un client !»

Il entendit le bruit d'une porte qui s'ouvre, suivi du craquement d'une allumette. Une silhouette menue et élégante fit son apparition, costume blanc cassé un peu fantomatique dans la pénombre.

«Exact, dit Nick d'un ton acerbe. Je suis effectivement un client.

– Ah, monsieur, dit l'homme à l'allumette, vous m'avez mal compris. J'étais simplement tout content d'avoir un client. Les réservations sont rares. Je savais que c'était vous. Chikambwa, l'inspecteur... il m'a téléphoné.

– Ah, vous devez être Mr. da Souza? Il n'y a pas de lumière ici?

– À votre première question, monsieur, la réponse est oui, je suis da Souza.»

Il tendit la main pour toucher la manche de Nick en guise de présentation.

«À votre seconde question, je crains de devoir répondre par la négative. Le groupe électrogène est en panne, monsieur. Il ne sera réparé que demain.

– Vous avez une chambre, au moins?

– J'ai effectivement une chambre. C'est même LA chambre.»

Nick se demanda si le directeur n'était pas en train de se moquer de lui, en imitant le ton qu'il avait adopté un peu plus tôt.

«Je vous en prie... par ici. Laissez-moi porter votre sac.

– Non, ça ira.»

L'étrange petit bonhomme le précéda dans un dédale de couloirs, tout aussi sombres que la réception, avant de ressortir dans un jardin. Nick plissa les yeux dans la lumière. Devant lui s'ouvrait une sorte de patio entouré d'arbres: manguiers, jacarandas, frangipaniers. Des allées de corail rose pilé bordées de massifs rayonnaient à partir d'un petit pavillon qui occupait le centre. Chacune des allées conduisait à un bungalow au-delà des arbres. C'est vers l'un d'entre eux que Nick fut conduit. Tout en marchant, il remarqua que da Souza, en dépit de sa petite taille, était d'une beauté peu commune : un visage lisse, couleur de palissandre, de toutes petites oreilles bien plaquées, des cils qui auraient fait l'envie d'une femme, des cheveux noirs partagés par une raie, qui donnaient l'impression d'avoir été huilés avant d'être soigneusement peignés.

Une fois le patio traversé, ils montèrent les quelques marches en bois branlantes qui donnaient accès au bungalow. Da Souza avait une démarche de danseur.

« Voici la chambre », dit le directeur en sortant une clé de sa poche pour ouvrir une des portes.

Nick le suivit à l'intérieur et laissa tomber son sac sur le sol. Ici aussi, il faisait sombre. Mais suffisamment de lumière filtrait par la porte entrouverte et les rideaux plutôt transparents, lesquels étaient tirés devant de grandes portes-fenêtres, pour lui permettre de constater que la chambre était propre et tout à fait correcte. Sur le lit, le drap fraîchement repassé était ouvert, et deux couvertures étaient pliées au pied. Il y avait une table avec une chaise à l'ancienne en bois poussée en dessous, et, sur le dessus, appuyés contre le mur, quelques ouvrages d'océanographie biologique et un roman intitulé *La Fin de l'éternité* [1].

« C'était la chambre du monsieur d'avant, expliqua da Souza, quand il vit Nick examiner les livres. Le monsieur américain, comme vous, monsieur.

– Ces bouquins sont à lui ? demanda Nick. Qu'est-ce

1. Ouvrage d'Isaac Asimov, 1955.

qui lui est arrivé exactement? J'ai eu des versions différentes à ce sujet.»

L'autre fit comme s'il n'avait pas entendu. «Il y a aussi des vêtements dans la penderie. Je n'ai pas su quoi en faire.

– Le type de l'USAID… qu'est-ce qui s'est passé?» insista Nick.

Da Souza s'approcha de la fenêtre et tira les rideaux. L'éclat éblouissant de la plage traversa la vitre. Au-delà s'étalait le vert de la mer, calme et chatoyant, à l'exception d'une collerette de brisants, dans le lointain, qui s'enroulait voluptueusement dans son écume.

«Il s'est noyé, monsieur.

– Ça, je suis au courant. Mais dans quelles circonstances?»

Da Souza lui tournait le dos, son costume blanc encadré dans le paysage marin.

«On dit qu'il poursuivait des braconniers, monsieur. Mais personne n'est vraiment sûr. La coque de son bateau était complètement éventrée. Pour certains, il y aurait eu une tempête, et le bateau se serait fracassé contre les rochers. Quand on l'a finalement retrouvé, il était à moitié rempli d'eau. Le corps de Mr. Darvil, poursuivit-il après une brève hésitation, était échoué sur le récif.»

Da Souza se retourna et s'avança dans la pièce, s'emparant de la main de Nick comme il l'eût fait de celle d'un enfant.

«C'est une affaire très triste, monsieur. Vous-même, il faudra que vous fassiez attention. Vous trouverez le bateau sur la plage. C'est celui qui est peint en bleu. Il a besoin d'être réparé.»

Il s'arrêta un instant, avant d'ajouter d'un ton plus gai: «C'est Mr. Leggatt qui l'a remorqué. Il a une plantation de clous de girofle à Mtoni.

– Chikambwa m'en a parlé», dit Nick, en dégageant poliment sa main.

Pourquoi les gens de l'USAID n'avaient-ils pas jugé bon d'entrer dans les détails à propos de George Darvil ? Est-ce que eux aussi ignoraient la vérité ?

« Eh bien, je vais m'installer maintenant, dit Nick, qui désigna une sorte de grosse boîte marron encastrée dans le mur. C'est un climatiseur ?

– Oui, monsieur, dit da Souza en souriant. Mais il ne marchera pas avant qu'on remette le groupe électrogène en route. Le mieux, c'est tout simplement d'ouvrir la fenêtre. Climatisation naturelle.

– Vous avez peut-être bien raison. D'autant que j'ai toujours pensé que ces machins-là étaient juste bons à vous empoisonner. »

Le fringant petit bonhomme s'était accroupi ; il essayait d'ouvrir les portes-fenêtres. Une des espagnolettes était coincée. Tout en s'acharnant, il jura dans une langue que Nick ne comprit pas. Chikambwa avait dit que da Souza était natif de Goa. Qu'est-ce qu'on parlait donc là-bas ?

« Ne vous embêtez pas avec ça, dit Nick en traversant la pièce pour venir se pencher par-dessus l'épaule blanc cassé de da Souza. J'ai un couteau dans mon sac. Je m'en occuperai plus tard. »

De fait, il s'en occupa dès que l'autre eut tourné les talons, déballant pêle-mêle masque, tuba, palmes et maillots de bain sur le lit, pour récupérer son couteau Rapala. Qu'il ouvrit en s'aidant de l'ongle de son pouce, avant de s'agenouiller et de soulever l'espagnolette avec le dos de la lame. Une poussée, une légère résistance, et les fenêtres s'ouvrirent toutes grandes.

Moment d'exultation que celui où cédèrent ces portes vitrées. Comme si cette seule pression avait suffi à lui éclaircir l'esprit. Il respirait maintenant l'odeur forte de la mer. Qui, associée au spectacle qui s'offrait à lui – le retour hypnotisant des vagues, l'infinie variété des bleus, une embarcation, un outrigger peut-être, qui passait au large –, avait quelque chose de confondant et d'enivrant à la fois.

Il se changea en toute hâte, s'empara de son matériel de plongée et sortit sur la véranda. D'où il put jouir du panorama complet. De chaque côté de la peinture écaillée de la véranda s'étalaient à perte de vue les blancheurs de la plage. Celle-ci apparaissait presque liquide sous la chaleur, comme si elle était en fusion. Tirés au-dessus de la laisse de haute mer, marquée par une ligne irrégulière d'algues noires, il y avait plusieurs bateaux du genre de celui qu'il avait aperçu au large. Il ne s'était pas trompé: les pêcheurs du coin avaient bel et bien des outriggers, équipés à la proue de lanternes à pétrole pour la pêche de nuit. Il y avait également une autre embarcation sur le sable côtelé, un bateau bleu avec un grand trou sur le côté... celui de Darvil, sans doute. Une image s'imposa brutalement à Nick, celle d'un homme, la peau gonflée, les yeux vitreux, émergeant de la déchirure béante d'une coque.

Cette image, il la chassa aussitôt pour regarder à nouveau la mer. Lumineuse, s'étendant jusqu'à un horizon de longs nuages plats, elle donnait une impression d'incroyable puissance. C'était grâce au bruit: non pas celui des vagues toutes proches, qui venaient se briser dans un chuintement léger avant de se retirer, mais le grondement incessant du ressac, là où, à quelque sept cents mètres au large, les lames de houle allaient se fracasser contre le récif. La barre ressemblait à une autre ligne de nuages blancs, mais en dessous de l'horizon. Et cette blancheur-là n'avait rien de plat; elle était animée, vivante, en continuel mouvement, comme un film qui passerait en boucle sans jamais s'arrêter.

Son masque et son tuba repoussés sur le front, ses palmes et sa serviette sous le bras, Nick sortit de l'abri du toit en paille de la véranda, descendit quelques marches en bois gondolées et se retrouva sur le sable. Doux comme du talc, enveloppant le pied de sa chaleur à chaque pas.

Quand il atteignit la mer, il lança négligemment sa serviette sur un morceau de bois flottant biscornu et, ses palmes à la main, entra sans s'arrêter dans l'eau. Elle recouvrit son corps, ses vagues si légères que c'est à peine si elles le faisaient bouger tandis que, assis dans l'eau peu profonde, il enfilait ses palmes et rabaissait son masque. Il plongea.

Lumière sous-marine. Vie sous-marine aussi, mais clairsemée à première vue. Il regarda d'un côté, puis de l'autre, à travers l'ovale du masque. La première chose qu'il aperçut fut une étoile de mer, accrochée à un rocher. Qui, comme toujours, lui fit penser aux doigts tendus d'une main humaine. Puis, plus rien, si ce n'est le fond de sable blanc, ponctué ici et là de rochers. Il continua à nager jusqu'à l'endroit où le sol marin commençait à s'incliner en pente douce. Il sentait à nouveau l'appel des vagues se répercuter dans tout son être – ce sentiment immémorial, impossible à mettre en mots, que c'était là sa vraie patrie.

Le plongeon d'un cormoran le tira de sa rêverie. Il vit son ombre brune fendre l'eau. Un éclair argenté: déjà, le poisson était pris, alors que lui-même ne l'avait pas remarqué. Il y avait donc des poissons dans les parages, ce qui le rassura. Il commençait à avoir quelques inquiétudes, car il en avait vu bien davantage dans la baie de Sarasota.

Puis, comme si un caprice avait poussé quelque divinité des profondeurs à apaiser ses angoisses, il aperçut quelque chose qui l'intrigua. Juste en dessous de lui, sur le fond, se trouvaient deux petites boules vertes et vitreuses: on aurait dit deux cuillerées de gelée déposées là et à demi recouvertes de sable. Prenant une profonde inspiration, il plongea, heureux de retrouver cette sensation de pression dans sa tête. Il était à mi-chemin des deux boules vertes quand le sable se souleva brusquement en dessous de lui – d'abord en masse compacte, avant de se disperser en un nuage vaporeux. De cette turbulence émergea lentement un triangle noir ondulant, qui prit de la vitesse en s'éloignant. D'environ deux mètres d'envergure, le triangle s'affinait en une longue queue très mince.

Euphorique, Nick regarda la raie détaler sur le sable, sa queue traînant derrière elle, semblable à une de ces antennes radio de l'ancien temps. Il se propulsa en avant dans l'intention de la prendre en chasse, battant des pieds jusqu'à en perdre le souffle. Il dut refaire surface, expulsant de son tube un jet d'eau agressif. Il se tourna sur le dos, laissant le soleil jouer un moment sur son estomac, puis se remit sur le ventre pour faire face au récif corallien.

Il lui fallut environ un quart d'heure pour l'atteindre. Mais chaque minute de son parcours en direction de la barrière de corail assaillie par les vagues fut comme une révélation. Alors qu'il approchait du squelette du récif principal, des poissons de toute sorte commencèrent à zigzaguer autour de lui. Certains d'une beauté à couper le souffle: poisson-papillon, perroquet de mer, ange de mer. D'autres, si laids qu'ils fussent, n'en étaient pas moins fascinants, et portaient bien leurs noms: épinoche, poisson-boule, mulet de mer, grognon…

En arrivant au récif proprement dit, il fut environné d'un banc d'une centaine de lutjanidés jaune rayé de bleu. En l'effleurant tendrement de leurs nageoires, ils semblaient lui souhaiter la bienvenue. Il plongea afin d'examiner de plus près le récif, et le nuage bleu et jaune tourbillonna autour de lui. Il y avait d'autres poissons au milieu du corail. Beaucoup, comme le chirurgien, avec son bec pointu et ses petits yeux ronds, ne lui prêtèrent aucune attention et continuèrent tranquillement à se restaurer. D'autres, comme le baliste, s'enfuirent aussitôt à son approche. Il longea la paroi de corail verticale, se félicitant d'être venu sans son attirail complet de plongée. Se livrer à cette exploration avec simplement un masque et un tuba avait quelque chose de libérateur.

Il était aux anges. Pas seulement à cause des poissons. Le récif lui-même était tout aussi captivant. Il possédait l'énergie massive, lentement accumulée, d'une grande construction. Comme celles qu'on peut voir à Rome ou à Londres. C'était peut-être dû à la manière dont les récifs, en se construisant, piègent les rayons du soleil au fil des siècles pour produire du carbonate de calcium et bâtir de véritables cathédrales de lumière. Même les parties mortes du mur étaient encore vivantes d'une certaine manière, car elles offraient aux algues une surface sur laquelle elles pouvaient se reproduire et où, du même coup, les poissons trouvaient à se nourrir.

Le squelette proprement dit était d'une incroyable variété: bois de cerf, lamelles, tables, cervelles; il y avait là tous les types de coraux qu'il connaissait. Fait d'éléments distincts mais amalgamés les uns aux autres, blanc pour l'essentiel mais strié des restes de pigments végétaux anciens, il avait vraiment l'air d'un édifice, et évoquait les remparts de quelque château tarabiscoté sorti d'une légende à l'authenticité suspecte, ultime réalisation d'un empire colossal, lui-même menacé d'effritement progressif. Mais ce squelette était en perpétuelle mutation, si bien qu'aucune comparaison n'était vraiment possible. Nick se laissa flotter le long de la paroi, retenant sa respiration, jusqu'à ce que, les poumons sur le point d'éclater, il se propulse d'un coup de pied vers la surface.

Il vida son tuba et nagea un moment, prenant plaisir à sentir le soleil sur son dos. Puis, après une profonde inspiration, il plongea à nouveau. Tout autour de lui, il voyait maintenant dans les rais de lumière des espèces de coraux vivants, transparents ou d'un rose ou d'un lilas très pâle Il regarda les polypes récolter le plancton, tâtonnant et s'agitant comme un aveugle ou un bébé dans son berceau. Si ce n'est qu'ils n'étaient pas aveugles. Savaient pertinemment ce qu'ils faisaient. Et il en allait de même des éponges, des anémones de mer et des ascidies. Autant de constituants sensibilisés au système dont ils faisaient partie, y gagnant une idée de la place qu'ils occupaient dans cet ensemble.

Il remonta lentement, laissant le courant lui faire franchir le récif. Et tout d'un coup, l'univers de rêve qu'il s'était construit s'effondra. À cet endroit, le récif avait été détruit. Le mur s'interrompait sur une bonne centaine de mètres. Des coraux déchiquetés jonchaient le fond de l'océan. Plus de poissons, ici. Plus de vie. Jusqu'à la lumière qui avait changé, virant au gris effrayant d'une mer en deuil d'elle-même.

Épouvanté, il essaya de se représenter la scène: les pêcheurs arrivant un matin et, après avoir allumé les amorces dans leurs étuis étanches, laissant tomber les bâtons de dynamite par-dessus bord; puis s'éloignant en tout hâte pour se mettre à l'abri et regardant l'eau jaillir en un champignon d'écume. Ensuite, la récolte: filets déployés sur l'eau abasourdie, dans l'attente des poissons morts qui par milliers allaient remonter à la surface. Il en eut la nausée et regagna le rivage, la rage au cœur, frappant l'eau de ses palmes comme si l'océan était responsable de sa propre destruction.

Da Souza l'attendait sur la plage, avec un plateau et une théière.

«Bonjour, monsieur!»

Il désigna de la main le morceau de bois flottant sur lequel Nick avait laissé sa serviette. «J'ai vu que c'était à vous... J'espère que vous avez passé un bon moment?»

Nick enleva son masque. «Oui, tout à fait. Du moins jusqu'à ce que je voie ce que ces enfoirés ont fait avec leur dynamite. Ça dure depuis combien de temps?»

L'Indien sembla choqué par son langage. «Depuis plusieurs années, monsieur. Chaque fois que le poisson se fait rare.

– C'est pour le coup qu'il va se faire rare s'ils continuent comme ça. Une fois le récif détruit, il ne faut pas compter que les poissons reviennent.»

Il ramassa sa serviette, que le soleil avait chauffée, et se mit à s'essuyer. «Pourquoi est-ce que Chikambwa n'arrête pas ce carnage?

– C'est un homme très, très occupé, monsieur. Et ces pêcheurs, ils sont très, très pauvres, et ils ont très faim.»

Puis, histoire de l'amadouer, il lui proposa une tasse de thé.

Ils restèrent un moment sans rien dire, l'Asiatique et l'Américain, à regarder les rouleaux déferler dans le lointain. Un yacht en bois, peint en jaune, doubla le promontoire vert qui délimitait la crique d'un côté.

«C'est Mr. Leggatt, dit da Souza, tendant sa manche blanche en direction du bateau.

– Chikambwa m'a dit de l'éviter, dit Nick, suivant des yeux le bateau qui commençait à traverser la baie. Vous savez pourquoi ? ajouta-t-il, en se tournant vers da Souza.

– Oh moi, vous savez, je ne suis pas au courant», répondit l'autre, en secouant la tête, l'air gêné.

Ce soir-là, Nick regarda les nouvelles sur CNN dans le salon du Macpherson. Il n'y en avait que pour le procureur Kenneth Starr et la poursuite de son enquête sur les agissements du président Clinton, accusé d'entraver le cours de la justice. Le Président niait avoir eu une aventure avec Monica Lewinsky. Nick écouta un moment avant d'éteindre et d'aller se coucher, complètement démoralisé. Non pas par l'état de la présidence, mais bien par celui du corail, autrement plus important à ses yeux.

Il revit le yacht jaune le lendemain matin, après avoir examiné le bateau endommagé de l'USAID. La coque était sérieusement enfoncée, et il n'y avait plus de moteur, mais da Souza lui dit qu'il pouvait lui prêter le canot à moteur de l'hôtel, qui était en parfait état de marche et n'avait besoin que d'un nouveau cordon de démarrage. Plus tard dans la journée, il vit le yacht jaune qui rentrait, et le revit deux fois encore le jour suivant. Il se rendit compte que ces passages n'étaient pas laissés au hasard. Le yacht apparaissait tous les jours aux mêmes heures, à l'aller comme au retour, et toujours dans la même direction, d'est en ouest, et inversement.

Le manège se poursuivit pendant une quinzaine de jours. Tandis que Nick était occupé à rassembler ses matériaux et à disposer ses quadrants à marée basse en vue de ce qui serait sa première étude: la vie des mollusques sur les laisses, les passages du yacht jaune finirent par faire partie de sa routine quotidienne.

Nick se servit de ses jumelles pour tenter de déchiffrer son nom, mais il était trop loin. Il arriva tout juste à distinguer les lettres C-H-U-R-C-H et l'homme à la barre qui fumait sa pipe, tout en scrutant l'horizon.

Il était intrigué. «Où est-ce que ce Leggatt peut bien aller? demanda-t-il à da Souza, un soir, pendant le repas.

– Je ne sais pas, dit l'autre en secouant la tête. Il se promène, c'est tout.

– En direction de l'est, tous les matins que le bon Dieu fait... Mais qu'est-ce qu'il y a dans cette direction?»

Une fois encore, comme si les distances impliquées étaient trop importantes, ou comme si la question supposait un trop grand effort mental, Mr. da Souza se contenta de secouer sa belle tête.

5

Le soir tombait. La montagne connue en pachtoun sous le nom du Nid-de-l'Aigle s'éclairait de lueurs roses. Bientôt, comme autant de lampes dans une grotte, les étoiles seraient suspendues au-dessus de son pic enneigé. Bientôt, l'obscurité recouvrirait tout. Pour l'instant, les perspectives qui s'offraient au regard étaient majestueuses, le genre de panorama qui paraît devoir proscrire découragement et désillusion. Il n'était pas étonnant que les premiers conquérants de la région aient donné à l'Afghanistan le nom de «toit du monde» ou de «cœur de l'Asie».

En vérité, ces montagnes sauvages démentaient les noms que leur avaient donnés les hommes. C'était là, du moins, à son corps défendant, le sentiment du jeune homme couché en ce moment sur le ventre en leur sein. Creusez nos flancs pour faire passer le pétrole, semblaient-elles lui dire, appelez – si vous le voulez – les motifs ainsi créés sur nos parois des quatre-vingt-dix neuf noms d'Allah. Apportez-nous vos dynasties, apportez-nous vos projets dérisoires. Apportez-nous vos programmes hydroélectriques et vos fabuleux complots. Rien de tout cela n'aura raison de nous.

C'est ce que ces montagnes impies semblaient dire au jeune homme couché sur le ventre, entouré d'une vingtaine de compagnons. Elles auraient pu dire aussi que, du ventre, Khaled al-Khidr n'en avait guère en ce moment. Conséquence de plusieurs mois d'une formation et d'un entraînement intensifs.

Trois ans et demi que ses parents étaient morts. La scène restait gravée dans son esprit, comme si la lame acérée du meurtrier l'avait atteint lui aussi. Pendant plusieurs mois il avait tenté de comprendre ce qui s'était passé et de convaincre la police de mener une enquête sérieuse. Mais rien n'y avait fait: cette dernière avait décidé une bonne fois pour toutes qu'il s'agissait d'un cambriolage, alors même que rien n'avait été volé. Et puis, sans pot-de-vin, inutile de compter sur elle. Dans l'ensemble, elle s'intéressait davantage au trafic d'écaille de tortue et autres produits rémunérateurs qu'aux enquêtes criminelles.

Il lui avait fallu vendre les bateaux de son père pour survivre. Rongé par le désespoir, il avait cherché refuge et oubli dans la fornication et l'alcool, dilapidant du même coup son sanglant héritage. Une fois le bref moment de plaisir passé, chaque nouvel écart ramenait à sa conscience toute l'horreur du souvenir, lui rappelant chaque fois combien il profanait la mémoire de son père et de sa mère. Sachant qu'il manquait à son devoir, qui était de les venger, il était assailli de remords, puis se consolait en se vautrant à nouveau dans la fange, alourdissant encore le fardeau déjà pesant de sa culpabilité.

C'est alors qu'était arrivé Zayn, offrant soutien, ainsi qu'une chance de repentir et de réunion avec Allah. C'était en janvier de l'année d'après. Khaled connaissait déjà Zayn, qui avait été un des associés de son père et avait demandé à celui-ci de s'occuper de la surveillance et de l'entretien de la petite île, après la lui avoir, en quelque sorte, rachetée. C'était lui aussi qui, de temps à autre, venait au village donner le *zakat*, l'aumône légale des musulmans.

Zayn lui raconta que son père avait travaillé pendant des années en qualité d'agent dormant, comme on disait maintenant, pour une organisation du djihad dont la mission était de libérer tous les lieux sacrés de l'islam de l'influence du *kufr* américain. Que son père était un héros, tué par des agents de la CIA à cause des services qu'il rendait. Que l'heure était maintenant venue pour lui de rejoindre les forces du djihad, comme son père l'avait fait avant lui.

Cette décision, il n'eut aucun mal à la prendre, car il était soulagé d'avoir quelqu'un à haïr. Sa vie suivait incontestablement une pente descendante. Et voilà que l'islam allait fournir une explication à la tragédie qu'il avait vécue. Zayn lui dit que tout péché était aboli dès lors que l'on se soumet aux décrets d'Allah et que Sa grâce est sur vous.

Après avoir quitté l'île, il s'embarqua, suivant en cela les instructions de Zayn, dans un programme d'éducation religieuse d'un an au Soudan. Il travaillait dans une des fermes du cheik aux environs de Khartoum, conduisant un tracteur le matin et étudiant le Coran l'après-midi. Deux occupations qu'il avait aimées. Le bruit des épis de maïs vert et brillant qui tombaient dans la benne du tranchoir derrière lui, et celui de ses doigts qui tournaient les pages du Livre saint… il y repensait souvent.

D'autres bruits lui revenaient, beaucoup moins agréables, ceux-là. Le vacarme des engins militaires du kufr s'attaquant aux fidèles d'Allah. Hélicoptères et missiles, mitrailleuses et grenades autopropulsées… Soir après soir, on passait à tous ceux du camp d'entraînement des cassettes vidéo montrant des musulmans mutilés ou tués par les forces des infidèles : Américains en Irak, Russes en Tchétchénie, Serbes en Bosnie.

En ce moment, il était à plat ventre au champ de tir, le fracas des balles dans les oreilles, ses camarades à côté de lui. Il avait l'habitude de ce bruit, puisqu'il était en Afghanistan depuis six mois, mais il aurait donné cher pour qu'on leur distribue des protège-oreilles. Les Pachtouns qui alimentaient les fusils-mitrailleurs étaient à moitié sourds à force de remplir cette fonction auprès des recrues qui, fournée après fournée, venaient grossir leurs rangs. Khaled prenait plaisir à voir arriver ces nouveaux combattants du djihad au quartier général ; il était plein de bienveillance à leur égard, tout en s'accommodant fort bien de leur état d'infériorité.

Ils suivraient deux mois d'entraînement physique très dur, à exécuter des tractions, des redressements assis, à courir, ramper, avant d'être autorisés à faire leur *bayat*, à prêter leur serment d'allégeance à Al-Qaida, comme il venait lui-même de le faire. Il avait retenu toute la formule : « Je jure devant Allah que je suis prêt à sacrifier ma vie pour servir la cause sacrée du djihad, à combattre de toutes mes forces et jusqu'à la dernière goutte de mon sang, et à garder un esprit pur tout au long des épreuves. Et si je devais me retrouver dans les jardins de la béatitude, je ne mourrai pas, mais porterai la ceinture de la vie éternelle, mangeant les fruits les plus suaves au festin de l'union, en compagnie de mes camarades. »

Après quoi, son mentor lui avait dit, en privé, qu'il avait été choisi depuis longtemps, parce qu'il était le meilleur de sa promotion, et qu'on ne tarderait pas à faire appel à lui pour un travail très particulier. Zayn avait ajouté que Khaled devait toutefois se rappeler que savoir cacher sa supériorité est souvent la marque de l'être supérieur; personne, en l'occurrence, ne devait savoir qu'il jouissait d'un statut spécial dans le camp.

Le quartier général de l'organisation s'était installé à ses débuts à Peshawar, au Pakistan. À cette époque, Al-Qaida était une sorte de fondation caritative, fournissant fonds et services aux volontaires qui passaient en Afghanistan pour combattre les Soviétiques. L'émir disposait d'un certain nombre de lieux sûrs et de foyers dans la ville, où loger les combattants qui venaient de l'étranger, et accueillir et soigner les réfugiés. D'après ce que Khaled avait entendu dire, il avait reçu l'aide de la CIA à l'époque, avant le départ des Russes en 1989.

L'allié d'hier était devenu l'ennemi d'aujourd'hui, et le camp se trouvait désormais en territoire afghan. Khaled leva les yeux pour apercevoir la mire au bout de son canon. En face de lui, les cibles étaient alignées devant une paroi rocheuse. Elles ne représentaient pas des Américains, silhouettes au contour noir de soldats prêts à l'attaque, mais on les encourageait, lui et les autres recrues, à le croire. Une fois, on avait punaisé une photo de magazine représentant la reine des kufr, Madeleine Albright, pour qu'ils s'exercent dessus. La veille, on leur avait montré la cassette d'une émission d'actualité intitulée *60 minutes*, dans laquelle la secrétaire d'État avait déclaré que les sanctions prises contre l'Irak étaient le juste prix à payer pour le demi-million d'enfants tués par le régime de Bagdad.

Au coup de sifflet de Zayn, Khaled et les autres entrèrent en action. La vallée s'emplit des déflagrations des armes automatiques. Des éclats de pierre se mirent à voler dans l'air au moment où les balles, après avoir traversé les pantins, ricochaient contre les rochers. Le jeune homme plissa les yeux pour voir comment il s'en était sorti. C'était une bonne série : une ligne bien régulière en travers de la poitrine, une autre zébrant le bas-ventre. Des tirs mortels. Zayn Mujuj serait content de lui.

Khaled attendit, couché sur le sol, le fusil à la main, le temps que leur chef de cellule passe derrière eux, armé de ses jumelles, pour lire les résultats de leurs tirs. Même s'il lui arrivait souvent d'avoir peur de Zayn – de son crâne rasé, de sa lourde carrure et de ses yeux noirs comme du charbon –, cet être renfermé et sombre n'en restait pas moins pour lui une sorte de figure paternelle. Car c'était Zayn Mujuj qui avait pris soin de lui, l'avait emmené loin de Pemba, la deuxième île de la Tanzanie insulaire, et lui avait offert une nouvelle vie.

Son bienfaiteur eut un grognement approbateur derrière lui.

«Ça va pour toi», dit-il, en poussant du pied la cheville du cadet de son unité.

Khaled se releva, et Zayn, le serrant contre son énorme poitrine, l'embrassa sur les deux joues en riant.

«Ça va même on ne peut mieux! Bientôt, mon petit verdier, tu seras aussi bon tireur que moi.»

Puis le chef de cellule éleva la voix, de manière à se faire entendre de tous.

«On rentre maintenant. Faites vos ablutions et récitez vos prières. Ce soir, le cheik nous reçoit.»

Le cheik. Le prince. L'émir. Le directeur. Khaled ne l'avait encore jamais rencontré. Il avait aussi un autre nom, mais on l'utilisait rarement.

* * *

L'homme en question était assis dans sa tente, en conférence avec l'un de ses plus proches conseillers, qui était également son cameraman attitré. Appuyée contre la toile, tout près de lui, se trouvait la kalachnikov calibre 7,62 qui ne le quittait pratiquement jamais. Elle semblait avoir beaucoup servi, et sa crosse en bois effilée portait la trace de maintes bosses et entailles. C'était une sorte de trophée, puisqu'il l'avait gagnée au cours d'un assaut de trois jours contre une position russe.

Le conseiller était connu sous le nom d'Ahmed l'Allemand, simplement pour le distinguer des autres Ahmed de l'organisation. Il était en réalité jordanien et avait choisi ce surnom parce qu'il avait fait des études en Allemagne. Légèrement plus clair de peau que la plupart des Arabes, une nuance de bleu dans les yeux, de blond dans les cheveux, il était pratiquement le seul dans le camp à s'habiller à l'occidentale, arborant une casquette de base-ball barrée des mots SPORT TEAM OSNABRÜCK. Si on lui passait cette petite fantaisie, c'était parce qu'il faisait de fréquents voyages en Europe et en Amérique pour le compte d'Al-Qaida et qu'il était un des familiers du cheik.

Ahmed était suffisamment intime avec le chef d'Al-Qaida pour l'entretenir de sa santé. «Tu as l'air un peu fatigué, cheik. Tu as les traits tirés.»

Un visage long et maigre, dont l'élément le plus frappant était une paire de sourcils très arqués qui s'étiraient sur les tempes. Des lèvres pleines et une barbe noire assez longue et mal peignée, avec une pointe de gris juste en dessous du menton. Des yeux marron clair qui pouvaient exprimer aussi bien le détachement hautain que la colère intense ou la rêverie lointaine. Le cheik avait par ailleurs le sourire facile.

Il était justement en train de sourire en ce moment, tout en parlant à son collègue en arabe. «C'est à cause de notre travail. Et des difficultés qu'il risque de créer

Nous ignorons encore quelles seront les séquelles de notre action. Seul Allah est doué de prescience. Mais je prédis qu'une fois cette tâche accomplie, les Américains mettront ma tête à prix, offrant des millions pour ma capture. Ou qu'ils enverront des agents ou des missiles jusqu'ici pour m'éliminer. Quoi qu'il en soit, j'accepterai mon sort et m'en remettrai à Allah.

– *Inch'allah*, tu seras épargné. Mais il faut te ménager.

– Ta sollicitude est touchante, dit le cheik en riant.

– Nous avons besoin de toi, dit le cameraman en secouant la tête avec obstination. Nous avons tous besoin de toi. Tu es le seul à être respecté de tous. C'est toi le pilier de notre édifice.»

Le cheik porta la main à la joue d'Ahmed. Un de ses doigts s'ornait d'un gros rubis serti dans un anneau d'or.

«Je ne suis que l'instrument d'Allah. Rien de plus. La croisade que nous menons ne s'arrêtera pas quand je ne serai plus là.»

Le cheik laissa retomber sa main. «Bon, es-tu prêt pour la surveillance? Je compte également sur toi pour coordonner les activités des groupes d'intervention et les faire sortir du pays discrètement. C'est absolument crucial.

– Je partirai après l'entrevue, dit Ahmed. D'abord Nairobi, ensuite Dar es-Salaam. Je veillerai à ce que ce soit l'un des nôtres qui achemine les bandes jusqu'ici.

– J'ai décidé de jeûner jusqu'à ton arrivée sur le continent africain, dit le cheik, les yeux fixés sur lui. Tiens-moi au courant.

– Bien, dit Ahmed en acquiesçant d'un lent mouvement de tête et en regardant lui aussi son maître. Il faut nous préparer maintenant. Ils vont bientôt arriver pour prendre les instructions. Je vais d'abord aller chercher les autres et nous prierons.

– La prière, nous la devons à Allah.

– Elle Lui appartient en effet, à Lui et à personne d'autre.»

Sur ces mots, Ahmed salua et quitta la tente. Le cheik s'approcha de l'endroit où il faisait ses ablutions et souleva un pan de toile, révélant un bol en porcelaine de Chine à demi rempli d'eau posé sur un guéridon en bois. Il y avait aussi un petit miroir carré dans un cadre en plastique. De ses longs doigts fins, le cheik s'en empara et examina dans la glace son reflet encadré dans le plastique rose.

«Voilà donc l'opération qui démarre», se dit-il tout bas.

Mais au moment même où les mots franchissaient ses lèvres, ils furent couverts par l'appel à la prière, répercuté d'un bout à l'autre du camp.

Allaaaahu akbar allaaaahu akbar!

Le cheik se fit la réflexion qu'il faudrait fixer le haut-parleur plus solidement sur son poteau en bois.

* * *

Ses notes pour sa conférence sur les genoux, Queller attendait dans une Lexus de location. Il était sur le parking du quartier général du bureau de la Sécurité diplomatique, à Washington. Sur le siège à côté de lui se trouvaient un volume de poésie persane et une bouteille d'eau minérale. Mais il n'étudiait pas ses notes, ni ne songeait à ôter la capsule en plastique de la bouteille ou à ouvrir le livre sur une page de Hafiz ou d'Attar. Il regardait des filles.

Deux filles, qui jouaient au tennis sur un court jouxtant le parking. Elles étaient apparemment de force égale, et également jolies. Il ne pouvait pas le savoir, mais elles avaient joué ensemble pratiquement tous les matins de leur année de stage à la Sécurité diplomatique.

Tandis que la blonde annonçait « Quarante zéro», l'autre – le genre que préférait Queller, plus foncée de cheveux, plus vive et plus exubérante – ramassa la balle qui avait roulé jusqu'au pied du grillage. Elle revint sur ses pas et alla se positionner sur la ligne de fond. Elle avait de l'allure quand, le bras qui tenait la raquette tendu devant elle, elle lança la balle en l'air avec décontraction. Elle ramena la raquette en arrière par-dessus son épaule. Queller ne la quittait pas des yeux, franchement admiratif, tandis que sa tenue de sport blanche, sans manches déjà, en cette saison, se tendait sous l'effort.

Quelle classe ! Yeux verts ovales. Opulente chevelure châtain foncé, teint clair. Elle lui rappelait sa femme. Solide, mais en même temps déliée dans ses mouvements. Belle, mais pas à la manière des magazines ou des stars de Hollywood, grâce à quelques détails bien particuliers : la courbe de la joue, la forme de la bouche (une grenade en train de s'ouvrir), une boucle de cheveux sur la nuque. Il ne lui fallut pas plus d'une minute pour se retrouver plein d'espoir. Réfugié dans un monde où elle était encore en vie, à un moment où la terreur n'avait pas encore pointé sa tête de reptile à l'horizon.

Il se perdit dans ses souvenirs, conscient de l'usure des ans, aspirant à goûter à nouveau une époque révolue, à sentir son corps près du sien. À être lui-même, et non ce corps qui portait, sur le moindre centimètre de peau, les traces de son histoire. Queller allait avoir soixante ans l'an prochain et pensait beaucoup à la décrépitude. Le temps le rattrapait : cheveux grisonnants, teint crayeux, visage creusé de rides profondes, lourdes poches sous les yeux. Et pourtant, tout ce que remarquaient les gens c'était ce SPP. Signe particulier patent, comme le notifiait son dossier des services de renseignements. Quelque chose dont l'absence sautait aux yeux. Aujourd'hui, pourtant, il avait mis le bras artificiel. Qu'il détestait. Mais il avait une bonne raison: une apparition en public.

Le service fut un ace. L'autre joueuse n'esquissa pas un geste, et la balle alla s'écraser contre le grillage derrière elle. Queller applaudit sans bruit, main de chair contre main de plastique, et regarda les deux jeunes femmes rejoindre le banc où se trouvaient leurs sacs.

Il entendit leurs voix par la vitre ouverte.

«Sans doute notre dernière partie, Miranda, dit la blonde, tandis qu'elles longeaient le bord du court.

– À moins que nous nous retrouvions toutes les deux en poste ici», répondit la préférée de Queller, en s'essuyant le visage avec une serviette.

Le geste eut le don de raviver le souvenir, et l'espace de quelques secondes, elle fut à nouveau devant lui: Lucy.

Puis le fantôme de sa femme et son amie s'éloignèrent, et il n'entendit plus leurs voix. À nouveau, comme une tache qui s'étend, l'obscurité envahit son esprit. Sur un dernier adieu à peine audible, elle mourut une seconde fois, retombant dans l'abîme d'où elle était sortie.

* * *

Ils progressaient le long de la crête. Les fusils, mires rabattues sur le canon, pesaient lourd à l'épaule. En tête de colonne, la silhouette massive et rébarbative de Zayn. En queue, les trois porteurs pachtouns avec les cartouchières. Leurs chargements étaient plus légers maintenant que des milliers de cartouches dans leurs étuis de cuivre s'étaient, une fois de plus, déversées sur ces montagnes de l'Asie centrale. Entre Zayn et les porteurs venait le peloton. Avec, en son sein, le jeune Khaled, cheveux bouclés, visage afro-arabe, et Yousef, le Syrien au teint clair, à la moustache fine, comme tracée au crayon, aux mouvements empruntés – Yousef le taciturne, qui faisait partie de l'organisation depuis des années et était passé maître dans l'art de fabriquer des bombes.

Khaled frissonna. Derrière les traînées écarlates des nuages, le soleil amorçait son coucher. Il commençait à faire froid. Dominant la vallée, enveloppée maintenant d'une lumière d'un rouge agressif, s'élevaient le Nid-de-l'Aigle et les autres sommets de la région. Il apercevait en dessous de lui une sorte de lotissement de zone industrielle aux petites maisons de béton gris, clos de grilles surmontées de rouleaux de barbelés. L'ensemble était concentrationnaire, mais c'était là qu'il vivait depuis un an.

L'endroit était loin d'être confortable, mais il était propre, et ils étaient bien nourris: une ration quotidienne de pommes de terre, d'oignons, de riz et de thé.

Au-delà de la clôture, à mi-pente d'une de ces collines dénudées typiques de cette région de l'Afghanistan, se trouvaient les ruines d'un village de huttes en terre et une grappe de tentes vertes. Non loin des tentes, une batterie antiaérienne. Deux longs canons, luisants dans le soleil couchant, émergeaient de la plate-forme, protégée par des sacs de sable. C'était le campement des talibans, postés ici pour défendre les hommes d'Al-Qaida, mais aussi, comme le pensait parfois Khaled, pour les surveiller.

Il les trouvait étranges, ces hommes silencieux, avec leurs barbes noires et leurs bonnets de laine. Il les comprenait difficilement, non seulement parce qu'ils parlaient pachtoun, mais parce qu'il avait du mal à concevoir leur détermination farouche, leur volonté inflexible, l'intensité de leur passion. Qualités qu'ils avaient en commun avec Zayn, sauf que, chez eux, il y avait quelque chose d'autre. Il savait que certains des plus âgés, qu'il voyait assis autour des feux, emmitouflés dans leurs couvertures, étaient d'anciens moudjahidin qui avaient combattu pour la liberté afghane. Ceux-là devaient se souvenir de l'époque où les Russes arrivaient dans leurs hélicoptères de combat et les traquaient comme du gibier. Mais la plupart n'avaient guère plus de vingt ans, autrement dit son âge. Il se demandait ce qui pouvait les motiver. Aucune cicatrice d'expériences anciennes pour les rappeler à l'ordre, les maintenir au service d'Allah, leur insuffler la haine du grand ennemi.

Alors que lui, l'étranger sous ces cieux gris ardoise, ces cicatrices, il les portait, gravées au plus profond de sa chair. Impossibles à oublier, à pardonner. C'était ce qui l'avait soutenu pendant ses durs mois d'entraînement. Tout le temps qu'il avait combattu à l'arme blanche, couru avec son paquetage ou pressé la détente d'une arme automatique, c'était l'image de ses parents, étendus sur le sol de leur maison de Pemba, la gorge tranchée, qui lui avait donné la force de continuer.

Allahu akbar allaaahu akbar…

En entendant l'appel à la prière, la colonne pressa le pas.

* * *

Les joueuses de tennis pénétrèrent sous une sorte d'avant-toit reposant sur des colonnes, qui servait de porche au bureau de la Sécurité diplomatique. Ce service gouvernemental – la SD, comme on l'appelait en abrégé – était chargé de la protection du personnel américain en poste outre-mer. Sa fonction première était d'assurer les conditions de sécurité nécessaires à la bonne conduite de la politique étrangère des États-Unis, mais il avait également un rôle à jouer dans la protection du secrétaire d'État, du personnel des ambassades étrangères et des dignitaires étrangers en visite dans le pays. C'était précisément de ces aspects secondaires du travail de la SD que discutaient les deux jeunes femmes.

« Il y en a effectivement qui restent ici, tu sais. Ils travaillent dans le service et s'occupent des missions étrangères. Personnellement, ça ne me tenterait guère. Je ne vois vraiment pas l'intérêt de s'être appuyé toute cette formation simplement pour rester à Washington.

– Moi, je n'aurais rien contre. Je pourrais continuer à voir Frank... Bon, m'est avis qu'on ferait bien d'aller voir où on nous a expédiées.

– D'abord la douche ? »

Elles échangèrent un regard, secouèrent la tête avec un bel ensemble et, dans leur tenue de tennis, entamèrent une course désordonnée qui les amena devant le panneau d'affichage situé dans le hall du bâtiment central.

La blonde suivit du doigt la liste de noms affichés par ordre alphabétique.

« Merde, s'exclama-t-elle en arrivant à Graham, Kirsteen. Finalement, je reste coincée ici. Bof, j'imagine que ça fera une année de plus avec Frank. Et toi ? »

Son amie lut à haute voix l'affectation la concernant.

« Powers, Miranda. Ambassade des États-Unis, Dar es-Salaam, Tanzanie. Assistante de direction (logisti que et sécurité)...

– Dis donc ! s'exclama Kirsteen. C'est l'Afrique, ça Alors, quelle impression ça te fait ? poursuivit-elle en se tournant vers son amie.

– Ça me fait un peu bizarre, dit celle-ci en pinçant les lèvres. Tu sais quoi, pendant tout le temps qu'a duré la formation et qu'on s'occupait de tous ces trucs, les diverses formes d'assauts armés, le contrôle du personnel, la sécurité des bâtiments... eh bien, je n'ai pas arrêté de me dire que je finirais par atterrir dans un endroit pommé. Genre ni Londres ni Paris, tu vois.

– Les magasins seront moins bien, c'est sûr, dit Kirsteen en faisant la grimace. À ce propos, je crois qu'on aurait intérêt à aller se préparer. C'est qui les intervenants ?

– Il y a Jack Queller.. grand spécialiste des questions arabes du temps de Reagan

– Ah, le bandit manchot ? »

Miranda opina du chef, un peu chagrinée de constater que son amie disposait déjà de cette information. « Il a la réputation d'être une sorte de génie. Un peu bizarre. Apparemment, il consacre pas mal de temps à la méditation.

– Et les autres ?

– Je sais pas. Un type du FBI, je crois. Ce sera affiché sur la porte. Faut qu'on y aille maintenant. »

Les deux jeunes femmes sortirent du complexe central et se dirigèrent vers leur chambre. Une demi-heure plus tard, douchées et sobrement vêtues, elles étaient de retour et faisaient la queue devant l'amphithéâtre avec les autres diplômés du programme de formation de la SD.

Miranda était tout excitée. C'était la dernière étape du long parcours de la formation. Une fois franchie, elle allait lui permettre d'entrer en possession de ce trésor si convoité, un emploi au Département d'État. Elle espérait de tout cœur qu'il ne s'agirait pas d'une de ces expériences qui se révèlent plus excitantes à attendre qu'à vivre. Son père, qui n'était pourtant pas spécialement pessimiste, disait souvent que c'était toute la vie qui était comme ça, et que ce n'était qu'une fois au ciel qu'on voyait enfin ses espérances se concrétiser.

Mais il faut dire que c'était un catholique convaincu, et elle soupçonnait fort que c'était un prêtre qui lui avait enfoncé ce genre de conviction dans le crâne. Elle l'entendait encore prononcer le mot «espérances» au moment où Kirsteen et elle approchaient de la porte de l'amphithéâtre. Une feuille imprimée était punaisée sur le panneau à l'extérieur, détaillant le programme de la séance.

***

Khaled et les autres se rassemblèrent pour la prière dans la mosquée construite au camp par les maçons du cheik. La petite garnison de soldats talibans se joignit à eux. Quant au cheik lui-même, il priait seul dans sa tente.

Khaled s'agenouilla sur le tapis, essayant de ramener le calme dans son esprit et de s'isoler du bruit. Les talibans avaient la prière bruyante. Pleurant et gémissant, ils se balançaient d'avant en arrière avec une ferveur telle qu'il leur arrivait de se cogner contre lui. À son avis, c'était la vanité, davantage que la vraie foi, qui les rendait aussi ostentatoires dans leurs dévotions. Le Prophète ne nous enjoint-il pas en effet de réciter le Coran lentement, pour que nos pauvres oreilles d'homme puissent entendre le message d'Allah dans toute sa profondeur? Ne dit-il pas également que c'est aux heures silencieuses de la nuit que la communication avec notre Seigneur est la plus profitable et que ses paroles nous parviennent alors avec la plus grande éloquence ?

Mais où trouver le calme alors que partout résonnait le bruit des armes ? D'après Zayn, si la politique et les combats existaient, c'était en raison de la puissance des infidèles et de la faiblesse des dirigeants musulmans. Comme les autres, il voyait dans l'Amérique le Satan du monde moderne, à cette différence près que, pour lui, la question primordiale était celle de la libération de la Palestine et du soutien américain à Israël. Yousef lui avait raconté que les parents de Zayn avaient été tués par les Israéliens. Lui, Khaled, partageait donc quelque chose avec Zayn, dans la mesure où Américains et juifs, c'était du pareil au même. C'était ce que le cheik disait dans ses messages ; c'était ce qui assurait la cohésion d'Al-Qaida.

Pour l'instant, Zayn était juste devant lui. Il voyait les cheveux courts et raides sur la nuque épaisse, plus fournis et plus hérissés là où son cou faisait un bourrelet au-dessus du col. Il trouvait parfois difficile d'aimer son mentor. Mais le plus souvent, Zayn était chaleureux et affectueux, se comportant avec lui comme avec un fils préféré, veillant à ce qu'il reçoive la meilleure nourriture et le meilleur équipement.

Ils avaient coulé des jours heureux ensemble au Soudan – visitant tous les vendredis le marché aux chameaux d'Omdurman pour assister aux marchandages des hommes du désert, ou se joignant à la foule des spectateurs à Al Haj Yousif pour admirer les lutteurs nubiens. Au retour, ils s'arrêtaient dans le souk pour acheter des pâtisseries collantes qu'ils mangeaient debout, en regardant les charmeurs de serpents faire sortir leurs créatures ondulantes de leurs paniers en osier.

Zayn lui expliquait beaucoup de choses, mettant de l'ordre dans le chaos de son esprit. Un jour, près du Mogran, le confluent du Nil Bleu et du Nil Blanc, à l'endroit où l'on peut voir distinctement une ligne de séparation entre les eaux des deux fleuves, Zayn lui avait passé le bras autour des épaules – ils étaient sur le pont du Nil Blanc – et lui avait dit que c'était à ça que sa vie devait ressembler désormais. Une fois qu'on est entré au service de Dieu, la vie ne peut plus jamais suivre le même cours.

Il avait dit aussi que rien ne devait venir faire obstacle à ce dessein, surtout pas les femmes ni la richesse. «Tu te souviens de l'épisode dans le Coran, où la reine de Saba, en visite chez Salomon, aperçoit une surface miroitante qu'elle prend pour de l'eau et relève ses robes pour ne pas les mouiller. Il lui dit alors que ce n'est qu'un reflet dans du verre, et elle rougit de honte. Eh bien, c'est ainsi que tu dois voir le monde à partir de maintenant, mon petit verdier: rien que du verre, un simple reflet… Voilà ce que signifie s'en remettre à Allah.»

C'était réconfortant d'avoir un surnom. Les Arabes n'arrêtaient pas de plaisanter à propos de son nom de famille, qui signifie «le vert», parce que c'était aussi le nom d'une figure de légende, venue du monde des esprits pour aider Moïse et d'autres saints hommes. Certains disaient «*Salaam aleikum*» en entrant dans une pièce vide, parce que Al-Khidr habite le vide et qu'il convient de le saluer. D'où les plaisanteries sur Khaled l'invisible, ou sur Khaled le vide. Personne ne l'avait jamais appelé «verdier» avant Zayn.

* * *

BUREAU DE LA SÉCURITÉ DIPLOMATIQUE
SÉMINAIRE DE FIN D'ÉTUDES

Conférenciers:

Altenburg, Morton, directeur des opérations (justice/antiterrorisme), FBI, président du groupe (interagence) chargé de la lutte contre le terrorisme, Conseil national de sécurité

Kirby, Tom, général, chef d'état-major des armées, ministère de la Défense (opérations spéciales et conflits mineurs)

Queller, Jack, consultant, problèmes du Moyen-Orient (affaires étrangères/antiterrorisme), ex-président du groupe (interagence) chargé de la lutte contre le terrorisme, Conseil national de sécurité, et haut fonctionnaire de la CIA

Les stagiaires prirent place sur les chaises en plastique rouge moulé que l'on avait installées à l'avance et qui seraient réempilées à la fin de la séance. Devant eux, légèrement surélevée et couverte de feutre vert, une table assez longue derrière laquelle étaient installés les trois conférenciers. L'un d'entre eux, qui devait être Queller, était assis de biais par rapport à la table – sur le bord de laquelle, comme si on l'avait posée là par pure provocation, reposait la main en polyuréthanne couleur chair d'une prothèse.

Le responsable de la formation, David Cronin, entreprit de présenter les intervenants.

«Je suis heureux d'accueillir ici, à la veille de la remise de votre diplôme de la SD, trois experts chevronnés. Ils ne manqueront pas, j'imagine, de vous donner un bon aperçu de la menace terroriste multidimensionnelle qui pèse sur les intérêts diplomatiques américains. Le premier à prendre la parole sera Mort Altenburg, le principal conseiller du FBI en la matière. Je ne crois pas trahir de secrets d'État en disant que certains voient en lui le candidat le mieux placé au poste de directeur adjoint du FBI, qui devrait prochainement se libérer.»

À ces mots, Altenburg, grand, la quarantaine, lunettes et complet bleu clair, eut un sourire pincé et secoua la tête d'un air de fausse modestie.

«Mr. Altenburg, poursuivit Cronin, nous parlera du traitement des renseignements et de l'analyse des menaces terroristes. Nous avons également parmi nous le général Tom Kirby, du ministère de la Défense. Le général Kirby a dirigé un certain nombre d'opérations antiterroristes de par le monde, mais je ne peux pas vous en dire grand-chose, étant donné qu'elles sont toutes classées top secret.»

Rires dans l'auditoire et regards amusés à l'adresse du militaire.

«Le général nous parlera des aspects militaires de la sécurité diplomatique.»

Miranda fronça les sourcils en examinant Kirby. Cheveux coupés en brosse, œil dur, uniforme impeccable. On voyait sans peine à quel genre d'homme on avait affaire. Son père, dont les propos avaient toujours été paroles d'évangile pour elle, lui avait dit se méfier systématiquement des hommes aux cheveux trop courts. C'était idiot, elle le savait – cela revenait à disqualifier une bonne moitié de l'armée américaine –, mais elle avait du mal à l'oublier.

«J'aimerais enfin vous présenter Jack Queller, ancien

membre de la CIA et ancien président du groupe chargé de la lutte antiterroriste au Conseil national de sécurité, rôle de coordination interagence qu'assume aujourd'hui Mr. Altenburg. Mr. Queller, qui vient de prendre une retraite anticipée, a appartenu à plusieurs agences de renseignements et remplit actuellement la fonction de consultant au Département d'État. Il est toujours considéré comme le meilleur spécialiste du pays sur les questions arabes, et c'est précisément de ce sujet qu'il nous entretiendra.»

Le regard de Miranda se posa sur Queller. Cheveux gris, discret, il ressemblait davantage à un universitaire qu'à un agent de renseignements. Seuls le visage taillé à la serpe, et ce bras – dont les contours peu naturels étaient nettement visibles sous la veste – le signalaient à l'attention.

C'est du moins ce qu'il sembla à la jeune femme au premier abord. Mais à y regarder de plus près, il y avait chez cet homme quelque chose de troublant. Miranda se flattait d'être perspicace, mais certains éléments de cette physionomie, notamment les yeux, du même gris cendré que les cheveux, étaient difficiles à déchiffrer. C'était le visage d'un homme capable tout à la fois de sauvagerie et de compassion.

«Mais d'abord Mort Altenburg…»

L'homme du FBI se leva sous les applaudissements, qui crépitèrent comme un envol de pigeons effrayés, et prit la parole. «C'est un lieu commun que de dire qu'avec la fin de la guerre froide et la chute du mur de Berlin, il y a presque dix ans de cela…»

Miranda aurait juré voir apparaître un mince sourire sur le visage de Queller. Elle reporta les yeux sur l'orateur. De toute évidence, Altenburg était beaucoup moins intéressant que l'ancien membre de la CIA, et ne se distinguait guère des autres fonctionnaires de Washington en complet bleu. Mais la volonté de pouvoir qui l'animait, le regard impérieux qu'il avait promené sur l'auditoire avant de prendre la parole, étaient autant d'éléments qui – à son corps défendant – trouvaient en elle un écho. À quoi bon le nier? C'est vrai qu'elle avait des projets bien arrêtés, qu'elle voulait répondre aux attentes de son père: ce qui ne signifiait pas forcément qu'il lui fallait se couler dans le moule de l'administration de Washington. Ne lui avait-il pas dit et répété, ce père, qu'il n'y a pas de vertu dans le conformisme et qu'au lieu de suivre les autres, il faut marcher sur le trottoir d'en face?

Elle avait la fâcheuse impression qu'Altenburg leur parlait comme à des débiles. «Nous savons tous que les risques d'un conflit nucléaire sont minimes aujourd'hui, et que notre pays est confronté à des dangers d'un autre type – moins grands, ceux-là, mais tout aussi inquiétants. De Damas à Tripoli en passant par Téhéran et Bagdad, des groupes transnationaux comme l'organisation d'Abu Nidal n'ont aucun mal à trouver armes et appuis financiers. Comme l'ont montré par ailleurs la guerre du Golfe, la Somalie et la Bosnie, il existe encore des gouvernements – sans doute conviendrait-il de parler à leur propos de dictateurs et de chefs de guerre – prêts à défier les États-nations du monde civilisé.»

Miranda observa un nouveau changement sur le visage de Queller, où se lisait maintenant une expression franchement dédaigneuse. L'homme n'était pas aussi froid et impassible qu'elle l'avait d'abord cru.

«Le général Kirby vous en dira plus sur la guerre que nous allons mener contre ces gens, comme nous l'avons fait avec Kadhafi en Libye et Saddam Hussein en Irak.

Mon rôle aujourd'hui est de vous faire prendre conscience, à vous qui allez être chargés de la sécurité de nos ambassades partout dans le monde, des menaces auxquelles vous pourriez avoir à faire face. On parle en règle générale de terrorisme international, mais ce qui est en cause, c'est un islamisme militant exacerbé. Ce qui est bien différent du terrorisme séparatiste, comme celui de l'IRA ou de l'OLP. Ou celui des organisations marxistes-léninistes... la Fraction armée rouge, le gang Baader-Meinhof, le Sentier lumineux. Vous connaissez ces noms mieux que moi. La spécificité du mouvement dont je vous parle est qu'il érige en dogme fondateur un programme spirituel plutôt que politique. Spiritualité passablement pernicieuse, je vous l'accorde, qui se donne pour but l'anéantissement de l'Occident et de certains de ses alliés moyen-orientaux, mais c'est ainsi que les islamistes voient les choses. Peu leur importe la manière dont nous pouvons les voir, nous. Ces types ne tuent pas pour le bénéfice d'un public occidental. Ils tuent au nom d'Allah. Allah saura ce qu'ils ont fait, et ils sont ainsi persuadés, dans leur folie, qu'ils iront au paradis s'ils sacrifient leur vie à sa cause.»

Altenburg parcourut la salle du regard.

«C'est dingue, non?»

Après une pause de quelques secondes, il reprit le fil de son discours.

«Et cette lutte à mort, elle est pour demain. Si je vous dis qu'un vent de malheur souffle sur l'Orient, vous pouvez me croire. Les gens ricanent quand on leur parle de la guerre sainte, du djihad comme ils disent. Mais n'allez pas sous-estimer pareille menace. L'attentat à la bombe contre le World Trade Center en 1993 n'était, j'en ai bien peur, qu'un début. Pour la seule année dernière, il y a eu plus d'un millier de menaces ou d'incidents visant des intérêts américains à mettre au compte de groupes islamiques. Il y en aura bien davantage encore cette année. L'herbe là-bas est de l'étoupe, qui n'attend qu'une étincelle pour prendre feu, l'homme de la montagne ou du désert qui allumera l'incendie… »

Miranda s'agita sur sa chaise. Tout cela, elle l'avait déjà entendu. C'était le genre de trucs que Cronin leur avait servi tout au long de l'année. Si c'était là un des plus grands spécialistes américains du terrorisme, Dieu avait effectivement intérêt à protéger l'Amérique. Elle se dit que si les menaces étaient aussi nombreuses, c'était un autre genre de discours, plus détaillé, plus sophistiqué, qui s'imposait. Encore une chose que disait son père: une apparence un peu trop simple cache le plus souvent quelque chose de compliqué. Altenburg ne pouvait pas ignorer la complexité de la situation; on aurait presque pu penser qu'il y avait un élément de parodie délibérée dans sa façon de parler et de traiter son sujet.

* * *

«Dieu est un; Dieu est éternel. Il n'a engendré personne, et personne ne L'a engendré. Personne n'est Son égal…

«Il est le Seigneur de l'orient et de l'occident, et il n'y a pas de Dieu en dehors de Lui…

«Il a créé les hommes et leur a donné le langage. Le soleil et la lune suivent le cours qu'Il leur a prescrit. Les plantes et les arbres se prosternent devant Lui pour L'adorer.»

Khaled se mit à se balancer doucement, tout en psalmodiant les versets à voix basse.

«Il a élevé la voûte céleste et équilibré toutes choses.

Et Il vous a ordonné de ne point mettre cet équilibre en péril, mais de le respecter. Il a créé la Terre pour toutes Ses créatures et a planté les arbres qui donnent la fleur et le fruit, les épis qui portent le grain, et les herbes qui donnent leur parfum. Laquelle des bénédictions du Seigneur serais-tu prêt à refuser? Il a créé les êtres humains à partir de l'argile, comme le potier façonne ses pots, et Il a créé les esprits à partir des flammes du feu. Laquelle des bénédictions du Seigneur serais-tu prêt à refuser?»

Khaled sortit de la mosquée l'esprit apaisé. Tout ce que disait le Livre était vrai. Personne ne pouvait en douter. Un jour viendrait où les incroyants eux aussi seraient convaincus. Il n'était donc pas besoin de leur fracasser la tête contre les rochers. La beauté du Livre ne témoignait-elle pas de sa vérité? Il y avait là un signe que les gens réfléchis ne pouvaient manquer d'interpréter. Il savait que nombreux étaient ceux en Occident qui déformaient l'enseignement du Livre par peur et par ignorance, incapables qu'ils étaient de soupçonner les mystères que seuls ces textes permettaient de comprendre.

Parfois, quand il se sentait aussi calme qu'une mer fermée, comme en ce moment, aussi doux que du beurre clarifié, comme en ce moment, il doutait d'Al-Qaida et de son œuvre. Il y avait des passages dans le Coran qui ordonnaient aux justes de fuir ceux qui divisent la religion en sectes, d'autres qui stigmatisaient l'intrigue comme étant l'œuvre de Satan, lequel s'en sert pour ébranler la foi du croyant. Le prophète nous interdit de conspirer en secret, se disait alors le jeune Africain; loin de nous assurer le paradis, ce que nous faisons risque fort de nous empêcher de jamais y entrer, si vaste soit-il, si nombreuses soient les rivières qui le baignent.

C'est alors que lui revenait en mémoire l'image de ses parents – tels qu'il les avait découverts, gorge tranchée et béante, tête rejetée en arrière sur le tapis. Et son esprit, confronté à ce terrible souvenir, s'éclaircissait, retrouvait sa force et ses certitudes.

Et pourtant, il avait beau sentir que son destin était tout tracé désormais, au plus profond de lui-même, le doute persistait, faisant surgir des brumes du souvenir des bruits troublants, des silhouettes inquiétantes. Des choses à demi refoulées, un résidu de peur, un sentiment d'oppression inexplicable. Visites de Zayn à la maison, à une époque où son mentor était beaucoup plus jeune. Sommes d'argent qui changeaient de mains. Conversations téléphoniques en arabe, parfois très vives.

Plus troublante encore était la nervosité de son père durant les mois qui avaient précédé sa mort. Un jour, au cours de cette période, Khaled avait évoqué l'avenir en parlant de l'éventualité pour eux d'acquérir un autre bateau de pêche. Son père l'avait alors regardé dans les yeux avant de lui dire: «Tout ce que m'inspire l'avenir, c'est la terreur.»

* * *

«Pour ma part, je suis d'avis qu'il faut foncer. Aller chercher ces gens. Mettre un terme aux activités illégales, restreindre les mouvements, détruire les camps d'entraînement, infiltrer les réseaux de soutien… traduire les suspects devant la justice, quoi qu'il en coûte. Nous devons leur rogner les ailes, ou mieux, leur tordre le cou. Il s'agit là bien sûr de métaphores, mais… le vrai problème est bien là.»

Il eut une légère hésitation, avant d'adopter un ton plus sévère, plus solennel aussi.

« Vous comprenez le danger qui nous menace. Comment ne pas le comprendre ? C'est notre métier, notre devoir. »

À écouter le général Kirby, Miranda se dit qu'il n'avait rien de plus à offrir qu'Altenburg, en dehors du comique inhérent à sa rhétorique de soldat fonceur et casse-cou.

« Ce n'est pas moi qui décide des actions que nous devons mener ou pas. Je laisse ça aux politiques. Ce que je veux que vous reteniez, mes amis, c'est que les ambassades américaines doivent être considérées *de facto* comme des établissements militaires. Des positions à protéger. Voitures piégées, tirs de mortier, cocktails Molotov, fusées antichars, missiles sol-air, attentats en série au revolver, au fusil et à la grenade : voilà l'éventail des dangers qui nous guettent. C'est pourquoi, comme vous n'êtes pas sans le savoir, vous trouverez dans chaque établissement diplomatique américain un officier de tir et sa MSG, son détachement de marines. La MSG, la Marine Security Guard, est la pierre angulaire de la défense de nos ambassades. »

Il s'interrompit le temps de boire une gorgée d'eau.

« Mais on ne peut pas tout abandonner aux soins de la MSG. C'est à chacun d'entre vous de faire preuve de vigilance. D'observer le règlement. Ne laissez entrer personne sans autorisation préalable. Prenez note des lettres de menace, des appels téléphoniques anonymes, des tentatives d'espionnage. Utilisez le système de protection Tempest sur vos ordinateurs. Codez vos messages. Détruisez vos documents classés secrets. Organisez, quotidiennement, des exercices d'alerte. Assurez-vous que vos unités radiographiques, vos magnétoscopes et vos radios fonctionnent correctement. Méfiez-vous de tout le monde. Parce que les terroristes, les ennemis de l'État, n'ont pas forcément l'air de meurtriers. Ils se camouflent sous des dehors très ordinaires. Ce type à l'air tout à fait normal qui fait la queue pour son visa, eh bien…»

* * *

Les prières terminées, le moment était venu pour eux de se rendre à leur audience avec le cheik. Les trois hommes, Khaled, Zayn et Yousef, entrèrent l'un après l'autre dans la tente spacieuse, divisée en plusieurs compartiments par des tentures. Dans celui où devait avoir lieu l'audience, on avait suspendu des lanternes et disposé des tapis, des coussins brodés et des plateaux ronds chargés de gobelets en métal remplis de thé noir très sucré. Plusieurs des principaux lieutenants du cheik étaient déjà rassemblés, assis, jambes croisées, sur les tapis ou allongés sur les coussins. C'est ainsi que se trouvaient là Ayman al-Zawahiri, l'ex-pédiatre, chef du djihad égyptien, Muhammad Atef, commandant militaire d'Al-Qaida, et Ahmed l'Allemand, cameraman d'Al-Qaida. Zayn était presque aussi cher au cœur du cheik qu'Ahmed: il était le noyau dur du second échelon de la hiérarchie, suivi de Yousef, l'expert en bombes, qui en ce moment même s'asseyait à côté de Khaled.

Après les salutations d'usage, tous attendirent en silence que leur leader émerge de ses quartiers de nuit, son sanctuaire. Khaled buvait son thé à petites gorgées, non sans nervosité. Depuis longtemps, ils s'entraînaient pour une mission dont ils ne savaient rien. Ils n'allaient pas tarder à en connaître la nature, mais, sans doute, pour des raisons évidentes de sécurité, dans les termes les plus vagues. Viendrait ensuite l'entraînement spécial, plus directement ciblé sur la tâche à accomplir, et cela risquait, l'avait prévenu Zayn, de prendre encore deux mois.

Khaled tripotait le bord du tapis, tâtant le tissage entre le pouce et l'index. Il vit Zayn tourner sa tête massive, abaisser le regard et froncer les sourcils. Il s'arrêta aussitôt, sans même savoir si son geste était la cause de cette réprobation silencieuse.

Pour finir, une tenture se souleva et une silhouette grande et mince – un bon mètre quatre-vingt-cinq – sortit de l'ombre. L'homme avait une canne à la main et portait un *salwar kameez* d'un blanc immaculé: longue chemise en coton et pantalon flottant, la tenue favorite de nombre de talibans. Tout en le regardant entrer, Khaled se demanda si la canne confirmait la rumeur qui le disait malade. En tout cas, le cheik lui parut en excellente santé. Yeux vifs et brillants dans un visage allongé et olivâtre. Barbe sombre aux boucles souples qui couvrait le cou et la poitrine. Avec, malgré tout, une pointe de gris. Sur la tête, un turban noir soigneusement noué. Aux pieds, comme pour signifier combien humble était cet héritier du paradis, une paire de tongs en plastique vert.

Tandis qu'il traversait la tente, plongée dans le plus grand silence, les lanternes projetèrent son ombre immense sur la toile. Il s'assit sur un petit tabouret au fond de la tente. En dépit de sa grande taille et de ses longs membres minces, il donnait une impression de petitesse, d'insignifiance surprenante, assis là sur son tabouret, sa canne entre les jambes, un pied passé par-dessus l'autre. Mais sous cette apparence modeste se devinait une force tranquille. Phénomène qui s'appliquait également à sa voix, laquelle tirait toute son autorité de son calme, comme il devint apparent quand elle se fit entendre. Le cheik commença par une invocation.

* * *

«Que Dieu bénisse l'Amérique!»

Le général se rassit sous des applaudissements de pure forme, et Queller se rapprocha du micro. Suivit une pause, accompagnée de quelques tâtonnements fortement amplifiés tandis que Cronin réglait la hauteur du micro. Le dernier orateur fit à Miranda l'impression d'un homme fatigué et souffrant. Il avait certes une forte carrure, mais ses épaules commençaient à s'arrondir, et il se tenait un peu voûté. Des rides profondes creusaient son visage, comme si chacun des services rendus à l'État était resté gravé là. Mais ses yeux, d'un doux gris perle, racontaient une autre histoire, et quand il parlait on retrouvait la même douceur dans sa voix.

«Si les conflits doivent embraser l'Orient – et pour ma part, j'espère bien que cela ne se produira pas –, nous ferions bien de mettre la main dans le feu pendant qu'il couve encore.»

* * *

«Louange à Dieu, le Souverain de l'univers, le Clément, le Miséricordieux, le Maître au jour du Jugement. C'est Toi, et Toi seul, que nous adorons, Toi dont nous implorons le secours. Guide nos pas sur le droit chemin, le chemin de ceux que Tu as comblés de Tes bienfaits, de ceux qui n'ont point encouru Ta colère et ne se sont point égarés...»

Un murmure d'approbation parcourut l'assemblée, puis le cheik entra dans le vif du sujet.

«Mes frères, quelle que soit votre patrie, quelle que soit votre place dans la communauté du monde musulman, je vous souhaite la bienvenue. Je tiens tout particulièrement à saluer la présence ici de Zayn et de Yousef, qui, depuis de nombreuses années, se signalent par leur bravoure et leur sens de l'honneur, ainsi que de leur nouvelle recrue, Khaled al-Khidr. Il nous vient de Zanzibar, messieurs, et constitue l'un des éléments essentiels d'une entreprise qui va nous rendre célèbres dans toute l'*umma*, apportant la gloire à notre cause et à toutes les actions de la communauté des fidèles.»

Zayn envoya une claque sur l'épaule de Khaled. Il y eut des applaudissements, et le jeune Zanzibari baissa la tête, embarrassé.

Le cheik eut un grand sourire. «Comme il est réconfortant de voir tant de fidèles rassemblés. Cela me rappelle l'époque où les Russes ont envahi le sol musulman. J'ignorais alors que ce n'était que le commencement d'une longue campagne contre les kufr de nombreux pays, et je ne cherchais qu'à chasser l'Union soviétique de notre territoire. Mais comme il est révélé: les intentions passées ne sauraient percer le mur des événements à venir.»

Il brandit un exemplaire du Coran. «Parce que rien n'arrive en ce monde ou dans nos âmes qui ne soit déjà écrit dans le Livre.»

À ces mots, Khaled sentit le doute s'insinuer en lui. À Stone Town, il n'avait reçu qu'une instruction religieuse assez primaire, mais il avait fait des études plus approfondies au Soudan. Il savait que les murs impossibles à percer ne se trouvaient pas dans le Coran, mais dans un recueil d'aphorismes mystiques. Ces derniers n'étaient pas la parole de Dieu révélée, comme l'était le Livre, mais simplement des maximes censées stimuler la piété des disciples. Il ne lui appartenait cependant pas de mettre en doute les interprétations de quelqu'un comme le cheik. Il n'était pas mollah.

* * *

Miranda vit Altenburg échanger un regard avec le général Kirby. Et dans ces yeux-là, pas trace de douceur !

«Ce que je veux dire, c'est qu'il nous faut d'abord comprendre les gens, poursuivit Queller. Le service diplomatique comporte des risques, et vous devez les accepter, vous n'avez pas le choix. Mais le plus grand risque pour vous, c'est, me semble-t-il, de mal comprendre ceux à qui s'adresse votre mission, et qui sont, au même titre que vous, des êtres humains. C'était ainsi que s'appelaient les ambassades autrefois: des missions. Pour ma part, je trouve dommage que cet usage se soit perdu. Mr. Altenburg a raison de vous mettre en garde contre les dangers du fondamentalisme musulman. Mais n'oubliez pas que l'islam est une très grande Église, encore que ce ne soit pas la meilleure façon de formuler la chose. Les fondamentalistes ne constituent qu'une proportion infime des milliards d'individus qui suivent les préceptes du Coran. Et parmi eux, seule une petite minorité est susceptible de se livrer à des actes de terrorisme. N'oubliez pas qu'un fondamentaliste n'est pas, par définition, un terroriste; mieux, il se peut qu'il ait des qualités qui forcent l'admiration. Intégrité, résolution, rigueur patriarcale de l'islam – où ne pas craindre le Père suprême, le Protecteur, le Grand Dispensateur, c'est être comme un roseau agité par le vent – peuvent être des vertus aussi bien que des dangers potentiels.»

* * *

«Afin de résister à ces athées de Russes, les Saoudiens m'ont choisi comme leur représentant dans cette région du monde. Je me suis d'abord fixé au Pakistan, près de la frontière afghane. C'est là que j'ai accueilli les volontaires venus du royaume et de tous les pays arabes et musulmans. J'ai installé mon premier camp là où ces mêmes volontaires étaient entraînés par des officiers pakistanais et américains... Ce qu'il vous faut bien comprendre, c'est la ruse dont nous avons su faire preuve dans nos rapports avec les Américains: alors qu'ils croyaient nous utiliser dans leur lutte contre le communisme, nous nous servions d'eux pour obtenir des armes. Pour bâtir notre force...»

Il sourit en regardant directement Khaled. «Il peut paraître étrange aujourd'hui, à nos membres les plus jeunes, que les Américains aient pu venir en personne en Afghanistan et y expédier parfois leurs meilleurs éléments. Ils ont essayé de nous enrôler dans leurs conspirations. De nous faire adorer leurs idoles et adopter leur mode de vie impie. Mais nous nous sommes montrés plus intelligents qu'eux. Nous les avons renvoyés chez eux, avec un joli cadeau d'adieu. Et ce que nous allons entreprendre aujourd'hui, leur nation n'est pas prête de l'oublier. Et d'autres avec elle: toutes celles qui s'inclinent devant l'Amérique et qui ne s'inclinent pas devant notre excellent Maître, l'Initiateur. En ce moment même, Il est en train de sceller leur destin, à tous ces pays, depuis Londres jusqu'à l'Australie en passant par Moscou, Il se prépare à les vanner comme du grain.»

* * *

Miranda se redressa sur sa chaise. Voilà qui était mieux ! Enfin quelqu'un qui ne passait pas son temps à rêver, qui n'était ni un faucon, ni un fanatique. Celui-là faisait marcher son cerveau.

« Si ce qui menace directement la paix dans le monde doit venir de l'islam, essayons au moins de comprendre le phénomène. C'est parce qu'il n'est pas ou mal compris que l'islam en tant que tel fait peur, qu'il est perçu, dans son ensemble, comme extrémiste. Mais c'est là une grave erreur.

« Ce qui ne veut pas dire que le véritable extrémisme n'existe pas. Mais il est alors ce qu'il est, une aberration. Une seule foi, même si elle est monothéiste, peut être parcourue de multiples courants. Différentes cultures, différentes pratiques...

« Vous avez peut-être entendu des horreurs sur le compte des pays musulmans. Mais... ne conviendrait-il pas que nous nous regardions d'abord avant de condamner les autres de manière trop hâtive ? Oui, c'est vrai, il leur arrive dans certains endroits de trancher les mains des criminels... »

À ces mots, il leva son bras artificiel, tirant sur sa manche, qui glissa pour laisser voir l'endroit où la main s'articulait sur le bras. L'auditoire en eut le souffle coupé.

« Désolé, dit-il en grimaçant un sourire. Je cherchais simplement à retenir votre attention. Oui, c'est vrai, ils coupent des mains et des têtes, mais l'Oncle Sam, lui, met bien des criminels dans le couloir de la mort pour finir par leur administrer une injection mortelle. À votre avis, quel est le mieux ? Je pense, moi, que si vous avez une vision stéréotypée du monde arabe, vous n'arriverez jamais à comprendre le sens de la justice sociale et de la compassion qui caractérise aussi ces peuples.

« Il reste qu'il y a bel et bien une menace. Elle est le fait d'un réseau qui opère à l'échelle mondiale, connu en arabe sous le nom d'Al-Qaida. Traduction, la Base, ou la Fondation. Le mot renvoie non pas aux qualités morales de ce réseau, encore qu'il le pourrait, mais à l'organisation d'un individu appelé Ousama ben Laden. Cet homme a juré de défier les services américains de sécurité partout dans le monde.»

* * *

«Telle était la situation, dit le cheik. Les armes étaient fournies par les Américains et acheminées jusqu'aux moudjahidin par les Pakistanais. Certaines de ces armes, nous les utilisons encore aujourd'hui.»

Il sortit un pistolet automatique des plis de son kameez et le présenta à l'assemblée à plat sur ses mains, comme s'il s'agissait d'une offrande.

«Ou bien nous les prenions aux Russes. Quant à l'argent qui finançait notre lutte, il provenait à la fois de la CIA et des Saoudiens, en même temps que de mes propres réserves et de celles d'autres musulmans. L'ennemi à l'époque, c'étaient les Soviétiques. Mais comme je vous le disais, mes frères, je n'ai pas tardé à comprendre que pour promouvoir le nom d'Allah, il ne suffisait pas de combattre le communisme. Il nous fallait également lutter contre les Américains. Ils cherchaient à s'implanter dans cette région du globe, comme ils l'avaient déjà fait en Arabie Saoudite, en Jordanie et dans bien d'autres endroits. Avec l'aide des dirigeants hypocrites de ces pays, ils voulaient nous voir adopter leurs mœurs impies, leurs Cadillac et leurs McDonald's, leurs Las Vegas, leurs drogues et leurs films pornographiques.

«Nous n'avions pas chassé le dernier Russe du territoire afghan que la CIA nous expédiait à nouveau son agent depuis Peshawar, accompagné de quelques soldats. Il voulait acheter les talibans pour qu'ils tombent amoureux des compagnies américaines. Il voulait que je serve d'intermédiaire et que je les persuade de laisser un pipeline traverser le pays. Il était d'une grande arrogance. Il fallait qu'on lui montre que les musulmans n'avaient pas l'intention de continuer à se laisser manipuler par les Américains comme des pions sur un échiquier.

«Plus tard, en 1990, je suis rentré en Arabie Saoudite et je me suis investi dans les œuvres caritatives en faveur des anciens combattants de la guerre contre les Russes. C'est pendant cette période que j'ai découvert à quel point le cancer américain rongeait notre royaume jusqu'au cœur. Quand l'Irak a envahi le Koweït l'année suivante, je suis allé en personne trouver le roi Fahd pour lui proposer les services des combattants afghans. Au lieu de quoi, à ma plus grande horreur, il a ouvert les portes du pays aux forces américaines, et leurs soldats sont arrivés en masse. Un demi-million d'infidèles souillant la terre de la Kaaba de leurs bottes kufr. Et il en reste encore aujourd'hui. C'est un véritable sacrilège, en contradiction formelle avec la volonté du Prophète.»

* * *

«Il exerce un contrôle sur ses disciples en faisant de certaines parties du Coran des incitations à la violence… On dit que la copie parfaite de ce document, tel qu'il a été dicté par Allah à Muhammad, est conservée au paradis. Eh bien, ben Laden en parle comme s'il l'avait vue lui-même. De ses propres yeux. Vous comprenez?»

Il avala une gorgée d'eau. «Cette présomption, cette aptitude à singer l'infaillibilité fournissent la clé du personnage, et la raison de son succès: il agit, d'une manière fondamentalement symbolique, comme s'il était le Prophète en personne. C'est de l'hérésie pure et simple, mais ça marche. Il est tout à fait capable de convaincre ses disciples de jouer les kamikazes dans des attentats suicides. Donc Tom et Mort...»

Miranda était certaine que Queller avait utilisé leurs prénoms à dessein, pour suggérer «Tom et Jerry». Altenburg avait l'air furieux.

«... ont raison. Vous devez être vigilants. Mais que ce soit une vigilance qui procède d'une position de force, d'une connaissance approfondie des choses. Ne voyez pas l'islam sous un angle entièrement négatif. Réfléchissez, réservez votre jugement. Abandonnez vos *a priori*. Acceptez de vivre dans l'incertitude. Si vous tombez sur un renseignement intéressant, n'en déduisez pas qu'en raison même de sa nature, il ne peut admettre qu'une seule et unique conclusion. Développez tous les scénarios possibles, soyez comme le potier qui commence à créer une pièce sans savoir encore quelle forme il va lui donner.»

Des applaudissements enthousiastes saluèrent l'intervention de Queller. Ayant satisfait à la dernière obligation de leur formation, la plupart des stagiaires sortirent de la salle à la queue leu leu. Les plus motivés allèrent trouver les intervenants pour leur poser des questions.

Le choix de Miranda se porta sur Queller, et tout en se dirigeant rapidement vers lui, elle commença à formuler sa question dans sa tête.

«Bonjour, dit-il avec un sourire en la voyant approcher.

– Miranda Powers, dit-elle en offrant de lui serrer la

main, avant de se rendre compte qu'elle avait choisi la fausse.

– Ne vous inquiétez pas, dit-il. Ça arrive tous les jours.

– Excusez ma question, dit-elle, nerveuse, mais pourriez-vous m'expliquer pourquoi, si ben Laden représente une telle menace, nous ne nous contentons pas d'envoyer une équipe qui s'occuperait de lui, comme le suggérait le général Kirby ?

– C'est plus compliqué que ça, dit Queller, qui eut une moue dubitative. Prenez ce qui s'est passé en Iran quand Carter a essayé de récupérer les otages. Prenez Mogadiscio. Ce genre d'intervention peut très mal tourner. Et puis, si vous pensez à l'assassinat, se pose immédiatement une question d'éthique. Il existe maintenant un arrêté qui bride les activités de la CIA dans ce domaine. Le Congrès a vite compris qu'il fallait faire quelque chose à la suite des attentats qui visaient Fidel Castro. Personnellement, je n'ai pas la réponse au problème. L'ancien principe de la "guerre juste" n'est plus guère applicable aux terroristes opérant à partir d'un pays étranger. Encore que l'expression "guerre juste" ne soit pas vraiment celle qui convienne dans des endroits comme l'Afghanistan ou la Somalie. En tout état de cause, c'est un problème mondial. Londres, Le Cap, la Malaisie… ce genre de terrorisme est transnational, et extrêmement diffus. Il a des ramifications partout sur le globe.»

***

«Les Américains, qui jusqu'ici avaient activement recherché mon aide, étaient désormais décidés à m'empêcher d'accomplir ma mission. Ils ont envoyé des agents au Soudan pour me tuer. Ayant échoué dans leur tentative, ils ont fait pression sur le gouvernement pour que je sois expulsé du pays. Et c'est pourquoi, en 1996, je revenais ici, en Afghanistan, avec certains de mes enfants et de nombreux fidèles, dont beaucoup sont avec nous ce soir.»

Khaled remarqua que l'allusion provoquait chez plusieurs des lieutenants quelques hochements de tête approbateurs et suffisants.

«Je fus bientôt rejoint par les chefs d'autres organisations, comme le bon docteur ici présent. Et nous avons commencé à élaborer nos plans.»

Khaled regarda le Dr Zawahiri, l'Égyptien devenu le stratège numéro un d'Al-Qaida. C'était un petit homme rondouillard aux allures de batracien, dont le visage resta parfaitement impassible quand le cheik fit référence à sa personne.

«C'est en août de cette année-là, poursuivit le cheik avec un sourire, que nous avons déclaré la guerre sainte, car nous savions que seule une pluie de balles pouvait abattre les murs de l'oppression et de l'humiliation.»

Il s'interrompit, dans l'attente d'une réaction. Une clameur s'éleva à point nommé dans la tente. Des poings et des doigts vengeurs se dressèrent.

«Djihad! Loué soit Allah!»

Puis ce fut à nouveau le silence, troublé uniquement par le chuintement des lampes à pétrole. Tout le monde attendait que le cheik reprenne la parole.

«Entre-temps, nous étions venus ici, à Khost. Nous étions prêts. Nous avons publié un manifeste informant tous les musulmans qu'il était de leur devoir de combattre, de tuer tous les représentants des intérêts américains et britanniques de par le monde. Nous nous étions fixé comme objectif de libérer tous les pays musulmans qui souffraient de l'oppression étrangère. J'entends par là l'Irak, j'entends par là la Bosnie, la Tchétchénie, et d'abord et avant tout, l'Arabie Saoudite et ses lieux saints. Ce qui m'amène aux opérations prévues pour bientôt...»

Khaled écouta attentivement l'émir décrire les tâches pour lesquelles Zayn, Yousef et lui-même, ainsi que l'autre équipe, avaient été retenus.

* * *

«Où êtes-vous affectée?

– En Tanzanie, dit Miranda, ravie d'avoir réussi à l'accaparer pour elle toute seule.

– Vous n'allez pas vous ennuyer, dit Queller. Profitez-en pour aller à Zanzibar, si vous en avez l'occasion. C'est magnifique – j'y ai passé une partie de mon enfance. Mon père a été consul à Stone Town, la capitale, après la guerre.

– Et c'était comment?» Elle posa la question avec peut-être un peu trop de vivacité, et le regretta aussitôt, craignant d'avoir donné l'impression de vouloir se mettre en avant.

«J'avais sept ans quand nous sommes partis là-bas. Et nous y sommes restés six ans. J'en conserve des images de mer et de sable. Et, assez bizarrement, de corridas.

– Des corridas? À Zanzibar?

– J'imagine que c'est une survivance de la présence portugaise. J'y suis allé une fois. Notez que, eux, ne mettent pas le taureau à mort.

– C'est déjà ça.

– Quoi qu'il en soit, je vous envie. L'endroit m'a marqué. La preuve, c'est de là que j'ai tiré le nom de ma cabane. Oui, cette maison que j'ai au cap Cod. Une île… c'est comme ça que le lien s'est fait.

– Vous avez une île pour vous tout seul ?

– Absolument pas, dit Queller en riant. Aquinnah est une petite île en bas de Martha's Vineyard. J'en ai juste un morceau. Depuis… eh bien, depuis ça… »

D'un brusque mouvement des épaules, il plia son bras artificiel pour le ramener vers lui. Elle se dit qu'il devait avoir des sangles passées dans le dos.

« … et depuis que je suis à la retraite, je me sens plus heureux sur mon île qu'en ville. »

Ils prirent la direction de la sortie, où l'attendait Kirsteen. Miranda vit qu'elle avait engagé la conversation avec Altenburg.

« Les conférences vous ont plu ? demanda Queller, qui avait suivi son regard.

– Oui, bien sûr.

– Vous n'avez pas trouvé qu'elles avaient un côté programme télévisé pour enfants ? »

Miranda éclata de rire, avant de lui jeter un regard timide. « Vous semblez avoir des interprétations nettement divergentes de celles de vos collègues.

– J'ai connu Altenburg à l'époque où il était stagiaire. Il a superbement réussi. »

Elle ne sut trop que dire, dans la mesure où c'était exactement ce qu'elle voulait faire de sa vie : une « superbe réussite », en devenant un de ces individus qui, sortis de nulle part, finissent par atteindre les sommets.

« Pour quelqu'un d'aussi jeune, j'entends, poursuivit Queller. La mentalité d'un bâtisseur d'empire, c'est peut-être ce qui m'a manqué. J'aurais pu grimper tout en haut de l'arbre. C'est ce à quoi vous aspirez, vous ? »

Elle eut un petit rire gêné, troublée de voir avec quelle

rapidité il avait su lire en elle. «Je crois que oui. Oh, je n'ai pas encore de plans bien définis. Mais... oui, je veux réussir. Sans pour autant être prête, comment dire, à marcher sur tout le monde.

– Ça ne sera pas nécessaire. Contentez-vous d'être disponible, et sachez vous accrocher aux basques de la bonne personne au bon moment.»

Était-ce là une pique à l'endroit d'Altenburg ou bien une invitation déguisée à s'attacher à lui? Il y eut un autre silence. Se pouvait-il que Queller fût le genre de mentor qu'elle recherchait plus ou moins consciemment depuis la mort de son père? Située à un niveau très profond, cette quête était née de la rencontre de deux flux de pensée sur un de ces chemins obscurs qu'emprunte l'esprit à l'insu de la conscience.

«À propos, vous venez d'où? demanda Queller.

– Du Massachusetts, moi aussi. De Boston, pour être précise.

– Vraiment? Si vous avez l'occasion de passer dans mon coin, n'hésitez pas à venir me voir. Je vais vous donner ma carte.»

Il fouilla dans sa poche.

«Et... continuez le tennis.

– Ah, vous nous avez vues! dit-elle, en rougissant.

– En attendant sur le parking, dit-il en lui tendant sa carte. Voilà où je m'apprête à retourner, si vous n'y voyez pas d'inconvénient. Je fais vraiment troisième âge au milieu de tous ces gens. Bonne chance.

– Merci. Au revoir.»

Elle le regarda se diriger vers Kirsteen et les deux autres orateurs, qu'il salua d'un signe de tête poli, mais sans s'arrêter pour leur adresser la parole.

* * *

«Queller me déteste, dit Altenburg à Kirby, sur le parking. Je suis arrivé trop haut, trop vite, à son goût.

– Vous avez certainement beaucoup de talent. Mais il doit y avoir autre chose. Vous êtes où ?»

Altenburg désigna une rangée de voitures au-delà du court de tennis désert. Ils se dirigèrent tout naturellement vers son véhicule, plus proche que celui de Kirby.

«Il y a autre chose, en effet. Je fais partie d'une commission qui a mis un terme à une opération qu'il dirigeait alors qu'il était déjà à la retraite.»

Tout le temps qu'ils longèrent le court de tennis, le général chercha à attirer l'attention de son chauffeur, garé une vingtaine de voitures plus loin.

«À la retraite? Mais comment est-ce qu'il a trouvé les fonds?

– Grâce à des compagnies pétrolières.

– Mais le Département d'État devait sûrement être dans le coup.

– Bien entendu. Les combines habituelles. Vieux comptes à régler, renvois d'ascenseur. Il a le bras long, Jack Queller. Ça fait longtemps qu'il est dans le circuit. Et puis c'était quelqu'un, autrefois.

– J'ai toujours entendu parler de lui comme d'un franc-tireur. J'ai trouvé son discours bien peu musclé. Qu'est-ce que c'était, cette opération ?»

Le général fit signe de la main à son chauffeur qu'il en avait encore pour cinq minutes. La voiture était une Lincoln noire. Le chauffeur était en uniforme. Il porta la main à sa casquette en guise de réponse. Il connaissait suffisamment son homme pour ne pas chercher à se rapprocher pour l'instant.

«Elle concernait ce ben Laden qu'il nous a présenté comme le fer de lance du terrorisme mondial, ce qui, à mon sens, est pour le moins exagéré. Queller avait projeté d'infiltrer le réseau de ben Laden et de le faire assassiner.

– Et le pétrole dans tout ça?

– Une sorte d'arrangement secret. Il garantissait aux compagnies l'accès aux champs de pétrole du Soudan du sud, en échange de quoi, elles fournissaient l'argent nécessaire pour liquider ben Laden. De cette manière, impossible pour le Congrès de faire remonter l'opération jusqu'à l'exécutif.»

Le général tapota du doigt le capot bleu métallisé de la Chrysler d'Altenburg.

«Ça me paraît bien, comme plan. Pourquoi ça n'a pas marché?

– Trop compliqué. Ça réveillait pas mal de choses. On s'était déjà fait avoir une fois par ben Laden. À une époque où Queller lui-même était notre contact sur place avec lui, au cours d'opérations clandestines en Afghanistan. Une fois le conflit terminé, ben Laden a retourné sa veste. Je crois qu'il manipulait Queller depuis le début, et qu'il s'est servi de lui pour acquérir un savoir et des compétences qu'il devait par la suite utiliser contre nous. Il avait beau être multimillionnaire, ce n'était qu'un petit ingénieur au départ.

– Alors, c'est ça le fin mot de l'histoire? Queller à la poursuite d'un associé parti avec la caisse?»

Altenburg secoua la tête. «C'est plus personnel que ça. Il y a eu une fusillade quelque part dans la montagne. C'est là que Queller a perdu son bras. Des gars de l'armée lui ont donné leur sang. Autrement, il y restait.

– Maintenant que vous le dites, ça me rappelle quelque chose. J'ai effectivement entendu parler de cette histoire.

– Et puis sa femme est morte d'un cancer, et ç'a été la fin pour lui. Il a toujours été un peu spécial. Mais maintenant, son obsession, c'est ce ben Laden. Si on l'écoutait, on consacrerait toutes nos ressources à l'élimination de ce type.

– Alors, vous avez arrêté l'opération ?»

Altenburg actionna sa commande à distance; la voiture émit un petit clic, et les feux se mirent à clignoter.

«Non sans mal. Il a contre-attaqué. L'affaire est allée jusqu'au Conseil national de sécurité. Il a de sacrés appuis, le Jack Queller.

– Qu'est-ce qui a fait pencher la balance en fin de compte ?»

Altenburg plia son imperméable de chez Brooks Brothers, qu'il déposa à l'arrière de la voiture.

«Je leur ai dit qu'il lisait trop de poésie arabe.»

6

Environ un mois après son arrivée à Zanzibar, Nick Karolides était assis dans un bar de Stone Town. Il sortait de chez le shipchandler, où il venait d'acheter un cordon de démarrage pour le hors-bord de da Souza. La remise en état du bateau de l'USAID s'était révélée plus compliquée que prévu, et il s'était résolu à payer un loueur de bateaux du port de Stone Town pour venir faire le travail – un type extrêmement pessimiste qui avait l'air de douter de pouvoir mener à bien la réparation.

Le seul sujet sur lequel l'homme montrait un brin d'enthousiasme, c'était Allah : il n'avait qu'*inch'allah* à la bouche – pour le marteau, la spatule, la fibre de verre, le chalumeau, comme si leur fonctionnement dépendait entièrement du bon vouloir de Dieu. Quand il n'eut plus rien dans son matériel à confier aux bons soins d'Allah, c'est Nick qu'il bombarda de ses inch'allah, pour finir par lui dire que le bateau le transporterait maintenant en toute sécurité, mais seulement si telle était la volonté du Tout-Puissant.

Nick alluma une cigarette et, assis à une vieille table en bois près de la fenêtre, regarda la mer sans une ride tout en attendant son repas. Un boutre passait en grinçant dans la baie, émergeant à peine de la brume de chaleur. Nick vit son propre reflet dans une glace fendue accrochée au mur. Il se plaisait beaucoup ces derniers temps : ses cheveux s'étaient éclaircis, et son bronzage importé de Floride avait foncé sous le soleil africain. Le fait de nager beaucoup avait aussi amélioré la tonicité de ses muscles. À la manière d'un masseur, la mer avait raffermi et assoupli ses longs membres.

Il commençait à se faire à son travail, et, pour tout dire, y prenait grand plaisir. Une découverte due au hasard avait réussi à lui faire oublier sa consternation devant les ravages causés au récif par la dynamite. Poursuivant son étude des mollusques sur la plage du Macpherson, il était tombé, en creusant, sur des nids de tortue. Plusieurs tortues, quatre ou cinq peut-être, avaient dû venir pondre leurs œufs pendant la nuit. Ce qui voulait dire qu'il en restait encore quelques-unes dans le coin, et qu'elles n'avaient pas toutes été exterminées. Leurs écailles étaient commercialisées sous forme de boutons et de bijoux, tandis que leurs œufs étaient fort prisés sur les marchés asiatiques. Quant à la chair, elle était soit consommée par les chasseurs eux-mêmes, soit bouillie pour donner une huile elle aussi très recherchée, qui, en raison de son degré élevé de viscosité, était utilisée par l'industrie cosmétique pour la fabrication de crèmes et autres produits adoucissants.

Il fit signe au serveur de lui apporter une autre bière. Si horrible qu'il fût, le commerce de la tortue s'inscrivait naturellement dans le paysage de Zanzibar, au même titre que ses baies scintillantes ou ses rangées ondulantes de palmiers – autant d'images qui nourrissaient, depuis un siècle au moins, l'imagination nostalgique de voyageurs romantiques et expliquaient l'attrait de ces lieux. Il fallait bien un revers à la médaille, une face cachée, sombre et cruelle.

Il était parfaitement conscient d'être lui-même victime de ces rêves d'exotisme, sans pour autant chercher à y remédier. Il lui arrivait parfois de se demander si ce n'étaient pas les histoires que lui lisait son père quand il était enfant, ces contes simplistes peuplés de héros admirables et de détestables méchants, qui, jointes à un irrépressible désir d'évasion, l'avaient amené jusqu'ici.

Ici, dans un bar de Zanzibar ! Il but sa deuxième bière à petites gorgées, et laissa son regard errer sur l'eau étincelante, rêvant à l'image de l'homme neuf qu'il pourrait devenir, une fois abandonnée l'enveloppe de l'ancien, comme cette mue de serpent, si fine et translucide, qu'il avait trouvée ce matin même sur la plage, près des nids de tortue.

Il appréciait toutefois certains des liens qui le rattachaient encore à l'ancien monde. Il avait avec lui son ordinateur portable. En dépit des caprices de l'électricité et du téléphone, il avait pu glaner des tas d'informations utiles sur Zanzibar en se connectant à différents sites Internet. L'un d'eux présentait les fabuleuses portes arabes sculptées de Stone Town, qu'il fallait «ouvrir» pour passer d'une section du site à l'autre. Il en avait également consulté plusieurs sur les tortues, notamment les tortues à cuir, espèce dont Zanzibar se flattait de posséder une des plus fortes concentrations au monde. Encore que… au train où allaient les choses, cela risquait de ne plus être pour bien longtemps.

La tortue verte de Floride, qu'il connaissait mieux, devait faire face à un autre type de menace. Le danger ne venait pas pour elle des chasseurs, mais des eaux usées et des résidus de plomb et de cadmium provenant des gaz d'échappement et de l'usure des freins et des pneus. Les particules se déposaient sur les trottoirs et étaient entraînées par les eaux de pluie dans la baie de Sarasota. Il n'y avait pourtant pas que de mauvaises nouvelles: avant son départ, un rapport faisant état d'une extension de la surface couverte par les plantes aquatiques dans Longboat Pass avait contribué à lui remonter le moral. Assez curieusement, le phénomène était dû au dragage, qui, en créant de nouveaux fonds, avait provoqué l'apparition d'herbes d'un type différent. La thalassia, l'herbe aux tortues, était remplacée par l'halodule et la ruppie maritime.

Il ne voyait pas comment une amélioration du même genre pourrait jamais être apportée à la situation écologique de Zanzibar, caractérisée, elle, par la pêche à la dynamite et la destruction du corail par les quilles des bateaux. Les dragages pratiqués ici étaient sans commune mesure avec ceux que connaissait la côte de Floride, où, de son point de vue, l'opération s'apparentait à du terrorisme pur et simple. Sans compter que là-bas, le plus grand danger pour les tortues était constitué par les sacs en plastique qui flottaient à la surface de l'eau: elles essayaient de les manger, les prenant pour des méduses, et s'étouffaient.

De nombreuses tortues de Floride souffraient de tumeurs: vilaines excroissances gris-blanc, alignées le long du cou comme des chapelets de petites pommes fripées. Ces papillomes fibreux, comme on les appelait, avaient le malheur d'attirer l'attention des poissons, qui cherchaient à s'en nourrir, croyant à du corail. Personne ne connaissait la cause exacte de ce cancer, mais son incidence était manifestement liée aux taux de pollution.

Il lui vint à l'idée qu'une étude comparée des dangers qui menaçaient les tortues en ces deux points du globe pourrait lui fournir un sujet intéressant pour sa prochaine causerie à l'école Matembwe, où il effectuait la partie pédagogique de son travail. Il appréciait beaucoup ces séances hebdomadaires, au cours desquelles il avait déjà parlé de la formation du littoral à travers les âges, de l'influence de la lune sur les marées et des secrets des fonds marins. Il trouvait attachante la gentillesse des enfants, et réconfortante leur soif de savoir.

Ce travail lui fournissait par ailleurs une occupation pendant qu'il attendait que son gros matériel de plongée arrive des États-Unis, via l'ambassade de Dar es-Salaam. Il avait eu de longues discussions avec Dino sur la nature des appareils qu'il devait emporter, pensant au départ en réduire le volume au maximum. Mais, dans sa sagesse, le vieux Grec l'avait convaincu qu'il fallait être fou pour ne pas prendre tout ce dont il pouvait avoir besoin. Ils étaient arrivés à un arrangement concernant le coût de l'opération, lequel supposait que Nick revende sa moto, et Dino avait gentiment accepté de se charger de l'expédition. Mais Nick avait du mal à se passer de son engin, et il n'avait pas les moyens pour l'instant de s'en payer un autre, étant donné les prix pratiqués à Zanzibar.

Ce qu'il fallait, en revanche, qu'il se procure d'urgence – et ça, c'était dans ses moyens –, c'était une batterie de voiture de douze volts et un transformateur, pour pouvoir se servir de son ordinateur portable pendant les coupures de courant au Macpherson.

Son repas arriva. Bar grillé et riz à la noix de coco. Il commença à manger, regardant autour de lui tout en mastiquant la chair succulente du poisson et les grains collants et parfumés. Trois jeunes Africains étaient appuyés sur le parapet en train de regarder la mer, et deux Blancs occupaient l'intérieur. L'un d'eux, trapu, le teint terreux, en chemise bleue à manches courtes et pantalon kaki, était assis au bar sur un tabouret et buvait une Bell. L'autre, qui fumait une pipe, était à l'autre bout de la salle, à demi dissimulé derrière un numéro de l'édition londonienne du *Times*.

Au moment où il se levait pour régler l'addition, Nick fut salué par le buveur de bière.

«Bonjour. Qu'est-ce qui vous amène au pays de Zinj?»

Le type tendit la main, que Nick serra. Comme il l'annonça avec un accent britannique prononcé, il s'appelait Tim Catmull.

«Permettez-moi de vous en offrir une autre, ajouta-t-il, en s'appuyant des coudes sur le bar. Freeman, une bière pour...?»

Un doigt levé, Catmull tourna son corps massif du côté de Nick.

«Nick. Nick Karolides.

– Et une Bell pour Nick.»

Il fit à nouveau pivoter son tabouret.

«C'est un nom grec, ça?

– Exact, dit Nick. Mais je suis américain.

– Jeune Américain...», susurra l'Anglais d'une voix de chanteur de charme.

Nick ne put s'empêcher de sourire, davantage devant l'accent, qu'il avait du mal à situer, que devant cette tentative censément drôle pour briser la glace.

«Catmull n'est pas si répandu non plus, dit-il, histoire de ne pas être en reste. Du moins dans mon pays.

– Pour être tout à fait franc, dit l'autre, j'ai ce nom en horreur. Mais le moyen de faire autrement?»

Il leva les mains en l'air, dans un geste de résignation impuissante qui ne parut qu'à moitié sincère à Nick.

«Au fait... qu'est-ce que vous entendiez par "Zinj"? demanda Nick, en se hissant sur un tabouret.

– C'est le nom que donnaient les Arabes à cet endroit. C'est là-dessus qu'on a formé Zanzibar. Zinj vient de *zang*, qui veut dire «noir» en persan, et *barr*, c'est le mot arabe pour "côte", ou "terre".

– Je vois…

– Alors, qu'est-ce qui vous amène ici ?

– Un programme de protection du récif.

– Ah, le truc de l'USAID ?

– Exact, dit-il en avalant une rasade de la bière offerte par Catmull.

– Il n'est pas arrivé quelque chose au type qui était là avant vous ?

– Si, un accident de bateau.»

Il n'en dit pas plus. La mort de son prédécesseur lui apparaissait encore mystérieuse, en dépit de ses tentatives pour en apprendre davantage sur les circonstances de la disparition de George Darvil. À moins d'aller à nouveau cuisiner Chikambwa, démarche dont il pressentait qu'elle serait mal reçue, il ne voyait pas très bien ce qu'il pouvait faire. Quand il s'était aperçu, au bout d'un certain temps, qu'il ne découvrirait rien de plus, il avait essayé de chasser Darvil de son esprit. Il avait le sentiment d'avoir des affinités toutes particulières avec la mer, et restait convaincu que rien de semblable ne pourrait jamais lui arriver. Ce qui ne l'empêchait pas d'être poursuivi par d'affreuses images de noyé, surtout durant ses nuits d'insomnie. Même en ce moment, il voyait, à la place de sa main sur la bouteille, celle de Darvil, décolorée, lépreuse, et couverte d'algues.

«Et vous, vous faites quoi, ici ? demanda-t-il.

– Moi ? répondit Catmull, secoué d'un rire creux. Je suis un expert en… mort subite.

– Pardon ?

– C'est une maladie du giroflier. Je travaille pour le DFID, Department For International Development. Un organe du gouvernement britannique.

– On produit beaucoup de clous de girofle par ici, non ?

– Dans le temps, quatre-vingt-dix pour cent de la production mondiale. Une fois terminé le commerce des esclaves, c'est de là que l'île a tiré l'essentiel de sa richesse. Mais aujourd'hui, les arbres sont attaqués par un champignon dont on n'arrive pas à se débarrasser. C'est pour ça que je suis ici.

– Comment vous trouvez votre travail ?

– C'est plutôt coton. Après la révolution, ils ont nationalisé presque toutes les fermes. Ils ont laissé redémarrer quelques petits exploitants... mais pour l'essentiel, c'est aux employés de l'administration du Clove Board que j'ai à faire. Et la corruption là-dedans, je ne vous dis pas ! Vous connaissez ça dans votre boulot ? »

Nick secoua la tête.

« Au fait, vous ne jouez pas au football, par hasard ?

– Le soccer, vous voulez dire ? fit Nick après une seconde d'hésitation. Non... mais je pourrais essayer.

– Super. Je vous engage. Comme défenseur, notez bien, pas comme attaquant. On a un petit championnat. Sponsorisé par les gens de Drop.

– De quoi ?

– Les gens de Drop. La marque d'eau minérale.

– Connais pas.

– Zanzibar Drop, dit Catmull, l'air surpris. L'eau minérale. Ma parole, vous venez de débarquer. Dis donc, Freeman, envoie une bouteille de Drop, tu veux ? »

Le barman posa le verre qu'il était en train de laver, et se penchant vers le bas du réfrigérateur, en sortit une petite bouteille d'eau minérale. Luisante de la buée du compartiment à glace, la bouteille prit l'espace d'un instant sous les spots du bar l'allure d'un objet précieux, mystérieux, presque doué d'une vie propre.

«Tu te bouges un peu, Freeman?» cria Catmull, de l'autre bout du bar. Nick tiqua. Il n'appréciait guère le ton de commandement impérieux qu'adoptaient nombre d'expatriés pour s'adresser aux habitants de l'île.

Le barman essuya la condensation avec un torchon et, après avoir déposé la bouteille sur un plateau en argent bosselé, se mit à avancer, mais très lentement, dans leur direction.

«Voilà, c'est ça.

– Oui, bwana.

– C'est pas à toi que je parle, c'est à l'autre bwana. Voilà l'eau en question.»

Catmull tendit la bouteille à Nick. Sur l'étiquette trônait, colorée en bleu, la photo d'un footballeur. *Zanzibar Drop. Délicieuse, rafraîchissante.*

«C'est George Weah, dit Catmull. Un Libérien. Il joue dans les grands championnats européens, maintenant. C'est un vrai héros en Afrique. Signe que les temps ont changé. Je crois que nous entrons dans une ère où la plupart des héros du foot viendront d'Afrique.»

Catmull continua à palabrer, mais Nick s'était réfugié dans son monde intérieur. C'était une vieille habitude qu'il avait, de se laisser glisser ainsi dans un monde habité par des héros d'un autre genre, ceux des histoires que lui racontait son père: Héraclès, Thésée, Jason... Ou bien les membres de la Ligue achéenne – insulaires et peuples maritimes de la Grèce antique, ces hommes de la mer qui avaient abordé sur les rivages de Troie avec Achille et avaient fini par s'emparer de la ville. Pour finalement détruire leur propre civilisation par excès de pouvoir.

«Vous en voulez une autre?»

Nick se rendit compte qu'ils avaient dû rester assis côte à côte en silence pendant plusieurs secondes. «Je crois que c'est ma tournée, dit-il. Qu'est-ce que vous prenez?

– Rien, mon pote. Faut que j'y aille. Je vous ai trouvé l'air tellement songeur que je me suis dit qu'il vous fallait une autre bière.

– Vous êtes sûr? demanda Nick, gêné.

– Vraiment, dit Catmull, en secouant la tête. Je vais dans le nord cet après-midi. Je dois voir une des huiles du Clove Board. Mais donnez-moi votre numéro de téléphone, pour le foot.»

Nick sortit un stylo et inscrivit le numéro de son hôtel sur un dessous de verre.

«Salut. Je vous appelle.

– Bonne chance avec la mort subite, dit Nick, tandis que Catmull se laissait glisser de son tabouret. Dites, vous ne connaîtriez pas un certain Leggatt, par hasard? Je crois qu'il cultive le clou de girofle. Mais il a aussi un bateau. J'entends son nom un peu partout.

– Ralph Leggatt? C'est lui, là-bas, dit Catmull en montrant l'homme au journal, avant de se pencher vers Nick et de lui glisser dans l'oreille: Méfiez-vous, tout de même. Un râleur, plutôt mal embouché, d'après ce que j'en ai vu… Bon, je vous laisse.»

Il s'éventa avec le dessous de verre. «Nom de Dieu, ce qu'y peut faire chaud! Pas une goutte de pluie de toute la semaine.»

Après avoir salué Catmull, Nick se dirigea vers l'homme caché derrière son journal, au fond de la salle. Les mains brunes qui s'abaissèrent à son approche étaient constellées de taches de vieillesse. Un visage apparut, tanné par le soleil, buriné, renfrogné, et encadré de cheveux d'un blond sale et d'une longueur qu'on ne se serait pas attendu à trouver chez un homme qui devait friser les soixante-cinq ans.

« Mr. Leggatt ? Je m'appelle Nick Karolides. Je suis ici au titre du programme USAID de conservation du récif. Je n'arrête pas de voir votre bateau passer devant le Macpherson, et je me suis dit... »

Le journal se ferma. Des yeux, très enfoncés et du même jaune que les cheveux, l'examinèrent sans aménité. La peau du visage était tellement hâlée qu'on aurait pu croire qu'elle avait trempé dans le thé.

« Américain ?

– Oui, dit Nick. USAID.

– Pour ce qu'elle vaut, votre aide. Personnellement, je n'ai rien à vous dire, jeune homme.

– Mais... qu'est-ce que j'ai fait ?

– Vous, rien. En revanche, votre prédécesseur, lui, a foncé droit dans le récif avec son bateau.

– Je croyais qu'il poursuivait des braconniers.

– Effectivement, et pour une idée stupide, c'était une idée sacrément stupide. En attendant, c'est bel et bien lui qui a endommagé le récif... cette fois-ci.

– Bon sang, mais il est mort, dit Nick, interloqué. Vous ne croyez pas que vous y allez un peu fort ?

– Vous autres, les verts, dit Leggatt en finissant sa bière, les gens des ONG, les protecteurs de l'environnement... vous pensez toujours détenir la vérité. Au nom de vos grands principes. Mais vous ne voyez pas ce que vous avez sous le nez.

– Il s'est noyé en essayant d'arrêter des braconniers. Je veux bien admettre qu'il ait été mal inspiré, mais je ne vois pas la nécessité de salir son nom.

– C'était un de vos amis, c'est ça ?

– Non, mais... », bafouilla Nick.

Leggatt se leva et replia son journal. « Vous avez raison. Il s'est bel et bien noyé. Il est tombé de son bateau, au moment où celui-ci heurtait le récif. C'est moi qui l'ai repêché, et il est mort dans mes bras. Le corail lui avait fendu le crâne. Notez bien, poursuivit-il en fixant Nick de ses yeux moutarde, que ç'aurait été dix fois pire s'il était tombé entre les mains des braconniers. Ils l'auraient tout bonnement taillé en pièces.»

Sur quoi, il tourna les talons et se dirigea vers la porte.

«Attendez, dit Nick, lui courant après et l'attrapant par la manche. Je ne voulais pas...

– Foutez-moi la paix.»

Leggatt se dégagea et sortit. Nick le suivit un instant plus tard, mais l'Anglais avait déjà disparu dans le dédale des petites rues.

* * *

Le fleuve avait tout d'un ruban de soie. Un gamin s'amusait avec un bateau téléguidé. Miranda Powers le regarda un moment, assise sous un arbre de la berge. C'était son dernier jour au pays. Elle n'était pas fâchée de quitter Washington, mais elle avait eu envie, avant de partir, d'en fixer l'image dans sa tête et avait donc entrepris une longue promenade à travers la ville.

Kirsteen était allée chez Frank. Sans plus de stage pour l'occuper, ni de petit ami, Miranda se sentait bizarre. Ses valises étaient bouclées, elle-même était prête à partir. Désœuvrée, sans but, elle avait l'impression d'être repliée sur elle-même. Et c'était ce sentiment qui l'avait d'abord amenée là, sur les bords du Potomac.

Au bout d'un moment, lasse du bourdonnement du bateau du gamin, elle se leva et prit la direction du musée d'Histoire américaine. Elle n'y resta pas longtemps – trop de monde –, se contentant de faire un tour dans la salle des jouets, pour revoir les automates, et dans la section musique, où il y avait une réplique grandeur nature de David Byrne dans son costume de scène blanc.

Elle se dirigea ensuite vers le nord, longeant le bord du Triangle fédéral et passant devant le ministère de la Justice et la vieille poste centrale. Arrivée à la hauteur de l'atelier de Matthew Brady, le photographe de la guerre de Sécession, elle décida d'entrer. Le vieux bâtiment, sombre et frais, était fascinant. Elle vit Ulysses Grant et son état-major, les restes d'affûts de canon datant du siège de Fort Fisher, des soldats de l'Union en train de manger, et Pinkerton, l'homme des services secrets, sur son cheval à Antietam.

En sortant de l'atelier de Brady, elle revint sur ses pas et traversa le Triangle fédéral pour entrer à l'Aquarium national. Il y avait une bonne soixantaine de bassins, mais deux seulement retinrent son attention. Celui des tortues et des crabes, que l'on pouvait prendre dans ses mains, et celui des requins. Il se trouvait que c'était l'heure du repas pour ces derniers, et elle resta là, à les regarder ouvrir toute grande la gueule pour engloutir les pleins seaux de maquereaux que déversaient les employés.

Les requins attrapaient les poissons en pleine course dans le bassin rond, puis faisaient un tour complet le long de la vitre avant de se présenter pour la ration suivante. On pouvait, avec le billet d'entrée à deux dollars, voir un film en continu sur la vie des fonds marins dans le monde, mais elle ne fut pas tentée et ressortit à la lumière.

À Metro Center, elle prit la ligne orange, direction nord-est, avec l'intention d'aller acheter des comprimés dans un magasin de diététique que lui avait recommandé Kirsteen. Nutraceutica: un complément minéral complet et vitaminé qu'elle avait peu de chance de trouver en Afrique. Juste avant que les portes se referment, une pauvresse, vêtue d'un manteau noir râpé trop grand pour elle, s'engouffra dans la voiture et vint s'asseoir juste en face d'elle. Elle sentait le feu de bois et l'urine, et ressemblait étrangement à Madeleine Albright.

La rame avait à peine démarré que la femme levait sa manche crasseuse et, désignant Miranda, se mettait à crier: «Elle a un teint superbe! Elle a un teint superbe!» Les autres voyageurs détournèrent la tête; la femme répétait inlassablement les mêmes mots, sur des registres différents.

Miranda fut soulagée de voir arriver son arrêt et de pouvoir descendre. Le magasin de diététique se trouvait dans un quartier sinistre et désolé. Le spectacle de la rue ne fit rien pour la rassurer. Il y avait des gens assis sur les porches, à ne rien faire. Le trottoir était envahi de mauvaises herbes, la chaussée pleine de nids-de-poule. Une chose était sûre: elle ne passait pas inaperçue dans ce décor.

Le magasin jouxtait un studio de danse. Danses et tambours d'Afrique. De l'autre côté de la rue, il y avait une station-service et une rangée de garages dont les rideaux métalliques d'un gris éteint étaient tirés. Ils étaient tous recouverts de graffiti si étroitement imbriqués et en strates si nombreuses qu'il était impossible de savoir où finissait un dessin et où commençait le suivant.

Elle entra et acheta ses comprimés. À nouveau sur le chemin de la station de métro, elle se rendit compte qu'une Acura Legend vert foncé, vitres baissées, quatre jeunes à l'intérieur, la doublait très lentement. L'un d'eux, les yeux dilatés, l'interpella, «Hé, chérie, tu veux t'faire un mec ?»

Ils s'arrêtèrent un peu plus loin. Elle comprit qu'elle devait filer le plus vite possible, et rebroussa chemin en courant. Elle s'arrêta, hors d'haleine, devant une soupe populaire, près de l'église baptiste de New Bethel. Des clochards faisaient la queue, attendant le repas que leur distribuait une petite dame boulotte et souriante, vêtue d'un tablier.

Miranda jeta un regard derrière elle. Pas trace de la voiture verte, ni de ses occupants. En se retournant, elle se trouva nez à nez avec la clocharde du métro.

«Tous damnés ! cria soudain celle-ci, montrant une langue bleu foncé et désignant une affiche sur le panneau à l'entrée de l'église. JE DONNERAI AU VICTORIEUX À MANGER DU FRUIT DE L'ARBRE DE VIE, QUI EST AU MILIEU DU PARADIS DE MON DIEU.»

Fourrageant au fond des poches de son manteau, elle en ressortit un flacon contenant un liquide brun.

«Ça lavera tout, dit-elle à Miranda d'un air assuré. Ces procédés sont nouveaux pour toi ?»

Sans attendre de réponse, la folle ajouta: «N'aie point de crainte», et secoua vigoureusement le flacon.

Miranda repartit vers le métro sans demander son reste. Tout le monde parlait du chaos qui régnait en Afrique, de la souffrance et du désespoir qui accablaient ce continent, mais les quartiers déshérités de Washington valaient-ils tellement mieux? Une fois rentrée chez elle, où l'attendaient ses valises dans le hall, elle était toute disposée à changer de décor. Mais ce serait pour demain. Ce soir, Kirsteen et Frank, qui étaient des fanatiques de musique de chambre, l'emmenaient écouter un ensemble, *The Washington Viols*, avant de lui offrir un dîner d'adieux.

***

La rencontre avec Leggatt avait mis Nick mal à l'aise, et la découverte qu'il fit le soir même, en marchant le long de la plage, n'arrangea pas les choses. Les nids de tortue avaient été retournés, et les œufs n'étaient plus là. Il n'arrivait pas à comprendre comment celui qui avait pris les œufs avait pu repérer les nids.

Tandis que le soleil tombait à l'horizon, il s'assit à côté d'un des trous vides. Il se surprit à essayer de mettre en parallèle le temps qu'il avait fallu à un humain pour déterrer les œufs – cinq minutes? dix? – et la durée dans laquelle s'inscrivait l'espèce. Ces tortues venaient sans doute ici depuis des dizaines de milliers d'années. Tous les ans, au mois de juillet, à la saison de la ponte. Remontant inlassablement la plage pour venir déposer leurs œufs exactement à cet endroit, et ce depuis l'époque des dinosaures. La lutte pour la vie à son tournant le plus problématique, quand l'homme, avec ses conceptions erronées du progrès et de la civilisation, s'en mêle... rien d'étonnant si, de Longboat Pass à Macpherson Cove, le temps était compté pour les tortues marines.

Au bout d'un moment, il se releva et suivit la courbe de la plage. Un peu plus loin, il y avait une crique où arrivait un cours d'eau, brisant la monotonie du sable lisse de rochers et de palétuviers. La marée montait, baignant les racines noueuses, ballottant les feuilles détrempées et les herbes en décomposition. Il s'appuya sur un tronc pour regarder tourbillonner ces débris de matière végétale. Noir et vert, gris et jaune, les fragments pourrissants s'agitaient à la surface. Ils lui firent penser aux jetons d'un jeu de hasard qui aurait pour seul arbitre le chaos, et pour seule règle la turbulence.

Sa vessie le rappelant à l'ordre, il déboutonna son short et urina, mêlant son eau dans un tintement de clochette à celle qui envahissait le sable. Tout en se rajustant, il jeta par hasard un coup d'œil dans l'arbre contre lequel il était appuyé un instant plus tôt. Horrifié, il vit toute une colonie de chauves-souris accrochées tête en bas à la branche juste au-dessus de sa tête – vingt ou trente boules de fourrure, de cuir et de fruit séché, griffes plantées dans l'écorce. Il recula d'un bond, puis resta un moment à observer le perchoir.

Il faisait de plus en plus sombre. Les étoiles commençaient à peupler le ciel. La nuit serait là d'un instant à l'autre. Il reprit le chemin de l'hôtel, tout en s'imaginant dans la peau d'une chauve-souris. Voler et sentir l'air se précipiter à sa rencontre. Se percher dans un arbre et sentir le sang affluer dans sa tête.

Il continua à longer la plage, légèrement inquiet à l'idée qu'il devenait peut-être un peu fou. Très loin, il entendit un appel à la prière, lancé d'une mosquée de Stone Town. Il fut frappé par l'étrangeté du son, aigrelet et haut perché comme le cri d'un oiseau de mer, qui lui parvint par-dessus l'étendue de sable, et qui éleva irrésistiblement son esprit vers la sphère divine, loin de la mécanique brutale et du fatras encombrant du monde matériel. Il était sûr que le créateur de l'univers n'abandonnerait jamais Sa création, ni ne considérerait Ses créatures autrement qu'avec bienveillance. Convaincu que le mal ne pouvait qu'être relatif, une sorte de prix à payer pour un plus grand bien. Il existait forcément un dessein d'ensemble, une route fermement tracée, même s'ils restaient difficiles à discerner.

L'obscurité se faisait plus dense à chaque instant. Il se

mit à suivre ses propres empreintes – reprenant, plus rapidement et en sens inverse, les pas lents et solitaires de son précédent passage –, et bientôt, il aperçut les lampes accueillantes de l'entrée du Macpherson, entendit le ronronnement du groupe électrogène et, pour finir, le brouhaha des conversations dans la salle à manger.

Il n'avait pas faim et traversa le patio pour se rendre directement à sa chambre. Quand il alluma, il vit, sur le sol, l'amas d'élastomère et de caoutchouc qui constituait son équipement de plongée et, sur le mur, juste en face de lui, un calendrier 1998 des anciens combattants handicapés, *Notre belle Amérique*. La photo du mois représentait le Lincoln Memorial et le bassin aux reflets de Washington. À une ficelle tendue entre deux clous, il avait suspendu des éponges, ramassées au fond de l'océan.

Sur le bureau, à côté de son portable et d'un Walkman, une autre trouvaille ramenée des profondeurs: une grande conque. Qui voisinait avec une cassette de U2 (*The Joshua Tree*), et deux numéros du magazine *Kids Discover* («Météorologie» et «Histoire des États-Unis»), qu'il avait demandé à sa mère de lui envoyer pour les emporter à l'école.

Il y avait également sur le bureau une plaquette en plastique «NE PAS DÉRANGER, SVP», avec un trou ménagé pour la poignée de la porte, et une carte postale de Dino, représentant l'actrice Drew Barrymore dans une robe de l'ancien temps, et portant au bas les mots *À jamais*. Il ramassa la carte postale pour l'examiner. Il s'agissait manifestement d'un film en costume d'époque. Mais tout parfum de passé était irrémédiablement balayé par l'aspect plastifié de la carte, si lisse et lustrée – c'est du moins la pensée qui lui vint – qu'on l'aurait dite passée à l'huile de tortue.

7

En prenant son petit déjeuner sur la véranda du Macpherson le lendemain, Nick vit à nouveau le yacht jaune qu'il connaissait bien maintenant traverser la baie. Un croissant de lune se dessinait encore dans la grisaille du ciel matinal. Entre la lune et le soleil, il se rendit compte qu'il pouvait se faire une idée assez juste de la destination du yacht. Il repoussa son assiette de papaye et avala son café. Puis il retourna à sa chambre et, armé d'une carte et d'un compas, se livra à quelques calculs. S'il ne se trompait pas, le bateau se rendait à l'endroit maintenant indiqué sur la carte par son doigt et identifié par des lettres minuscules: Lyly, un des petits atolls dont Chikambwa lui avait dit qu'il était pour lui sans intérêt.

Pris d'une excitation soudaine, il s'empara de son couteau, du cordon de démarrage neuf acheté la veille et d'une paire de jumelles, avant de se précipiter jusqu'au hangar à bateaux. Sortant le canot à moteur de da Souza de son abri, il le hala jusqu'au sable chauffé par le soleil où trônait le bateau de l'USAID, nouvellement réparé. Puis, après avoir fixé le moteur à l'arrière, il continua de tirer le canot et entra dans l'eau peu profonde.

Il s'arrêta un moment, le bateau cognant contre ses cuisses. La marée montait, en poussées lentes et paresseuses.

Il regarda derrière lui le sillage qu'avait creusé le canot dans le sable et les traces de pas tournées en dehors que lui-même avait laissées de part et d'autre de la trace.

Puis il monta dedans et, assis sur la banquette, se mit à dévider le cordon enroulé sur sa bobine. Le canot se balançait doucement. Il commença à ré-enrouler le cordon sur la dynamo du moteur hors-bord. Il avait à peine fait deux tours qu'il entendit crier derrière lui.

« Monsieur ! Monsieur ! »

Nick releva la tête. C'était le Goanais qui, les bras chargés, descendait la plage au pas de course.

« Qu'est-ce qu'il y a ?

– Monsieur, si vous sortez avec le bateau, il faut absolument que vous preniez ça.

– Qu'est-ce que c'est ? »

Da Souza avait avec lui un gilet de sauvetage effiloché et poussiéreux ainsi qu'un vieux sac de toile, d'où il sortit ce qui ressemblait à un pistolet antédiluvien.

« Un pistolet ? » dit Nick, en regardant l'arme. Laquelle pendait à une ceinture bourrée de grosses cartouches en carton. Il rebroussa chemin, sans lâcher le cordon.

« Pour envoyer des fusées éclairantes, monsieur, dit da Souza en lui tendant l'objet. Si vous utilisez le bateau de l'hôtel, il faut absolument que vous ayez ça avec vous par mesure de sécurité. C'est pour l'assurance. »

Nick inspecta l'antique arme à feu. « Vous croyez que ça marche ? On dirait que ça vient tout droit de la Seconde Guerre mondiale.

– Tout à fait exact, monsieur, dit da Souza en souriant de toutes ses dents. En effet, Seconde Guerre mondiale. J'ai trouvé ça dans les réserves. Et le gilet aussi. »

Nick lui jeta un coup d'œil dubitatif et, remettant l'arme dans le sac, prit le gilet de sauvetage, avant de retourner au canot.

«J'en ai pour deux ou trois heures.

– Soyez prudent, monsieur. Je ne veux pas d'un autre mort, et surtout pas sur ce bateau.»

Le moteur émit un petit nuage de fumée bleutée, et, tandis que le cordon retrouvait en sifflant sa place dans son logement, démarra en pétaradant. Nick conduisit l'embarcation au milieu de la baie, vérifia sa position et se mit en route.

Tout heureux de l'air frais qui lui fouettait le visage, et des vibrations que communiquait le moteur à sa main et à son bras, il regardait les nuages défiler sur l'horizon. Aucune trace du yacht sur la vaste étendue bleue.

Un vol d'oiseaux blancs passa tout près, rasant presque la surface de l'eau et lançant des cris, avant de disparaître rapidement au-dessus des replis des vagues. Il repensa au muezzin qu'il avait entendu la veille en rentrant à l'hôtel. À cet appel à la prière lancé aux fidèles depuis des générations et leur promettant une vie dans l'au-delà. La vie terrestre, s'il avait bien compris, les musulmans la considéraient comme une simple illusion.

Une demi-heure s'écoula avant que l'île soit en vue: bosse verte posée sur une barre de corail qui affleurait à la surface. Nick l'observa à travers ses jumelles. Le vert, il le savait, était celui de la forêt de calcaire corallien, ou coralrag. Ce qui l'étonna en revanche, c'était le haut bâtiment blanc qui s'élevait en son milieu. Un phare sur cet atoll avait quelque chose de surprenant.

En approchant, il aperçut le yacht jaune, ancré à l'extérieur du récif. À l'intérieur de la frange d'écume qui marquait l'emplacement du corail, il y avait un lagon bordé d'une petite plage. Outre le phare, deux autres constructions se dressaient sur l'île, une maison en ruine, et une petite église. Derrière elles, une ligne d'arbres Il regarda de plus près. L'église était dotée d'un minaret. Il s'agissait donc d'une mosquée.

Se disant qu'il avait intérêt à approcher discrètement, il coupa le moteur et contourna l'île à la rame – non sans difficulté, étant donné le poids des avirons et la marée désormais plus forte. Il réussit finalement, par hasard plus que par calcul, à aborder sur la plage, après avoir franchi une ouverture grossière dans le corail.

Tandis qu'il tirait le canot hors de l'eau et cherchait où l'amarrer, il remarqua une tige métallique qui pointait d'un rocher. Une sorte de câble, apparemment en cuivre, encore que le métal eût perdu toute sa couleur, sous le vert-de-gris et les filets gélatineux des algues. Mais qui ferait l'affaire.

L'opération terminée, il se retourna face à la forêt de calcaire, qui dessinait un arc fermant l'horizon devant lui. Il n'y avait aucune trace de culture, ni aucune activité en dehors de deux gros crabes des cocotiers d'un bel orangé, qui se déplaçaient lentement sur le sable, comme un couple de danseurs hésitants, en direction du sous-bois bordant la plage.

Il s'enfonça dans les rochers sans trop savoir quelle direction prendre pour arriver dans le voisinage de l'endroit où se trouvait le yacht. Émergeant finalement des murailles habillées de vert, il aperçut, accroupie dans le sable à moins d'une vingtaine de mètres de lui, la silhouette de Ralph Leggatt.

Nick leva ses jumelles. Et vit que Leggatt déterrait des œufs de tortue. Il sentit la colère l'envahir. Voilà donc pourquoi le vieil homme s'était montré si acerbe et si mal disposé à son égard. Indécis, il observa l'Anglais encore quelques minutes. Au moment où il s'apprêtait à l'affronter, il entendit un bruit sur l'eau. Et regarda dans cette direction.

C'était un petit boutre. Plus étroit que le yacht de Leggatt, il avait pu pénétrer jusque dans le lagon. Deux hommes et un gamin sautèrent du bateau et se mirent à nager vers le rivage. Nick ramena ses jumelles sur Leggatt: lui aussi avait dû les voir, et il courait sur le sable. Les trois autres prirent pied sur la plage. L'un d'eux était un grand costaud, une machette à la main, dans lequel Nick reconnut l'homme qu'il avait vu massacrer un poulpe sur le quai le jour de son arrivée à Stone Town. Mais c'est l'autre type qui arriva le premier sur Leggatt, le plaquant au sol à la manière d'un rugbyman.

Pétrifié, Nick le regarda tomber à bras raccourcis sur l'Anglais. Le malabar se mit aussi de la partie, assenant des coups du plat de sa *panga*, pendant que le gamin commençait à ramasser les œufs que Leggatt avait déterrés. Peut-être étaient-ce les hommes de Chikambwa, des gardes maritimes… mais en ce cas pourquoi tabasser ainsi l'Anglais?

Nick était sur le point de se montrer quand ils s'arrêtèrent. L'un des hommes cria un ordre au gamin en swahili, avant de traîner Leggatt jusqu'à un palmier où il l'attacha avec un morceau de fibre de coco.

De toute évidence, ils avaient l'intention de le laisser là. Ils étaient maintenant occupés à enlever leurs chemises déchirées pour y déposer les œufs.

Les jumelles se posèrent à nouveau sur Leggatt. Du sang coulait de sa bouche. Nick ne comprenait pas: jamais des gardes n'auraient fait une chose pareille. Désorienté, il laissa retomber ses jumelles, avant de les reprendre.

Leur précieux butin en équilibre sur la tête, les Africains repartaient à la nage vers leur bateau, l'homme à la machette tenant son arme entre ses dents. Le gamin, quant à lui, se dirigeait droit sur le yacht de Leggatt.

Dès qu'ils furent à bonne distance, Nick se précipita vers l'Anglais, dont il détacha les liens.

«C'est vous ! cria le vieil homme, en tombant en avant.

– Je serais bien venu plus tôt, mais…

– Peu importe, maintenant. Dépêchons-nous, avant qu'ils arrivent à mon bateau. Où est le vôtre ?

– Mais vous êtes blessé !

– Ça ira. Où est votre bateau ?»

Nick fit un geste par-dessus son épaule, et tous deux se mirent à courir à travers le sous-bois, pour revenir là où Nick avait abordé. Ils se jetèrent dans le canot, qui, dans un premier temps, refusa de démarrer.

«Sortez-vous de là», siffla Leggatt, dont la bouche était sérieusement meurtrie.

Il se pencha et tripota le filtre du réservoir à essence.

«Allez-y, maintenant.»

Nick tira à nouveau sur le cordon, et le moteur toussota à une ou deux reprises pour finir par démarrer.

Le temps qu'ils fassent le tour de l'île, le gamin était déjà sur le yacht de Leggatt, dans la mâture, à lacérer les voiles au couteau.

«Le p'tit salaud ! jura l'Anglais. Il ne peut pas aller plus vite, votre machin ? S'ils remontent l'ancre, le bateau va dériver sur le corail.»

Deux filets de sang lui coulaient le long du menton.

«Je fais tout ce que je peux», dit Nick, accélérant à fond. Dans sa tête aussi, il faisait tout ce qu'il pouvait… pour essayer de démêler les bons des mauvais.

Les hommes du boutre les avaient repérés maintenant et manœuvraient pour faire demi-tour.

«Allez, allez ! cria Leggatt. Ils vont arriver là-bas avant nous.

– Je suis pleins gaz», dit Nick.

Ils étaient à environ deux cents mètres du boutre. Avec

le vent arrière, celui-ci atteindrait sans peine le yacht de Leggatt avant eux, même s'ils gagnaient du terrain à chaque instant.

«On n'y arrivera pas, dit l'Anglais, à moins que vous ayez un fusil.

– Là, au fond, dit Nick, au bout d'une seconde de réflexion.

– Ça? dit Leggatt en soulevant le petit sac en toile de da Souza. Qu'est-ce qu'il y a dedans?

– Des fusées.

– Quoi? Personne n'arrivera ici à temps pour sauver mon bateau.

– En fait, je pensais les tirer directement sur eux.

– Ah, dit Leggatt, dont le visage s'illumina. Je vois où vous voulez en venir.»

Il introduisit une cartouche dans la culasse du pistolet à fusées, visa le boutre et pressa la détente. Rien.

«Quelle merde! s'écria-t-il. Passez-moi votre couteau.»

Nick le lui lança, et reporta les yeux sur l'embarcation ennemie. Ils en étaient tout près maintenant, et il pouvait voir les visages des marins. L'homme à la panga, torse nu, était debout sur le pont.

Leggatt finit de gratter l'extrémité de la cartouche avec la lame en dents de scie du couteau de pêche de Nick. Puis il referma la culasse et visa à nouveau. Cette fois-ci, une longue langue de feu jaillit du canon du vieux pistolet en même temps qu'un projectile phosphorescent, comparable à une fusée de feu d'artifice, en plus brillant. La fusée fendit l'air en sifflant et alla atterrir dans la mâture du boutre. Presque aussitôt, les flammes s'attaquèrent aux voiles déchirées.

«Ah, ah! s'exclama Leggatt d'un ton triomphant, tandis que le vent activait les flammes. Ça va nous donner un moment de répit.»

Ils s'écartèrent du boutre, dont l'équipage, craignant la perte du bateau, avait jeté l'ancre et essayait de ramener les voiles en feu. Ils finirent par atteindre le yacht, et, après avoir amarré le canot au bout d'une corde, montèrent à bord à l'aide de l'échelle de corde qui pendait sur le côté.

Tout en grimpant, Nick vit clairement, sous son nez, le nom du bateau, qu'il n'avait fait qu'entrapercevoir du rivage. Peinte en bleu sur fond jaune, l'inscription *Winston Churchill* était accompagnée d'une petite caricature représentant un homme aux yeux de batracien, le cigare à la bouche.

«Bon, dit Leggatt, en levant les yeux vers ses voiles en lambeaux. Je vais faire démarrer le moteur. Il n'y a plus rien à attendre des voiles pour le moment. Pendant ce temps, allez donc déloger ce singe de la mâture, avant qu'il fasse davantage de dégâts.»

Nick leva les yeux vers le gamin. Il était trop haut pour pouvoir sauter, mais trop effrayé aussi pour descendre. Quelque peu sceptique, Nick commença à grimper. La poursuite s'engagea, au milieu des jurons de l'un et des cris effrayés de l'autre, tandis que le moteur Diesel crachotait avant de démarrer et que le yacht se mettait en mouvement. L'île et le boutre étaient déjà à bonne distance, quand Nick, étiré au maximum, réussit à empoigner le garçon.

«Sivousplaît, bwana, sivousplaît!» criait le petit indigène. Il pouvait avoir entre huit et onze ans, et n'arrêtait pas de se débattre et de crier, pendant que Nick le faisait descendre de son perchoir. «Sivousplaît...»

«Je ne sais pas ce qui me retient de le démolir», dit Leggatt, quand ils l'eurent rejoint dans la timonerie.

Le gamin s'accrochait désespérément à la chemise de Nick.

«Contentons-nous de l'emmener chez les flics. On le remettra à Chikambwa. Et puis vous avez besoin d'un médecin, ajouta-t-il, en regardant le visage ensanglanté de Leggatt.

– Oh, ça ira.» Le vieil homme cracha un peu de sang par la fenêtre de la cabine de pilotage.

«J'aimerais bien savoir, reprit Nick, ce qui s'est passé au juste sur la plage. Qu'est-ce que vous fabriquiez avec ces œufs? Pourquoi est-ce que vous vouliez les déterrer?»

Ignorant les questions, Leggatt sortit sa pipe de sa main couverte de taches brunes, l'alluma et, entre deux bouffées, se mit à interroger le gamin d'un ton brusque, en swahili. Nick jeta un coup d'œil par la fenêtre arrière et vit son canot danser au bout de la corde dans le sillage du *Churchill*.

«C'est bien ce que je pensais, dit Leggatt à Nick au bout d'un moment. Chikambwa.

– Alors, qu'est-ce qu'on fait? On emmène ce voyou à son bureau?»

Le vieil homme se pencha par-dessus le gouvernail et cracha encore un peu de sang par la fenêtre, avant de tirer une longue bouffée sur sa pipe, comme s'il espérait voir la fumée stopper l'hémorragie. Pour finir, il revint à Nick.

«Vous n'avez toujours pas compris, hein? Ces hommes sont à la solde de Chikambwa. C'est lui qui prend les œufs, et, pire encore, les carapaces, pour en faire commerce.

– Il braconne?

– Eh, oui. L'ex-garde-chasse devenu braconnier. L'ex-policier devenu truand. Le scénario classique. Sauf que lui, il est toujours garde-chasse.

– On doit bien pouvoir s'adresser à d'autres gens de la police.

– Mon cher garçon, c'est l'Afrique. Il y a tout à parier qu'eux aussi seraient dans le coup.

– Ce n'est pas comme ça que je vois les choses.

– Voyez-les comme vous voulez, mais suivez mon conseil. Ouvrez bien les yeux, et voyez où vous pouvez être le plus utile. Zanzibar est en train de se faire liquider. Vous autres, les écolos, arrivez trop tard. Comme toujours. Sous peu, il y aura des hôtels partout ici. Une vraie Costa del Africa. Je ne suis pas fâché d'avoir l'âge que j'ai ; ça me permettra d'échapper au pire. »

Nick ne savait plus que penser. « Mais alors, qu'est-ce que vous fabriquiez avec ces œufs ?

– Je les changeais simplement de place. Je les emporte de Zanzibar, pour les ré-enterrer ailleurs. Là où ils ont une meilleure chance de survie. C'est ce que j'aurais fait avec ceux-là, si ces salopards n'avaient pas flairé ma manœuvre. »

Il jeta un coup d'œil au gamin, qui était assis, recroquevillé sur lui-même, dans un coin de la cabine de pilotage.

Nick suivit son regard. « Vous croyez qu'ils vont revenir ?

– Pas pour le moment. Mais un jour ou l'autre, oui. Il faudrait quelqu'un pour garder l'endroit en permanence. Des œufs, j'en ai enterré beaucoup d'autres, là-bas. En fait, c'est peut-être bien ce à quoi vous devriez vous consacrer.

– À quoi donc ?

– Orientez donc vos efforts vers cet endroit. C'est une île faite de calcaire corallien des origines. Vous avez une idée de la rareté de la chose ? Un paradis de l'écologie récifale. Il y a là-bas quelques-uns des reliefs coralliens les plus spectaculaires qui se puissent trouver au monde. Cela mérite d'être protégé, non? Vous voyez cette bouée?»

Nick regarda le gamin assis par terre.

«Le truc en plastique, rouge.

– Ah, dit Nick, en levant les yeux sur la bouée accrochée à la cloison au milieu d'un fouillis de cordages. Je n'avais pas compris[1].

– Oui, bref, ce que je voulais dire, c'est qu'il faut au moins vingt ans pour qu'une colonie de coraux de la taille de cette bouée commence à croître. Vingt ans!

– Je le sais bien, dit Nick. Je suis océanographe.

– Les gens comme vous en ont long à apprendre, dit Leggatt en le regardant d'un œil dur. Les scientifiques…»

Il s'interrompit, et l'on n'entendit plus que le teuf-teuf du moteur dans la cabine.

Jusqu'au moment où Leggatt finit par reprendre la parole. «Désolé. Je ne suis pas très fort sur le chapitre de la sociabilité. Mais je vous suis redevable. Où voulez-vous que je vous dépose?

– Au Macpherson, s'il vous plaît.

– Entendu.»

Il changea de cap, avant de s'excuser à nouveau.

«N'en parlons plus, dit Nick. Comment se fait-il que Lyly ait été préservée?

– On prononce Lala. Le mot swahili pour "sommeil". Déformé par nos soins, quand nous autres Anglais sommes arrivés ici. Le bon vieux temps. Il existe même une berceuse…» Il se mit à fredonner doucement. «*Lala, lala salama*… *Salama*, c'est la paix. Ça veut dire, dors tranquillement. Enfin, à peu près. Si cette petite île a

1. En raison de l'homophonie entre *boy* («garçon») et *buoy* («bouée»). (*N.d.T.*)

été préservée, c'est grâce à la guerre froide. Il arrive que du mal sorte le bien. C'est même souvent le cas.

– Je ne vous suis pas.

– L'endroit a fait partie d'une zone militaire. À l'époque où la marine est-allemande était installée ici, dans les années soixante-dix, quatre-vingt. Il était interdit aux pêcheurs de s'approcher de l'île.

– Et la maison ?

– Elle a été construite pour un gardien de phare anglais... dans les années trente, dit Leggatt en manœuvrant le gouvernail

– Et la mosquée ?

– Beaucoup plus ancienne. Les Omanais ont contrôlé Zanzibar pendant des siècles. Et bien avant eux, Zanzibar, Quiloa, et Mombasa faisaient partie du royaume de Saba. Aujourd'hui le Yémen. De 1000 environ avant Jésus-Christ jusqu'à 300 après... Il y a des tas de légendes. On dit que c'est de Saba qu'était originaire la reine qui a rendu visite à Salomon.

– Comme dans *Les Mines du roi Salomon* ?

– Exactement. Bref, même quand nous gouvernions officiellement le pays, après que l'Angleterre eut succédé au sultan, c'étaient encore les Arabes qui menaient la barque. Ils espéraient bien garder le contrôle de la région après l'indépendance. Et puis est venue la révolution, le soulèvement des Africains, qui ont tué les Arabes sur les plages. Un véritable massacre.

– Et à qui appartient l'île aujourd'hui ?

– Lyly ?

– Oui.

– À un riche Arabe. Un Saoudien, notez bien, pas un Omanais, ce qui est plutôt surprenant. Il n'a pas l'air de s'y intéresser beaucoup. Il l'a achetée aux Africains, qui l'avaient reprise aux Omanais. Les premiers propriétaires omanais s'étaient enfuis à Mascate.

– Alors tous les Arabes ne se sont pas fait exterminer ?

– Peu à peu, ils ont commencé à revenir. L'économie en avait besoin. Mais il existe des lois qui limitent la durée de leur séjour. Remarquez, il y a eu tellement de mariages interraciaux au cours des années qu'il est bien difficile de dire qui est arabe et qui est africain… »

Leggatt coupa le moteur. « On dirait qu'on est arrivés. »

Ils avaient effectivement atteint la baie Macpherson. Il était quatorze heures. La plage et les bâtiments de l'hôtel étaient aveuglants sous le soleil. Il n'y avait personne en vue. Da Souza devait faire la sieste.

« Bien…, dit l'Anglais, il ne me reste plus qu'à vous remercier.

– Je vous en prie. Et qu'est-ce qu'on fait de lui ? »

Ils regardèrent le gamin, qui se frottait les yeux.

« Je vais essayer de trouver ses parents, s'il en a. Sinon, j'arriverai bien à lui trouver une occupation chez moi, histoire de lui mettre un peu de plomb dans la cervelle. »

Leggatt fit redémarrer le moteur, pendant que Nick descendait dans le canot.

« Dites donc, cria Leggatt, pourquoi vous ne viendriez pas faire un tour chez moi, dimanche ? C'est à Mtoni. Vous n'aurez pas de mal à trouver, tout le monde connaît. Dix heures, ça vous va ? Je vous ferai visiter, et peut-être qu'après, j'arriverai même à vous trouver quelque chose à manger.

– D'accord, avec plaisir. À dimanche. »

Debout dans le petit bateau, accompagnant son balancement pour garder l'équilibre, Nick regarda s'éloigner le *Winston Churchill*. Il apercevait encore Leggatt dans la cabine de pilotage, la main sur le gouvernail, tandis qu'il virait de bord pour prendre la direction de la pleine mer. La chemise du vieil homme était trempée de sang. Il avait sérieusement besoin d'un médecin.

Nick sortit ses rames et commença à souquer. C'est alors seulement qu'il comprit pourquoi il s'inquiétait autant au sujet de Leggatt. D'une certaine façon, l'homme lui rappelait son père, ou plutôt, lui suggérait l'image de ce que serait devenu son père s'il avait vécu plus longtemps. Somme toute, le vieux avait l'air d'un brave type.

Nick rentra à l'hôtel, s'appliquant à tirer le maximum de plaisir d'un geste parfait en essayant de concentrer toute son énergie dans le coup d'aviron, et non dans les éclaboussures, le brassage de l'écume ou le claquement des tolets. Ce n'était pas seulement le coup de rame en soi qu'il appréciait, mais la manière dont tout était intimement lié: le bras et l'océan, le bois et l'eau, la tension communiquée aux muscles du dos par les avirons – un seul mouvement mettait tout en harmonie. Puis vint le moment, qui, lui non plus, n'était pas désagréable, où il fallut rentrer les rames, comme un oiseau repliant ses ailes. Avant l'arrivée en douceur sur la plage, dans un glissement si coulé, si parfaitement calculé, que la quille toucha le sable presque sans heurt.

Après avoir tiré le canot sur la plage, il cueillit une mangue sur un des arbres du patio, et alla la manger dans sa chambre. La climatisation, qui dégageait une légère odeur d'eau croupie, était en panne, mais quand il appuya sur l'interrupteur du ventilateur, celui-ci se mit à tourner, d'abord lentement, puis de plus en plus vite. Il ferma les rideaux. Allongé sur son lit dans la pièce obscurcie, il savoura sa mangue avec le plaisir du gamin qui a volé un fruit. Elle était délicieuse. Il suça les fibres autour du noyau. Malgré le ronronnement du ventilateur, tout était calme. D'un calme total.

Une fois le noyau nettoyé, il tendit la main pour le poser sur la table de nuit et s'endormit aussitôt. Il resta là, pendant que les blancs chevaux de la mer continuaient leur cavalcade, inlassables, obstinés, jusqu'au moment où, hypnotisés par leur mouvement toujours recommencé, ils revêtirent leur habit de nuit.

8

Sous-secrétaire de direction (logistique et sécurité) Dans le service diplomatique, le poste n'a rien de très prestigieux, ni de très lucratif. Salaire de départ: entre 33 000 et 45 911 dollars annuels, suivant les qualifications et le lieu d'affectation. Miranda était tout en bas de l'échelle.

Le poste en Tanzanie supposait un travail de spécialiste de la sécurité dans les domaines suivants: protection des installations, enquêtes, traitement de l'information, contrôle et formation du personnel local. L'essentiel du travail consistait à protéger de l'espionnage technique et des attaques terroristes les installations et le personnel de l'ambassade.

Elle espérait bien, sous peu, suivre le programme de formation de la SD pour agents spéciaux, ceux qui, depuis les ambassades américaines de par le monde, menaient les enquêtes de contre-espionnage et se spécialisaient dans la lutte antiterroriste. En attendant, elle passait le plus clair de son temps à vérifier les systèmes de sécurité électroniques et électromagnétiques, à remplir des formulaires et un registre de sécurité quotidien (appelé journal de bord), tout en s'assurant que le personnel local s'acquittait correctement de ses fonctions… et se rendait à des soirées, lesquelles étaient fort nombreuses.

Avec ses longs cheveux noirs et ses yeux verts, Miranda ne passait pas inaperçue au cours de ces réceptions diplomatiques qui tenaient lieu de vie mondaine quand on était en poste dans un endroit comme Dar es-Salaam. Les diplomates africains, qui, pour la plupart, privilégiaient l'approche directe (« Vous êtes mariée ? », « Voulez-vous m'épouser ? »), ne laissaient pas de la surprendre. Elle trouvait pénible, en même temps que vaguement amusant, d'avoir à faire face à pareille franchise. Elle ne pouvait se défendre à ce sujet d'un certain sentiment de culpabilité, sans doute plus ou moins inévitable. C'était simplement une des façons dont la discrimination raciale continuait à se manifester dans l'inconscient.

Elle s'autorisait un léger frisson, pas vraiment d'ordre sexuel, mais presque, en présence d'Abdi, le numéro deux de l'ambassade de Somalie, qui la suivait partout dans ces soirées, comme un grand lévrier brun.

« "Cocktail", jamais chose n'a été aussi bien nommée », avait remarqué Ray d'un ton sec, en observant pour la première fois cette scène devenue par la suite habituelle.

N'ayant pas compris dans l'instant ce qu'il entendait par là, elle avait ensuite rougi comme une pivoine quand il lui avait expliqué le jeu de mots.

« *Cocks tailing tail* [1]. Elle n'est pas de moi, je dois dire. Mais de Larry Durrell. »

Miranda ignorait qui était Larry Durrell, mais elle avait fini par assez bien connaître Ray Delahoya, au cours de ces premiers mois d'Afrique. Le grand Ray, et ses éternelles chemises à carreaux, était le Monsieur communications de l'ambassade, celui qui assurait la maintenance de la forêt de paraboles et autres antennes

1. Littéralement : « Queues en quête de cul ». (*N.d.T.*)

qui peuplaient le toit du bâtiment. Il portait une petite moustache et faisait preuve d'une curiosité un peu malsaine, qui l'amenait souvent à poser des questions très personnelles. Il n'avait pas suffisamment l'esprit d'équipe au goût des huiles de la chancellerie. Et il encourageait Miranda à ne pas prendre sa formation, notamment le côté renseignement, trop au sérieux.

«Il ne faut pas te laisser impressionner par la mystique de la maison», lui dit-il un matin, au moment où ils arrivaient par hasard ensemble sur le parking de l'ambassade.

Ils traversaient la pelouse devant la chancellerie, suivant une allée couverte d'une couche d'écorces et bordée de chaque côté par des haies de lauriers-roses et d'agapanthes affichant fièrement leurs fleurs rose vif et bleu pâle.

«Si tu n'y prends pas garde, tu finiras par voir des menaces partout. Des dangers à tous les coins de rue. En réalité, notre boulot ici se limite à gérer la routine.»

L'allée était détrempée par les jets d'arrosage. Dans les parterres, des gouttelettes translucides perlaient le long des feuilles en fer de lance des agapanthes. Accrochées à leur support, comme si elles ne devaient jamais s'en détacher, elles retenaient l'œil, incitant le passant à s'arrêter pour les contempler.

«Que veux-tu dire?» demanda-t-elle. Elle avait une impression de vertige, et se reprocha intérieurement de ne pas avoir pris un petit déjeuner plus consistant.

«Que nous nous bornons à faire tourner la machine. La grande machine de l'administration.»

Elle se ressaisit, soudain très professionnelle. «Mais les dangers existent vraiment, Ray. C'est la raison de ma présence ici. L'Amérique ne représente que cinq pour cent de la population mondiale, mais elle est l'objet de trente-six pour cent des actes de terrorisme.»

Une autre fleur retint son regard. Rouge, à longue tige, largement épanouie, elle appartenait à une des variétés d'hibiscus plantées dans les jardins de l'ambassade. À nouveau, ses pensées se mirent à vagabonder – du côté de Gauguin, de *South Pacific*, des fleurs que les jeunes Polynésiennes piquent dans leurs cheveux en gage d'amour, jeunes filles emblématiques façonnées par l'homme pour son seul plaisir, avec lesquelles, elle le savait, elle n'aurait jamais rien de commun.

«Jolies tes statistiques, ma mignonne. Mais ça me laisse rêveur. Je me demande parfois si l'administration n'a pas besoin de se créer des ennemis simplement pour survivre.»

Ils avaient atteint l'entrée de la chancellerie. Oubliant le bouquet rouge aussi vite qu'il l'avait absorbée, Miranda se hérissa devant tant de cynisme.

«Il faut qu'on défende notre mode de vie, nos valeurs. Il n'y a pas de honte à ça.»

Elle s'arrêta devant le tourniquet électronique, pendant que tous deux cherchaient leur laissez-passer.

«Eh ben, dis donc, ils ne t'ont pas ratée pendant ta formation», gloussa Ray, tandis qu'ils franchissaient le tourniquet.

Ils s'arrêtèrent de l'autre côté. «Écoute, dit-il, tout en sortant un mouchoir de sa poche, qu'il déploya d'un geste large avant de s'en servir pour essuyer ses lunettes, tu n'as pas fini d'être déçue dans cette carrière si tu te prends pour une Mata Hari doublée d'un George Washington.

– Mais je ne me prends pour rien de tout ça! Je cherche simplement à faire mon boulot sérieusement.

– Hé, t'emballe pas, dit Ray en remettant ses lunettes. Je voulais pas te fâcher. Excuse-moi. Je suppose que je cherche à faire endosser aux autres mes propres problèmes. Tu sais, j'ai toujours voulu travailler dans le service diplomatique. Aujourd'hui, c'est le cas, et j'avoue que c'est loin de répondre à mes attentes. Tu comprendras que ça ne contribue pas à… »

Il s'arrêta net.

Miranda sourit et lui tapota le bras. « Allez, viens, on va prendre un café. »

Ils commencèrent à monter l'escalier, en passant devant des fenêtres qui, pareilles à des pierres tombales taillées dans le béton, projetaient de minces rectangles de lumière sur le mur d'en face.

Delahoya était drôle, et le plus souvent elle appréciait sa compagnie. Elle aimait la façon dont il était capable de changer brutalement de sujet au beau milieu d'une conversation. Comme par magie – elle pensait alors à un de ces tours de passe-passe exécutés avec des foulards et un plateau en fer-blanc –, ils se trouvaient soudain tous les deux transportés hors du monde un peu figé de la diplomatie. Il n'y avait personne d'autre à l'ambassade avec qui elle aurait pu seulement songer à parler des poupées Pocahontas animées, de la chaîne de cafétérias Starbucks ou des jumelles Olsen.

Elle et Ray allaient souvent faire leurs achats ensemble au magasin de l'ambassade, le PX, comme on l'appelait, acronyme pour Post Exchange. D'ordinaire, les PX se trouvent sur les bases militaires, mais, en raison de la présence des marines, l'ambassade en possédait un.

Ray était volontiers déroutant dans ses références culturelles. Elle n'arrivait pas toujours à suivre. « Les profs mènent grande vie dans leurs *colleges* », disait-il chaque fois que leurs chariots se heurtaient dans les allées du PX, entre des casiers remplis indifféremment de steaks emballés sous vide, de chaussures de sport ou des derniers CD en date. Apparemment, c'était le vers d'un poème qui, à l'entendre, lui revenait invariablement à l'esprit à la vue de tous les produits exposés sur les rayons[1].

Si l'abondance régnait à l'intérieur des murs de l'ambassade, à l'extérieur, c'était l'inverse. Ils se trouvaient dans l'un des pays les plus pauvres de la planète. Elle avait eu l'occasion de voir les mendiants dans la rue, les plus âgés réduits à un tas de guenilles sur le trottoir; les enfants, eux, couraient le long de sa voiture, faisant le geste de manger en portant à la bouche des doigts incrustés de crasse. Elle s'était habituée à avoir sur elle les épaisses liasses de billets, signe d'une inflation galopante. Elle avait vu (même si elle n'y avait jamais goûté) les bols de farine de maïs qui constituaient le régime alimentaire quotidien de la plupart des autochtones. Seuls quelques privilégiés avaient la chance de pouvoir compléter cet ordinaire avec des morceaux de viande, de la chèvre le plus souvent, pour confectionner un ragoût brunâtre cuit sur des feux de charbon de bois dans de vieilles boîtes d'huile cabossées.

Il y avait bien quelques usines dans le pays, produisant du savon, de la peinture, des cigarettes, mais seule une infime fraction de la population avait les moyens d'acheter ces produits. Les autres étaient des paysans qui joignaient péniblement les deux bouts sur leurs *shambas*, comme on appelait leurs petites fermes en swahili. Une mauvaise récolte, une catastrophe natu-

1. La citation est extraite d'un poème d'Ezra Pound et fait allusion à la vie de sybarite des professeurs des universités d'Oxford et de Cambridge. C'est à eux que Ray compare les employés de l'ambassade américaine quand il voit leur magasin si bien achalandé. (*N.d.T.*)

relle – inondation une année, sécheresse la suivante –, faisaient toute la différence entre la survie et la mort.

Miranda n'ignorait rien de tout cela. C'était un cercle vicieux. Plus la situation empirait, plus les paysans abandonnaient les cultures de rapport – café, sisal, arachides, lesquelles représentaient quasiment l'unique possibilité pour la Tanzanie de se procurer des devises. Et moins il y avait d'argent étranger, plus minces étaient les chances du pays d'arriver à sortir de la pauvreté. Ce n'était pas un tour de passe-passe, ni de pieux discours qui suffiraient à atteindre ce but, mais une refonte complète du système.

En dépit de la pauvreté des campagnes alentour, Dar es-Salaam restait une ville, un port actif reliant l'intérieur aux grandes routes commerciales du monde, comme elle le faisait déjà à la triste époque du commerce des esclaves, dans lequel elle avait joué un rôle capital. Elle avait ses bouges et sa circulation, ses banques et son agitation. Mais, pour l'essentiel, elle était facile à vivre. Miranda aimait aller manger des *fish and chips* à l'anglaise au Salamander Café, ou déguster une glace dans un endroit appelé le Sno-Cream Parlour. Elle était également devenue membre du yacht-club, qui disposait d'une superbe petite plage privée située tout près de la maison d'Oyster Bay que l'ambassade avait mise à sa disposition.

La maison elle-même, un bungalow, se trouvait au milieu des cocotiers, aux confins de la banlieue nord. Elle procurait beaucoup de plaisir à Miranda, même si les premières semaines elle s'était fait si souvent cambrioler – jamais rien de très grave, quelques bricoles par-ci, par-là – qu'elle avait dû engager un veilleur de nuit. Celui-ci n'était équipé que d'un bâton, et elle avait commencé par douter sérieusement des pouvoirs de dissuasion d'une arme aussi banale. Mais il faut croire que sa présence n'était pas sans effet puisque les chapardages avaient cessé. Il était aussi chargé d'ouvrir et de refermer le portail quand elle rentrait en voiture.

Miranda ne tarda pas à découvrir que la vie d'expatrié ne laissait pas d'être solitaire dans ce petit monde très fermé, et qu'il était difficile, par ailleurs, de se tirer honorablement de ces contacts entre nantis et démunis qu'elle avait quotidiennement avec les Tanzaniens. Elle commença par arranger un peu son intérieur, ce qui voulait dire d'abord nettoyer les restes laissés par le précédent locataire, le fonctionnaire qu'elle avait remplacé à l'ambassade (du pop-corn renversé au fond d'un des placards de la cuisine au paquet de préservatifs périmés abandonné sous le lit). De toute évidence, Jerry Mintz n'était pas un fanatique du ménage: la plupart des ustensiles de cuisine étaient couverts de poussière, et il y avait du moisi dans la salle de bains. Elle engagea une femme de ménage, Florence, qui faisait claquer ses tongs sur le plancher en teck, suivant ses instructions à la lettre, mais avec une lenteur consommée, et dressa des listes de tout ce dont elle avait besoin: tissu pour de nouveaux rideaux, bondes pour l'évier et la baignoire (article introuvable dans la maison), bombe insecticide, torche en cas de coupure de courant. Le climatiseur posait lui aussi problème. C'était un de ces vieux appareils à extraction d'eau, dont elle était persuadée qu'il n'était pas bon pour la santé.

Elle le fit donc remplacer et acquit deux ou trois autres choses. Nisha Ghai, une Asiatique qui travaillait à l'ambassade, l'emmena acheter un tapis pour le salon, lui montrant que sur les bons tapis, le dessin était aussi complexe à l'envers qu'à l'endroit. Le propriétaire du magasin, un vieux Parsi adorable doté d'un petit bouc, empilait les pièces les unes sur les autres, les déroulant chacune à son tour avec un sens extraordinaire de la mise en scène.

C'est ainsi que sa vie prit forme, peu à peu. Au fil des jours et des mois, elle s'abandonnait sans heurt à la routine d'une existence passée, comme on dit, sous les tropiques. Les jours et les mois, mais aussi les heures, les minutes, et les secondes. Le temps, très lent, était celui des pays de mousson, et l'entraînait dans son cours comme une feuille dans un caniveau.

Elle apprit très vite que ce temps ne se mesurait pas à l'aune des horloges et des calendriers, mais à l'aide de subtiles variations dans l'atmosphère, d'une succession de courants d'air sec puis humide, du retour de ces cycles éternels de chaleur et de fécondité, réglés par la saison des pluies. Elle était arrivée peu avant les pluies de la mi-mars. Les plus anciens à l'ambassade disaient qu'elles étaient dans l'air, mais elle l'avait déjà senti dans son corps, au cours de ces premiers jours de chaleur et de poussière – oui, elle avait senti, comme les plantes semblaient le faire, avec leurs feuilles et leurs nodosités parcourues de frémissements avant-coureurs, combien était imminente la libération tant attendue.

Le premier signe visible s'inscrivit dans le ciel, qui passa du bleu au brun rouille, et dont les quelques nuages blancs se teintèrent des couleurs que prend successivement une ecchymose au fil des jours: rose, jaune, noir. Puis les premières gouttes se mirent à tomber, lourdes, isolées, tels des éclaireurs ouvrant la voie aux bataillons à venir, criblant le sol comme des balles. Pour finir, le ciel lâcha son armée de blindés, et les nuages décolorés et distendus accouchèrent de leur fardeau longtemps retenu.

Quand s'abattit le rideau brouillé de la pluie, la terre

elle-même donna l'impression de s'entrouvrir. Les trombes vertes balayaient tout devant elles, envoyant rats et brindilles se terrer dans leurs trous, hommes et femmes dans leurs maisons. Les cataractes attaquaient les chemins de latérite, que la lame de la niveleuse avait si vaillamment façonnés tout au long de la saison sèche. Partout où elles déferlaient, elles faisaient renaître la vie, mais, sur le moment, semblaient semer le désastre, détrempant les plantations de maïs et de manioc, mettant à bas les jeunes arbres qu'avaient nourris les pluies de l'année précédente. Sur les berges des cours d'eau, aux flancs des montagnes, des pans entiers de terre se détachaient, comme arrachés par les mâchoires de quelque gigantesque créature, emportés dans le torrent, le long des pentes.

Il lui paraissait que la nature essayait de prendre sa revanche sur l'homme – le déluge assaillant le toit de tôle ondulée de son bungalow et martelant comme un forcené les paraboles de l'ambassade –, mais c'était à elle-même qu'elle infligeait les pires dommages. Ce n'était qu'après, une fois le calme revenu, que son pouvoir se révélait pleinement, éclaboussant une végétation luxuriante de pousses vertes et de fleurs en bouton, là où la terre, la veille encore, était desséchée, brûlée par le soleil.

Elle adorait regarder les orages se déchaîner dans le ciel et les écouter tambouriner sur le toit, *tap-tap-tap*. Mais son plaisir n'allait pas sans un certain malaise, qui lui donnait à réfléchir. Elle savait que pour certains, le phénomène n'était pas un spectacle, ni un inconvénient passager, mais une nécessité vitale. Les pluies étaient autrement plus importantes pour le Tanzanien moyen sur sa shamba que pour Miranda et ses collègues. Mais pour beaucoup d'expatriés qu'elle avait eu l'occasion de rencontrer, elles semblaient n'être, au même titre d'ailleurs que toute l'Afrique, qu'un tremplin pour leurs propres fantasmes. Fantasmes de plénitude ou d'anéantissement, de désir ou de mort, suivant les tendances de chacun.

Miranda se flattait d'avoir su résister à cette vision décadente et illusoire du continent africain. Le travail restait encore le meilleur antidote à ce genre d'affection. Se consacrer à la routine quotidienne et à ses corvées. Mais ses tâches à l'ambassade ne l'absorbaient pas suffisamment pour qu'elle puisse se contenter d'une telle éthique. Étendue sur la plage du yacht-club d'Oyster Bay, en compagnie de travailleurs humanitaires ou de membres du corps diplomatique de divers pays, elle en arrivait parfois à se demander si elle n'était pas en train de sacrifier ses ambitions. Au fur et à mesure que passaient les semaines, ses rêves de carrière, de couple, de foyer s'estompaient. Sa détermination commençait à mollir, un peu comme les barres au chocolat qu'elle rapportait parfois du PX pour les gamins qui l'accueillaient de leurs cris quand elle rentrait chez elle. Elle ne se sentait pas à proprement parler malheureuse, simplement un peu désœuvrée. Sans grande surprise, cette vie au bord d'un océan aux eaux tièdes en arrivait à saper ses ambitions. Quand on était allongé sur le sable du yacht-club à regarder le soleil se coucher à l'horizon, il ne fallait pas un gros effort d'imagination pour se voir emporté, comme les marins d'antan, jusqu'en Indo.

Ray aimait jouer au golf, et, parfois, elle l'accompagnait à un autre club, le Gymkhana, qui avait un green «noir» – autrement dit, un parcours avec du sable gras en lieu et place d'herbe autour de ses neuf trous, plus facile à entretenir pendant la saison sèche. Le nom du club remontait à l'époque où les colons anglais organisaient des courses de chevaux et des concours de dressage, autant d'événements disparus depuis longtemps, comme bon nombre d'autres vestiges de l'empire britannique en Tanzanie, pays qui était loin d'avoir été aussi anglicisé que le Kenya, par exemple, à ce qu'elle avait entendu dire. Il y avait ici, malgré tout, des courts de tennis, faits de la même terre rouge que ces routes murram, constituées de couches de terre superposées. Mais après une première partie ô combien frustrante, il était apparu que Ray était d'un niveau tellement inférieur au sien qu'ils avaient renoncé à jouer ensemble. Miranda regrettait l'absence de Kirsteen. Pas seulement pour le tennis; elle avait besoin d'une amie auprès de qui elle aurait pu mesurer ses rêves ou qui l'aurait doucement fait revenir sur terre à la suite d'une déception.

Aussi doucement qu'elle-même, au moment de la pause-déjeuner ce jour-là, ou un autre, descendait au réfectoire, son ombre interceptant la lumière qui tombait des hautes meurtrières, tandis qu'elle empruntait l'escalier en béton pour rejoindre le couloir, puis sa place habituelle, où elle avait vue sur les jardins (lauriers-roses: superbes, vénéneux), et où elle mangeait sa salade de riz (grains bien blancs), son fruit (une pomme de Zanzibar) et buvait son jus d'airelle (bon pour les voies urinaires) dans un gobelet en polystyrène.

Aussi sûrement, à cette pause-déjeuner-là ou à une autre, qu'elle repoussait une mèche de cheveux rebelle derrière son oreille pour éviter qu'elle ne tombe dans son assiette et se surprenait à regretter d'être incapable de mieux assumer la solitude. Le soleil, l'océan vous donnaient envie d'être avec quelqu'un, au moins autant qu'ils sapaient votre envie de travailler.

Ray, lui, comme elle s'en fit la réflexion en le voyant entrer ce jour-là, se suffisait à lui-même. Il savait mettre à profit la bibliothèque de l'ambassade, dont le fonds abondant et éclectique allait de Shakespeare à la science-fiction.

Elle le regarda approcher, avec un hamburger, une énorme portion de frites et un carton de lait sur son plateau. Il s'assit, en lui faisant un clin d'œil.

« Qu'est-ce que tu fais, dit-il avec force en ouvrant le carton, ce soir ? » Il se mit à se tortiller sur place. « Tu danses ? Tu penses ? Tu recules et tu avances ?

– Ray... tu vas finir par me renverser ton lait dessus, dit-elle en secouant la tête. Ce soir, je ne fais pas grand-chose.

– Il y a un nouveau jeu Nintendo au PX, *Yoshi's Story*. Ça a l'air super. Yoshi, c'est un petit dinosaure aux allures de lézard, gentil comme tout, qui ne mange que des fruits. Un peu comme toi. »

Il jeta un coup d'œil à son trognon de pomme tout en buvant une grande rasade de lait à même le carton. « Si je me l'achète, peut-être bien que, dans ma grandeur d'âme, je pourrais te le laisser essayer.

– Excuse-moi, Ray, mais tu as quel âge, au juste ? »

Il eut un sourire de loup, la moustache perlée de lait. « Écoute, pour moi, le programme, ce soir, c'est soit galipettes préhistoriques avec Yoshi, soit séance de canotage avec Virginia Woolf, et mon choix sera vite fait. »

Il s'interrompit, fronça les sourcils et secoua la tête avant de dire : « Quoique... je n'en sais rien. »

Tout nourri qu'il était de cochonneries tant d'un point de vue alimentaire que culturel, Ray privilégiait des choses nettement plus relevées en matière d'emprunts à la bibliothèque. Il n'était pas rare de le trouver assis sur un banc dans le patio, plongé dans une lecture difficile. Il commandait également d'autres ouvrages par l'intermédiaire d'Amazon.com, et quand les cartons arrivaient sur son bureau, poussait des cris de joie.

« Alors, qu'esse t'en dis, ma p'tite roussette ? »

9

«Barracuda!»

Leggatt tendit sa pipe pour indiquer l'endroit, à une cinquantaine de mètres du bateau, où Nick vit sauter hors de l'eau deux grands poissons d'un gris de canon de fusil.

«Ils chassent les sardines, dit le vieil homme, en remettant sa pipe allumée dans sa bouche. Tiens, tu vois, là?»

Nick se pencha pour regarder de plus près. L'eau, jusqu'ici calme et claire, était en effervescence. Il observa en silence la surface de l'eau, de plus en plus agitée par les sardines affolées. Elles étaient des milliers, collées les unes aux autres, à tenter d'échapper aux prédateurs. Tandis que les impitoyables chasseurs arrivaient par en dessous, les couches supérieures du banc commencèrent à émerger, projetées en l'air par la masse grouillante qui s'enflait sous elles.

Les petits poissons argentés s'élevaient par centaines en un panache scintillant et retombaient en cascade. Nick vit à nouveau la torpille luisante d'un des barracudas qui, cette fois, saisit dans sa mâchoire une malheureuse sardine un bon mètre au-dessus de l'eau, avant de retomber dans une gerbe d'écume.

Le calme revint, aussi vite qu'il avait disparu.

«Je crois qu'on va s'en payer un», dit Leggatt avec un grand sourire.

Il lança sa ligne. Nick en fit autant. Ils attendirent que leurs cuillers de cent grammes avec leur bas de ligne métallique – le nylon ne résistait pas à des mâchoires aussi puissantes – s'enfoncent un peu.

Au bout d'un moment, rembobinant leurs moulinets, ils amorcèrent la remontée.

«*Pole-pole*», dit Leggatt en swahili. Nick connaissait déjà l'expression. Lentement, lentement.

Il ne s'était pas attendu à aller à la pêche, mais quand Leggatt l'avait accueilli à la plantation de girofliers en lui disant qu'ils allaient devoir aller pêcher leur déjeuner, il avait aussitôt accepté. Il n'avait pas touché une ligne depuis son arrivée. C'était une occupation qu'il aimait partager avec Dino, aussi bien – dans un passé lointain chargé de nostalgie – qu'avec son père. Et qui ne posait aucun problème au défenseur de l'environnement qu'il était, dans la mesure où il trouvait illogique d'accepter de manger du poisson au restaurant, tout en refusant, par principe, de pratiquer la pêche. Dès l'instant où l'on mange ce qu'on attrape, rien à dire.

Outre une petite plage, la plantation disposait de sa propre cale de halage, plus grande que celle du Macpherson. Plutôt que de prendre le *Winston Churchill*, trop gros pour ce qu'ils voulaient en faire, ils avaient sorti un hors-bord, qui appartenait également au vieil homme. De la belle ouvrage, tout cuivre et noyer, et un puissant moteur. Leggatt l'avait racheté à un propriétaire d'hôtel italien qui prenait sa retraite.

Présentement, tandis qu'ils rembobinaient leurs moulinets, le soleil faisait étinceler le cuivre et le bois verni. Nick regardait fixement devant lui. En l'espace d'un instant, la mer semblait être passée du vert clair au jade. Elle avait retrouvé son calme, et Nick aurait presque pu croire que le spectacle auquel il venait d'assister n'était rien d'autre qu'une vision. Une fois encore, l'océan s'était refermé sur ses secrets. Il n'entendait plus que le léger clapotis de l'eau contre le flanc du bateau et le cliquetis des moulinets.

Puis Leggatt parla à nouveau. «Il se pourrait bien qu'ils n'aient pas envie de mordre après un tel festin. Prudents comme de bonnes ménagères, parfois. Mais ce sont aussi de gros gourmands, ces cochons, et quand on en accroche un, on ne peut pas l'ignorer.»

La ligne de Nick était dans l'eau. Ruisselante de gouttelettes luisantes qui retombaient en pluie, elle zigzaguait violemment devant eux.

«Attention, dit Leggatt. Tu vas m'accrocher.»

Se penchant au maximum, Nick s'empara de la ligne aussi près que possible du leurre, représentation maladroite d'un petit poisson, gueule ouverte, œil rond, avant de ramener par-dessus son épaule l'ensemble de l'équipement: émerillon, plombs, deuxième émerillon, et pour finir bas de ligne et leurre artificiel. Bien planté sur ses pieds pour faire obstacle au balancement du bateau et légèrement tourné de côté, il lança à nouveau.

Un lancer à la pêche est une expérience étrange, et même un pêcheur chevronné ne sait jamais vraiment comment vont tourner les choses. Si bien que lorsque la cuiller de Nick tomba juste au bon endroit, frappant l'eau presque exactement là où bouillonnait le banc de sardines quelques minutes plus tôt, il se sentit gonflé d'un sentiment d'orgueil et de puissance.

Il s'apprêtait à dire quelque chose à Leggatt, mais il n'avait pas ouvert la bouche que déjà la ligne plongeait.

«Une touche, je...» Mais déjà il ne sentait plus rien. «Je

croyais en tenir un, expliqua-t-il, gêné, tout en commençant la remontée.

– Parfois, ils se contentent d'explorer, dit Leggatt, qui s'apprêtait, lui aussi, à lancer. Ils le prennent dans la gueule, histoire de voir à quoi ça ressemble.»

Nick s'arrêta un instant de rembobiner et regarda l'arc décrit par le lancer de Leggatt. Sur la gauche du sien, il atterrit beaucoup plus loin, éclaboussant légèrement la surface. Nick imagina le leurre à l'œil brillant, mélange de chrome et de plastique moulé, descendant et ondulant dans le courant. Deux étranges oiseaux de mer vinrent planer au-dessus de l'endroit où l'eau s'était entrouverte, leurs ailes blanches immobiles largement déployées.

Soudain, la ligne de Nick se tendit violemment. Il sentit l'impact de la prise lui remonter dans les omoplates. Il poussa un cri au moment où, à une vitesse vertigineuse, la ligne commençait à se dévider.

«N'essaie pas de ferrer, lui conseilla vivement Leggatt.

– Pourquoi? demanda Nick, inquiet, en regardant filer sa ligne.

– Il est en train de partir avec. Laisse-le faire, sinon tu vas casser le fil. Vas-y maintenant… mais lentement, hein, accompagne le mouvement.»

Nick suivit les instructions, levant posément la canne pour qu'elle absorbe progressivement la tension. Elle commença à plier, et l'espace de quelques secondes, le poisson parut s'arrêter. Puis il repartit, se lançant d'un côté et de l'autre, brassant l'eau à gros bouillons avant d'être à nouveau stoppé.

Tout allait très vite. Nick arqua le dos pour résister à la tension et cala son pied contre le plat-bord pour ne pas perdre l'équilibre. Ramenant sa propre ligne, Leggatt vint se placer derrière lui, sans cesser de chuchoter doucement, comme une mère à son enfant.

Le poisson lutta farouchement pendant une bonne dizaine de minutes, nageant avec énergie dans tous les sens. À un moment, remontant presque à la surface, il secoua la tête à la manière d'un chien, communiquant un autre genre de vibrations à la ligne. À un autre, il donna l'impression d'avoir renoncé, et la ligne se détendit. Nick tira brusquement sur la canne.

«Ne le force pas, insista Leggatt. Laisse-le encore tourner un peu.»

Mais il était déjà reparti. La ligne vibrait, Nick peinait, résistait. La pression était constante maintenant. Il commençait à avoir mal aux poignets.

Au bout d'environ un quart d'heure, le poisson donna des signes d'épuisement. Nick fut en mesure de le ramener vers le bateau. Leggatt s'avança, la gaffe dans une main, l'épuisette dans l'autre.

«Attention, maintenant, dit le vieil homme. Une ligne comme ça peut casser comme du fil à coudre. Ne bloque pas le moulinet, au cas où.»

Il avait eu raison d'avertir Nick, parce que le barracuda – ils le voyaient maintenant se contorsionner juste en dessous de la surface – fit une dernière tentative désespérée pour recouvrer la liberté, donnant de grands coups de queue et passant même sous le bateau, avant d'être définitivement maté. Leggatt lui plongea la gaffe derrière les ouïes et le remonta, se débattant toujours, dans l'épuisette.

«Il doit bien faire ses vingt livres, dit l'Anglais en débarquant le poisson dans le bateau. Tu peux être fier de toi.»

Mais Nick ne se sentait pas fier, épuisé plutôt. Un peu honteux aussi, à la vue de sa prise qui agonisait à ses pieds.

«Merde!» s'exclama Leggatt, qui, se servant d'une paire de vieilles pinces rouillées pour extraire l'hameçon de la mâchoire inférieure du barracuda, venait de s'érafler la main sur les dents pointues.

Il suça la blessure tout le temps du retour. «J'ai vu des types perdre un doigt comme ça», expliqua-t-il, en tendant sa main devant lui.

Nick jeta un coup d'œil à l'entaille rouge dans la peau plissée du vieil homme. Ça n'avait pas l'air bien sérieux.

De retour à la ferme, Leggatt leur prépara un gin tonic, pendant que son cuisinier s'occupait du poisson. Ils bavardèrent dans l'ombre fraîche du salon. Les fenêtres n'avaient pas de vitres, simplement un treillis qui filtrait la lumière et laissait passer une brise agréable. La pièce était ornée de toute une série de masques effrayants, de lances et d'autres objets d'artisanat africain, ainsi que d'une paire de malles de cabine appareillées incrustées de cuivre et d'ivoire, et d'une vieille horloge de grand-mère détraquée.

«Alors, qu'est-ce que tu penses faire? demanda le vieil homme qui s'était changé et avait revêtu une chemise blanche en lin.

– Eh bien, je me disais que je pourrais peut-être aller camper quelque temps à Lyly... si vous n'y voyez pas d'inconvénient, bien sûr. Peut-être retaper un peu la maison et y passer une dizaine de jours. Histoire d'étudier les tortues d'un peu plus près.

– Je n'y vois aucun inconvénient, dit Leggatt. D'autant moins que l'endroit n'est pas à moi. Et pour tout dire, j'apprécierais de pouvoir relâcher un peu ma surveillance. À strictement parler, je te l'ai dit, la maison appartient à un Arabe, mais il n'y vient jamais. Ça fait des lustres que je n'ai vu personne dans le coin. Il y a bien une famille d'Africains qui s'y rend de temps en temps de la grande île. Je les ai aperçus une fois. Le père et le fils. Mais c'était... Bon sang, ça doit bien faire sept ou huit ans maintenant. À mon avis, personne ne s'apercevrait de rien.»

Après avoir à nouveau rempli leurs verres, il entreprit de raconter de vieilles histoires de pêche.

«Avant que je m'installe ici, on allait pêcher à Mafia Island dans le chenal. On y trouvait de tout à l'époque. Gros maquereaux, marlins noirs, bonites... et même des requins, des chiens bleus. Il arrivait que les requins décrochent l'appât de la ligne, et tout ce qu'on remontait, c'était la tête sectionnée du thon. Après, la pêche à la dynamite a commencé, et les poissons se sont faits plus rares.»

Nick revit le tas de corail mort, fracassé par la dynamite. En Floride, aussi, il avait vu des coraux morts, qui avaient eu à souffrir des ancres ou des quilles des bateaux de plaisance, ou qui étaient décolorés par la pollution. Sur le long terme, les résultats étaient tout aussi désastreux, mais les effets de la dynamite étaient plus impressionnants.

«Comment se fait-il que les autorités se préoccupent si peu du problème?» demanda-t-il distraitement, pensant soudain au pays. À sa mère. Il allait falloir qu'il lui écrive sans trop tarder.

«Elles le faisaient, dans le temps, dit Leggatt, qui fit gicler des étincelles en tapotant sa pipe. Même ici, avant l'entrée en fonctions de Chikambwa. Une fois, ils sont allés jusqu'à tirer à la mitrailleuse sur les canots de certains dynamiteurs. Je t'accorde que c'était peut-être *de trop**[1]. Mais maintenant, c'est la curée. On en est à

1. Les mots en italique suivis d'un astérisque sont en français dans le texte. (*N.d.T.*)

extraire le corail pour s'en servir de matériau de construction.»

À ce stade de la conversation, le cuisinier apporta le barracuda, et ils s'installèrent à une table derrière un paravent en fibre de cocotier. À la surprise de Nick, le cuisinier déplia les épaisses serviettes roses pour les placer lui-même sur leurs genoux avant de servir le poisson. Coupé en tranches, passé au gril et servi avec du riz et de la salade, celui-ci avait l'air délicieux. Tout en pensant déjà à son séjour à Lyly, Nick suivit l'exemple de Leggatt en arrosant son riz de Tabasco, puis, s'emparant de son couteau et de sa fourchette et ne s'arrêtant que le temps de dégager une arête coincée entre ses dents, il entreprit de consommer son défunt adversaire. Dont le goût ne démentait pas l'apparence.

Après quoi, Leggatt lui fit faire le tour de la plantation, ce qui supposait une petite grimpette hygiénique dans les terrasses derrière la maison. Curieuse impression que de voir pousser à l'état naturel la muscade, la coriandre ou le cumin que l'on trouve d'ordinaire en sachets dans les magasins. Il y avait également de l'arachide et des plants de sésame. Mais pour l'essentiel, la plantation était vouée aux girofliers. Leur senteur âcre se remarquait à peine à l'extérieur, mais quand Leggatt l'emmena jusqu'à l'entrepôt de séchage, elle était à peine supportable.

Nick prit une profonde inspiration et entra. Dans l'obscurité, il eut du mal à distinguer les longues nattes sur lesquelles étaient étalés les clous de girofle. Pris à la gorge par l'odeur, qui le faisait aussi pleurer, il fut bientôt obligé de ressortir.

«Trop fort pour toi, hein? gloussa Leggatt. Tu devrais rester là-dedans un moment. Ça dégage les bronches.»

Un jeune Africain, qui avait dû se trouver tout au fond

de l'entrepôt, émergea de l'ombre à leur suite. Ses yeux étaient gonflés et rougis à cause des émanations. Nick le reconnut aussitôt: c'était le gamin du braconnier.

«Je lui ai trouvé un boulot, dit Leggatt, d'un ton bourru. Pas vrai, Sayeed?

– Oui, bwana», dit le gamin avec un grand sourire, essuyant son nez dégoulinant sur le dos de sa main.

Nick lui fit un signe de tête et, en regardant par hasard derrière l'entrepôt, aperçut quelque chose qui fit bondir son cœur dans sa poitrine. Une vieille moto verte.

«Cette moto..., dit-il, en se tournant vers Leggatt. Vous ne la vendriez pas, par hasard?»

L'autre partit d'un grand rire, rejetant sa tignasse blonde en arrière. «Ce vieux clou? Je ne m'en suis pas servi depuis des années. Elle est à toi, si tu arrives à la faire marcher. Mais je doute que tu trouves les pièces, et à mon avis, il t'en faudrait un paquet. C'est une Norton.»

Nick, en optimiste invétéré, essaya de tourner la manette des gaz, mais sans succès.

«C'est la meilleure moto jamais fabriquée par les Anglais. Je l'avais rachetée à un type du nom de Mike Drayton, au Malawi. Le président de l'université de Zomba, pas moins. Je dois avoir aussi un casque, quelque part. Il est à ta disposition, si j'arrive à remettre la main dessus.»

Ils dégagèrent la moto, et, non sans mal, la poussèrent jusqu'à l'atelier de Leggatt.

«Vous pensez rentrer un jour? lui demanda Nick, qui, penché sur le vieil engin, essayait de dévisser le bouchon du réservoir à essence.

– En Angleterre, tu veux dire?

– Oui. Ça ne vous manque pas?»

Leggatt regarda la mer, comme s'il y cherchait une réponse. Et secoua ses boucles sales.

«Plus maintenant. Je n'y ai jamais beaucoup vécu, de toute façon, sauf quand j'étais gamin. Le dernière fois que j'y suis allé, le pays m'a fait une triste impression.

– Vous avez de l'huile ? Le bouchon est grippé.

– Là-bas, sur l'établi. C'était dans les années soixante-dix.

– Ça fait presque trente ans !

– Oui, ça doit être ça.»

L'embout du bidon était couvert de mouches mortes. Nick les balaya de la main avant de répandre un peu d'huile sur le bouchon. Il sourit intérieurement tandis que Leggatt continuait à parler. Finalement, ce type était chouette. Aussi encrassé que son bidon, mais intéressant, et drôle avec ça. C'était distrayant de l'écouter parler avec son accent anglais, indépendamment de ce qu'il avait à dire.

Leggatt sortit un mouchoir constellé de taches de tabac et se moucha.

«Ça sera plus facile si tu laisses agir un moment. Non, maintenant, je ne bouge plus. J'ai encore... combien ? dix ans au mieux, à rester maître de mon destin, avant de devenir complètement gâteux. Peut-être qu'à ce moment-là, je rentrerai au pays. Dans un cercueil doublé de zinc. Les membres de mon horrible famille pourront s'entre-déchirer à propos de ma succession, comme des chiens se disputant un os.»

Il gloussa, l'air content de lui. «Je leur ai laissé entendre qu'il y aurait des millions. Argent de Zambie ! Or du Malawi !

– Tiens, ça, je croyais que c'était une variété de marihuana.

– Mais... tu as en face de toi l'homme qui lui a donné ce nom. Jamais trempé pourtant dans le trafic ni la contrebande, même si c'est le meilleur chanvre qu'on ait connu. Tu savais que les chimpanzés en mangent quand ils sont blessés?»

Il soupira et se moucha à nouveau.

«Non, pas question de trafic avec un type comme le président Banda. On aurait fini au bout d'une corde. Je connais quelqu'un à qui c'est arrivé d'ailleurs. Non, moi, c'était juste pour ma consommation domestique. Je me flattais d'être un connaisseur en la matière. J'ai arrêté il y a quelques années. Il y avait ce démon qui n'arrêtait pas de me poursuivre.

– La DEA?»

Leggatt le regarda, interdit, avant d'éclater de rire. «Tu veux dire la brigade des stupéfiants, version américaine? Non, pas du tout. Il s'agissait d'un démon personnel. Une hallucination. Une ombre. Ah, la dope!»

Nick crut comprendre «la taupe», mais ne dit rien, laissant Leggatt continuer à expliquer la genèse de son obsession.

«Pour tout dire, mon démon, il ressemblait à s'y méprendre à mon défunt père. Sauf qu'il était noir comme ta casquette, et ça, ce n'était guère pensable, étant donné que son père à lui avait combattu aux côtés des Afrikaners pendant la guerre des Boers – traître à cette chère vieille Albion, qui donnait déjà des signes de faiblesse, il faut bien le dire. Et par la suite, son fils est devenu un partisan de l'apartheid encore plus déterminé que les Hollandais.»

Nick, à nouveau perdu, leva les yeux et le regarda d'un œil interrogateur. Leggatt lui fit un clin d'œil et tapota ses poches à la recherche de sa blague à tabac.

«C'est de mon vieux que je parle, d'accord? Je déraille? Je te raconte les choses exactement comme elles sont arrivées. On n'a jamais valu bien cher dans la famille, jusqu'à ce que je débarque J'ai reçu mon compte de raclées. J'ai déserté le navire pour échapper à l'Afrique du Sud et lui échapper à lui, quand Vorster est arrivé au pouvoir. Et je suis rentré au pays, en Angleterre, j'entends. Avec un diplôme de la Canford School of Mines en poche, j'ai travaillé en Cornouailles jusqu'à ce que les mines se cassent la figure, et puis j'ai rappliqué ici. Ou plutôt dans les environs.

– En Tanzanie ?»

Leggatt fronça les sourcils, scrutant l'intérieur de sa blague à tabac.

«Non, la Zambie, d'abord. Ndola. Le cuivre et l'argent. Puis le Malawi. Le cuivre et l'or. J'y suis resté presque vingt ans. C'est à cette époque que je me suis mis dans les bateaux. Sur le lac. Cet endroit, et le *Winston*, ce sont les cadeaux que je me suis offerts pour ma retraite. La plantation, c'est un hobby, sans plus.»

Il poussa un nouveau soupir, l'air sombre.

«Pas moyen de le décoincer, dit Nick, qui continuait à s'énerver sur sa nouvelle acquisition. Dites donc, et si on se servait de ce chalumeau ? Eh oui… la chaleur dilate.»

Leggatt le gratifia d'un regard qui concentrait tout ce qui lui restait d'un mépris typiquement britannique.

«Excellente idée, dit-il avant de s'interrompre pour allumer sa pipe. Si tu veux faire sauter l'atelier et nous avec. C'est vrai que je ne m'en suis pas servi depuis très longtemps, mais il pourrait fort bien rester un fond d'essence dans le réservoir.

– Vous avez raison, dit Nick en rougissant. C'était idiot de ma part.»

Il s'efforçait toujours de dévisser le bouchon, en se servant d'un bout de chiffon pour s'assurer une meilleure prise.

«Vous devez quand même avoir ramassé pas mal d'argent pour avoir pu acheter la maison et la plantation, et le yacht.

– Ah, oui. L'explication des fabuleuses richesses? Les diamants, mon vieux. J'ai décroché le gros lot en Sierra Leone, au début des années quatre-vingt. Moi et un type nommé Bailey… Bien joué!»

Le bouchon venait enfin de céder. Nick scruta les profondeurs du vénérable réservoir, comme s'il renfermait tout le mystère de l'univers, depuis les arbres et les fleurs, en passant par les atomes et les étoiles, jusqu'à l'infini de l'éternité elle-même.

10

Compte rendu d'incident #1: Miranda Powers

Le préposé à la sécurité (Juma Bagaya) m'a rapporté l'incident suivant. Aux environs de 2h34, le matin du lundi 04/05/98, il a remarqué deux individus d'une vingtaine d'années dans le parc à voitures, l'un, vêtu d'un blouson d'aviateur, l'autre d'un kikoi noué autour de la taille. L'un des deux essayait d'ouvrir la vitre d'un véhicule, côté conducteur.

Après avoir actionné l'alarme pour avertir le marine de garde, Juma a allumé les projecteurs et est sorti, arme au poing. Mais, à ce stade, les deux jeunes gens étaient déjà partis en courant à travers le parc, et lui-même ne voyait pas grand-chose, ébloui par la lumière qui se réfléchissait sur les carrosseries.

Quand le marine (le caporal Rossetti) est arrivé, les deux fuyards avaient déjà franchi le mur et disparaissaient dans Laibon Road. Il a appelé la police, qui est arrivée moins d'un quart d'heure plus tard.

Le caporal Rossetti a vérifié la caméra de surveillance B2, qui, en dépit du fait qu'elle fonctionnait, n'a pas réussi à couvrir l'incident.

Décision: envoi d'une note de service à John Herlihy, demandant aux services techniques s'il leur serait possible d'adapter une sorte d'écran filtrant sur les projecteurs du parc à voitures.

Compte rendu d'incident #2 : Miranda Powers

À environ 15h30 le mercredi 10/06/98, le gardien chargé de la surveillance de l'arrière des bâtiments (Innocent Phiri) a remarqué une odeur de brûlé provenant des ventilateurs de la climatisation situés près du groupe électrogène, dans la cour à l'arrière de la chancellerie. J'ai aussitôt téléphoné à John Herlihy pour le mettre au courant. Il est descendu, et nous nous sommes rendus ensemble sur les lieux. JH a arrêté l'un des ventilateurs en le débranchant au tableau, étant donné que l'odeur de brûlé semblait venir de là – surchauffe du moteur, d'après John.

Nous avons réintégré nos bureaux respectifs. Au bout d'un quart d'heure, une alarme humidité s'est déclenchée dans la salle informatique sud, en raison de l'arrêt du ventilateur. Nous sommes donc retournés dans la cour. John a déclaré qu'il allait falloir remplacer le ventilateur défectueux, mais que, pour l'instant, il valait mieux le remettre en marche dans la mesure où, de toute façon, il s'arrêterait automatiquement en cas de surchauffe excessive, donc de danger potentiel.

Décision : ventilateur à remplacer, surveillance régulière de la température dans la salle informatique sud.

Compte rendu d'incident #3 : Miranda Powers

À environ 10h32 le vendredi 07/07/98, le préposé à la sécurité (Juma Bagaya) m'a appelée pour m'informer qu'un homme était en train de filmer le portail près de son poste. Je suis aussitôt descendue, mais quand je suis arrivée, l'homme n'était plus là.

Juma m'a dit s'être approché de l'homme pour lui demander ce qu'il faisait ; l'autre lui a dit être un touriste, avant de disparaître dans Laibon Road. D'après Juma, il avait la peau foncée, mesurait environ un mètre soixante-cinq, portait un pantalon, une chemise à col et une casquette de base-ball barrée des mots SPORT TEAM OSNABRÜCK. Juma s'est montré incapable de préciser la race du suspect; tout ce qu'il a su dire, c'est que l'homme «n'était pas africain».

Je signale pour mémoire que Juma est quelqu'un d'honnête et que son récit est sans doute digne de foi. Mais il manque d'acuité analytique et je ne saurais le recommander pour une promotion.

Il se trouve que l'homme a été partiellement saisi par la caméra B2, mais son visage, d'abord masqué par son propre appareil, a ensuite été caché par un bus qui passait.

Décision: aucune

11

Zanzibar… Le nom même avait quelque chose de languissant, de secret, qui suggérait un monde imaginaire. Évocateur de désirs enfouis au plus profond de soi, de cette nostalgie du paradis, elle-même signe de notre chute, de notre appartenance au domaine souillé de l'histoire, de la matière, des faits bruts. Personne n'aime se voir rappeler l'état de disgrâce qui est le nôtre. Rien d'étonnant alors à ce que Nick, quelque temps plus tard, alors qu'il était maintenant noir comme un pruneau, ait choisi d'éteindre la télévision quand il vit à nouveau Clinton sur l'écran, et de retourner dans sa chambre.

Une fois à l'intérieur, il tripota la batterie d'interrupteurs sur le mur, à côté de la porte, jusqu'à ce qu'il réussisse à faire fonctionner les deux lampes de chevet, tout en gardant l'éclairage central éteint. Ce dernier attirait les moustiques, déjà bien assez nombreux, en raison des trous dans la moustiquaire, sans qu'on leur facilite encore les choses. Les murs étaient maintenant décorés de quantités d'éponges jaunes. Une page du calendrier *Notre belle Amérique* avait été tournée – pour révéler une vue brillamment colorée de la base sur la mer de la Tranquillité –, et la pièce sentait le vestiaire de gymnase. Il y régnait également un plus grand désordre, ne serait-ce qu'en raison d'un appareil de respiration sous-marine qu'il avait loué à un dénommé Turtle Mo. Il attendait toujours son propre équipement de plongée. Dino, dont la carte postale de Drew Barrymore s'ornait désormais de trois ronds de café façon anneaux olympiques, avait juré ses grands dieux, au téléphone, qu'il l'avait envoyé. Mais Nick commençait à avoir des doutes.

Il renifla. Ça ne sentait vraiment pas bon. Il brancha le ventilateur, qui démarra avec son ronronnement habituel, évocateur du *om-mmm* de la mystique asiatique, puis s'approcha de la fenêtre pour laisser entrer un peu d'air frais. La raison de cette odeur insupportable, c'était sa combinaison de caoutchouc. Qui pendait au mur, bras en croix, attendant de sécher après la plongée effectuée le matin même avec la bouteille de Turtle Mo.

Il ôta son T-shirt. L'engin antédiluvien de Mo, un vieil appareil à réserve, équipé d'un embout de secours, ne lui avait pas été d'une grande utilité. Le mélange à l'intérieur était vieux, et le tuyau d'alimentation fuyait. Pour finir, il lui avait tout bonnement fallu plonger en retenant sa respiration, comme son arrière-grand-père, qui, au dire de son père, avait été pêcheur d'éponges.

Nick se demandait ce qui lui restait de la capacité pulmonaire de cet ancêtre Karolides. Il avait eu du mal à rester sous l'eau très longtemps. Il voulait attacher des plaques d'identification numérotées à un couple de langoustes habitant dans une cavité au pied du récif, mais il lui faudrait pour cela attendre d'avoir reçu son équipement. Il y avait tout à parier que d'ici là, les langoustes auraient déménagé.

Ou qu'elles auraient été pêchées et mangées. Tout en passant dans la salle de bains et en ouvrant le robinet, il pensa à nouveau à Turtle Mo, imaginant sa grande main brune sur le point de s'emparer d'une pince – celle-là même peut-être qui lui avait fait signe ce matin depuis cette cavité dans le corail, tandis qu'il flottait, les poumons en feu, une poignée de petites plaques métalliques à la main. Comme pour lui dire: non, non, ne crois pas que tu vas m'en accrocher une, à moi!

Les antennes des langoustes, enroulées aux extrémités et balancées dans les courants, donnaient des allures de station radio à l'entrée de leur petite grotte. C'est l'image qu'elles lui avaient inspirée sur le moment. Alors que maintenant, tout en se brossant les dents, il eut un coup au cœur, tant le message transmis par les deux crustacés lui apparut sous un jour différent. Les deux bestioles, installées bien tranquillement dans leur abri, offraient le spectacle d'une telle félicité domestique qu'il se sentit soudain très seul. Il fallait peut-être qu'il songe à se trouver une petite amie. Il réfléchit à la question, secoua la tête, examina son torse dans la glace, avant de cracher du dentifrice rose dans le lavabo. Il n'aimait pas du tout le dentifrice parfumé aux clous de girofle – il y avait un bout de temps qu'il avait terminé le tube qu'il avait apporté avec lui, et il avait dû avoir recours au produit local.

Il repassa dans la chambre et, après avoir ôté son short, s'allongea, pensant à la bouteille d'oxygène. L'enseigne au-dessus de la boutique de Turtle Mo annonçait «Propriété commerciale de M. Gandhi» Bien connu en Afrique de l'Est pour posséder une flotte de chalutiers et des usines frigorifiques essaimées tout le long de la côte, l'homme était originaire de Durban. Mo revendiquait une parenté lointaine avec le grand leader indien, par l'intermédiaire d'une lignée bâtarde remontant au séjour africain de Gandhi, bien avant que celui-ci connaisse la notoriété dans son pays d'origine.

Nick doutait de l'authenticité de l'histoire. Massif et barbu, Mo ne ressemblait en rien à Gandhi, en tout cas pas tel qu'il apparaissait dans le film éponyme. Sa voix tonitruante, sa lourde montre en or, la demi-bouteille de cognac et la boîte de cigares qui trônaient sur son bureau quand Nick était allé le trouver ne suggéraient pas non plus qu'il avait hérité quoi que ce fût de la légendaire abstinence de son parent présumé.

Sans compter les chalutiers et les conserveries de poisson, Mo avait des intérêts dans tout ce qui concernait de près ou de loin la mer à Zanzibar, depuis l'exportation du sel – que les villageois lui apportaient une fois sorti de leurs batées sous forme de magnifiques morceaux ressemblant à des astéroïdes, et qu'il expédiait à Dar dans des sacs de jute – jusqu'à l'importation de moteurs de bateaux, des petits pour les hors-bord, des gros pour les chalutiers. Histoire de faire bonne mesure, Mo possédait également quelques cargos.

Ses yeux rencontrèrent le mur. S'arrêtèrent sur une image. Neil et Buzz bondissant au ralenti. Sur la base baptisée Tranquillité. Sur le calendrier. Sur la lune.

C'était son premier souvenir: assis sur les genoux de son père, il revoyait celui-ci pointant son doigt sur la télévision et lui disant: «Souviens-toi de ça… c'est l'histoire en marche.» Nick devait avoir deux ans à l'époque – trop jeune pour saisir la signification d'un tel événement, ou même comprendre ce que lui disait son père. Il restait convaincu qu'on avait dû le lui raconter par la suite. Mais il se souvenait bel et bien de quelque chose.

La base Tranquillité. Ça sonnait bien. Même chose pour Lyly. Lala, le sommeil. L'île du sommeil, où il avait toujours l'intention de retourner. Il n'arrêtait pas de reporter son départ, parce qu'il voulait explorer l'endroit avec son équipement à lui, plutôt que de risquer de tout gâcher en utilisant le matériel défectueux de Turtle Mo. Il ne s'impatientait pas trop d'ailleurs. Lyly avait fini par acquérir à ses yeux un statut spécial, au point de supplanter Zanzibar comme centre d'intérêt. L'attente ne pouvait que renforcer le plaisir qu'il prendrait à y séjourner. Dans son imagination, l'île avait désormais sa place juste à côté de l'ouvrage de mythologie et d'histoire grecques racontées aux enfants, que son père lui lisait dans le temps. Lyly, ou plutôt l'idée qu'il s'en faisait, lui remettait en mémoire certaines de ces histoires: Ulysse échoué sur son île avec Calypso; Aphrodite, la déesse de l'amour née de l'écume; Delphes et ses mystères, les bosquets sacrés où le temps semblait arrêté.

L'expédition prévue à Lyly et l'étiquetage des langoustes allaient devoir attendre jusqu'à l'arrivée de son équipement, mais il avait tout de même remporté quelques succès. Pour modeste qu'elle fût, son étude de la vie des mollusques sur les laisses avait reçu un accueil favorable à Washington, où il en avait expédié les résultats. Par ailleurs, il avait enfin aperçu une de ces tortues à cuir si rares – en fait, il avait failli se cogner dedans au cours de son bain du soir. Énorme, environ un mètre quatre-vingt de long sur un mètre vingt de large, elle avait sorti la tête de l'eau, l'avait regardé un moment avant de replonger, agitant rapidement ses larges nageoires antérieures et laissant traîner derrière elle les postérieures, qui lui servaient de gouvernail. Elle avait rapidement disparu. Lui avait regagné le rivage, dans un état de bonheur suprême, comme si cette rencontre justifiait à elle seule sa venue à Zanzibar, même s'il savait que, pour cela, il lui faudrait encore réussir à sauver un ou deux de ces magnifiques animaux.

Il nota la rencontre dans son carnet, un vieux livre de comptes relié en cuir vert qu'il avait trouvé chez un brocanteur de Stone Town. Pour l'essentiel, il n'y relevait guère que des noms d'espèces de poisson (balistes, syngnathes, callionymes), y consignant aussi d'autres observations. Qui n'avaient rien à voir avec le travail sérieux qu'il effectuait sur son ordinateur, les graphiques, les cartes, les rapports qu'il expédiait à Washington. Non, dans le carnet, il gribouillait de grandes spirales qui ne représentaient rien de particulier, dressait des listes plus ou moins fantaisistes de plans de vie et de carrière et rapportait les impressions que lui laissaient les gens au hasard de ses rencontres.

C'est également au carnet qu'il réservait une petite étude personnelle qui aurait pu s'intituler «Vie et mort des éponges». Dans la baie, à une courte distance du Macpherson, il y avait des colonies entières de ces membres multicellulaires du parazoaire, ondulant mystérieusement dans les courants sous-marins. Qui vivaient une vie entièrement passive, soumis au flux et au reflux et sans arrêt traversés par l'eau. Sans trop savoir pourquoi, il était fasciné par les spongiaires, et il s'était même donné la peine de dessiner, au crayon, d'une main malhabile, une jeune éponge à spicules calcaires simples, avec, en coupe, une partie de la paroi externe afin de révéler le paragaster, la cavité centrale digestive. C'était par cet orifice que l'eau était rejetée, après avoir pénétré par les pores et circulé à l'intérieur, apportant à l'éponge l'oxygène et les autres substances nutritives microscopiques dont elle avait besoin pour vivre. Nick en était venu à penser que ces créatures figuraient parmi les plus étranges de l'océan.

Avec d'autres. Son exploit le plus récent (le compte rendu en avait été confié à la fois à son carnet et à son ordinateur) avait consisté à fixer un émetteur d'une vingtaine de centimètres dans le ventre d'un requin. Il avait d'abord fallu qu'il l'attrape (tâche qu'il avait confiée à quelques pêcheurs du coin) et le retourne. Le requin avait alors cessé de se débattre et s'était fait plus maniable, entrant dans une sorte de transe connue sous le nom d'atonie musculaire. L'émetteur envoyait des signaux à un satellite, qui à son tour transmettait la localisation du requin à Washington, permettant ainsi à des spécialistes de suivre ses mouvements. L'expérience avait été passionnante, mais le plaisir de la tâche menée à bien avait été gâché par le souvenir d'un autre requin, celui qui, dans un épisode de sa vie qu'il essayait d'oublier, mais qui de temps à autre lui amenait encore les larmes aux yeux, avait causé la mort de son père.

Il savait que le seul remède résidait dans une activité constante, dans le refus des fantasmes d'un monde de perfection où il n'aurait pas connu le deuil. C'est pourquoi, en dépit de son récent attachement à Lyly, il s'était consacré à une exploration exhaustive de l'île principale de l'archipel. Des heures de bricolage avaient fini par avoir raison de la Norton, qui avait enfin consenti à démarrer. Le petit indigène, Sayeed, n'avait pas ménagé sa peine.

La réparation de la moto lui avait ouvert le pays. Tous les week-ends, il partait pour de longues balades, soit en remontant vers le nord jusqu'à Nungwi, soit en descendant au sud, jusqu'au morceau de route qui reliait Pingwe au village de Makunduchi, à la pointe sud-ouest de l'île, s'arrêtant en chemin pour jeter un coup d'œil à l'énorme masse du navire de guerre est-allemand, abandonné sur place à la fin de la guerre froide.

Il lui arrivait parfois de conduire sur le sable, cheveux au vent. Puis de s'arrêter et de s'asseoir au bord des vagues, restant là à essayer de percevoir sous le grondement sourd du ressac le bruit des gouttelettes d'écume qui retombaient en grésillant et en sifflant sur le moteur de la Norton.

Le rituel se terminait par l'incontournable coucher de soleil, puis c'était le retour sur les pistes sinueuses, deux lignes brunes flanquant une crête d'herbe desséchée, qui le ramenaient chez lui, où, les yeux pleins de poussière, il avait du mal à distinguer l'enseigne *Macpherson Ruins Hotel*. Où da Souza lui préparait cérémonieusement un gin tonic derrière le bar en teck. Où la femme dont le tchador noir, qui la couvrait des pieds à la tête, tandis qu'elle balayait le patio ou préparait les lits tous les soirs, contribuait directement à la cause des femmes de chambre du monde entier tant il faisait obstacle aux regards masculins. En dépit de sa fascination pour ce personnage, qui le faisait penser au Darth Vader de *La Guerre des étoiles*, Nick veillait à ne jamais la dévisager. Une question pourtant le taraudait: quelle impression cela pouvait faire d'être ainsi séparé du monde par le filet du voile ?

L'hôtel lui-même se laissait mieux percer, révélant peu à peu ses secrets à la manière des gousses de vanille éclatées sur lesquelles il roulait parfois en moto. Tandis que le bâtiment principal était moderne – mais d'une architecture de bon goût, contrairement à toutes les horreurs qui fleurissaient un peu partout dans l'île, grâce aux bons soins des promoteurs –, les vestiges, qui se dressaient dans des jardins majestueux, étaient chargées d'histoire. Da Souza lui avait appris qu'au dix-neuvième siècle, les bâtiments maintenant en ruine avaient été une école de mission dirigée par Caroline

Thackeray. Laquelle, d'après le Goanais, était la cousine d'un célèbre écrivain anglais. L'école s'était donné pour tâche l'instruction des jeunes orphelines. Quant à Macpherson, c'était le nom de l'évêque sous la juridiction duquel se trouvait cette institution.

Ce n'est que plusieurs semaines après les révélations de l'hôtelier et diverses promenades dans les jardins et les bâtiments envahis de plantes grimpantes que Nick avait appris la vérité: ces orphelines étaient en fait des esclaves, libérées après la capture par des vaisseaux de guerre anglais des boutres qui les transportaient. Désormais, chaque fois qu'il passait sous les vieux palmiers ou les grands manguiers centenaires, il imaginait ces pauvres filles en train d'apprendre à lire et à écrire, ou à coudre et à préparer le riz.

Les jardins eux-mêmes avaient été fort bien conçus, et les plantes étaient identifiées grâce à de petites étiquettes. Certains noms paraissaient évidents: oreille d'éléphant, arbre à perruque, magnolier parasol, arbre cloche, aristoloche siphon. D'autres étaient plus arbitraires. Ces fleurs-là, il était capable de rester des heures à les contempler et à s'interroger sur leur histoire: bégonia bifteck, galon de saint Antoine, cœur-de-bœuf… Il y en avait une qui, d'après l'étiquette, était originaire du Pérou et s'appelait simplement «four o'clock».

Nick était désormais, officiellement, un «expert». La plupart des pays africains souffraient d'une surabondance d'experts, blancs pour la plupart. Mais ils étaient étonnamment peu nombreux à Zanzibar. Nick n'en connaissait pas plus de deux ou trois, y compris l'Anglais, spécialiste en mort subite, qu'il avait rencontré dans ce bar de Stone Town, et dans l'équipe duquel il jouait maintenant au foot, le mercredi en fin d'après-midi. Pas très bien, mais il était en progrès constant, sous la férule de Catmull. Tim lui apprenait également à jouer au snooker à l'hôtel Africa House, rituel du mercredi soir, après le foot, copieusement arrosé de bière. Ils projetaient une excursion à Pemba, la deuxième île de Zanzibar, où Tim allait souvent se détendre pendant le week-end, et où, à l'entendre, il y avait une superbe marina.

Dans leur équipe, il y avait un certain Olivier Pastoureau, un Belge mélancolique, spécialiste de l'assèchement des terres, qui travaillait à Makunduchi. Il avait le meilleur bateau de l'île, un beau yacht de croisière blanc payé par l'European Development Fund, l'organisme pour lequel il travaillait. Il en était à juste titre très fier, comme il l'était des gadgets électroniques qui l'équipaient, au nombre desquels figuraient un sondeur à ultrasons et un sonar à scanner latéral capable d'identifier le relief des fonds marins.

Olivier les avait fait fonctionner l'un comme l'autre au cours d'un des barbecues du dimanche organisés sur le pont avant du Cythère, merveilleusement équipé pour ce genre de réjouissances avec son minibar et son petit brasero à gaz. Le sondeur donnait une vue en relief du fond de la mer, tandis que le scanner latéral en proposait une image horizontale. Descendu par un système de câbles le long du bateau, il ressemblait à une torpille ou à un missile de croisière. On retournait ensuite dans la cabine pour regarder les dessins des fonds marins projetés sur l'écran, les élévations et les déclivités fidèlement reproduites en motifs violets.

Olivier avait besoin de connaître la configuration exacte du relief sous-marin, afin que ses dragueurs évitent d'endommager les récifs quand ils allaient chercher le sable sur lequel devait s'élever le nouveau port de Makunduchi. Ce réflexe écologique, qui démultipliait le coût du projet, dans la mesure où il obligeait les dragueurs à aller travailler beaucoup plus loin, était, de l'avis de Nick, mal venu. Le dragage allait remuer une telle masse de sédiments que ceux-ci arrêteraient la lumière dont les coraux avaient besoin pour vivre. Les coraux finiraient donc, de toute façon, par mourir un jour ou l'autre.

Le projet paraissait insensé, qui consistait à construire sur du sable, mais de toute évidence, ce n'était pas à lui de résoudre le problème. Il avait proposé à Olivier de réfléchir à différentes manières de limiter l'effritement des sédiments sur les récifs les plus importants en prenant en compte les courants saisonniers, et le Belge avait dit qu'il en aviserait ses supérieurs à Bruxelles.

« Mais dans ce cas, avait-il ajouté avec un haussement d'épaules, les opérations seront encore retardées, parce qu'il nous faudra attendre tel ou tel courant, comme un tas de... comment vous dites *bonnes femmes* * ? attendant le beau temps pour faire leur lessive. »

Même assis devant une mer bleu saphir, à boire de la bière et à retourner des steaks d'espadon sur son gril, Olivier persistait, non sans une certaine dose d'autodérision, dans ses visions fort sombres de la vie. À en croire Tim, le Belge était fou à lier. Mais c'était peut-être la jalousie qui motivait un tel jugement. Olivier était très séduisant et produisait un effet curieux sur les femmes. Sa femme – ou plutôt son ex-femme – était très belle. D'après Tim, il avait eu beaucoup de mal à se faire au déclin des ardeurs sexuelles de son épouse après le mariage. Nick et Olivier n'abordaient jamais ce sujet. Ils parlaient science, politique et s'entretenaient de questions importantes, comme l'invention du plastique ou la guerre du Golfe – le pétrole, dans ce cas précis, ayant servi de lien.

Ils avaient donc parlé, ce jour-là, et Nick se souvenait d'avoir entendu le Belge déclarer avec emphase que l'histoire du vingtième siècle était une honte pour l'humanité. Tout ce qui était bon n'était plus que chimères, de celles qui peuplent les rêves d'un dormeur: l'avenir ne serait fait que de catastrophes et verrait le triomphe de la mort et du péché. Quand Nick avait demandé à Olivier ce qu'il entendait au juste par là, le Belge s'était contenté de secouer la tête d'un air sinistre et de dire que le monde avait tout d'un vaisseau naufragé.

L'expression revint à l'esprit de Nick au moment du petit déjeuner, alors qu'il contemplait le petit canoë orange de sa tranche de papaye. Dans la mesure où elle apparaissait invariablement tous les matins dans son assiette, elle avait depuis longtemps cessé d'être exotique. Il en était presque venu à regretter son bol de Cheerios. Après tout (il se souvenait de la pub), «Il n'y a que du bon dans ces petits pétales.»

Da Souza s'approcha d'un air empressé de sa table, tout sourire et cheveux gominés, la cafetière à la main, prêt à le resservir.

«Et comment allons-nous aujourd'hui, monsieur?

– Toujours pareil.

– Vous n'êtes pas heureux, monsieur?

– C'est que… encore des papayes.

– Ah, vous n'aimez pas?

– Oh, oubliez ça. C'était façon de parler.

– Il y a ceci qui est arrivé pour vous, monsieur», dit l'hôtelier en sortant une lettre de la poche de sa veste.

L'enveloppe portait le sceau du Département d'État. Et un cachet de la poste de Dar.

« Un mois pour arriver ! s'écria Nick, en regardant le tampon.

– Je suis désolé, monsieur, mais…

– N'en dites pas plus, dit Nick en levant la main. Je sais… C'est Zanzibar. »

Il déchira l'enveloppe. Le message, bref, formel, sans fioritures, émanait de l'ambassade des États-Unis à Dar es-Salaam et l'informait de l'arrivée de son équipement de plongée.

DEUXIÈME PARTIE

12

C'est dans un minibus vert déglingué qu'ils se rendirent au Pakistan. Le voyage à travers l'Afghanistan avait été d'une épouvantable lenteur, étant donné l'état de la route entre Kandahar et Kaboul. Sans parler des innombrables postes de contrôle. Fort heureusement, Zayn avait tous les papiers et tous les mots de passe qu'il fallait pour satisfaire les talibans. Après avoir contourné la capitale elle-même et traversé la rivière Kaboul à la nuit tombée, ils passèrent la nuit à Khost, où le cheik avait plusieurs camps. C'était là qu'on leur avait montré la vidéo de la cible tournée par Ahmed l'Allemand.

Le lendemain, après avoir traversé des champs d'éboulis sur une route étroite encombrée de camions crachant une fumée noire et chargés de montagnes de marchandises, ils franchirent la frontière sans encombre. Il n'y avait rien dans leurs bagages de nature à éveiller les soupçons des autorités pakistanaises. Le matériel destiné à leur mission avait emprunté une route différente: depuis l'Italie et la République tchèque jusqu'à Oman, en utilisant les services d'une compagnie russe de fret aérien du nom d'Air Yazikov, avec laquelle Al-Qaida avait des liens. Puis de là, traversée du Golfe en bateau jusqu'à la côte est de l'Afrique, une route commerciale connue depuis des siècles.

Fardeaux transportés jusque dans des contrées lointaines... Navires dont les chargements apportent du bonheur aux populations... Les paroles sacrées se bousculaient dans la tête de Khaled, tandis qu'il regardait par la vitre du minibus les collines rocailleuses du nord du Pakistan. Il se dit qu'il lui fallait être fort. Seul Dieu sait ce qui nous attend. Les hommes ne peuvent avoir accès qu'aux vérités qu'Il a choisi Lui-même de leur dévoiler.

À Peshawar, ils furent logés dans un hôtel qui appartenait au cheik. L'établissement était connu sous le nom de Bait al-Ansar, la Maison du Soutien, et il accueillait beaucoup de membres d'Al-Qaida et d'autres groupes islamistes, de passage avant et après les opérations. Zayn leur avait recommandé de ne pas se faire remarquer, mais Khaled réussit à s'esquiver, après un petit déjeuner de café amer, de dattes et de yaourt, pour aller se promener dans les rues, encombrées de monde, de circulation et de détritus.

Les murs jaunes décrépits de nombreux bâtiments étaient couverts de posters aux couleurs criardes représentant des stars de cinéma pakistanaises. Il y avait beaucoup de militaires dans les rues, et en témoignage des dégâts que peuvent causer des années de guerre, une armée de mendiants éclopés. Ceux qui avaient perdu leurs jambes se faufilaient au ras du sol entre les fumées noires des pots d'échappement sur de grandes planches en bois montées sur roulettes, se propulsant à l'aide de leurs poings, enveloppés dans des chiffons crasseux.

Les bazars étaient remplis de marchandises de toutes sortes, certains étalages proposant un véritable arsenal. Il vit entre autres un éventaire où les grenades s'empilaient comme les fruits du même nom. Peshawar avait la réputation de regorger de trafiquants. Il supposait que les gens des bazars étaient pour la plupart des commerçants ordinaires, mais il n'en restait pas moins qu'à côté des Pachtouns locaux, on trouvait là des ressortissants de tous les pays de l'Asie centrale: Ouzbeks aux moustaches impressionnantes, Turkmènes aux bonnets de laine noire qui ressemblaient à des perruques, Nurestanis aux cheveux blonds et aux yeux bleu pâle…

Il s'offrit un verre de thé noir et resta assis à regarder passer la foule par la fenêtre de l'établissement. La variété des physionomies l'enchantait. Car, même s'il n'y a pas de Dieu en dehors de Dieu Lui-même, les plus beaux endroits sous le ciel d'Allah n'étaient-ils pas à l'image de celui-ci? Un endroit où ce qui compte, contrairement à ce que voudraient les talibans, ce n'est pas une chose plutôt que l'autre, mais bien ce grand ensemble grouillant dans lequel se fondent tous les éléments. Son pays à lui était comme ça. Zanzibar, Pemba, Lamu… Toute la côte, Quiloa, Mombasa, Malindi, jusqu'à Sofala, tout en bas au Mozambique, le port qui, selon les anciens, était il y a longtemps, bien avant l'arrivée des hommes blancs, la porte d'un royaume africain d'une fabuleuse richesse.

Son pays… Il y serait bientôt. Il était prévu qu'ils prennent l'avion jusqu'à Dubaï. Une fois là-bas, dans la salle de transit, ils échangeraient secrètement leurs passeports avec des membres d'Al-Qaida, en partance, eux, pour le Pakistan. Certains des passeports étaient faux, d'autres vrais. Al-Qaida disposait en son sein d'experts en faux papiers. De Dubaï, ils s'envoleraient pour Mascate, où ils prendraient l'avion de la Gulf Air qui assurait un vol direct entre la capitale d'Oman et Zanzibar. Vol destiné aux familles arabes qui partageaient leur temps entre l'île et le désert, à cause des lois interdisant aux Arabes, et ce depuis la Révolution, de résider à Zanzibar plus d'un mois sur quatre.

C'est en grande partie grâce à Khaled que ces arrangements avaient été possibles. Il aurait aimé se convaincre d'une contribution plus glorieuse à l'opération, mais il ne pouvait s'empêcher de penser qu'il avait été recruté simplement parce qu'il se trouvait posséder le bon passeport, le bon visa et une bonne connaissance du terrain. Ses papiers avaient tous été copiés par les faussaires d'Al-Qaida. Zayn, Palestinien de naissance, et Yousef le Syrien étaient maintenant des Zanzibaris d'origine omanaise. Ils pourraient, en compagnie de Khaled, franchir sans encombre les contrôles très approximatifs auxquels ils seraient soumis au minuscule aéroport de Zanzibar. Personne ne vérifiait jamais grand-chose, avait précisé Khaled. En prenant le vol direct de Mascate, ils évitaient les services d'immigration de la Tanzanie continentale.

Ce qui présentait un avantage certain. En accord avec cette semi-fiction qui voulait que Zanzibar soit un État séparé, fédéré avec la Tanzanie continentale, les autorités insulaires avaient leur propre service d'immigration. Lequel n'était pas doté de fonds suffisants. Ni, c'était là un point capital, d'ordinateurs. On ne gardait par ailleurs que très rarement des traces écrites des entrées et des sorties du territoire. En tout état de cause, les membres d'Al-Qaida entreraient dans le pays dans le plus parfait incognito.

Zayn était furieux quand Khaled revint de sa promenade dans Peshawar.

« Espèce de petit crétin ! hurla-t-il. Et si tu t'étais fait arrêter et interroger par la police pakistanaise ? »

Khaled se contenta de baisser la tête, honteux, et d'attendre le coup du plat de la main qu'assenait Zayn en pareilles circonstances. Il avait déjà une longue expérience en la matière.

Après le déjeuner, Zayn l'envoya en ville acheter d'autres cartes pour le téléphone satellite dont ils se serviraient au cours de l'opération. Khaled ne put s'empêcher de voir là une contradiction flagrante : il risquait bien plus de se faire remarquer en achetant ses cartes à l'agence qu'en restant tranquillement assis derrière la vitre d'un débit de thé.

Plus tard dans l'après-midi, toujours convaincu d'avoir été victime d'une injustice, il monta sur la terrasse de l'hôtel. Au moment où il posait le pied sur les dalles de béton carrées, il aperçut une mince silhouette. C'était un gamin qui jouait avec un cerf-volant – un des innombrables petits triangles de papier qui, chaque après-midi, peuplaient le ciel au-dessus de la ville. La plupart étaient verts ou rouges. Certains étaient couverts de dessins, même si on ne pouvait guère les voir du sol. Khaled regarda le spectacle. Les cerfs-volants étaient très populaires dans cette partie du monde. Les gamins enduisaient leurs ficelles de verre pilé et se défiaient mutuellement, cherchant à sectionner la ficelle de l'adversaire

Khaled s'assit sur le parapet grossièrement cimenté qui bordait la terrasse et continua à observer l'enfant, pour le plus grand plaisir et la plus grande fierté de celui-ci. En même temps que la télévision par satellite, les vidéos, le football et les échecs, les talibans, de l'autre côté de la frontière, avaient interdit les cerfs-volants. Khaled aurait été bien en peine de dire pourquoi. Peut-être voyaient-ils de l'idolâtrie dans ce passe-temps qui paraissait pourtant tellement inoffensif.

En observant l'habileté du gamin à diriger son engin dans les airs, mouvements précis et adroits du poignet produisant là-haut les glissades et les cabrioles désirées, Khaled se sentit à nouveau heureux. Le soleil, qui filtrait à travers les nuages au-dessus des collines entourant la ville, baignait celle-ci d'une lumière dorée, réfléchie par l'ocre des constructions et semée des points rouges et verts des cerfs-volants. L'ensemble lui donnait l'impression d'un tableau – pensée sans doute bien peu orthodoxe.

Son bonheur fut de courte durée. Plus tard, Khaled sentit à nouveau le regard de braise de Zayn posé sur lui, quand, au crépuscule, ils entamèrent les prières du soir dans la chambre d'hôtel. Zayn s'agenouilla et inclina la tête. Un ventilateur bourdonnait au plafond. Il entendit le murmure de la voix de Yousef à côté de lui, et se joignit à la prière.

Louange à Dieu, souverain de l'univers…

* * *

Bien au-dessus des trois hommes, au-dessus du plafond, du toit plat de la terrasse et de la forêt de cerfs-volants dans le ciel de Peshawar, bien plus haut encore, sachant tout, voyant tout – sans pour autant être omnisciente – tournait l'énorme machine de reconnaissance par satellite du gouvernement des États-Unis. Quelques jours plus tôt, avant que le minibus vert ait quitté le camp, un appareil longue portée avait pris une photo numérique du véhicule. Il venait d'en prendre une deuxième, devant l'hôtel de Peshawar, et celle-ci n'était pas restée sans effet.

L'ordinateur qui contrôlait la caméra et faisait passer l'information par toute une série de filtres d'analyse vérifia d'abord que celle-ci méritait d'être transmise aux spécialistes du renseignement. Dans la mesure où l'un des filtres mesurait le déplacement des véhicules, le programme de transmission des données fut lancé. Un message crypté émanant d'un centre de collecte de données commun à l'Agence nationale de sécurité et à la CIA atterrit sur le bureau d'un certain nombre de responsables américains.

Parmi eux, Jack Queller. Aux termes du contrat de consultant qu'il avait finalement réussi à négocier avec la CIA quand il était parti à la retraite, il avait pu se faire installer la gamme complète des équipements de communications chez lui, dans le bureau de sa maison d'Aquinnah. Ce qui ne l'empêchait pas de continuer à communiquer à l'aide des moyens traditionnels. L'île, située à l'extrémité sud-ouest de Martha's Vineyard, était suffisamment proche du Haven pour lui permettre d'aller chercher son courrier tous les matins dans son petit hors-bord. Courrier en général peu abondant – relevés de compte de son agent de change, exemplaires des revues auxquelles il était abonné. Mais il appréciait cette sortie quotidienne, qui l'empêchait de s'enfermer dans une trop grande solitude.

S'il lui arrivait de partager un verre de temps à autre avec deux pêcheurs qu'il connaissait, Lanford Bourne et Todd Stubens, ses contacts s'arrêtaient là. Il se gardait surtout de tous les New-Yorkais qui venaient faire construire dans la région. Il y avait eu récemment un accrochage entre un promoteur immobilier et le lobby amérindien du coin, wampanoag et assez actif.

Todd, qui avait lui-même du sang wampanoag dans les veines, possédait une vieille péniche de la marine, avec laquelle il pêchait le homard. Queller adorait ce bateau, et les deux hommes allaient parfois vérifier ensemble le bon état des lignes. Todd aimait partir tôt le matin, à l'heure où tout le monde dormait encore. C'était le meilleur moment pour se faire une idée de ce qu'avait dû être le Haven dans le temps, à l'époque où il était fréquenté par les grands bateaux, baleiniers, négriers, navires marchands venus d'Europe et d'Orient. Todd avait donné à Queller une vieille pointe de harpon qu'il avait trouvée dans une crique. Elle occupait maintenant une place de choix sur le rebord de la fenêtre de son salon, juste à côté d'une photographie de Lucy.

C'était dans son salon qu'il se trouvait en ce moment, entouré de rayonnages et vêtu simplement d'un boxer-short. Quand le bip signalant l'arrivée d'un message se fit entendre sur son ordinateur et qu'apparut sur l'écran la boîte de dialogue correspondante (« Vous avez un nouveau message, voulez-vous l'ouvrir ? »), il était allongé sur la banquette en train de lire, comme il le faisait tous les matins, une page d'Omar Khayyam ou d'un des autres grands poètes persans.

Il posa son livre, s'approcha de l'ordinateur et répondit affirmativement à la question. La main posée sur le dossier du fauteuil pivotant, il parcourut le message, en notant bien les noms des destinataires en copie. Ceux-ci variaient en fonction du statut du message et de son champ d'application.

À : Jack Queller
cc : Mort Altenburg, Sylvia Chavez, Edwin Elliott
De : Centre de collecte de données
Objet : Activités d'Al-Qaida
Message : Consultez le portail 99142/3/A, pour avis. Responsable de la décision : Altenburg.

Queller fronça les sourcils en lisant la dernière ligne du message, fit tourner le fauteuil sur lui-même et passa dans la cuisine pour se préparer son petit déjeuner. La seule idée d'avoir à soumettre ses rapports à un homme plus jeune le déprimait. Altenburg avait beau ne pas avoir le dixième de son expérience en matière de terrorisme et de prise d'otages, il ne s'en prenait pas moins pour un expert. Il déposa quelques tranches de pain dans le toaster et mit la bouilloire à chauffer. Le message pouvait attendre, quel que fût son contenu. Son bras l'élançait, comme si l'on avait appliqué les barres incandescentes du toaster sur son moignon. Il arrivait que les nerfs sectionnés lui procurent ce genre de douleur, dont la cause était en partie physiologique et en partie psychosomatique; la douleur, elle, était toujours la même.

Il avait de bonnes raisons d'en vouloir à Altenburg. L'homme du FBI avait récemment mis un terme à une opération déjà à demi montée que Queller voulait diriger en sous-main avec l'aide de la Commission chargée de la Lutte contre le Terrorisme. Il avait réussi à persuader les représentants de deux compagnies pétrolières (tous deux ex-agents du gouvernement, comme tant d'hommes d'affaires dans le pétrole) d'investir chacun 500 000 dollars dans un projet spéculatif à caractère non officiel. En échange, il leur faisait obtenir 30 000 kilomètres carrés de concessions, grâce à un de ses contacts au Soudan. Il projetait d'utiliser l'argent pour monter une opération non officielle visant à éliminer Ousama ben Laden. Mais voilà qu'Altenburg, alors même que l'argent était déjà versé sur un compte bloqué à Londres et que tout était prêt à démarrer, avait fait capoter le projet. Furieux, Queller avait songé un moment à faire cavalier seul. Adepte comme il l'était des opérations secrètes, il n'était cependant pas sans savoir qu'elles avaient une fâcheuse tendance à mal tourner quand elles ne bénéficiaient pas de quelque couverture officielle. Seules les agences gouvernementales avaient les ressources, avouables et inavouables, permettant de gérer correctement ce genre d'affaires.

Queller avait une autre raison de ne pas aimer Altenburg. Il le soupçonnait de comploter pour mettre fin à son contrat de consultant. Officiellement, tous deux étaient sous la juridiction de la Commission chargée de la Lutte contre le Terrorisme, organisme récemment créé, dont l'équipe, constituée de membres appartenant à diverses agences, fournissait les renseignements tactiques destinés à déjouer d'éventuelles attaques terroristes. La CLT elle-même relevait directement de l'autorité de la secrétaire d'État, Madeleine Albright, que Queller connaissait bien, mais qui, pour autant, ne pouvait être partie prenante dans un débat de ce type, ne serait-ce que parce qu'il n'était même pas censé exister. L'idée que le Département d'État avait la haute main sur la CLT était de toute façon pure fiction. La Commission souffrait de l'inévitable déficit de pouvoir inhérent à tout organisme interagences, ce dont profitaient des types comme Altenburg pour essayer d'étendre leur influence.

Un toast recouvert de confiture de framboises en équilibre sur son bol de café, Queller retourna dans le bureau et s'assit à sa table pour relire le message. Il avait songé, au début de ce travail de consultant, à garder son appartement de Washington ou la maison à la périphérie de Langley – mais cela n'avait pas été nécessaire, dans la mesure où la collecte et l'analyse des renseignements s'étaient révélées totalement compatibles avec la révolution électronique. Il avait donc mis l'appartement en location et vendu la maison. Laquelle était, de toute façon, remplie de fantômes. Il jeta un coup d'œil à la photo de Lucy dans son cadre d'argent – souriant devant l'entrée de l'Institut du monde arabe, à Paris, lieu de leurs dernières vacances ensemble –, et ressentit l'habituel pincement au cœur.

Il passait désormais pratiquement tout son temps sur son île. Il ne quittait plus le cap Cod que pour assister à des réunions à Washington et à Langley, donner quelques conférences devant les étudiants du centre du FBI à Quantico et des centres de formation d'autres agences gouvernementales, comme il l'avait fait, tout récemment, pour le bureau de la Sécurité diplomatique.

Il repensa à la charmante jeune femme qu'il avait rencontrée là-bas – celle aux grands yeux verts, devant qui il avait nié l'existence d'opérations comme celle qu'Altenburg venait de faire échouer. Il se souvint qu'elle lui avait dit partir pour Dar es-Salaam. Comment s'appelait-elle déjà ?

Il remarqua quelques mots gribouillés sur le bloc, juste à côté de l'ordinateur. *Produit anti-termites*. Il en achèterait la prochaine fois qu'il irait à Vineyard Haven. Quelques jours plus tôt, il avait remarqué que dans la partie ancienne du bungalow (il avait procédé à quelques agrandissements quand il l'avait acheté), le revêtement en bois faisait à un endroit comme une bosse. Il avait tapoté pour voir, et tout était venu, faisant apparaître une longue colonne de termites. Des centaines d'insectes lui étaient tombés sur la figure et dans les cheveux.

Queller but quelques gorgées de son café, tout en regardant l'écran allumé. Il avait essayé à un moment de se servir de sa prothèse pour taper, utilisant un seul doigt recouvert de latex, actionné par des coussinets détecteurs placé dans la cavité où s'emboîtait le moignon et réagissant à la flexion des muscles du moignon, mais l'opération était laborieuse et douloureuse.

Si bien qu'aujourd'hui, le bras pendouillait au bout de ses attaches sur le dossier d'un des fauteuils du salon. Quant à la main couleur chair, qui était amovible, elle était posée sur une chaise à côté. Il vomissait ce bras artificiel. On avait beau renouveler souvent le matelassage de la cavité (il voyait un spécialiste tous les six mois), la prothèse finissait toujours par frotter contre le moignon. Il avait pratiquement cessé de la porter depuis un certain temps, sauf quand il se rendait à Washington. Il se disait que s'il la mettait, c'était pour sauver les apparences, tout en se demandant si ce n'était pas pour le plaisir de voir l'expression choquée qui se peignait sur le visage des gens quand ils voulaient lui serrer la main et se rendaient compte qu'elle était fausse. Comme cette jeune femme dont il avait oublié le nom. Il appelait cela la revanche du manchot.

Miranda Powers ! Le nom lui revint brusquement, comme s'il s'était produit une petite détonation dans son cerveau.

En fait, Queller ne manquait pas de mains, il en avait un plein tiroir, toutes dotées de possibilités et de textures différentes. C'était l'hôpital qui les lui donnait. Il les fourrait dans un placard les unes après les autres sans jamais les ressortir. Les prothèses ne lui donnaient pas l'impression de faire partie de lui, si peu que ce fût, et chacune n'était là, à portée de main – comme il aimait à se le dire –, que pour lui signifier l'absence. Pas seulement l'absence physique du membre qui lui avait été enlevé, mais celle de tous les gestes qu'il ne pouvait plus accomplir, comme, par exemple, nouer des lacets de chaussures (il était condamné aux mocassins), et l'absence aussi du pouvoir expressif des mains dans une conversation.

On lui avait également donné deux ou trois crochets en métal, qu'il ne portait pas davantage, leur trouvant un côté décidément trop bande dessinée.

À vrai dire, c'était l'éventail complet de sa vie, de la comédie à la tragédie en passant par tous les stades intermédiaires, qui avait pris pour lui des allures de bande dessinée. Ces derniers temps, c'était l'état vers lequel tendait toute chose: couleurs sans relief ni nuance, écrasement de la perspective, faux dynamisme d'un ensemble en fait figé, comme dans un story-board.

L'adoption par ben Laden d'une seule et unique perspective, qui lui avait fourni le thème de sa dernière conférence, relevait du même scénario caricatural. Et peut-être en allait-il de même de gens comme Altenburg et Kirby... Le grain, la texture, on ne les trouvait plus nulle part... sinon dans le lichen qui recouvrait les rochers d'Aquinnah. Et pourtant, d'une certaine manière, les bandes dessinées participaient de l'existence à l'état brut. C'était là qu'était tout le mystère: la manière dont l'artificiel s'imbriquait dans l'authentique, aussi aisément que les dents de ses crochets et de ses mains s'enclenchaient sur la partie principale de la prothèse.

Queller aimait s'appesantir sur les aspects matériels de sa condition, pour leur donner une dimension abstraite. C'était sa façon à lui de combler l'absence: traiter ainsi son handicap, c'était réduire le pouvoir qu'il avait sur lui. Voilà une chose que seuls pouvaient comprendre ceux qui étaient «aptes autrement», comme le disait le langage politiquement correct. Plier le monde du handicap à ses propres besoins.

Toujours est-il qu'à ce moment-là, vêtu de son seul boxer-short, Queller se servit de sa main vivante pour pointer le curseur sur le lien hypertexte au milieu de l'e-mail:

Consultez le portail 99142/3/A, pour avis.

Le message, qui avait été transmis sur le système sécurisé propre à la CIA et non par un fournisseur d'accès commercial, l'invitait à se connecter directement sur le serveur de Langley et à télécharger les images satellites. Ce qui ne prit que quelques secondes. Quand l'image apparut, il vit un minibus vert garé devant un bâtiment à toit plat. En bas de l'écran, à gauche, en surimposition, un texte clignotait sur un rythme insistant :

> Nouvelle localisation, arrivée 17h30, heure locale. Départ du camp trois jours plus tôt.

Queller finit son café, tout en regardant le minibus pendant un moment. Puis il se mit à taper, d'un seul doigt :

> Impératif assurer surveillance sur le terrain à partir de Peshawar. Alerte maximale. C'est le départ d'une expédition. Se reporter à mon précédent rapport faisant état de menaces présumées émanant d'Al-Qaida, du djihad islamique égyptien et d'autres groupes terroristes, et visant des cibles américaines.

L'e-mail atterrit presque aussitôt sur l'écran d'Altenburg à Washington : le réseau de la CIA était nettement plus performant que ses homologues commerciaux. Ce qui signifiait une réponse tout aussi rapide, qui n'eut pas l'heur de plaire à Queller :

> Pas question, Jack. Je croyais la question réglée une fois pour toutes. On n'a pas les moyens d'affecter quoi que ce soit à ce genre de surveillance en ce moment.

Queller se leva. Cette sentinelle du stress éternellement sur le qui-vive qu'était son moignon se manifesta à nouveau, sous la forme d'élancements terribles. Il sortit de la pièce, laissant le message d'Altenburg sur l'écran, traversa le salon, avec ses fauteuils en rotin et ses coussins, et sortit sur la véranda. Il était toujours en boxer-short, et l'été avait beau être là, l'air matinal était vif. Mais quelle importance? Il n'y avait personne pour le voir. Pour le voir descendre les marches et pénétrer dans la clairière de la pinède qui entourait le bungalow. . ce bungalow qu'il avait baptisé le jour où, du temps où Lucy était encore en vie et alors qu'elle faisait griller des truites à l'intérieur, il avait gravé le mot Zanzibar au fer à souder dans une planche à côté de la porte. Pourquoi ce nom? Parce que la proximité de la mer lui rappelait son enfance en Afrique de l'Est. Même si, Dieu sait, il faisait autrement plus froid au cap Cod.

Il sentait l'air frais sur sa poitrine et les aiguilles de pin sous la plante de ses pieds. Il arriva à un embranchement sur le sentier en pente et prit la direction de la plage, ses pieds labourant maintenant le tapis d'aiguilles et faisant courir une petite rivière verte autour de ses chevilles. Une fois sorti des pins, il aborda un petit plateau où ajoncs, genêts et genévriers poussaient en bordure d'un pâturage. Il aperçut des murets de pierre éboulés, vestiges de quelque limite de propriété, et poursuivit son chemin, heureux de sentir la terre souple sous ses pas et d'entendre les cris des verdiers qui nichaient dans les genévriers. Au loin, au sommet d'une colline, sur un promontoire de la côte, il voyait une vieille église, et la route étroite qui serpentait jusqu'à l'entrée. Une ancienne mission catholique, portugaise. Lieu de culte désaffecté, où seuls s'arrêtaient les touristes qui rendaient visite à un site tout proche: de curieuses falaises, célèbres pour les stries multicolores de leur argile.

Un verset du Coran, ouvrage qu'il connaissait très bien, lui revint en mémoire. *Ne vois-tu pas qu'Allah libère l'eau des nuages, et fait naître par elle des fruits de toutes les espèces et de toutes les couleurs? Et dans les montagnes, il y a des stries, blanches et rouges, de différentes couleurs, et d'autres d'un noir profond. Et il en va de même pour les gens, les animaux et le bétail, eux aussi de couleurs différentes. Seuls craignent Allah ceux de Ses serviteurs qui possèdent la connaissance...* C'était un plaidoyer pour l'égalité, sauf pour ce qui concernait la distinction cruciale entre croyants et infidèles, en même temps qu'une révélation. La couleur n'était qu'une illusion née de l'esprit de l'homme, même les nombreuses nuances de blanc suggérées par le recours au pluriel dans l'original.

Il marchait toujours. Un autre petit bois: des érables, encore des caroubiers, et un chêne vénérable. Puis soudain, le sable, et le ciel qui s'ouvrait tout d'un coup. Il était maintenant au milieu des dunes, qui, d'ordinaire, le rassérénaient, mais qui restaient impuissantes, aujourd'hui, à divertir le cours de ses pensées. Son poing était toujours serré. Son seul poing. De l'autre côté, il sentait une douleur sourde. Le moignon, toujours lancinant... et, au-dessous, des membres fantômes: sa main à lui, et celle qu'elle aurait pu tenir, si Lucy avait encore été de ce monde.

Queller regarda l'horizon au-delà des vagues. Le vent soufflait plus fort ici, et il y avait des embruns dans l'air. C'était bien pourquoi la déprime finirait par disparaître, vaincue, chassée de sa poitrine par ce vent, ces embruns, ces vagues qui, merveilleusement renouvelées, venaient à sa rencontre. Chacune semblant apporter la preuve, en terminant sa course, que ce n'était pas parce qu'un homme, à la poitrine couverte de poils gris, était seul, manchot, en sous-vêtements, sur une plage qu'il était forcément fini.

Il se laissa glisser sur le sol et s'assit, jambes croisées, sur le sable, pour commencer sa méditation.

13

Miranda Powers leva les yeux de son bureau et regarda en bas, dans la cour de la chancellerie. La chaleur de l'après-midi, qui commençait tout juste à diminuer, avait libéré l'arôme d'une haie de lavande juste en dessous. Étonnant qu'il puisse arriver jusqu'à sa fenêtre, une dizaine de mètres plus haut. Il faut dire qu'il n'y avait pas un souffle d'air.

D'une main, elle rassembla ses cheveux, qu'elle passa dans l'élastique retrouvé au milieu du fouillis qui encombrait son bureau, en faisant trois tours. Elle avait pratiquement fini sa journée. Le journal de bord était à jour. Les protocoles avaient tous été observés. Le jardin était prêt pour le lendemain, le banc où Ray aimait s'asseoir pour lire, la fontaine au jet argenté. Les ombres des lattes du banc dessinaient une prison miniature sur les dalles de béton. Alors que, à moitié endormie, elle fixait le dessin des barreaux sur le sol, vaguement consciente des angles harmonieux qu'ils formaient avec les lignes bien droites d'un bougainvillier palissé non loin de là, elle vit passer quelqu'un.

Un homme jeune, grand, aux cheveux noirs bouclés, au visage bronzé, au corps de nageur. Rien d'extraordinaire là-dedans, si ce n'est qu'il portait, sanglées sur le dos, deux grosses bouteilles de plongée sous-marine.

Surprise, elle le regarda franchir le poste de contrôle et prendre la direction de Laibon Road.

Elle dut bien admettre, en regardant les papiers qui jonchaient son bureau, que c'était là l'événement le plus intéressant de sa journée. Dar es-Salaam, de son côté, était plutôt limitée côté distractions. Histoire de mettre un peu de piment dans leur vie, Ray et elle avaient pris l'habitude de partir en excursion le week-end. Ils avaient déjà fait un safari à dos de chameau dans le parc national d'Arusha et observé des guépards en train de chasser. Ils étaient aussi allés pique-niquer dans un coin de la Rift Valley, sur les bords du lac Manyara, un endroit au charme certain mais au nom imprononçable, Mto Wa Mbu. «La crique aux moustiques», en langue locale, mais ils n'avaient pas eu trop à se plaindre des piqûres. Ils avaient logé au Fig Lodge Hotel et avaient pu observer des gnous, des zèbres et des girafes dans la réserve naturelle. Un babouin avait même sauté sur le capot de la voiture.

Des expéditions plus ambitieuses avaient été projetées à Zanzibar, au Serengeti et au Kilimandjaro, dont l'ascension, à ce qu'on disait, était exténuante mais enthousiasmante. Elle aimait voyager avec Ray, qu'elle trouvait drôle. Mais il lui arrivait souvent, que ce soit pendant ces excursions ou chez elle, dans son petit bungalow, d'éprouver quelque chose qui ressemblait fort à un sentiment de solitude. Son père lui manquait beaucoup. Le soir, dans les quelques secondes qui précèdent le sommeil, elle voyait encore son visage passer rapidement devant ses yeux: une bonne tête aux traits rudes, creusée de rides dues autant à la bière qu'au rire, couronnée de cheveux prématurément blanchis. Elle avait toujours sur elle deux photos de lui, qui le représentaient, l'une, en uniforme, sa casquette de flic sur la poitrine, l'autre, chez lui, bras nus, en tablier, occupé à préparer un barbecue. Mais le souvenir le plus vif qu'elle gardait de Joe Powers était celui de la voix rauque qui, avant de s'éteindre à jamais, lui avait dit, *Fais quelque chose de ta vie, Miranda, sois forte…*

Elle communiquait régulièrement par e-mail avec Kirsteen, restée à Washington, ainsi qu'avec d'autres amis. Mais sans père ni mère, sans parents encore en vie en dehors de quelques cousins éloignés en Irlande, sans «grand amour», comme l'avait dit Ray un jour, même si elle avait eu plusieurs petits amis dans le passé, elle avait le sentiment de manquer d'un point d'attache.

Curieusement, alors qu'elle rentrait chez elle au volant de sa voiture, elle revit le jeune homme aux bouteilles. Le feu passa au rouge, et quand il traversa la rue, ils échangèrent un regard. Il faisait vraiment déplacé, ici en pleine ville, avec cet appareil de plongée sur le dos. Le pied sur la pédale, elle songea un moment à se ranger et à lui proposer de l'emmener, mais le flot des voitures l'avait déjà emportée, et l'occasion était passée.

Le lendemain était un samedi, et, comme à l'accoutumée ce jour-là, elle prit sa voiture pour aller se baigner à Kunduchi Beach, la principale station de la côte. Moins spectaculaire que le yacht-club, l'endroit était plus sûr que la plage d'Oyster Bay, devant chez elle, où des touristes occidentaux s'étaient récemment fait attaquer et voler. Elle n'aimait pas avoir à s'inquiéter constamment de sa serviette et de ses lunettes de soleil pendant qu'elle était dans l'eau. Elle avait donc pris l'habitude de se rendre au Kunduchi Beach Hotel, sûr, anonyme, avec vue sur la mer. Moyennant une somme modique, la direction de l'hôtel acceptait que les gens se changent dans les cabines de la piscine et leur louait un vestiaire où déposer leurs affaires personnelles.

Après s'être baignée, elle partit se promener le long de la plage. Il y avait foule en raison du week-end. Indigènes et touristes étaient venus en force pique-niquer et se prélasser au soleil. Elle passa devant un groupe de gamins qui jouaient à s'éclabousser dans l'eau et mit le cap sur un coin de sable plus tranquille. L'œil rivé sur sa nouvelle destination, c'est à peine si elle remarqua l'homme qui approchait. Ils s'étaient déjà pratiquement croisés, quand, en jetant un coup d'œil de côté, elle se rendit compte qu'il s'agissait du jeune homme qu'elle avait déjà vu la veille. Il sembla lui aussi la remarquer au même moment.

Miranda se retourna et engagea la conversation, sans trop savoir ce qu'elle disait, ni même pourquoi elle avait ouvert la bouche.

«Dites donc, ce n'est pas vous que j'ai vu à l'ambassade, hier?»

L'homme, qui portait un short blanc, fut plutôt éberlué de cette entrée en matière. Il sortit les mains de ses poches.

«On s'est déjà rencontrés?»

Maintenant qu'ils se faisaient face, Miranda prit conscience de sa taille, de son visage imposant et bronzé et, surtout, de la peau lisse de sa poitrine.

«Je vous ai dépassé en voiture, un peu plus tard, se hâta-t-elle d'expliquer. Vous portiez un équipement de plongée.»

Un regard malicieux, un mouvement dégagé de la tête, et elle ajouta: «Sympa, comme code vestimentaire.

– Vous trouvez? dit l'homme, toujours sur son quant-à-soi. Il me semblait que c'était la manière la plus commode de le transporter. Mais… à qui ai-je l'honneur?

– Miranda Powers. Je travaille à l'ambassade.

– Ah, bien», dit le grand bronzé en hochant la tête. Un sourire apparut sur son visage, signe qu'il abaissait sa garde. Il tendit la main pour la saluer.

«Nick Karolides. USAID, à Zanzibar.

– On m'a dit que c'était magnifique là-bas, dit-elle en lui serrant la main.

– Oui, j'aime beaucoup. Je travaille dans le cadre d'un programme pour la protection des récifs coralliens. D'où les bouteilles. C'est même pour ça que je suis ici. Je les fais remplir à l'hôtel. C'est moins cher qu'à Zanz.

– Zanz? C'est comme ça qu'on dit?

– Euh… pas vraiment. En fait, je viens juste de l'inventer, dit-il, un peu penaud. Mais je crois bien que les Arabes l'appelaient Zinj. Zinj el-Barr, la Côte des Noirs. C'est un type qui m'a raconté… une histoire de ce genre.»

Ils marchaient maintenant côte à côte d'un même pas.

«Les bouteilles ne seront pas prêtes avant un bon moment. Vous alliez où comme ça? Vous faire bronzer?

– À votre avis? Je pensais aller là-bas», dit-elle, en tendant le bras, soudain consciente des vagues qui déferlaient, de ses pieds nus dans le sable et des cris des enfants derrière eux.

Au bout d'un moment, il reprit la parole, livrant spontanément une information inattendue. «J'allais sur une plage comme celle-ci et je m'amusais exactement comme eux, quand j'étais gamin.

– Où est-ce que vous avez grandi?

– En Floride. Né et élevé là-bas. Mais ma famille est d'origine grecque. Et vous?

– Née à New York. Famille irlandaise.

– Vous n'allez pas me dire que votre père est flic?»

Elle éclata de rire, puis l'imita, reproduisant son intonation. «Eh bien si, je vous le dis. Du moins, il l'était. Avant de devenir vigile quand il a pris sa retraite.

– C'est moins dangereux.

– Vous croyez ? demanda-t-elle en secouant la tête, le visage soudain assombri. C'était une banque qu'il surveillait. Il a été tué au cours d'une attaque à main armée. D'une balle dans la poitrine.

– Nom de Dieu, je suis désolé, dit-il en s'arrêtant net. C'était juste pour plaisanter.

– Y a pas de mal, dit-elle avec un léger sourire devant cette manifestation de sollicitude. Vous ne pouviez pas savoir.»

Il fit un petit bruit de succion, la langue contre les dents, et leva la main, comme s'il était incapable de trouver les mots qui s'imposaient.

«Y a pas de mal, je vous assure, répéta-t-elle, en se faisant la réflexion qu'il était plutôt original.

– J'ai perdu mon père moi aussi, bafouilla-t-il.

– Ah, dit-elle, comprenant mieux sa réaction. Je suis désolée. J'imagine que c'est le genre de chose à laquelle on doit s'attendre... à partir d'un certain âge, j'entends.

– Sans doute, dit-il, en se remettant à marcher et en faisant gicler le sable sous ses pieds. C'est une loi démographique, c'est ça ?

– Oui, on peut dire ça, acquiesça-t-elle, même si elle trouvait quelque chose d'agressif dans le ton qu'il venait d'adopter.

– Mon père aussi est mort de mort violente. Qu'est-ce que la démographie a à dire sur les attaques de requin ?

– Vous voulez dire qu'il a été tué par un requin ?

– Exactement.»

Digérant l'information, elle se tut un instant.

«Je n'avais rien de précis en tête quand j'ai fait cette remarque, finit-elle par dire.

– Ce n'est rien, dit-il en haussant les épaules. C'est la faute à pas de chance, je suppose. Comme pour vous.

– Il y a des requins par ici ? demanda-t-elle, en regardant la mer.

– Ici ? demanda-t-il avec un rire amer. Bien sûr. Des requins, il y en a partout. Mais on en voit rarement près de la côte. Il y a tellement de pêche qu'ils ont appris à se tenir à l'écart.

– À la bonne heure ! » dit-elle, en lui souriant.

Ils avaient atteint un rocher qui avançait dans la mer, puis s'incurvait à nouveau sur lui-même, pour former une sorte de point d'interrogation. Aussi naturellement que s'ils se connaissaient depuis des années, ils s'installèrent confortablement sur ses flancs tièdes et lisses, Nick, assis et laissant pendre les pieds dans l'eau, Miranda, allongée comme une odalisque sur le côté et exposant au soleil l'or pâle de sa peau.

Il se mit à décrire des ronds avec ses pieds, l'air absent, regardant au loin le tremblement bleuté de l'horizon. Seul un cargo porte-conteneurs se dirigeant vers le port de Dar venait rompre la perspective aveuglante ouvrant sur l'infini.

« Ça donne à réfléchir, non ? dit-elle, suivant la direction de son regard. On se sent tout petit – en tant qu'être humain, j'entends. L'océan, ça me fait toujours cette impression.

– À moi aussi. Et puis, je pense à toutes ces histoires de cités englouties. Des civilisations entières qui disparaissent sous l'eau.

– C'est de la légende, non ? Le déluge...

– Peut-être, mais il fallait l'inventer. Vous vous rendez compte, tous ces millions de gens engloutis. Imaginez-vous dans la peau du seul être humain à avoir survécu. Comme Charlton Heston dans *La Planète des singes*, marchant le long de la plage, sous la statue de la Liberté. Le dernier homme… ou la dernière femme. Encore que ça ne ferait pas grande différence. À moins d'être enceinte. Enfin…, je voulais dire, ajouta-t-il après un instant de silence, à moins que la femme soit enceinte.»

Elle trouva son embarras touchant. «C'est dans vos habitudes de parler comme ça aux filles ? demanda-t-elle pour le taquiner. Alors que vous venez tout juste de faire connaissance ?

– C'est vous qui m'avez adressé la parole la première», dit-il, aussitôt sur la défensive.

S'ensuivit un silence embarrassé. Miranda essayait de lire ses pensées sur son visage. Dont les traits, vus de près, semblaient plus grossiers; pas laids, à proprement parler, mais un peu taillés à la hache: bouche large, front haut, nez légèrement aplati. N'empêche, se dit-elle, il avait quelque chose.

La tension fut rompue par l'arrivée d'une nuée de gros moustiques africains, dont les piqûres étaient fort douloureuses. Nick et Miranda commencèrent à s'envoyer de grandes claques sur le corps, tandis que les insectes les assaillaient goulûment. Puis, sans se concerter, ils se précipitèrent ensemble dans l'eau, avec des rires et des cris d'enfant.

La houle était plus forte qu'ils l'auraient cru. Miranda fut culbutée par un brisant et heurta de l'épaule le sable rugueux. Elle se mit à gesticuler, suffoquant, paniquée.

Soudain, elle sentit deux bras vigoureux qui la soulevaient et la soutenaient doucement sous les aisselles, pendant qu'elle recrachait l'eau. Elle reprit appui sur le sable, les jambes bien écartées.

«Ça va aller, ça va aller, fit-elle.

– Attention, dit-il en la lâchant. Il faut vous tenir

comme ça, ajouta-t-il, les bras écartés pour assurer son équilibre. Il y a de sacrés courants dans ce coin. Vous feriez mieux de sortir.

– Merci, dit-elle, en fronçant les sourcils. Mais je veux nager.

– Dans ce cas, il vaut mieux avancer un peu plus vers le large. C'est plus sûr, quand on s'éloigne de l'endroit où les vagues se brisent.»

Elle s'apprêtait à répondre, mais il nageait déjà. Elle voyait ses plantes de pied blanches émerger de l'eau à chaque battement. Elle le suivit, plus lentement, coulant sa brasse dans le sillage de son crawl. Elle sentait une petite brûlure là où elle s'était égratigné l'épaule, mais sa peau gardait aussi le souvenir de ses mains, la soutenant avant de la laisser aller.

Au bout d'un moment, ils firent du surplace, l'un en face de l'autre, le visage et les cheveux semés de gouttelettes. La mer était plus calme, à cet endroit. Autour d'eux, l'eau se balançait, réfléchissant le soleil en grandes plaques iridescentes.

«Qu'est-ce que vous faites à l'ambassade?

– Sécurité diplomatique, annonça-t-elle, un rien officielle.

– C'est pas vrai? Vous êtes un genre de barbouze?

– Non. Je m'occupe des protocoles de sécurité, enfin, de certains d'entre eux. Ce sont les marines qui font le sale boulot. Mon travail à moi, c'est de recruter et de licencier du personnel et de vérifier que les normes de sécurité sont respectées. En matière de murs, de grilles, d'alarmes. Je veille aussi à ce qu'aucun élément suspect ne vienne se glisser dans le personnel local.

– Des éléments suspects? demanda Nick en riant. Vous n'avez guère de chances d'en trouver ici. J'ai bien entendu dire que Nyerere et ses conseillers est-allemands avaient essayé d'endoctriner les Tanzaniens pour qu'ils voient en nous les représentants de l'empire du mal, mais je ne crois pas que ceux-ci aient jamais pris la chose bien au sérieux.

– Les instructions, nous sommes tenus de les suivre à la lettre où que nous soyons.

– Ouais, j'imagine. C'est pas le tout, mais il faut que je me bouge et que j'aille récupérer ces bouteilles.»

Ils revinrent vers la plage, nageant exactement au même rythme.

«Vous croyez que vous pourriez me déposer quelque part en ville? demanda-t-il, tandis qu'ils sortaient de l'eau. Ça m'éviterait d'avoir à prendre un taxi.

– Bien sûr. Où voulez-vous aller?

– Eh bien, il faudrait que je fasse quelques courses. De bouffe, pour l'essentiel... il y a des trucs que je n'arrive pas à trouver à Zanzibar.

– Pourquoi ne pas aller au PX? Le magasin de l'ambassade. Je peux vous faire entrer sans problème. On y trouve des tas de bonnes choses.

– Super, dit-il en lui souriant. Vous êtes sûre que ça ne vous dérange pas?

– Pas du tout. Le dimanche, c'est en self-service, on fait simplement mettre le montant sur sa carte. Vous me donnerez du liquide à la place.

– Je n'ai que de l'argent local, pas de dollars.

– Ce n'est pas grave, je vous prendrai le montant correspondant en shillings. À moins que vous ayez l'intention d'acheter toute la boutique.

– Non, juste de quoi me changer un peu. Poisson riz, riz poisson, j'en ai par-dessus la tête.

– C'est pourtant bon pour la santé.

– Peut-être bien, mais j'ai une envie folle de chocolat, de steaks, de glace.

– Vous trouverez tout cela, et bien davantage, à notre rayon gourmet», dit-elle, en prenant une voix enjouée d'hôtesse.

Le soleil les sécha pendant qu'ils marchaient le long de la plage, tout en riant et en bavardant. Il récupéra ses bouteilles au comptoir de la plongée sous-marine, tandis qu'elle allait chercher ses affaires dans un placard en bois, dont la serrure s'ouvrit avec la facilité des mécanismes fatigués. Une fois rhabillée, elle prit un peu plus de temps que d'ordinaire pour se recoiffer et regretta de ne pas avoir apporté son maquillage.

Quand elle émergea des vestiaires, elle le trouva qui l'attendait, ses deux cylindres à côté de lui.

«Désolée d'avoir été aussi longue... Je n'arrivais pas à ouvrir mon vestiaire, dit-elle, surprise de la facilité avec laquelle lui était venu ce mensonge.

– Aucun problème. J'arrive juste.»

Il portait un T-shirt avec des dessins de poisson, le short blanc qu'il avait sur la plage et une paire de sandales noires attachées à la cheville par des bandes Velcro. Elle se dit qu'elle aimait bien son allure, sans en être tout à fait, tout à fait sûre.

Elle ouvrit son coffre, et il y déposa les bouteilles. Puis ils reprirent le chemin de Dar. Un orage éclata en route, un vrai, avec éclairs et coups de tonnerre. Bientôt, des nappes d'eau brunâtre balayaient le revêtement de terre de la route.

«On n'est pourtant pas en période de mousson, dit-il, tandis que la voiture lançait des gerbes d'eau en roulant dans les flaques. C'est dingue.»

Avec la pluie, l'air se rafraîchit. Miranda coupa la climatisation. Tout en conduisant, elle s'étonna de la tournure qu'avait prise sa journée. Qu'allait dire Ray quand elle la lui raconterait?

À l'ambassade, les marines de garde les laissèrent passer sans que Miranda ait même à baisser sa vitre.

« Ils connaissent le véhicule, expliqua-t-elle. Ce qui ne devrait pas les empêcher de venir vérifier qu'il n'y a personne d'autre à l'intérieur.

– Je les comprends, avec ce temps », dit-il en regardant la silhouette du marine en tenue de camouflage dans sa guérite.

Ils traversèrent la pelouse gorgée d'eau au pas de course, mais eurent le temps malgré tout de se faire tremper. Tandis qu'ils parcouraient les allées du PX, elle était consciente de ses yeux sur son corps à travers la robe de coton mouillée. Elle n'était pas sûre d'apprécier, encore qu'elle se surprît à éprouver une certaine satisfaction en le voyant détourner les yeux d'un air coupable. Mais rien, finalement, décida-t-elle, qui le distinguât des autres hommes qui lui prêtaient ordinairement attention.

Quand ils ressortirent, l'orage avait cessé. Le soleil brillait et chauffait à nouveau, même s'il régnait encore une odeur de végétation mouillée. Une odeur de mort et de décomposition qui, comme les fleurs vénéneuses qu'elle avait pu voir à Mto Wa Mbu, était un autre aspect de la pluie sous les tropiques. Quand il eut fini de ranger ses achats, ils restèrent devant le hayon ouvert et dégoulinant à échanger leurs numéros de téléphone et leurs adresses e-mail sur des morceaux de papier… sous l'œil vigilant de l'une des caméras de surveillance, qui avait pivoté pour les observer.

Il s'était produit un subtil changement d'atmosphère. Après avoir échangé leurs coordonnées, ils se séparèrent plutôt cérémonieusement. Elle le déposa à son hôtel, le Kilimandjaro, dans le centre-ville. Elle l'aperçut dans son rétroviseur, debout devant l'entrée avec ses bouteilles, qui semblait attendre qu'elle lui adresse un geste d'adieu. Elle n'en fit rien, et, le temps qu'elle arrive chez elle, l'épisode avait pris l'allure d'un rêve étrange. C'est à peine si elle repensa à lui pendant les quinze jours qui suivirent, allant même jusqu'à oublier de raconter à Ray ce qui s'était passé. Tout compte fait, pas grand-chose.

14

De retour à Zanzibar, Nick pensa beaucoup à Miranda Powers. Mais il n'était pas sûr de vouloir donner une suite à leur rencontre. Il avait du mal à démêler les sentiments qu'elle lui inspirait. Elle était sans doute désirable, et pas bête, et il semblait que le peu de temps qu'ils avaient passé ensemble leur avait suffi pour sympathiser. Mais, bon, il n'en savait trop rien. L'impression plutôt positive qu'elle lui avait laissée était contrebalancée chez lui par un côté loup solitaire, un besoin de liberté, qui faisaient qu'il supportait mal toute pression affective. D'un autre côté, force lui était de reconnaître qu'elle n'avait rien exigé dans ce domaine, et qu'il était peut-être ridicule de sa part d'imaginer qu'elle pût le faire un jour. Ainsi, il préférait laisser les choses en l'état, en pointillé, et voir ce qui arriverait.

Pour l'instant, un autre genre d'aventure l'attendait. Maintenant que son équipement était arrivé, il pouvait enfin se rendre à Lyly. Il lui fut facile de faire accepter par Nagel, son supérieur de l'USAID à Dar, le fait qu'un tel séjour pouvait entrer dans le cadre de son travail officiel. S'étant assuré auprès de Leggatt qu'il y avait de l'eau douce sur l'île, il avait hâte d'aller y passer une huitaine de jours, voire davantage, en solitaire.

Il prépara soigneusement son affaire, dressant des listes exhaustives. Côté matériel de pêche, Leggatt y alla de sa contribution : deux cannes et tout un assortiment de plombs, d'hameçons et d'appâts. Venait ensuite la nourriture : il avait déjà ce qu'il s'était procuré à Dar, à commencer par du chocolat et de la soupe en boîte. Qu'il compléta avec diverses provisions achetées sur le marché de Stone Town : un petit sac de riz basmati premier choix, un paquet de macaronis, une boîte de biscuits, une bouteille en plastique d'huile Mazo, du sel, du poivre, de la poudre de curry et deux grosse boîtes d'allumettes.

Da Souza, qui ne lui cacha pas qu'à ses yeux l'entreprise était pure folie, lui fournit un bocal de café soluble, quelques sachets de thé et du lait en poudre, à quoi il ajouta, doutant qu'on trouve de l'eau douce sur l'île, une caisse d'eau en bouteille provenant du bar de l'hôtel. Il joignit, à la demande de Nick, quelques bouteilles de bière, lesquelles, lui rappela-t-il avec une certaine solennité, se retrouveraient sur sa note mensuelle. En fait d'outils et de petit matériel, Nick ne disposait en tout et pour tout que de son couteau de pêche. Si bien que lorsqu'il fit ses courses en ville, il s'acheta des pinces, une machette, une petite hache, une gamelle, une poêle, un quart en fer blanc, un couteau, une fourchette, une cuiller et une bouilloire. Côté éclairage, il se dit qu'il devrait s'en sortir avec des bougies, une lampe-tempête et un petit bidon de pétrole. Enfin, il avait de quoi écrire, puisqu'il emportait son carnet et quelques stylos-billes.

Il emballa son sac de couchage et une sorte de sac à viande qu'il avait fait faire avec quelques draps en coton par un tailleur de Stone Town, et prit également un rouleau de sacs poubelle en plastique noir, article qu'il avait toujours trouvé très utile quand il partait camper aux États-Unis. Avant de les empaqueter avec le reste, il en arracha deux, dans lesquels il mit quelques vêtements: un jean, un gros pull, deux T-shirts, quelques shorts et une paire de brodequins, reste de la tenue de marine de son père, qu'il bourra, histoire de les protéger de l'eau, de dix paquets de cigarettes, le nerf de la guerre.

Nick fit ses adieux à da Souza et partit, gonflé à bloc. La traversée lui prit moins de temps que la première fois. Il suivit le cap qu'il avait vu prendre au yacht de Leggatt, quand il ne connaissait pas encore l'île du sommeil et que le vieux bonhomme était pour lui une énigme. Cette fois-ci, il se sentait sûr de lui, en sécurité, capable d'aller pleins gaz et de bondir sur les vagues à grande vitesse. Il filait sous une voûte de nuages frangés de soleil, et bientôt, il vit l'île apparaître au loin au-dessus de sa proue, se découpant de plus en plus nettement au-delà de l'étendue des vagues. En approchant, il aperçut le sommet du phare qui pointait au milieu de la forêt, avant de distinguer le contour des autres constructions.

Il coupa le contact et releva le moteur hors-bord, laissant le canot accoster en douceur sur la plage. Une fois le bateau immobilisé, il sauta et pataugea dans l'eau jusqu'au rivage. Il resta là un moment, les mains sur les hanches, à renifler l'air et à inspecter les alentours, avant de retourner chercher le dinghy et de le tirer hors de l'eau. Il l'amarra, très soigneusement, à un cocotier dont la grappe de jeunes noix vertes évoquait un collier passé au cou d'une jeune fille élancée. Tout en repensant à Miranda – il aurait dû au moins lui envoyer un e-mail pour la remercier de lui avoir permis de faire ses courses au PX –, il se mit à décharger ses cartons de nourriture et de matériel sur le sable chaud. C'est à ce moment-là qu'il se rendit compte qu'il s'était écorché la cheville (sur un oursin, peut-être) en sautant du bateau. L'eau salée le picotait désagréablement.

Il transporta le premier carton en haut de la plage. Carrée, solide, construite en pierre de corail, étincelant sous le soleil, une maison blanche lui faisait face tandis qu'il remontait la plage, le carton contre la poitrine. Au premier coup d'œil, elle lui parut splendide. Un examen plus attentif l'amena à réviser sa première impression.

Il posa son fardeau et pénétra à l'intérieur. Le plafond dans le salon avait cédé par endroits. Il y avait du plâtre partout sur le sol, et une odeur de moisi qu'expliquaient sans doute les fuites causées par les pluies. De petites araignées noires couraient sur les gravats. Il tomba sur un meuble de rangement dont un tiroir était rempli de vieux coquillages, surtout des conques et des troques. Dans la partie basse, il y avait un vieux phonographe à manivelle et deux 78-tours, voilés et couverts d'une épaisse couche de poussière. Les étiquettes étaient illisibles.

Il retourna chercher le reste de ses cartons et de son matériel avant d'explorer les autres pièces de la maison. Dans la cuisine, où la poussière était reine, il découvrit un antique réfrigérateur jaune. Qui marchait au pétrole. La porte ouverte laissait voir le vieux brûleur percé et, en dessous, les tuyaux du circuit de refroidissement. Il y avait également une table et trois chaises, dont les assises en paille étaient défoncées.

Il revint à la porte d'entrée et rentra ses cartons les uns après les autres, les empilant à côté de la table. Des couverts ternis étaient éparpillés sur le sol, au milieu des feuilles et des coquilles de noix de coco.

La maison comportait deux chambres. L'une était

vide – en dehors d'un oiseau qui y nichait et qui se mit à voleter dans la pièce quand Nick entra, avant de s'échapper par la fenêtre aux allures d'écoutille. Il n'y avait pas de carreaux, et à en juger par l'encadrement taillé dans le corail, il n'y en avait jamais eu. Dans l'autre chambre, plus grande, les restes d'un matelas à rayures noires et blanches pourrissaient dans un coin. Il ne semblait pas y avoir de salle d'eau.

Il se demanda depuis quand l'endroit n'était plus habité. Peut-être bien une trentaine d'années. Par la suite, il devait découvrir des traces d'occupation plus récente: une canette de Coca rouillée et du papier d'argent, peut-être un emballage de chewing-gum. D'autres objets se révélèrent peu à peu tandis qu'il refaisait le tour de la maison. Un morceau de tissu effiloché qui avait sans doute été à l'origine une couverture; une photographie, dans un cadre au verre brisé, de la reine d'Angleterre dans sa jeunesse; une bouilloire cabossée; un vase étonnamment intact; l'encadrement en bois d'un miroir... Il finit par abandonner ses investigations, conscient qu'il devait s'occuper de son dîner et de son couchage avant la tombée de la nuit. Il voulait aussi trouver la source dont Leggatt lui avait parlé.

Il s'enfonça dans les profondeurs de la forêt de corail, goûtant la verdure moite qui lui emplissait les narines. Pas trace de sentier, simplement un rideau de feuilles tissé serré, d'où émergeaient ici et là des jaquiers, des banians et des frangipaniers. Quelque direction qu'il prenne, il était aussitôt bloqué. Il s'obstina, jusqu'à ce que les obstacles de plus en plus nombreux – arbres tombés, fougères géantes qui s'accrochaient à lui, rochers glissants couverts de mousse – et l'obscurité grandissante (il était plus tard qu'il aurait cru) le forcent à rebrousser chemin. Et pas la moindre trace d'une source. Il en conclut qu'une exploration en bonne et due forme de l'île s'imposait et demanderait du temps et de la méthode. Ce soir, il boirait de l'eau en bouteille.

Il décida de passer la nuit dans la minuscule mosquée qui jouxtait la maison. Même si elle était bien plus ancienne, elle était plus propre et moins décrépite. Il hésita à faire du feu pour se préparer un repas décent et se contenta finalement de haricots, mangés à même la boîte, qu'il fit descendre à l'aide d'une bière. Il alluma la lampe-tempête, gaspillant un nombre incroyable d'allumettes. Il déroula son sac de couchage sur le sol en pierre de l'étroite bâtisse, étendit son sac à viande par-dessus et, après avoir ôté son T-shirt, se glissa à l'intérieur.

La lampe-tempête grésillait à côté de lui. Pendant une bonne demi-heure, il resta là, couché sur le côté, à regarder la lampe et à écouter le bruit du ressac, bien plus fort ici qu'au Macpherson. Il lui semblait voir le mouvement des vagues reproduit dans le reflet de la flamme sur le verre, images contorsionnées, impossibles à fixer, les flammes tantôt engloutissant la mèche, tantôt montant à l'assaut du manchon. Il ferma les yeux et essaya de penser à Miranda, mais tout ce qu'il voyait (même derrière ses paupières closes), c'étaient les ricanements moqueurs de la flamme.

Au matin, il s'éveilla en sursaut en entendant un bruit de frottement. Par la porte cintrée, il vit, pris dans un rayon de soleil, un énorme crabe brun-rose transportant un fragment de coquille de noix de coco. Il se mit sur son séant et l'observa un moment. Puis, se décidant enfin à sortir de sa léthargie, il se leva et sortit. Le crabe, qui avait à peu près la taille et la couleur d'un gant de base-ball, s'alarma de sa présence et se mit à s'éloigner en rampant de côté.

Il n'arrivait pas à décider de ce qui urgeait le plus. Aller pêcher, de façon à s'assurer quelques protéines? Explorer l'île sérieusement? Creuser des latrines? Nettoyer la maison pour pouvoir s'installer convenablement? Dans le doute, et pour se donner le temps de la réflexion, il décida d'aller se baigner et de se laver. C'est alors qu'il se rendit compte qu'il avait oublié le savon, le shampooing, et jusqu'à sa brosse à dents. Il lui faudrait se rincer la bouche avec de l'eau de mer. Il descendit jusqu'à la plage, entra dans l'eau, puis, au bout de quelques secondes, ressortit et ôta son short, qu'il abandonna sur le sable, avant de plonger. Après tout, il n'y avait personne pour le voir.

Il nagea un moment, puis se mit à frotter son corps nu dans l'océan: visage, aisselles, derrière, parties génitales. Il fit ensuite quelques brasses, histoire de se réveiller complètement. Conscient d'une sensation particulière la résistance que son pénis opposait à l'eau dans les courants froids. Conscient aussi que la cheville qu'il s'était écorchée la veille en arrivant le picotait à nouveau. En sortant de l'eau, il s'agenouilla sur la plage et examina la coupure de plus près. Elle était rouge vif, et, de toute évidence, prête à s'infecter. Il regretta de ne pas avoir emporté non plus de pommade antiseptique.

Il remit son short et passa un T-shirt. Le soleil était déjà haut au-dessus de l'horizon. Il enfila des chaussettes et ses grosses chaussures, frappé par leur côté incongru. Puis il repartit dans la forêt, emportant cette fois-ci sa machette avec lui. Il avait dans l'idée de couper un peu de bois pour faire un feu, mais il s'aperçut vite que cela ne serait pas nécessaire: il n'y avait qu'à se baisser pour ramasser le bois mort. Il revint une dizaine de minutes plus tard vers la maison, muni de brindilles et de quelques branchages bien secs, fit un tas sur la plage avec le tout et y mit le feu avec son briquet. Il fit bouillir un peu d'eau pour son café, se demandant ce qu'il allait pouvoir manger en guise de petit déjeuner. Il se décida finalement pour un biscuit, qu'il se mit à tremper dans son café tiède, assis sur un morceau de bois échoué. Ses provisions étaient nettement insuffisantes. Il était donc temps d'aller pêcher. Il regarda la mer, et, tout en délaçant ses chaussures, réfléchit un instant. Le plus simple serait d'utiliser une cuiller ou un leurre. Il n'aurait au moins pas besoin de creuser pour trouver des appâts.

La pêche se révéla plus problématique qu'il ne l'avait imaginé. Il passa le plus gros de la matinée assis sur un rocher, à proximité du bateau, sans faire une seule touche. Pour finir, après avoir changé de leurre un nombre incalculable de fois, il sortit un petit perroquet de mer. Il se demanda s'il devait le manger ou s'en servir d'appât, et décida finalement de n'utiliser que la tête à cette fin. Il garda le reste, l'enveloppant dans une feuille de palmier et le mettant à l'ombre pour le tenir au frais. Revenant à son poste, il enleva le leurre et accrocha un gros hameçon. Cela lui éviterait toujours d'avoir à relancer constamment sa ligne.

La tête du perroquet de mer donna aussitôt des résultats spectaculaires. Il sortit coup sur coup deux maquereaux et un bébé requin. Il en avait trop maintenant. *Des maquereaux, j'en ai trop*, entonna-t-il à voix basse. Mais il était content d'avoir prouvé que la chose était possible, content de s'être prouvé qu'il pouvait survivre sur une île déserte. Il découpa un maquereau en filets. *Un maquereau, c'est trop beau*, chantonna-t-il, tout haut cette fois-ci, avant de le faire frire dans l'huile avec un peu de poivre. Accompagné de riz et d'une tasse de thé noir, le poisson fit un déjeuner tout à fait acceptable.

Il se dit, malgré tout, qu'il n'aurait pas dû se servir de son eau en bouteille pour faire cuire son riz. Reproche qui l'incita à poursuivre ses recherches. Il enfila son jean, rechaussa ses brodequins et, machette à la main, l'image même de l'explorateur intrépide, se remit en chasse. La forêt tenait d'un labyrinthe, et il lui fallut une bonne demi-heure avant de trouver quelque chose qui ressemblât à un sentier. Il le suivit jusqu'au bout et tomba sur un rocher couvert d'algues sur lequel coulait l'eau d'une source. Quelqu'un, il y avait bien longtemps, avait creusé le rocher pour aménager un espace où placer un récipient. L'intrépide explorateur s'aperçut alors qu'il avait oublié d'emporter un récipient. Il rebroussa chemin pour aller récupérer sa bouilloire et une bouteille en plastique vide. La bouteille n'entrait pas dans l'emplacement creusé dans le rocher, et il renversa un peu de l'eau de la bouilloire sur le chemin du retour.

Le soleil tapait dur maintenant. Il se rendit compte qu'il avait commis d'autres oublis: il n'avait ni écran solaire ni chapeau. Il était vraiment mal préparé pour cette expédition. Pourquoi fallait-il qu'il croie que les choses finissaient toujours par s'arranger? L'expé rience tendait à prouver le contraire.

La tête lourde, il retourna à la mosquée pour dormir un moment. Il faisait vraiment très chaud. Ses tempes battaient et ses oreilles bourdonnaient, sans qu'il puisse dire s'il s'agissait du bruit de l'eau dans les grottes de corail en dessous de l'île ou du sang qui cognait dans sa tête.

Il dormit plus longtemps qu'il ne l'aurait voulu, et le

soir tombait déjà quand il se réveilla. Il alluma la lampe-tempête et pénétra dans la maison. La lampe dessinait des bois de cerf sur les murs grossièrement plâtrés. Il aperçut le pavillon du phonographe et décida d'essayer de faire marcher l'antique appareil. Qu'il emporta, surpris par son poids, dans la cuisine. Après avoir ouvert une bière, il s'installa à la table, sirotant et bricolant. Il finit, alors qu'il ne s'y attendait plus vraiment, par réussir à remettre en place le ressort de la manivelle. Après en avoir essuyé la poussière sur son T-shirt, il posa un des deux 78-tours sur le plateau. Une musique hawaïenne s'échappa du pavillon, des grattements de ukulélé qu'il prit plaisir à écouter. Il but encore un peu de bière et alluma une cigarette. Il ne lui manquait plus qu'un joint pour être parfaitement heureux, avec cette nuit superbe au-dehors, les palmiers et le bruit du ressac. Il se demanda si la marie-jeanne poussait à l'état sauvage sur l'île. Il écouta une deuxième fois le ukulélé avant d'essayer l'autre disque. Cette fois-ci, c'était une voix de chanteuse anglaise, acidulée et haut perchée, et le disque était nettement plus rayé. Il n'arrivait pas à comprendre toutes les paroles, mais le refrain était clairement audible :

Ce divin amant du désert
Garde-toi de le chercher
Mustapha ! Le Maure !
Il fait des choses que tu abhorres.

À la fin du morceau, l'accompagnement au piano et au saxophone s'interrompait brusquement, et seule la voix de la chanteuse, dans un murmure rauque et mélodramatique, reprenait le refrain en déformant quelque peu les paroles :

Ce divin amant du désert
Tu le gardes maintenant que tu l'as trouvé
Mustapha ! Le Maure !
Ah, tu en voudras, encore et encore.

La chanson lui donna la chair de poule. Il y avait quelque chose de troublant dans la voix de l'Anglaise. Il repassa la guitare hawaïenne une troisième fois afin de se sortir l'autre air de la tête, avant d'aller se coucher dans la mosquée.

L'île faisait environ trois kilomètres de large. Elle était dominée par le phare. Le matin du deuxième jour, Nick grimpa jusqu'au sommet. Le bâtiment était construit dans le même matériau que la maison: corail broyé mélangé à du ciment, et peint en blanc. Il donna un coup d'épaule dans la porte en bois qui était coincée et découvrit sur la première marche un pygargue mort. De toute évidence, l'oiseau était entré et avait été incapable de ressortir.

Il compta les marches au fur et à mesure qu'il montait: trente-trois en tout. Dans la petite salle, au sommet, il fut surpris de découvrir la lampe et ses réflecteurs intacts. Il supposa que l'instrument fonctionnait au pétrole. Il se demanda s'il arriverait à le remettre en marche avec le combustible dont il se servait pour sa lampe.

Il resta là presque une heure, à contempler la formidable immensité de la mer. Seule la vision lointaine de Zanzibar plongée dans la brume lui enlevait la sensation d'une complète solitude. Et pourtant, il y avait quelque chose de fascinant dans ce spectacle. L'idée qu'une retraite d'ermite le mettrait définitivement à l'abri de toute souffrance exerçait sur lui un tel attrait qu'elle en devenait presque effrayante.

Mais de quoi avait-il eu à souffrir après tout ? se dit-il en redescendant les marches en colimaçon. De la perte d'un père ? Tout le monde finissait par en passer par là, comme avait dit Miranda. C'était là quelque chose qu'ils partageaient. La plaie chez elle semblait encore à vif. Alors que, dans son cas, la douleur s'était quelque peu atténuée ces derniers temps. Pour autant, la mort de son père l'avait terriblement marqué.

Plus tard dans la journée, il alla marcher sur une étonnante bande de sable que découvrait la marée descendante. Courant à la crête du récif sur plusieurs kilomètres, elle semblait se révéler au fur et à mesure qu'il avançait, comme si ses pas faisaient reculer l'eau. Qui se retirait en vagues du côté de l'océan, sur la gauche du récif, et en ondulations légères du côté de la lagune, à droite. Non sans un certain narcissisme, qu'il était assez lucide pour reconnaître, il s'imagina acteur dans deux épisodes de la Bible que les membres de la secte de sa mère auraient certainement reliés: Moïse et le passage de la mer Rouge, Jésus marchant sur les eaux. Sauf… sauf que, en refaisant le chemin en sens inverse, il découvrit que le sable était maintenant brûlant. Bientôt, il sautillait d'un pied sur l'autre, sans plus pouvoir s'arrêter… Nick en derviche, en soufi tourneur.

À un autre endroit de l'île, dans la fraîcheur du soir qui tombait, il retrouva la petite tige de cuivre qui lui avait servi à amarrer son bateau le jour de l'incident entre Leggatt et les braconniers. Il se rappela ce que lui avait raconté le vieil homme à propos de ce bout de métal, vestige de l'ancien système télégraphique reliant le continent à la Grande-Bretagne impériale. Le Cap-

Durban-Mombasa-Dar-Zanzibar-Aden-Chypre… Londres. L'ordre ancien, communiquant à l'aide de câbles métalliques courant sur des milliers de kilomètres au fond de l'océan, un monde câblé, qui existait bien avant les fibres optiques et l'Internet.

Sur le chemin du retour, il sentit que sa cheville était douloureuse. S'accroupissant à nouveau, mais cette fois-ci sur un sentier dans la forêt, il vit qu'elle était en train de s'infecter. Il en sortit un peu de pus. Délicatement, se servant du bord d'une feuille, il l'enleva avant de poursuivre sa route.

Ce soir-là, dans son carnet de bord, il dressa la liste de la nourriture dont aurait pu disposer un véritable naufragé sur cette île. Il avait ouvert une noix de coco, mais le lait avait mauvais goût, et la chair ne valait pas mieux. Les jeunes papayes, encore amères et laiteuses, n'étaient pas davantage comestibles. Il avait songé un moment à piéger ou à harponner un gros crabe. Mais il trouvait plus facile de pêcher, maintenant qu'il avait pris le coup. Et à voir les crabes tourner autour de la végétation en décomposition, il y avait tout à parier que leur chair soit rance. Étalés sur des filaments blancs de chair de noix de coco, ils avaient l'œil fureteur et sournois de loubards rassemblés à un coin de rues.

Il relut sa mince liste de produits. S'en remettre à la nature laissait décidément beaucoup à désirer. Aussi inadéquates que ses provisions aient pu lui apparaître précédemment, il en était maintenant fort satisfait. À commencer par les citrons. Il aimait sentir leur picotement sur ses lèvres craquelées par le soleil. Il y voyait une sorte de punition, sans savoir au juste pour quelle faute. Avant d'aller se coucher, il fit couler quelques gouttes de jus de citron sur sa cheville qui suppurait. Histoire de la désinfecter.

Troisième jour. Un jour à consacrer à la plongée, et Dieu sait que l'expérience se révéla intéressante. Leggatt avait raison. Le récif de Lyly était vraiment spectaculaire: une masse de couleurs dans un corail tel qu'il n'en avait jamais vu jusqu'ici, et peuplé d'une vie marine d'une incroyable richesse. À un endroit, une murène, au sortir d'un trou, lui découvrit ses dents. Plus loin, il aperçut un anabas, cet étrange poisson grimpeur qui ressemble à une perche, mais est capable de respirer hors de l'eau et de grimper aux arbres grâce à ses épines operculaires et à ses nageoires pectorales.

Il n'avait pas l'intention de rester longtemps sous l'eau, mais c'était tentant. Par chance, sa grande découverte fut de nature à lui éviter de vider ses bouteilles. Là où le récif rejoignait le socle sous-marin de l'île, il remarqua des mouvements inhabituels dans l'eau. En s'approchant pour inspecter l'endroit de plus près, il découvrit une ouverture, juste assez large pour permettre à un homme de s'y glisser... un homme sans équipement de plongée sur le dos. Il resta là à flotter quelques minutes, regardant l'eau entrer et sortir. Le bruit de sa respiration résonnait dans son crâne. Puis il se dit qu'il fallait tenter le coup.

Il aspira une grande goulée du mélange et tendit le bras pour fermer son détendeur. D'un mouvement d'épaules, il se débarrassa de son harnais qu'il attacha à un piton de corail. Il savait que ce qu'il s'apprêtait à faire était dangereux. Il fallait avant tout qu'il garde son calme. Mais le temps de se défaire du harnais, et déjà il manquait d'air. Il avait fait les choses à l'envers. Le sang lui battait aux tempes, et il avait l'impression qu'un poids énorme lui pesait sur la poitrine. Il porta l'embout à sa bouche et, rouvrant l'alimentation, aspira à nouveau un grand coup. Des bulles s'échappèrent vers la surface. De l'oxygène gâché. Mais il ne s'y arrêta guère. Déjà, il s'insinuait dans le trou, envahi par la crainte de suffoquer.

Il était à l'intérieur maintenant, et il y avait un petit espace au-dessus de lui. De l'air! Il n'osait pas y croire… mais, de toute façon, il était trop tard. Il aspirait déjà une joyeuse goulée à pleins poumons. Humectante, c'était le mot qui convenait, dans la mesure où ce qu'il avalait si goulûment était un air marin confiné, né d'un contact trop long avec les murs tapissés de verdure de la grotte. Il avança dans l'eau clapotante, jusqu'à ce qu'il atteigne un rocher lisse et glissant qui descendait en pente douce. Il lui fallut ôter ses palmes pour pouvoir se tenir debout. Ses doigts de pied s'enfoncèrent dans une substance meuble.

Une faible lueur éclairait la grotte, qui faisait environ quatre mètres de large, et s'étirait en sinuant sur une vingtaine ou une trentaine de mètres. Peut-être davantage, car il se pouvait qu'il y eût d'autres chambres et d'autres couloirs plus loin. Difficile de se rendre compte. Autant qu'il pouvait en juger, la grotte faisait trois ou quatre mètres de haut à certains endroits, moins à d'autres. Il frissonna. La source de lumière était située plus loin à l'intérieur. Il se remit à avancer, posant précautionneusement les pieds dans la vase. Obscurcie par ce qui ressemblait à de la végétation, la lumière tombait d'une trouée circulaire dans le plafond. Il était sur le point de grimper, mais en touchant les murs, il s'aperçut qu'ils étaient couverts d'un dépôt verdâtre, épais et visqueux.

Au moment où il retira la main, il eut un choc en découvrant des marques au burin, une sorte d'inscription. Il racla la substance gluante qui recouvrait la paroi, secouant la main pour s'en débarrasser. C'était bien ça. Là, gravés dans le rocher, des caractères arabes aux grandes boucles. Qui disaient quoi ? Son ignorance l'accabla tout d'un coup, lui procurant la sensation douloureuse, presque physique, qu'existaient des mondes et des cultures qui lui étaient interdits.

Le lendemain matin, il découvrit que toute trace d'infection avait disparu de sa blessure. Le jus de citron avait fait son œuvre. À moins que ce ne fût la vase du sol de la grotte. Il avait entendu parler de ce genre de chose. Quoi qu'il en soit, il n'y avait plus aucun signe de suppuration. Il ne restait qu'un mince trait rouge, recouvert d'une jolie croûte, dont il suivit le tracé du doigt, ce soir-là, à la lumière vacillante de la lampe-tempête, sous le toit de la maison en ruine.

Il s'était en effet installé dans la maison pour dormir, poussé par le souvenir de l'inscription sur le mur, et désireux de ne pas profaner la mosquée. Il ne lui semblait pas convenable d'aller dormir dans un endroit qui avait autrefois été un lieu de prière.

La grotte lui fournit d'emblée une occupation. Il y retourna dès le lendemain, muni de son carnet de bord et d'un stylo-bille hermétiquement emballés dans plusieurs sacs-poubelle, dans l'idée qu'il pourrait recopier quelques mots. Impossible. Les pages du carnet se mirent aussitôt à absorber comme une éponge l'humidité de l'air ambiant, et il s'empressa de tout replacer dans les sacs. De toute façon, il n'arrivait pas à distinguer les caractères. Ils étaient trop compliqués et semblaient changer de forme sous ses yeux dans la lumière vert d'eau.

L'entreprise consistant à repérer à la surface du sol l'emplacement de l'ouverture qui fournissait à la grotte sa rare lumière se révéla tout aussi difficile. Il essaya la triangulation, mais il n'était pas plus tôt de retour sur la terre ferme que la géométrie lui apparaissait différente.

Il se mit à organiser ses journées autour de la recherche de l'ouverture. Tâche épuisante, qui lui laissa bientôt la main couverte d'ampoules à force de manier la machette. Il y consacra des heures entières durant les quelques jours qui suivirent, arpentant la forêt, en nage, avec obstination. Les arbres laissaient passer beaucoup plus de lumière qu'il n'aurait imaginé, et le soleil tachetait son corps de rayons brûlants. Ses cheveux se décolorèrent, et sa peau, terrain d'élection pour les expériences du soleil, se parchemina. Regrettant de plus en plus l'absence d'une crème de protection, il se mit à utiliser l'huile Mazo, en guise de substitut, si ce n'est qu'un jour, en se dégageant un passage, il avait renversé la bouteille et craignait, s'il n'était pas plus économe, de venir à en manquer pour la cuisine.

Il ne tarda pas à éprouver un sentiment de culpabilité à taillader ainsi les sous-bois. Il se dit qu'il lui fallait ralentir le rythme, puis se moqua de lui-même pour avoir eu une telle pensée. Réaction typique du cadre stressé sur une île déserte. À quoi bon s'emballer pour une grotte? Sans compter qu'il avait une tâche, officielle celle-là, à accomplir.

De fait, il avait observé quelques tortues une nuit de pleine lune, pendant qu'elles pondaient leurs œufs sur la plage. Vision sublime, réservée à quelques élus, et pourtant il n'était capable de penser qu'à l'ouverture de la grotte. Les tâches indispensables étaient expédiées en un temps record. C'était un as de la pêche maintenant, et il sortait de gros poissons de l'eau comme un magicien les lapins de son chapeau, blasé de sa propre habileté. Quant au nettoyage des ordures et au rangement de la maison, il les avait purement et simplement abandonnés. La cuisine était elle aussi devenue pure routine. Feu, poêle, huile, poisson. Après quoi, il suçait un citron, heureux d'en sentir le picotement sur les lèvres.

Il finit par renoncer à ses recherches avant d'avoir trouvé l'ouverture. La veille du jour où il avait décidé de quitter Lyly, il grimpa au sommet du phare. Saisi d'une brusque impulsion, il avait emporté avec lui son bidon de pétrole et une boîte d'allumettes. Après avoir gravi les trente-trois marches et pénétré dans la salle du phare, il inonda la mèche de pétrole, vidant pratiquement le bidon. En dépit des années écoulées depuis sa dernière utilisation, la mèche s'enflamma presque instantanément. Il rabattit le manchon et les réflecteurs et fut ébloui par l'éclat soudain de la lumière, qui l'obli gea à quitter l'endroit.

La sensation d'éblouissement persista et, en redescendant, il trébucha et faillit tomber dans l'escalier. Il se ficha une écharde dans la main en empoignant la rampe, et se cogna le tibia contre la pierre.

Pestant et jurant, il finit par se retrouver dehors. La nuit était tombée. Il disposait peut-être d'un phare, mais ce dont il avait besoin pour l'instant, c'était d'une torche. Il se servit de son briquet pour se guider, jurant à nouveau quand la flamme lui brûla le pouce. Quant au rayon du phare, il semblait briller par son absence.

De retour à la maison, pourtant, il le vit. C'était sans doute une question d'angle. Il s'allongea dans la chambre sur son sac de couchage et suça le doigt où s'était enfoncée l'écharde. Par une ouverture, qui encadrait aussi des étoiles et un croissant de lune, il regarda le phare projeter sur l'océan son rayon évasé, qui perdit peu à peu de son intensité et finit par mourir. Mais à ce moment-là, Nick Karolides rêvait déjà, enfin en paix avec lui-même sur l'île du sommeil.

Avec le matin vint une aube rose et resplendissante, qui le vit faire le tour de l'île une dernière fois, avant d'aller s'asseoir à côté du piton de cuivre, qui pointait du rocher comme la plume d'un stylo géant. Il dut rester assis là une demi-heure... une heure, peut-être. À proximité de l'eau, le temps se diluait mystérieusement. S'écoulait d'une manière différente, se parant de tous les tons de bleu qu'offrait la mer. Pâle et limpide près du rivage, plus clair que la turquoise; plus sombre, plus intense, d'une couleur d'encre, plus loin au large, il devenait presque noir près de l'horizon. Les teintes se succédaient à la surface de l'eau, leurs nuances perpétuellement changeantes modifiant le dessin d'ensemble.

Il constata que les images arrivaient sur son œil avec une très haute définition. Un grand oiseau blanc, assez semblable à une mouette mais différent tout de même, atterrit sur un arbre voisin et parut lui révéler jusqu'au moindre grain de la texture de son bec, ainsi que, avec la même précision, les écailles du petit poisson argenté qui se débattait entre ces pinces jaunes. L'oiseau avança le long de la branche avant de se pencher sur son nid hérissé de piquants. Des piaillements suraigus et impatients annoncèrent la présence d'oisillons.

Lui-même, se demanda-t-il, était-il toujours aussi affamé d'expériences parallèles? Il leva les yeux vers le ciel, comme si celui-ci pouvait lui apporter une réponse.

Il n'aurait jamais cru que la lumière du matin pût être aussi étrange. Le rose chair avait disparu, faisant place à un orange flammé qui rougissait les nuages. Il se demanda si c'était là un signe annonciateur d'orage.

Il se releva, prenant appui sur le morceau de câble, et soupira comme un vieillard. En marchant, il examina la paume de sa main. Le moignon du câble y avait laissé une marque. Le Cap-Durban-Dar-Zanzibar… les autres noms, il ne s'en souvenait plus. Son esprit tenta de pénétrer le réseau sous-marin, porteur de tous ces messages du passé. Il fut frappé par tout l'incalculable de l'histoire, par tout ce qui se perdait en chemin.

Il retourna à la maison et se mit à rassembler ses affaires, le moral au plus bas. Il en avait assez d'être seul – pas seulement ici, à Lyly, mais d'une manière générale. En descendant jusqu'au canot, ses bouteilles sur le dos, il repensa, avec un sourire, à Miranda, le taquinant pour s'être promené ainsi harnaché en pleine ville. Et c'est alors qu'il eut la certitude d'avoir envie de sa présence à ses côtés.

15

– Tes messages se faisant plus courts et plus rares, j'ai cru que tu travaillais dur. Qu'il valait mieux que je te laisse un peu en paix. De mon côté, j'ai réfléchi au poste que j'occupe ici. Pas vraiment sûre que ce boulot suffise à mon bonheur futur. Pas assez stimulant à mon goût.

– Je pensais que je t'avais vexée et que tu me soumettais au régime sec du silence.

– Pas du tout. Au fait, ce que tu m'as envoyé en le soulignant signifie que c'est un lien hypertexte ? Ça n'a pas marché.

– Ça marche pour moi. Qu'est-ce que tu as fait ?

– J'ai cliqué dessus, pardi !

– Non, je voulais dire, pendant le week-end.

– J'ai mangé des tonnes de spaghettis. Je suis enrobée de pâtes.

– Un peu empâtée peut-être. Mais je suis sûr que tu es toujours aussi superbe.

– Tu ne dirais pas ça si tu voyais mes jambes. Une vraie femme-singe. M'en vais de ce pas me faire épiler au Kili. À plus.

* * *

– Pour qui te fais-tu épiler ? Le sucre et le jus de citron sont parfaits sur une crêpe, mais beaucoup moins bien en emplâtre sur le corps. Vous n'avez pas d'iMac dans votre boîte ? C'est comme ça qu'on dit, le Kili ? Quant à ton bonheur futur, je te renvoie à Nietzsche : le secret pour tirer de sa vie les plus beaux profits et le plus grand plaisir, c'est de vivre dangereusement. Viens t'en traverser les flammes avec moi.

– ??????

* * *

– Je sors juste de la petite réception de l'Ocean Watch à Stone Town. C'est une association qui s'occupe de la protection du récif. Boissons et petits gâteaux. Plus un gros gâteau en forme de poisson. Mais pas très bon : trop sucré, pas assez parfumé. Mes amis olivier, un belge constamment déprimé, et Tim catmull, un britannique obstinément anglais, étaient venus aussi. Désolé, j'ai du mal avec la touche majuscule. Je vais faire un effort. Comment va, Miranda ? Je te plains, tu sais, toi qui vis enfermée dans Dar la poussiéreuse. Ah, excuse-moi, je dois être un peu soûl. Pas grand-chose de neuf ici. Est-ce que ça te dirait de venir me rendre visite ?

– J'ai un aphte. Aïe, aïe, aïe. Si ça ne te rebute pas trop, c'est oui. Oui, j'aimerais bien voir Zanzibar.

– Essaie la papaye sur l'aphte. Content que tu viennes.

– J'essaierai (la papaye). Puis-je tout de même ajouter qu'il ne faudrait pas te faire des idées à propos de ma visite ?

– Mais de quoi parles-tu ?

– Ne va pas fantasmer sur une aventure de vacances, ou quelque chose comme ça.

– Je vois. Eh bien, j'apprécie ta franchise, si brutale qu'elle soit. Pour tout dire, pas la queue d'un fantasme.

* * *

– Nick ?

– Désolé, ai été très occupé. N'ai jamais décidé de ne plus t'écrire.

– Veux-tu toujours que je vienne ? Si oui, je pourrais me débrouiller pour avoir un long week-end.

16

Les mains passées autour de ses hanches, elle avait une impression bizarre, assise à l'arrière de cette moto. Elle ne se sentait pas trop en sécurité, à virevolter dans les rues étroites, son sac à dos retenu par des sandows croisés sur le porte-bagages, ses cheveux flottant au vent. Il n'y avait qu'un casque, et quand elle l'avait essayé, il s'était révélé trop grand pour elle. Si bien qu'ils étaient partis tous les deux tête nue, le casque attaché au porte-bagages.

Tout au long de leur correspondance électronique, elle avait beaucoup pensé à ce que serait leur prochaine rencontre, ne cessant de revoir en imagination la silhouette sur la plage. La réalité ne l'avait pas déçue, et son pouls s'était soudain accéléré quand elle l'avait aperçu à l'aéroport, souriant et bronzé, son casque sous le bras. Puis, tandis qu'ils allaient rejoindre sa moto sur le parking baigné de soleil, ses timides anticipations s'étaient brutalement enflammées, répandant une grande chaleur dans son cœur. Le feu des sentiments ne l'empêchait pourtant pas d'entendre une voix qui lui recommandait d'être prudente, de rester maîtresse d'elle-même.

Il l'emmena prendre un café au Livingstonia Hotel. Deux canons flanquaient l'entrée. Très british. Très colonial. À l'intérieur, un billard fatigué et un petit panneau de bois vétuste où était gravée l'inscription: + Toilettes pour dames. Deux éléments rachetaient cet établissement délabré et plutôt lugubre, où même les trophées de chasse avaient l'air funèbre, comme si les animaux avaient toujours su qu'ils étaient condamnés. Le premier était un superbe balcon qui donnait directement sur la mer, très haut au-dessus des toits rouillés en tôle ondulée; le second, une vieille bibliothèque, pleine de livres anglais reliés rouge et brun, intitulés *Contes de l'Orient mystérieux* ou *Souvenirs de la guerre des Boers*.

«Je crois que Ray aimerait cet endroit, dit-elle, tandis qu'ils déchiffraient les titres à travers les carreaux poussiéreux des vitrines. *Des effets du soleil des tropiques sur les peaux blanches. Fortune, mon ennemie*.

– Qui est Ray?

– Un type de l'ambassade. Une sorte de rat de bibliothèque.

– Ah, bon.»

Elle se demanda s'il soupçonnait Ray d'être un rival, ce qui, bien entendu, était ridicule, mais d'un autre côté, comment aurait-il pu savoir? Le moment était déjà passé de le tranquilliser à ce sujet... et de toute façon, pareille mise au point de sa part aurait pris les allures d'une invitation non déguisée.

Elle n'était pas sûre, quant à elle, d'aimer Stone Town. Ses maisons de corail aux murs effrités avaient un aspect plutôt rébarbatif. En particulier, la résidence de Tippu Tip. Ancien marchand d'esclaves, d'après Nick, il avait aidé les explorateurs Livingstone et Stanley dans leurs expéditions. Transformée en maison d'habitation privée, elle possédait une grande porte d'entrée sculptée, devant laquelle était assis un vieil homme en turban et tunique. Sur les marches, à côté de lui, des enfants bruyants s'amusaient avec des avions et de petites voitures en bois. Ils imitaient le bruit des moteurs, faisant passer et repasser leurs engins dans l'air, pratiquement sous le nez du vieillard impassible.

Ils continuèrent leur promenade zigzagante dans les rues animées, sous les balcons en bois sculpté. Les fils électriques pendaient en travers des rues, et elle se dit qu'ils allaient finir par en accrocher un. Des magasins d'antiquités indiennes, dont certains avaient des portes ornées de gros clous de cuivre ou de colliers de cauris, émergeaient des touristes arborant des bracelets anciens en argent ou tenant dans leurs bras de vieux instruments de navigation. Elle aperçut également, exposées en plein soleil, des corbeilles où s'agitaient encore des crabes et des crevettes, et des étals où des vendeurs ambulants faisaient griller des brochettes de langouste et de calmar sur des feux au charbon de bois. Partout, des odeurs de poisson, d'épices, des parfums de fleurs. À un moment, la moto passa dans une rue jonchée de pétales d'hibiscus. Un mariage, sans doute, ou une fête quelconque, se dit Miranda.

Un peu plus loin, Nick s'arrêta, le temps de lui montrer des anneaux de fer où l'on enchaînait les esclaves.

«C'est ici qu'on les vendait? demanda-t-elle, en regardant la vieille ferraille éraflée.

– Je ne crois pas, dit-il, posant le pied par terre pour stabiliser la moto. J'ai entendu dire qu'on avait construit une église sur l'emplacement de l'ancien marché aux esclaves. J'imagine qu'on les parquait ici… en attendant.»

Il y eut un silence, pendant lequel elle prit conscience de son corps devant elle, entre ses genoux, et des cheveux qui bouclaient sur sa nuque. Il appuya sur la pédale pour faire redémarrer le moteur.

L'arrêt suivant fut pour le vieux fort arabe, construit, d'après le panneau, entre 1698 et 1701. Un grand bâtiment en pierre avec des créneaux de style médiéval. Où s'était installé un restaurant.

«Leggatt – un Anglais que j'ai rencontré, on ira peut-être le voir –, jeta Nick par-dessus son épaule, m'a dit que les Arabes avaient construit ça sur l'emplacement d'une ancienne église portugaise. La roue tourne, comme on dit.»

Ils visitèrent également un édifice appelé Maison des Merveilles. Large bâtisse à balustrades, dotée d'une tour de l'horloge, qui avait été à une époque le palais du sultan.

«Il y a une légende qui veut qu'un crâne d'esclave ait été enterré sous chacune de ces colonnes, lui apprit-il, au moment où ils descendaient de moto. Ça devrait devenir un musée, si le gouvernement trouve l'argent pour restaurer l'endroit.

– On a l'impression que tout est fluctuant dans ce pays, fit-elle observer en fixant une des colonnes.

– Qu'est-ce que tu veux dire?

– Eh bien, que les bâtiments sont constamment détournés de leur fonction première.

– Oui, peut-être bien, dit-il, l'air songeur. Polymorphe, en somme. Passant par des états différents.»

Elle n'arrivait pas à se sortir de la tête l'image de ces malheureux esclaves. Les colonnes, massives et cannelées, étaient en pierre et non en corail, et elles devaient contenir du quartz ou quelque chose du même genre, car elles luisaient d'un éclat malfaisant. L'esclavage était un épisode si monstrueux de l'histoire de l'humanité qu'elle fut soulagée de voir un homme d'affaires africain, en costume, une serviette violette serrée contre sa poitrine, lui bloquer la vue de ces abominables colonnes, en passant devant elles.

«On dirait qu'ils ne sont pas aussi… pauvres ici que sur le continent, dit-elle, en regardant l'homme s'éloigner.

– Le tourisme, dit Nick. Jamais ils n'ont vu autant d'argent entrer dans le pays. C'est la principale ressource économique, depuis que le prix des clous de girofle a chuté.

– Et pourquoi cette chute ?

– Je ne sais pas trop. Il faudrait que je demande à Leggatt. Il a une plantation de girofliers. Je crois qu'à une époque les gens fumaient pas mal de cigarettes parfumées au clou de girofle en Extrême-Orient. Mais c'est fini.»

Ils se remirent en selle. Il l'emmena le long de Creek Road, où ils croisèrent des pêcheurs qui portaient leurs filets sur le dos, jusqu'à une sorte de musée. On pouvait y voir des serpents dans des bocaux, la pharmacie du Dr Livingstone et un squelette de dodo. Qui ressemblait plutôt à celui d'un gros chien.

Ils passèrent un bon moment à regarder les portes sculptées des maisons arabes. Plus grandes, plus sombres et plus décorées que celles des boutiques indiennes, dont Miranda soupçonnait maintenant qu'elles devaient être des imitations récentes, ces portes étaient constellées de clous et de ronds métalliques noirs. Dans les intervalles s'inscrivaient les courbes de caractères arabes gravés dans le bois comme une sorte de code. Les sculptures étaient très élaborées. Il était difficile d'en détacher les yeux, tant elles semblaient témoigner non seulement des heures de travail qu'avaient dû leur consacrer leurs auteurs mais aussi de toutes les heures passées par d'autres à les contempler. Elle comprit que les motifs géométriques exprimaient la logique et l'ordre de la vision islamique du monde, et cherchaient à représenter, à travers leurs motifs sans cesse répétés et leurs innombrables divisions, les lois immuables de Dieu.

Ils reprirent la moto pour faire un dernier tour. En dépit des efforts de Nick, Miranda n'était pas favorablement impressionnée par la ville. L'endroit avait quelque chose d'étouffant, de sordide, et était envahi de moustiques. Stone Town ne correspondait pas à l'idée qu'elle s'était faite de Zanzibar… longues plages de sable blanc, palmiers au bord de l'eau, etc. Un garçon, dans le restaurant où ils allèrent dîner, qui trouva le moyen d'éternuer au moment où il apportait leurs assiettes, et les flatteries maladroites de Nick n'arrangèrent en rien son humeur.

Après le repas, ils allèrent danser dans un établissement appelé le Spices Nite-Club. L'orchestre – guitares pincées style afro – la réconcilia quelque peu avec la vie. Tandis qu'ils se trémoussaient sur la piste, son malaise se dissipa. Elle se rendit compte qu'elle n'avait pas dansé depuis son arrivée en Afrique. À un moment, comme la musique s'y prêtait, il la tint par les hanches. Elle s'en trouva tout excitée, elle aurait voulu sentir contre elle le poids de sa poitrine… ce qui l'amena à se demander si tout ce qu'il cherchait, lui, c'était à la mettre dans son lit, ou s'il pensait à elle d'une autre manière.

Ils revinrent à leur table et bavardèrent un moment. En dépit du feu roulant des compliments qu'il lui adressait, il était difficile de deviner s'il espérait voir leur relation prendre un tour sérieux. Bizarre comme les hommes pouvaient rester fermés, la voix et les yeux perpétuellement sur le qui-vive de peur de trahir leurs émotions. Certes, les femmes, elles aussi, cachaient leurs sentiments – bien obligées –, mais pas de manière aussi systématique que les hommes, comme si, pour eux, se livrer, ne serait-ce qu'un minimum, c'était se rendre vulnérables.

Quand ils arrivèrent au Macpherson, où il lui avait retenu une chambre, tout était éteint. Il leur fallut gagner le chalet de Miranda à la lueur du briquet de Nick et à la lumière de la lune et des étoiles, qui tombait dans le patio et se réfléchissait sur le gravier de corail rose.

Il lui posa à l'improviste un baiser timide sur la joue au moment où ils se disaient bonsoir sur les marches. À nouveau, elle eut du mal à interpréter son geste, en raison autant de la nature du baiser que de la semi-obscurité. À la lueur de la flamme, ses yeux disaient assez pourtant son attente.

Son hésitation – cette glorieuse incertitude qui affecte tous ceux dont le cœur est en émoi – dura trop longtemps. Déjà, il redescendait les marches. Elle lui dit à nouveau bonsoir – il se retourna et fit de même –, pénétra dans sa chambre et referma la porte derrière elle, un peu lentement, peut-être, presque sournoisement.

Le clair de lune et la rumeur étouffée des vagues emplissaient la chambre. Elle se dirigea vers la porte-fenêtre et resta là un moment à regarder la mer argentée, mélange de gris perle, de noir de suie et de métal poli. Le ciel autour de la lune était frangé d'une clarté grise et calme, et partout ailleurs plongé dans une obscurité impénétrable, hormis les points minuscules des étoiles, plus brillantes qu'au pays.

Elle pensa à son père, à cette casquette de policier en feutre bleu qu'il avait gardée en souvenir après son départ à la retraite, et qu'elle-même avait toujours en sa possession. Avant son départ pour l'Afrique, elle avait veillé à bien l'emballer pour qu'elle ne s'abîme pas. Ce que l'on voyait d'abord, c'était le logo «BOSTON POLICE», en lettres d'argent sur fond bleu. Entre les mots, on distinguait une minuscule image de Paul Revere sur son cheval, commémorant le jour où il était venu prévenir les révolutionnaires de l'arrivée imminente des soldats anglais. En dessous du mot «POLICE», les armoiries de la ville, représentant celle-ci vue depuis le port doté de trois bateaux, et complétées par l'inscription *Bostonia Condita 1630*.

Sa mère, qui était morte quand elle n'avait que trois ans, aurait pu appartenir à une période de l'histoire toute aussi reculée, tant ce qu'elle en savait était flou. Tous les souvenirs que possédait Miranda en matière de bonheur familial lui venaient de son père. Elle se rappelait jusqu'à l'odeur de sa casquette: mélange de bacon frit, d'essence et de gaz d'échappement, de savon, de tabac et de bière.

C'était un homme profondément bon. Sauf quand il avait trop bu, ce qui ne lui arrivait que rarement, il était doux et affectueux, un léger froncement de sourcils suffisant à exprimer sa colère. Se souvenant du moment où elle avait parlé de lui avec Nick sur la plage de Dar, elle se demanda si c'était ce qui les avait rapprochés – cette histoire commune.

Elle commença à se déshabiller. Elle se sentait bizarre, comme coupée d'elle-même, toujours excitée mais un peu sur ses gardes aussi, heureuse et pourtant mélancolique. Mais quel bonheur de pouvoir s'endormir avec le bruit de l'océan dans les oreilles!

Au matin, elle rencontra da Souza au petit déjeuner, après quoi, Nick l'emmena sur la plage pour lui montrer son canot et un estuaire colonisé par la mangrove, ainsi que les endroits où il avait vu des œufs de tortue. Puis, une fois de plus, elle remonta sa jupe pour s'installer derrière lui sur la moto.

Ils poussèrent jusqu'à Jozani Forest, sombre et un peu effrayante. Les singes secouaient les feuillages; des boutons des fleurs, violettes et bleu foncé, suintaient de mystérieuses sécrétions. Sur un arbre, à l'orée de la forêt, étaient perchés côte à côte quatre ou cinq gros oiseaux, qui ressemblaient à des paons; leurs longues queues pailletées faisaient comme un rideau ou un voile léger, à travers lequel filtrait le soleil et apparaissait l'image brouillée des collines vertes dans le lointain.

Pour le déjeuner, ils traversèrent l'île jusqu'à un petit hôtel de la côte ouest tenu par deux homos allemands. Endroit délicieux, qui combla enfin toutes ses espérances. Il y avait quelque chose de vraiment spécial dans l'acoustique de la plage, laquelle s'étendait sur au moins dix kilomètres de part et d'autre de l'hôtel. Le grondement lointain du ressac sur le récif semblait venir aussi bien de derrière que de devant, là-bas, au loin, où l'on apercevait sa crête blanche, fièrement dressée et toujours en mouvement.

«Effet surround», annonça Nick, et soudain elle fut heureuse d'être avec lui plutôt qu'avec Ray.

Elle enleva ses sandales pour pouvoir sentir le sable couler entre ses orteils et courut jusqu'à une pirogue à balancier qui clapotait sur l'eau, tirant sur son amarre en fibre de coco.

«Je n'aimerais pas partir en mer sur un de ces machins, dit-elle à Nick, quand celui-ci l'eut rattrapée.

– Ils sont assez stables, en fait. Mais ne t'inquiète pas, je t'emmènerai demain dans mon bateau. Comme ça, tu pourras passer ton dernier jour sur mon île.

– Ton île, à toi ?

– Pas vraiment, dit-il en riant. C'est un endroit où je vais travailler. Enfin, travailler… surtout me relaxer. Ça s'appelle Lyly, L-y-l-y.

– Et c'est loin ?

– Pourquoi, tu as peur en bateau ?

– Il n'est pas bien gros, ton canot.

– On pourrait peut-être y aller dans le yacht de l'Anglais, s'il veut bien nous emmener. Tu serais plus rassurée ?

– Un yacht ? Alors là, pas de problème !

– On ira lui demander demain. »

Ils se promenèrent un moment le long de la plage, pratiquement en silence, jusqu'à un endroit où des femmes accroupies ramassaient des algues dans de grands paniers. Ils les observèrent un moment avant de rebrousser chemin.

Après avoir mangé une salade de langouste à l'hôtel des Allemands, ils rentrèrent au Macpherson. Le soir allait tomber. Dégageant la béquille, Nick gara la moto sous un tamarinier. Les rayons du soleil couchant filtraient au travers des branches du grand arbre, mouchetant le sable autour de l'ombre portée de la moto inclinée, plus massive.

« Tu veux te promener un moment dans les jardins ? demanda Nick. Ils ont toutes les espèces possibles et imaginables. Celles du coin, j'entends.

– Pourquoi pas ? » dit-elle d'un ton neutre, et ils allèrent jusqu'au jardin dans l'éclat rouge du couchant.

Bientôt, ils suivaient les allées qui serpentaient entre les arbres, les buissons et les fleurs. Entre les violettes des Philippines, les corossols, et, du moins c'était le nom inscrit sur la plaquette, mais difficile à déchiffrer dans la lumière déclinante, la *barleria cristata*. En marchant à son côté, elle se sentait un peu étourdie, sans doute, se dit-elle sans trop réfléchir, à cause du grand air de la moto. Mais il se pouvait aussi que ce soient les senteurs des plantes qui lui donnent cette impression de somnolence et de tiédeur – la sauge bleue tropicale, la cannelle, le jasmin étoilé…

Ou bien était-ce simplement que, quand leurs mains s'effleurèrent, l'air se chargea soudain de possibilités, devint lourd d'attentes? N'allait-il pas se tourner vers elle et, enhardi maintenant, l'embrasser près de la fleur d'amour ou la morine?

Mais non. Il l'embrassa à côté de la fausse amarante de l'Inde. Tous les autres noms qui auraient pu être pertinents – d'un côté de l'allée, la fougère des Canaries, le buisson ardent, le volubilis, la grenadille pourpre et l'eugénia; de l'autre, le bananier en fleur, l'anaphalis, la sansevière, le polystachun –, tous ces autres noms n'avaient plus maintenant d'importance. Les deux promeneurs avaient, semblait-il, quitté la terre, pour se retrouver l'espace d'un moment au-delà des jardins du Macpherson et du soleil rouge qui les nimbait, au-delà, même, de leur baiser.

Mais ce n'était pas prévu, se dit-elle, pendant qu'il l'embrassait. Comment avait-elle bien pu laisser faire une chose pareille? Comment avait-elle fait pour se retrouver entre les bras d'un homme qu'elle connaissait à peine, sur une île du bout du monde? Elle prit conscience d'un bruit d'eau quelque part dans la clairière, le chuchotement d'un ruisseau cascadant sur des entrelacs de racines. Ils s'embrassèrent, et le dernier arc du soleil plongea derrière l'horizon.

Il faisait presque nuit quand – le front et les aisselles moites de sueur, les lèvres et les lobes des oreilles gonflés d'un sang lourd et chaud – ils reprirent le chemin de l'hôtel. Elle en était à la phase rationalisation, prête à reconnaître que la chose n'avait pas été si soudaine, tout compte fait, qu'elle avait été précédée d'une longue gestation. Les e-mails n'étaient que la manifestation de surface d'un réseau de pensées mal définies, d'intentions jamais clairement formulées qui remontaient assez loin. En fait, à ce jour où, à l'ambassade, leurs yeux s'étaient croisés. La caméra de surveillance placée sur le mur de la chancellerie était incapable de saisir ce qui s'était passé – mais quelque chose s'était bel et bien produit, un changement s'était opéré, l'aiguille avait pivoté dans le compas du cœur.

17

Ils arrivèrent chez Leggatt au beau milieu d'un orage. À moto. Et cette fois-ci, Miranda trouva l'expérience franchement désagréable. Les gravillons de la route mouillée giclaient sur ses jambes nues. Ses vêtements étaient trempés. Quand ils quittèrent la grand-route, ils aperçurent devant eux la plantation de girofliers, avec ses longs hangars et son bungalow au toit de tôle ondulée. Sous cette lumière, il se dégageait de l'endroit une atmosphère étrange. Quand Nick eut coupé le moteur, Miranda perçut nettement à travers le crépitement de la pluie ce qui ne pouvait être que les notes d'un piano. Le ciel était pratiquement noir quand ils descendirent de moto.

«Tu entends de la musique? cria-t-elle, tandis qu'ils couraient au milieu des flaques jusqu'à un petit porche doté d'une porte d'entrée vitrée.

– C'est bizarre. Je ne savais pas qu'il jouait du piano.»

Nick donna un grand coup dans la porte, sans obtenir de réponse.

«Probable qu'il entend rien.

– C'est un peu sinistre, non?» dit-elle en lui souriant, le visage auréolé de mèches de cheveux mouillées.

Il frappa à nouveau, avant d'essayer la poignée. La porte s'ouvrit, et ils pénétrèrent dans un hall, répandant des gouttes d'eau sur le plancher. La musique, plus forte maintenant, venait de derrière un rideau de cauris séparant le hall du salon. Les coquillages cliquetèrent quand ils écartèrent le rideau.

Assis devant le piano, Leggatt leur tournait le dos, ses mains volant au-dessus des touches, la masse de ses cheveux blond sale encadrée par le bois noir du piano droit. Tout autour de la pièce étaient accrochés des masques africains grossièrement sculptés et d'autres objets curieux. Dans un angle, tel un gigantesque mobile, pendait du plafond un objet non identifié fait de fibres tressées et tendues sur un support en bois, qui ressemblait assez à un cerf-volant à l'ancienne, mais sans le tissu. À l'autre bout de la pièce, un paravent en palmes de cocotier masquait partiellement la table de la salle à manger.

«Tu crois qu'il nous entend? murmura-t-elle.

– Mais oui, parfaitement.»

La musique cessa brutalement, et le vieil homme pivota sur son tabouret. Il traversa la pièce pour venir à leur rencontre. Miranda dévisagea le vieillard aux yeux chassieux. Il portait une tenue saharienne fauve. Sa chemise entrouverte laissait voir des poils blancs et une peau fripée et décolorée.

«Bonjour, Nick, dit-il en souriant. Bach... Voilà une surprise fort agréable, ajouta-t-il, avec un regard admiratif pour Miranda.

– Une amie, expliqua Nick. Miranda Powers.

– Leggatt. Ralph, dit le vieil homme, d'un ton cérémonieux. Raphael, pour être exact.»

S'ensuivit un silence de quelques secondes, au cours duquel ils restèrent tous les trois debout en cercle, semblant attendre que quelque chose se passe.

Pressée de dissiper ce malaise, dont la raison lui

échappait, Miranda s'exclama: «Dites donc, vous avez des trucs superbes!»

Joignant le geste à la parole, elle désigna du doigt l'étrange objet fait de fibres et de baguettes suspendu au plafond. «Qu'est-ce que c'est que ça?

– Ça, ma chère, dit Leggatt fièrement, c'est un piège à âmes.

– On peut attraper des poissons[1] avec ça? Ils ne passent pas par les trous?»

Leggatt la gratifia d'un regard pour le moins perplexe avant de faire entendre un petit rire. «Oh, non. Je veux dire s-o-u-l, pas s-o-l-e. J'ai trouvé ça au Congo. Il existe une tribu là-bas, perdue dans la brousse, qui croit que les insectes peuvent voler l'âme des hommes. Quand un type a fait quelque chose de mal, s'est déshonoré d'une manière ou d'une autre, il va consulter le sorcier, qui suspend cette chose dans un arbre et attend des heures, les yeux fixés sur elle jusqu'à en loucher, pour voir si un insecte passe à travers. Dans l'idée que, quand il le fera, cet engin prendra l'âme au piège. J'ai consulté moi-même... avant d'acheter son truc au *féticheur* *, quand il m'a eu déclaré en parfaite santé spirituelle. Et voilà comment il a atterri ici... bref, en quoi un vieil homme comme moi peut-il vous être utile?»

Nick sourit d'un air embarrassé. Il donnait à Miranda l'impression de ne pas savoir sur quel pied danser avec Leggatt. «Je me demandais... est-ce que par hasard vous accepteriez de nous emmener sur le *Winston*? Je me disais... si ça ne vous ennuie pas, bien entendu... qu'on pourrait aller à Lyly, peut-être pour un piquenique? Je voudrais apprendre à plonger à Miranda.

1. Dans l'original, jeu sur les deux homophones *soul* («âme») et *sole* («sole»). (*N.d.T.*)

– Avec ce temps ? T'es pas fou, petit ? »

Le vieil homme retraversa la pièce, s'assit sur son tabouret et se remit à jouer. Dans un style tout à fait différent, genre piano-bar. Nick regarda Miranda et lui adressa un sourire mi-figue, mi-raisin. Tous deux allèrent se placer derrière Leggatt. La peau de ses doigts, qui glissaient sur les touches, plissait aux jointures.

« Je pensais à demain, dit Nick, en élevant la voix pour dominer les cascades de notes.

– Pas de problème ! dit l'autre. Onze heures. »

Comprenant qu'ils étaient congédiés, Nick et Miranda quittèrent la pièce remplie de musique, après avoir écarté le rideau de cauris. Ils s'arrêtèrent un instant dans le hall, regardant la porte vitrée sur laquelle le vent précipitait des trombes d'eau. Dans la pénombre, c'est tout juste s'ils arrivaient à distinguer la moto. Et puis, en surimpression sur la vitre noire et ruisselante et les contours vagues, un peu menaçants, de la Norton ils voyaient aussi leur propre reflet. Ils restaient là, comme pétrifiés, regardant à travers le carreau d'un air sombre, peu enthousiastes à la perspective de se faire tremper à nouveau.

« J'espère que ça ne sera pas comme ça demain.

– Penses-tu, dit Miranda en secouant la tête. Pluie avant sept heures, soleil avant onze heures.

– Sauf que c'est sept heures du matin, corrigea Nick, pas du soir.

– Ah ! » dit Miranda, qui se fit l'effet d'une bécasse en se rendant compte qu'elle avait toujours compris le dicton de travers.

18

Elle était assise dans l'eau près du rivage, occupée à chausser une palme. Devant elle, le *Winston Churchill*, à l'ancre au-delà du récif, un peu au large de Lyly. Plus près, à mi-hauteur de la plage en fer à cheval de la lagune, le canot dans lequel ils étaient arrivés se balançait doucement sur une petite mare d'eau bleu-vert. L'approche avait eu les allures d'un mirage – surtout avec la couronne blanche du phare émergeant du tissu vert de la forêt. Elle avait presque fini une pellicule photo avant de débarquer sur l'île.

Nick avait disposé le matériel sur le pont pendant la traversée: bouteilles, détendeurs, palmes, masques, plus quelque chose qui ressemblait à un gilet de sauvetage. Il lui avait ensuite expliqué la fonction de chacun des accessoires. Il s'agissait maintenant de mettre la théorie en pratique. Au-dessus d'elle, sa cuisse toute proche de son visage, il était en train de fixer un tuba à la bride de son masque. Plus loin, elle apercevait Leggatt, assis dans une chaise en toile sur le pont du *Churchill*. Il fumait sa pipe, tout en les observant. Derrière lui, quasiment au garde-à-vous, se tenait le jeune Zanzibari, Sayeed. D'une nature plutôt timide et silencieuse, il s'était un peu livré pendant le trajet, posant à Miranda, dans un anglais hésitant, quelques questions sur l'Amérique. En retour, elle avait appris une ou deux choses sur son village, Potoa.

« Allez, debout », commanda Nick.

Tel un explorateur ouvrant son domaine au public, il balaya d'un geste large la surface de l'eau, qui ondulait à peine sous la brise. Elle ne put s'empêcher, en dépit de l'aspect idyllique du paysage, de lui trouver quelque chose d'un peu sinistre, imaginant un monstre attendant son heure pour remonter à la surface des profondeurs.

Elle se leva et resta debout un instant, déséquilibrée par la houle, pendant qu'il resserrait les brides du masque. Après avoir mis en place l'espèce de gilet de sauvetage, qu'il appelait gilet de flottaison et qui ressemblait à une grosse vessie, il s'occupa de l'appareil respiratoire.

« Je me fais l'effet d'une tortue ! s'exclama-t-elle, tandis qu'il soulevait la lourde bouteille avant de la lui sangler sur le dos. Pourquoi est-ce que j'ai besoin du tuba si j'ai déjà ça ? ajouta-t-elle en agitant le tube.

– Question de sécurité. Il y en a qui ne prennent pas cette précaution et qui se contentent de garder le détendeur dans la bouche jusqu'au moment où ils refont surface. Mais si tu as un problème, tu as ton tuba à portée de main. Ça y est, tu es prête ? »

Elle acquiesça de la tête et s'apprêtait à dire quelque chose quand il lui tendit le détendeur pour qu'elle le place dans sa bouche. Il était un peu trop gros et lui appuyait sur les dents. Elle prit une inspiration. L'air avait un goût métallique. Elle sentit la panique monter en elle. Et s'imagina que les battements de son cœur s'accéléraient. Mais dans le même instant, tandis que l'air grondait dans ses oreilles, un frisson d'émerveillement la parcourut. Ils avancèrent un peu dans l'eau, et elle plongea le visage sous la surface.

Elle cligna des yeux derrière le verre, le temps de s'adapter à la lumière sous-marine. Le sable était d'un gris jaune. Nick la rejoignit dans l'eau, qu'elle trouva d'une tiédeur agréable. Ils nagèrent jusqu'à l'endroit où le fond commençait à descendre en pente raide. Elle n'avait plus pied et se sentait ballottée par les vagues. Il lui montra comment lâcher l'air du tuyau en serpentin de son gilet, et soudain, elle s'enfonça. L'eau se referma au-dessus de sa tête, et elle connut un instant de panique. Comme s'il l'avait deviné, Nick lui saisit la main et lui fit signe de regonfler un peu son gilet, jusqu'à ce qu'elle atteigne le point d'équilibre.

Au début, il n'y avait pas grand-chose à voir, en dehors de l'étendue de sable en pente douce, parsemée de rochers noirs. Toujours main dans la main, ils gagnèrent à coups de palmes réguliers l'endroit où commençait le récif. Le cylindre bougeait un peu sur son dos, et elle avait du mal à rester droite. Peu à peu, pourtant, elle commença à prendre plaisir à l'expérience, tout en trouvant réconfortante la présence de Nick à ses côtés.

Ses yeux étaient maintenant parfaitement adaptés à la lumière ambiante. Devant elle, les crevasses du récif, par où entraient et sortaient des poissons multicolores. Alentour, des touffes de varech ou d'autres algues aux filaments étranges. Sur un petit carré de sable dégagé, une vingtaine ou une trentaine d'éponges accrochées au fond de l'océan se balançaient mollement. Désormais plus en confiance, et fière du pouvoir que lui conféraient ses palmes, elle donna un vigoureux coup de pied, et sentit la main de Nick serrer la sienne. Pour la retenir ou l'encourager, elle n'aurait su dire.

D'un côté, le récif tombait à pic dans une eau bleue très claire. En s'approchant tout près de la paroi, qui présentait d'innombrables arches naturelles, elle fut surprise de voir tant de vie concentrée en un même endroit. On avait l'impression que les poissons venaient vous trouver dans le seul but d'être dénombrés. Nick lui donna leurs noms plus tard, en les lui montrant sur son T-shirt: poisson-chat, poisson-lune, poisson-clown, seiche avec sa coquille interne toute plate qui lui donne l'air de surfer sur sa planche. Le plus étonnant, mais aussi le plus attendrissant, fut un petit hippocampe. Elle resta là un instant à contempler la petite boucle vivante, «S» évanescent qui se mouvait lentement dans l'eau, forme bizarrement verticale dans ce monde aux lignes essentiellement horizontales.

Un peu plus bas, dans des grottes miniatures ou bien rampant sur le fond, ils trouvèrent des langoustes et des crabes. Miranda vit que Nick était fasciné par les mystérieux entrelacs d'antennes, de vrilles et de pinces de ces crustacés. Pour elle, ils évoquaient la préhistoire, le secret des origines de la vie. Elle restait en suspension dans l'eau, gardant un niveau constant grâce à sa respiration, comme Nick le lui avait montré.

Sans qu'elle dérive ni ne change de position, l'eau tout autour d'elle se troubla. Elle se retrouva soudain au milieu d'un banc de krill, minuscules bestioles d'un rose de lèvres. L'instant d'après, elles avaient disparu, et elle voyait à nouveau le récif. Ils étaient maintenant à une profondeur telle que, sous la pression, les bourrelets en caoutchouc de son masque lui comprimaient les tempes.

Elle vit une ombre passer sur le fond de l'eau et, se tournant sur le côté, regarda vers la surface. C'était le canot du *Churchill*. Leggatt avait dû se faire amener à terre par Sayeed. À moins qu'il ne soit en train de pêcher, comme il en avait l'intention. Miranda, doucement balancée dans le liquide amniotique de l'océan, se dit qu'ils devraient se méfier des hameçons.

Elle s'aperçut que Nick lui faisait signe. Arrivée à sa hauteur, elle vit une variété splendide de fleur aquatique, une anémone peut-être... Curieux comme il était difficile de distinguer le végétal de l'animal.

Mais pas toujours. Un moment plus tard, Nick lui signala deux tortues qui passaient à proximité. Spectacle merveilleux, tel qu'elle n'en avait jamais vu, même s'il ne s'agissait que de petites tortues vertes, et non des tortues à cuir dont il lui avait parlé. Leur gaucherie même, leur façon de tenir leur tête relevée comme des vieillards myopes, leur carapace au dallage irrégulier, les mouvements singuliers de leurs nageoires leur conféraient, paradoxalement, une grâce sans pareille. Quand ils refirent surface, Nick lui dit que même des tortues de ce genre pouvaient vivre jusqu'à cent cinquante ans.

Ils sortirent de l'eau pour trouver Leggatt, qui avait attrapé un labre pendant qu'ils plongeaient, occupé à étaler de la margarine Stork sur des tranches de pain. Ils s'assirent avec lui à l'ombre de quelques palmiers pour manger des steaks de poisson cuits au feu de bois et boire de la bière en bouteille. Ensuite, Miranda s'allongea au soleil, détendue, heureuse: l'ambassade, sa paperasserie et la lourdeur de son travail administratif, lui semblaient à des années-lumière.

Elle entendit la voix de Leggatt dire tout bas: «Un dauphin.»

Elle suivit des yeux la direction de son doigt. Nick, qui venait de remettre du bois sur le feu, leva lui aussi les yeux. À moins de dix mètres, une nageoire dorsale pointait à la surface de l'eau, au-dessus d'une forme trapue, d'un gris bleuté, dont une partie était visible dans l'eau claire. Le mammifère devait mesurer dans les deux mètres et progressait à grande vitesse.

«Mâle solitaire, dit Leggatt

– Viens vite», dit Nick, tout excité, en se relevant d'un coup.

Ils se précipitèrent dans l'eau comme deux enfants et se mirent à nager en direction de la forme bondissante. Miranda s'attendait à tout instant à ce que le dauphin s'enfuie à leur approche. Mais il n'en fit rien. Il vint à leur rencontre, ondulant gracieusement avant de plonger sous eux. Elle tendit la main pour le toucher, imaginant déjà le contact de sa peau sur ses doigts, mais un coup de queue, et il avait disparu.

Quelques minutes plus tard, il était à nouveau là, son museau fendant l'eau juste devant elle. Il faisait entendre de petits claquements aigus, et elle aperçut ses dents pointues et le bout d'une langue noire. À nouveau, elle voulut le toucher, et à nouveau il s'évanouit.

Le dauphin resta là dans l'eau tiède, à côté d'eux, pendant une bonne heure, à tourner en rond autour du *Churchill* ou à plonger sous la quille, interrompant de temps à autre cette activité pour faire des bonds prodigieux dans l'air ou aller fouiner dans les roseaux près du rivage.

«J'ai l'impression qu'il boude, dit Miranda, quand il disparut dans les roseaux.

– Non, c'est pour te taquiner», dit Nick, en venant à sa hauteur.

Ils firent du surplace un instant. Le dauphin souffla un jet d'eau et plongea. Quelques secondes plus tard, ils le virent à nouveau sauter, mais beaucoup plus loin.

«Cette fois, il s'en va pour de bon, dit Nick.

– Du dauphin ou de l'hippocampe, je me demande lequel je préfère, dit-elle, songeuse.

– Est-ce que tu savais que l'hippocampe mâle gonfle la poitrine pour attirer la femelle?» lui demanda-t-il, l'air parfaitement innocent.

Miranda inclina la tête, ses cheveux noirs et épais glissant sur le côté, avant de le repousser en riant et de se mettre à nager en direction de la plage à toute vitesse. Il la suivit un instant après, fendant l'eau de son crawl puissant, et la rejoignit rapidement.

Ils contournèrent un rocher qui avançait dans la mer et se retrouvèrent hors de vue de Leggatt et de Sayeed, toujours assis près du feu.

Nick l'attrapa par un pied au moment où ils atteignaient la plage, et ils se mirent à faire les fous, riant et chahutant, dans l'eau peu profonde. Elle se souvint du moment où, à Kunduchi Beach, il l'avait sortie des vagues en la soulevant dans ses bras. Le souvenir lui était agréable, comme lui était agréable, maintenant, le contact de sa peau. D'un geste impulsif, elle lui immobilisa le visage et l'embrassa sur la bouche, avant de s'emparer de sa main pour le sortir de l'écume et l'entraîner sur la plage, où ils s'allongèrent.

Un peu plus tard, ils rejoignirent le feu. Leggatt avait fait bouillir de l'eau et préparait le thé.

« Vous avez manqué le pygargue, dit-il, d'un ton bourru. Sayeed a lancé un morceau de poisson en l'air, et l'oiseau a piqué pour l'attraper. Vraiment joli à voir. »

Après le thé, Nick et Miranda se promenèrent ensemble sur l'île. Il lui montra la maison en ruine, le phonographe et la photo de la reine.

« On pourrait danser, dit-il, en s'emparant d'un des 78-tours et en l'agitant dans sa direction.

– Tu veux rire, non ? »

Ils ressortirent et gagnèrent la petite mosquée, qui lui plut beaucoup. Puis il la fit grimper jusqu'en haut du phare et lui en expliqua le fonctionnement. Par la fenêtre carrée, dépourvue de vitre, ils embrassaient toute l'île du regard, jusqu'à l'endroit où la forêt s'éclaircissait pour laisser place à un chaos de rochers.

«Tu vois ces rochers? demanda Nick, en les lui montrant. Eh bien, un peu plus loin, il y a une grotte sous-marine. J'y suis entré. On peut respirer à l'intérieur, et il y a des inscriptions sur la paroi.»

Ils commencèrent à redescendre l'escalier. «Quel genre d'inscription?

– Je ne sais pas. Arabe, peut-être. Il faut que je demande à Leggatt.»

Elle aimait bien l'avoir à ses côtés. Elle trouva parfaitement naturel qu'il lui prenne la main quand ils revinrent sur la plage.

Il désigna du geste le sable plus loin devant eux. «Il y a un nid de tortues quelque part là-bas. J'ai vu les femelles pondre leurs œufs, la dernière fois que je suis venu ici. Au clair de lune.

– Je ne vois rien.

– Tu n'es pas censée voir quoi que ce soit. Mais bon sang, qu'est-ce qui...»

Il partit en courant. À l'endroit qu'il venait d'indiquer, elle aperçut une forme verte qui rampait et se figea sur place. Le serpent se servait de son corps comme d'un foret pour creuser le sable. Il évoquait tout aussi bien un tire-bouchon ou un ver de terre mécanique. Le sable se déployait en un large éventail très fin. Au moment où Nick arrivait à un mètre de l'endroit, il obliqua brusquement vers la droite, en direction d'une dune couverte de buissons, en bordure de la plage. Le serpent continuait à se tortiller dans le sable. Elle vit Nick casser une branche à un buisson rabougri qui ressemblait à un candélabre.

Il repartit ensuite vers le nid, sa branche fourchue à la

main. Le serpent continuait à creuser comme un forcené. Puis, soudain, il s'arrêta: les dômes blancs des œufs, quatre ou cinq, étaient apparus. Le reptile changea de position, tournant sur lui-même de façon à faire face aux œufs. Puis il s'aperçut de la présence de Nick, qui fonçait sur lui, la branche à bout de bras. Il sembla trébucher dans sa course, et Miranda pâlit.

La bouche articulée s'ouvrait déjà, prête à mordre et à cracher son venin. Mais dans le même instant, Nick clouait le serpent au sol dans le V de la branche, enfonçant la fourche de toutes ses forces dans le sable. Miranda poussa un cri, mais Nick, imperturbable, se penchait sur sa proie. La queue de l'animal lui fouetta le mollet. Nick l'attrapa fermement mais avec précaution entre le pouce et l'index et le souleva. Il le tenait éloigné de lui, à bout de bras, tandis qu'il se dirigeait à nouveau vers les arbres qui bordaient la plage. Miranda se sentit tout à la fois impressionnée et furieuse devant tant de témérité.

C'est alors qu'elle sentit l'odeur de la pipe et entendit une voix.

«Je pense qu'il ne va pas tarder à s'apercevoir qu'il s'agit d'un mamba, annonça Leggatt. La chair n'est pas extra, j'en ai peur, ajouta-t-il d'un ton nonchalant. Mais c'est une bestiole particulièrement venimeuse. Peut-être la pire de celles que l'on peut rencontrer dans ces îles.»

Les deux silhouettes se détachaient, côte à côte, sur l'espace découvert de la plage, Leggatt vêtu d'une veste de toile tachée et coiffé d'une casquette de marin à visière de grade indéterminé, Miranda en baskets, short et chemisier de coton. Nick était plus loin, sur la crête de la dune. D'un lancer par en dessous digne d'un joueur de cricket, il expédia le serpent roulé sur lui-même dans les fourrés.

«J'aurais préféré qu'il en dispose d'une manière plus définitive, fit remarquer Leggatt. Ces créatures ont pour habitude de pourchasser leurs assaillants. Je ne serais pas surpris que le serpent essaie de retrouver sa trace.»

Il ôta la pipe de sa bouche et cria en direction des dunes. «Ne traîne pas trop, mon gars!»

Elle leva la main pour s'abriter du soleil. Nick se découpait sur le ciel. Il semblait bien avoir entendu l'avertissement de Leggatt, mais ne se pressait pas.

Leggatt s'approcha des œufs et se mit à les recouvrir de sable avec sa chaussure.

«De toute façon, le mamba sera de retour à la tombée de la nuit pour les déterrer. Nous les combattrons sur les plages… comme disait mon idole.»

Miranda n'apprécia guère le ton du vieil homme. Après avoir trouvé l'attitude de Nick stupide, elle se surprenait maintenant à éprouver de l'admiration, voire de l'orgueil, devant la manière dont il s'était comporté. Ce qui ne l'empêcha pas de lui dire son fait quand il les rejoignit.

«C'était idiot. Mr. Leggatt dit qu'ils sont très dangereux.

– Pas autant pour nous que pour les tortues.

– Je crois que je n'ai jamais rien entendu de plus aberrant», dit Leggatt.

Il vida sa pipe en la tapotant contre un rocher, faisant voler un nuage d'étincelles rageuses.

«Quoi qu'il en soit, ce que tu as fait ne rime à rien. Comme je le disais à cette jeune personne, il reviendra pendant la nuit. Lui, ou un de ses copains. Tu aurais dû le tuer.

– On ne peut rien faire? demanda Nick, consterné.

– Je serais presque partisan de laisser la nature suivre son cours. Mais si tu y tiens vraiment, de deux choses l'une: ou bien nous changeons les œufs de place, mais pour les mettre où, là est la question, sans parler du fait que nous risquons de compromettre leur éclosion; ou bien nous construisons une clôture pour les protéger, ce qui implique que nous nous fassions une idée du jour où ils vont éclore pour revenir l'enlever avant.»

Ils débattirent un moment de la question et, s'étant décidés pour la clôture, se mirent à ramasser des branchages. Ils tracèrent ensuite un cercle autour du nid, d'environ un mètre de diamètre, et commencèrent à enfoncer les piquets improvisés dans le sable. Nick y ajouta quelques pierres, et ils obtinrent une jolie petite palissade.

Du moins dans l'idée de Miranda. Leggatt, lui, ne se faisait guère d'illusions quant au sort des bébés tortues.

«Je continue à penser que les petits bougres ne verront pas longtemps la lumière du jour, s'ils la voient jamais», dit-il d'un air lugubre.

Il ôta sa casquette pour essuyer la sueur de son front du revers de la main. «C'est déjà assez difficile comme ça pour eux, entre les mouettes, les rats et les poissons… Bref, je crois qu'il faudrait rentrer maintenant.

– J'aurais d'abord quelque chose à vous demander, dit Nick, tandis qu'ils revenaient vers le feu.

– Oui, quoi donc?

– J'ai découvert une grotte.

– Ah, tu l'as donc trouvée? dit Leggatt, en lui jetant un regard pénétrant.

– Je faisais de la plongée, de l'autre côté de l'île, et je suis entré dans une grotte. Il semblait y avoir une ouverture communiquant avec la surface, mais je ne suis pas arrivé à mettre la main dessus. Il y a aussi une inscription à l'intérieur. Peut-être en arabe.

– Ah, je vois que mon petit secret a été découvert.

Bon, j'imagine que je peux te montrer l'endroit maintenant. Mais on va avoir besoin d'une machette.»

Il alla chercher l'outil dans le dinghy et commença à ouvrir un chemin dans les fourrés. Nick et Miranda le suivirent, enjambant fougères et branches cassées. Au bout d'une dizaine de minutes, ils arrivèrent à un affleurement de rocher.

«Voilà l'ouverture, dit Leggatt. Enfin, une des ouvertures. Il y a deux ou trois autres trous qui plongent directement dans le complexe, mais celui-là est le seul par où on peut passer sans risquer de se casser une jambe. Je ne crois pas qu'on puisse s'y aventurer sans un éclairage adéquat.

– Le complexe? interrogea Nick. Vous voulez dire qu'il y a plusieurs grottes?

– Absolument. Il y a tout un réseau là-dessous.»

Il dégagea l'ouverture aux bords déchiquetés. «C'est pas joli, joli, comme histoire. Un des sultans gardait prisonniers sur cette île les esclaves qui avaient cherché à s'enfuir. On les jetait au fond de ce trou pour les punir et les dissuader de recommencer.

– Mais ce ne sont sûrement pas eux les auteurs des inscriptions?

– Je n'en sais rien. Pourquoi pas? Certains esclaves étaient assez instruits. Ils n'étaient pas tous bûcherons ou porteurs d'eau, et on trouvait parmi eux des gens qui savaient écrire et compter. À moins qu'elles soient le fait d'un courtisan un peu trop encombrant. Ou qu'il s'agisse d'une sorte d'invocation. Bref, je crois qu'il faut qu'on rentre, cette fois-ci.»

Ils revinrent à la plage en silence et tirèrent le dinghy dans l'eau avant de monter dedans. L'histoire de la grotte avait assombri l'humeur de Miranda. Malgré tout, la journée avait été passionnante. Regardant Nick ramer, elle se demanda si, une fois rentrée à Dar, il allait lui manquer. Il lui fallait prendre un avion très tôt le lendemain si elle voulait être à l'heure à son travail.

De retour sur le yacht, ils trouvèrent Sayeed, qui avait dû revenir à la nage dans l'intervalle, en train d'astiquer le pont. Miranda lui fit un large sourire en montant à bord. Mais l'idée d'avoir un domestique africain la mettait mal à l'aise.

Sur le chemin du retour, elle partagea une bouteille de bière avec Nick à l'avant du bateau. Leggatt avait repris son poste à la barre. Le soleil se couchait. Au loin, à tribord, ils distinguaient la silhouette blanche d'un autre bateau. Qui se déplaçait à grande vitesse.

«Probablement la douane, dit Nick, qui ajouta, en mettant la main dans la poche de son short, au fait, j'ai ramassé ça pour toi sur la dune.»

Il lui tendit un objet, de la taille d'un couvercle de gobelet à café en plastique, et presque aussi léger. C'était la carapace vide d'un bébé tortue.

«Un petit souvenir», dit Nick.

Elle leva l'objet dans le soleil couchant. Il était d'une délicatesse extrême, avec cette lumière ambrée qui se ramassait dans les écailles finement ciselées.

«Tu crois que…?» Elle n'eut pas besoin de préciser qu'elle pensait au serpent.

«Pas forcément. Les oiseaux aussi les attaquent.»

Elle fit une grimace. La pensée d'un bec d'oiseau déchirant la chair d'une créature aussi minuscule était tout aussi insupportable.

«C'est une merveille, non? dit Nick, d'un ton pressant. Garde-la.»

Elle mit la carapace dans son sac. L'enthousiasme de son compagnon la rebutait un peu. Mais il n'était pas mal du tout, comme ça, dans la lumière du soir, et elle lui rendit son étreinte quand il se pencha pour l'embrasser.

À ce moment-là, il y eut une légère secousse, et le *Churchill* vira de bord. Miranda et Nick entendirent Leggatt jurer. Ils levèrent les yeux pour constater que le bateau qu'ils avaient aperçu un peu plus tôt venait droit sur eux, creusant profondément la surface de l'eau. C'était un yacht de croisière blanc, racé, doté d'une cabine couverte.

Ils entendirent à nouveau la voix de Leggatt, qui disait: «Mais à quoi ils jouent, ces connards?»

Arrivé à environ vingt mètres d'eux, le yacht vira brutalement et coupa les gaz. Les remous agitèrent violemment le *Winston Churchill*. Leggatt sortit avec fracas du poste de pilotage et se mit à gesticuler en jurant comme un charretier. Pas la moindre réaction en provenance du yacht, dont le moteur crachotait dans l'eau. À travers la vitre de la cabine, Miranda aperçut trois visages – tous trois de peau foncée, même si un seul d'entre eux pouvait passer pour africain –, qui l'observaient de leur côté. Elle s'empara de son appareil photo et utilisa le zoom pour les avoir de plus près. Elle remarqua que l'un des hommes avait une fine moustache et un long visage maigre; le deuxième était beaucoup plus grand et plus costaud que ses compagnons; le dernier, l'Africain, était aussi le plus jeune. Presque sans réfléchir, elle appuya sur le déclencheur d'obturateur. Dirigeant son objectif sur l'homme à la moustache, elle s'apprêtait à le prendre, quand il tira un rideau en travers de la fenêtre de la cabine. Puis, emballant soudain son moteur, le bateau repartit dans un bruit de tonnerre.

«Mais qu'est-ce que ça veut dire? demanda Nick à Leggatt, qui observait le yacht avec ses jumelles.

– Pas la moindre idée, mais je veux bien être pendu si

je ne reviens pas demain voir ce qu'ils trafiquent, étant donné qu'ils semblent bien se diriger sur Lyly.»

Le reste du voyage, par une mer calme, fut sans histoire. Il faisait nuit quand ils arrivèrent à la plantation, et Miranda se demanda comment ils allaient faire pour accoster. Mais, même en l'absence de toute lumière visible sur le rivage, le vieil homme parvint à les amener sans encombre le long du ponton. Sayeed sauta du bateau, muni d'une torche. Après avoir mis les amarres, il fit descendre l'échelle de corde sur le flanc du yacht. Miranda et Nick descendirent avec précaution, tandis que le gamin éclairait leurs pieds avec sa torche. Puis Leggatt alluma une lampe-tempête et, pendant que Sayeed commençait à décharger leur attirail, il alla mettre en route le groupe électrogène.

Miranda et Nick s'attardèrent sur le ponton dans l'air tiède de la nuit, rempli du parfum des clous de girofle qui montait des hangars.

«J'ai vraiment beaucoup apprécié ces trois jours», dit Miranda, avec pourtant, au-dedans d'elle, une bizarre impression de vide.

Nick s'abstint de tout commentaire, se contentant de chercher sa main à tâtons. Ils entendirent la secousse étouffée du groupe qui se mettait en marche. Les lumières s'allumèrent dans la maison, et, une seconde plus tard, les ampoules nues accrochées à une rangée de poteaux le long du ponton. Un peu plus haut, près de la maison, ils virent la forme noire d'une table, flanquée d'une seule chaise.

«Triste image de la solitude», dit Nick, tandis qu'ils se dirigeaient vers la table. Il lui serra la main plus fort.

Sa remarque, et le geste qui l'accompagnait, semblaient inviter une réaction que Miranda trouvait déplacée. Elle se souvint que le ton de ses premiers e-mails avait été assez proche de celui qu'il venait d'adopter – manquant quelque peu de tenue. Mais il est vrai aussi, se dit-elle, que l'e-mail a tendance à changer les règles, à créer entre les correspondants une intimité prématurée. Il vous pousse à aller de l'avant, invite au risque, dévoilant un peu plus la personnalité à chaque nouvel échange…

Le cours de ses pensées fut interrompu par l'arrivée bruyante de Leggatt, transportant une bouteille et trois verres à liqueur sur un plateau en métal. Il cria à Sayeed d'aller chercher deux autres chaises sur la véranda.

« Je me suis dit qu'on pourrait prendre un petit verre ici. C'est ce que je fais assez souvent le soir. La prochaine fois que vous viendrez, dit-il à Miranda sur le ton de la confidence, vous pourriez peut-être avoir la bonté de m'apporter un peu de ce breuvage. Johnnie Walker, si vous pouvez. »

D'humeur inhabituellement enjouée – mais Miranda le soupçonnait de poser au grincheux –, Leggatt remplit un petit verre avant de le lui tendre.

« Voyez-vous, je suis convaincu que quand un type veut dormir tranquille, une goutte de Johnnie l'aide à éloigner les démons. Mais je ne peux me le procurer que sur le continent. Tiens, à propos de démons, est-ce que je t'ai déjà parlé du papabawa, Nick ? C'est comme ça qu'on appelle le vampire de Zanzibar. Il ressemble beaucoup au vampire commun des jardins, genre Dracula, sauf qu'il a la peau blanche et vit au milieu des girofliers. Mais qu'est-ce qu'il fabrique avec ces chaises ? »

Il se tut une seconde, la pipe serrée entre les dents, occupé à remplir son verre et celui de Nick.

« Vous avez sans doute entendu certains des indigènes nous appeler muzungu. Eh bien, ils nous traitent aussi de papabawa. Il y a sûrement une leçon à tirer de ça, même si je ne vois pas laquelle. Allez, à la tienne !»

Nick prit le verre qu'il lui tendait avant de le reposer aussitôt sur la table pour pouvoir enlever le papier cellophane d'un paquet de Marlboro.

«Je vais vous laisser fumer tranquilles, dit Miranda.

– C'est la première de la journée ! s'exclama Nick.

– Ce n'est pas un problème. Seulement...»

Buvant une petite gorgée de son verre, elle s'éloigna des deux hommes. Les cuisses contre la rambarde du ponton, elle contempla l'étendue sombre de l'océan. Elle entendait le grondement mélancolique des vagues et, tout près de son oreille, la petite musique des moustiques.

«À votre avis, qu'est-ce qu'ils cherchaient, ces types dans le bateau ? entendit-elle Nick demander. Ce n'est pas le genre d'embarcation que peut s'offrir le braconnier moyen.»

Sayeed arrivait de la maison avec les chaises.

«Non..., dit Leggatt, en suçotant bruyamment sa pipe. Certainement pas. On devrait y retourner demain pour voir ce qu'ils fabriquent. Ne les traîne pas par terre, Sayeed.

– Demain, je ne peux pas. Il faut que j'accompagne Miranda à l'aéroport... Hé, ça va là-bas ?

– Très bien, lança-t-elle par-dessus son épaule. Je réfléchis, c'est tout. C'est mon dernier jour de vacances, tu sais.

– Le chariot ailé du temps, cita Leggatt. Vous repartez par le Cessna ou le Beechcraft ?

– Je ne suis pas sûre, dit-elle. C'est Air Rafiki.

– Je vois», dit Leggatt, sans plus de commentaire, mais d'un ton manifestement réprobateur.

De toute manière, Miranda ne lui prêtait pas vraiment

attention. À l'écart et pensive, elle écoutait le clapotis des vagues contre les étais du ponton et, plus loin, les brisants sur le sable ou le récif. Leggatt dit quelque chose en swahili à Sayeed. Elle sentit le ponton trembler sous ses pieds et entendit craquer les planches, tandis que le garçon passait en courant derrière elle.

«Rafiki est une drôle de boîte, entendit-elle dire à Leggatt. Ils sont en cheville avec une compagnie russe, Air Yazikov, laquelle, d'après un pilote de mes amis du temps où j'étais dans les mines, a des activités plutôt louches. Apparemment, ils effectueraient des vols fantômes au Congo à partir d'Entebbe.»

Elle sentait l'odeur du tabac, qu'elle n'avait jamais supportée.

«Des vols fantômes? demandait Nick.

– Ces appareils sont entièrement peints en blanc et ne sont pas enregistrés officiellement. Ils opèrent aux mêmes heures et sur les mêmes fréquences que des appareils dotés d'un plan de vol en bonne et due forme – d'où l'appellation "fantôme".»

Miranda scrutait l'obscurité tout en les écoutant.

«Et pourquoi ces vols?»

Puis, plus fort: «Ça va, là-bas?

– Très bien, dit-elle.

– Fiche-lui la paix, par pitié, dit Leggatt, qui ajouta à voix basse, si tu ne tiens pas à tout gâcher.»

Elle entendit le petit rire tranquille et entendu de Nick, et en fut contrariée. À nouveau, le ponton tressauta, et les pas de Sayeed résonnèrent sur les planches. Mais cette fois-ci, une étrange lumière balayait le ciel.

«Ils sortent des diamants en contrebande du Congo, y font entrer des armes, ce genre de choses. Histoire d'armer les tueurs.»

Elle comprit que Sayeed apportait la lampe-tempête.

Les vagues léchaient le ponton. La marée descendait, et l'air fraîchissait.

«Le Russe qui dirige Yazikov est un ancien pilote de chasse. Revenu de la guerre en Afghanistan, il a assisté à la chute du mur de Berlin et n'a pas apprécié la tournure que prenaient les événements. Un tour de passe-passe, et hop, il s'est retrouvé en Afrique, à la tête d'une petite flotte d'avions-cargos volés à l'armée de l'air russe.»

Elle n'écoutait plus vraiment. Scrutant la nuit, elle repensait à la journée écoulée. À Nick. À Lyly. Là-bas, quelque part sur l'océan – elle ne savait plus où exactement.

Elle entendit le tintement de verres qu'on remplit. «Comme tu vois, la guerre froide continue à faire des siennes, même si elle est finie depuis plus de dix ans. Et vous autres, d'après ce que je sais, n'êtes pas précisément des anges.»

Miranda frissonna. Son esprit était tout entier absorbé par Lyly et ce qui s'y était passé, en particulier par l'image d'un serpent en train de se glisser au milieu de toute cette beauté et par l'histoire des grottes et des esclaves. Nick et Leggatt continuaient à palabrer comme le font les hommes entre eux. Et pourtant, l'espace d'un moment, ce fut comme si ses compagnons n'existaient plus – comme s'ils avaient été emportés par la marée. Elle leva les yeux vers la lune pâle et s'imagina presque voir le vampire de Leggatt passer devant. Comment s'appelait-il déjà? Papa-quelque chose. Le côté à demi légendaire de l'endroit la fascinait. Mais elle était frappée aussi par l'irréalité de ces îles et du week-end qu'elle venait d'y passer. De façon très réaliste, elle avait la conviction que l'idée de former un couple avec Nick n'était pas envisageable. Les raisons ne manquaient pas. Elle avait un travail ; dans huit mois, elle serait partie. Et puis, elle n'était pas sûre, même en ce moment, qu'il l'attirait vraiment. À l'occasion, il pouvait se montrer franchement rustaud. Bien entendu, ce fut exactement le moment qu'il choisit pour l'appeler.

« Viens voir la montre de Ralph, Miranda. C'est une de ces fausses Rolex ! »

Sayeed était assis dans l'ombre, jambes croisées, silencieux. La lampe-tempête était posée au milieu de la table. Miranda rejoignit les deux hommes et regarda la montre dans la lumière vacillante : l'aiguille des secondes qui trottait, la main du vieil homme avec ses poils décolorés et ses taches de sénescence. Elle s'assit, et Nick en profita pour s'emparer de sa main sous la table. Cette tentative d'appropriation fut la goutte d'eau qui fit déborder le vase. Elle ne retira pas sa main, mais c'est à peine si elle supportait maintenant d'être assise à côté de lui. Leggatt remplit à nouveau les verres ; mais elle avait l'impression, elle, de sentir son âme se vider. Demain, de toute façon, elle serait partie, prête à se retrouver, et à retrouver ses responsabilités. Ce n'était finalement qu'une aventure de vacances. Et encore… un semblant d'aventure. Elle entendait d'ici Ray s'exclamer : *Ah, c'est pas vrai !* Nick finit par lui lâcher la main.

19

Le premier signe du changement qui s'annonçait fut l'apparition dans le ciel d'un gros nuage effiloché et graisseux. Brunâtre, strié de rouge et de jaune, il flotta sur l'océan pendant deux jours, se réchauffant de plus en plus à mesure qu'augmentait sa charge d'ions négatifs. Il devait être trois heures de l'après-midi, le troisième jour, quand cette grande toile tachée qui pendait du ciel – pareille au torchon d'un cuisinier – commença à s'enrouler sur elle-même. L'air froid se précipita de tous côtés dans sa chaleur emmagasinée, créant un vide partiel et un choc magnétique de particules de charges opposées.

Les oiseaux s'envolaient déjà vers l'intérieur des terres – non pas vers Zanzibar, car le mauvais temps était encore loin, mais vers Mombasa et Malindi. Ils sentaient depuis longtemps une rupture de l'équilibre atmosphérique, et la venue de la mousson qui allait entraîner cyclones et ouragans.

Les vents commencèrent à tournoyer autour du nuage solitaire, attirant à lui d'autres nuées, poches tourbillonnantes de vapeur d'eau. Élastique et compressible, chacune d'elles nuançait de sa couleur les rouges et les jaunes originaux; venaient s'y ajouter des noirs et des violets, couche après couche, bande après bande

– jusqu'à ce que cette masse roulant en direction du continent présente cet aspect menaçant qui permettait au faiseur de pluie d'apporter la mousson qu'il avait de fait prévue.

Les anciens de la côte du Kenya avaient tort, cette fois-ci, de dire «les pluies arrivent». L'orage qui s'accumulait, dévié de sa course par l'île de Lamu, repartit en direction du large. Tourbillonnant, grossissant en chemin, il se déplaçait à l'horizontale sur les vagues, en direction du nord, tantôt rouge, nuance terre de Sienne brûlée, tantôt gris, ressemblant à une boule de fumée.

Tout en poursuivant sa route vers le nord, le long de la côte tanzanienne, le cyclone gagnait en vitesse, concentrant des vents de plus en plus violents en son centre. Des remous moins forts s'agrégèrent au mouvement initial, se firent peu à peu plus rapides à son contact.

Et c'est ainsi que, sans répit, cette extraordinaire masse de nuages et de vapeur, d'environ soixante-dix kilomètres de diamètre, se dirigeait en se gonflant vers Zanzibar. D'une puissance et d'une nature qui, selon la terminologie météorologique des pays occidentaux, lui valent le nom de dépression cyclonique, ce phénomène est connu des pêcheurs de la côte swahilie sous celui de *chamchela*. Ceux-ci savaient probablement, par ailleurs, que le déplacement de la tornade vers le nord était des plus inhabituels – les orages tropicaux ayant plutôt tendance à se diriger vers le sud –, et donc d'autant plus préoccupant.

Dans l'œil du cyclone, qui en ce moment venait buter sur un promontoire exposé de la crique de Macpherson et, bloqué d'un côté, était une fois de plus rejeté vers le large, les gouttes de pluie commençaient à s'amasser. Elles se mêlaient à une bruine fine d'eau salée, récoltée à la crête des vagues au fur et à mesure de la progression de l'ouragan. Lequel se dirigeait maintenant vers un petit atoll au-delà de Macpherson, une île minuscule où se rendent traditionnellement les tortues pour la ponte.

Sous le chamchela, qui courait pratiquement au ras de l'eau, la mer s'enflait peu à peu, roulant de lourdes vagues, précipitant une houle de plus en plus violente vers les rivages de Lyly – où, comme pour mieux goûter l'air chargé de sel, un homme corpulent émergeait de la maison délabrée.

À quelque distance de là, Nick Karolides était dans l'eau, ballotté par les flots, essayant de résister à chaque nouvel assaut. Il était là depuis environ trois quarts d'heure à épier les hommes. Car son île était maintenant habitée. Ils étaient sept: les trois hommes aperçus sur le yacht de croisière – ceux-là, il reconnaissait leurs visages, et ils étaient armés –, et quatre autres, qui étaient arrivés dans deux petits boutres.

Les deux bateaux de pêche tiraient fort sur leurs ancres dans la lagune de Lyly. Comme l'embarcation des braconniers, ils étaient suffisamment étroits pour avoir pu passer dans la brèche du récif. Leur facture était un peu moins fruste que celle de l'autre boutre, mais leur bois gris non dégrossi et leurs voiles en lambeaux en faisaient l'équivalent sur mer des baraquements de bidonville. Le yacht à moteur était lui aussi à l'ancre, son drapeau vert foncé s'agitant dans le vent. Nick regarda la silhouette massive rentrer dans la maison.

Au milieu d'une touffe de roseaux proche de l'affleurement de rocher qui menait à l'entrée de la grotte souterraine, Nick voyait la plus grande partie de la plage. Allongé dans l'eau boueuse, son masque juste à la surface de l'eau, sa position n'était guère confortable. Il avait les jambes tout engourdies et craignait de voir la vase lui engorger l'appareil respiratoire. Mais c'était un poste d'observation idéal.

Sur la plage devant la maison se trouvaient un grand nombre de caisses, dans lesquelles les hommes rangeaient des boîtes métalliques de la taille de boîtes de conserve ou de jus de fruits.

Ils n'étaient pas tous occupés à cette besogne. La silhouette déjà aperçue émergea à nouveau de la maison. Nick distinguait les contours d'une mitraillette pendue à une bretelle passée autour du cou. L'homme scrutait le large, et Nick eut l'impression que c'était lui qu'il regardait. Massif, barbu, il semblait être sur le qui-vive. Comme s'il se savait observé.

Nick se rendit brutalement compte que la température avait chuté, et que le ciel s'était considérablement assombri. La lagune avait, elle aussi, changé de couleur, son bleu virant au noir. Une vague soudaine souleva les boutres.

Les nuages formaient un enchevêtrement sombre, tournoyant rapidement dans un ciel menaçant. Il reconnaissait les signes maintenant, ayant vécu suffisamment longtemps dans la ceinture tropicale. Un ouragan se préparait. Il valait mieux qu'il rejoigne le yacht de Leggatt sans tarder. Il se dégagea des roseaux lentement, silencieusement. La crête des vagues était frangée d'écume. Il se mit à pleuvoir juste au moment où il plongeait, les grosses gouttes grises s'abattant sur l'eau comme de la grenaille de plomb.

Leggatt avait mouillé à quelque distance de là, de l'autre côté de l'île, de manière à ne pas se faire repérer, mais Nick disposait de réserves d'oxygène suffisantes. Il nageait à une bonne profondeur pour éviter la houle et passer inaperçu, laissant en dessous de lui gorgones, mérous et blennies, un carrousel de carangues et une tortue solitaire se hâtant vers des zones moins turbulentes, mais il était préoccupé par les boîtes en métal et les hommes armés. Il était loin d'être rassuré.

Il pensait aussi à Miranda. Elle était rentrée sur le continent depuis deux jours quand Leggatt et lui avaient réussi à revenir à Lyly. Dans l'intervalle, il y avait eu un e-mail le remerciant pour ce «charmant week-end», formule froide et passe-partout, qui semblait signifier que ce qui s'était passé entre eux resterait sans suite. Il se sentait déçu, presque trahi, étant resté sur l'impression que quelque chose de profond et de passionné était en train de naître.

La quille du *Winston Churchill* était plus sombre dans l'eau. Il fit le tour du bateau, jusqu'à l'échelle de corde. Quand il remonta à la surface, il se rendit compte que le vent avait beaucoup forci. Il donna trois coups sur la coque du bateau avec le manche de son couteau pour avertir Leggatt. Une fois hors de l'eau, il sentit tout le poids de ses bouteilles. Résonnant sur le métal, la pluie tombait dru maintenant. Le bateau tanguait dans le courant.

Sa crinière blonde flottant dans le vent, le vieil homme l'attendait en haut, une main tendue vers lui, tandis que de l'autre il s'accrochait au plat-bord.

«Tu as intérêt à descendre!» lui cria Leggatt, au moment où il se débarrassait de ses sangles et posait ses bouteilles sur le pont.

La pluie fouettait le visage de l'Anglais. «Je n'aime pas trop la tournure que ça prend. Le baromètre a chuté comme pas possible. J'ai dû réduire la voile à deux reprises déjà.»

Dans la cabine, tandis qu'il se séchait avec une serviette rêche, Nick voulut raconter à Leggatt ce qu'il avait vu.

«Ils avaient des armes. Ils remplissaient des caisses…»

Mais le vieil homme n'écoutait pas vraiment.

«Laisse ça pour plus tard. Je remonte. Je crois que c'est un cyclone.»

Une fois changé, Nick rejoignit Leggatt dans le poste de pilotage. L'ouragan allait se déchaîner, le vent secouait la porte de la cabine. De hautes vagues grises couraient à la surface, comme si elles étaient faites d'une matière autre que l'eau. Des cataractes s'abattaient sur le pont.

«Il va falloir qu'on attende ici que ça se tasse, dit Leggatt, agrippé à la barre. On ne peut pas lever l'ancre pour l'instant, pas dans cette tempête.»

Il y eut un coup de tonnerre très bref, comme si Dieu frappait du pied. Une autre vague déferla sur le pont. Sa crête submergea presque la mâture. Tirant sur sa chaîne, le *Winston Churchill* encaissa le coup avec des craquements effrayants. Les deux hommes avaient du mal à garder leur équilibre dans la cabine qui tanguait. Il y eut un bref moment de répit; seule la lampe continuait à se balancer. Nick regarda Leggatt, qui se cramponnait à la barre, son visage sombre et fatigué passant alternativement de l'ombre à la lumière. Puis une autre lame s'abattit sur le bateau, qui trembla sur ses bases. La vitesse à laquelle était arrivé l'ouragan était terrifiante.

«Est-ce que je peux faire quelque chose?» demanda Nick, regardant les épaisses nuées d'eau en furie qui se précipitaient sur eux.

Leggatt poussa un grognement, tout en mâchonnant nerveusement le tuyau de sa pipe. Il y eut un autre coup de tonnerre, prolongé et syncopé celui-là, qui mourut comme un roulement de tambour. Les deux hommes regardaient par la vitre de la cabine. Le zigzag dentelé d'un éclair déchira le ciel. On ne voyait plus les palmiers ni le phare de Lyly. Le brouillard noyait l'île, balayée par un torrent de pluie. Il y eut un choc. Quelque chose avait heurté le yacht. Le vacarme de l'orage se doubla une seconde d'un bruit de déchirure, qui ne ressemblait en rien aux gémissements et aux craquements de la charpente.

«Bon Dieu, cria Leggatt en saisissant sa casquette, pendue à un clou, et en se l'enfonçant sur le crâne. Il y a quelque chose qui est tombé. Occupe-toi de la barre. Je l'attacherai en revenant. Il va falloir que je réduise encore la voile. On est encore gréé trop serré, et si je ne ramène pas tout, l'ancre va se mettre à chasser.»

Nick se saisit du bois verni de la barre. Malgré l'ancre, elle luttait contre le courant. Le *Churchill* donnait de la bande. Il ne savait pas au juste à quoi s'attendre, mais cela ne présageait rien de bon. Le bateau avait tout d'un pantin désarticulé. Nick entendait Leggatt se déplacer sur le pont derrière lui. Il regarda à travers la vitre fouettée par la pluie et vit, au-dessus d'une tablette en teck où s'alignaient des cartes tachées, des jumelles, un sextant et d'autres instruments de navigation, les vagues qui se précipitaient sur lui. Il se surprit soudain à penser aux Arabes sur l'île – comment faisaient-ils face à ce déchaînement? –, et c'est à ce moment que lui parvint un autre bruit de chute. Suivi d'un faible cri.

Attachant à la hâte la barre avec un bout de corde, Nick se précipita sous le déluge, pour trouver Leggatt, les cheveux maculés de sang, allongé sur le côté près d'une bitte d'amarrage. Un espar tombé non loin de là était pris dans un enchevêtrement de voile et de cordage. Ou bien l'Anglais s'était cogné contre la bitte, ou bien l'espar lui était tombé dessus. Nick s'agenouilla près de lui, mais le vieil homme se mettait déjà sur son séant.

«Retourne en bas. Ça va aller. Redescends, je te dis. Le foc y est passé, nom de Dieu.»

Nick fit comme s'il n'avait pas entendu. Ôtant prestement sa chemise, il en tamponna la blessure de Leggatt. Le yacht se mit à gîter à tribord.

«La barre.»

Le vieil homme se tut, sa tête retombant sur sa poitrine. Pendant quelques secondes, l'orage sembla se calmer. Il y eut une rafale d'air froid, et soudain les yeux sans vie de Leggatt s'ouvrirent, s'écarquillèrent à la vue de ce qui se passait derrière l'épaule de Nick.

Le vieil homme leva la main. Nick se retourna. Une vague, énorme, arrivait dans leur direction. Comme si une montagne allait s'abattre sur eux, si ce n'est que celle-ci était animée, animale, frangée d'écume, impitoyable. Le spectacle avait quelque chose d'hypnotisant... mais Nick savait qu'il lui fallait à tout prix mettre Leggatt à l'abri. Se saisissant de ses bras et de ses jambes, il le tira sur le pont en direction de la cabine de pilotage. Au cours de l'opération, l'Anglais sembla reprendre ses esprits.

La vague était pratiquement sur eux, prête à les noyer sous son déluge.

«La corde, souffla Leggatt. Faut qu'on s'encorde.»

Ils glissèrent jusqu'à la corde d'assurage qui courait le long du plat-bord. Leggatt, dont le visage dégoulinait de sang, se la passa autour de la poitrine, et Nick suivit son exemple. Au-dessus d'eux, la vague s'enroula sur elle-même, avant de s'abattre, crête la première. Ils furent projetés contre la corde sous la puissance du choc. Nick en ressentit l'impact dans tout le corps, et la vague les balaya dans son élan. Et puis, alors qu'ils étaient emportés dans son sillage, il y eut un grand craquement dans la charpente, suivi du bruit de l'eau s'engouffrant à l'intérieur.

La coque avait cédé. Lentement, mais sûrement, le *Winston Churchill* commença à s'incliner.

«Attends, cria Leggatt, tandis que Nick essayait de se dégager. Attends qu'il soit complètement couché.»

Si le danger n'avait pas été si grand et si Leggatt n'avait pas été blessé, la scène aurait pu paraître comique: Charlie Chaplin ou Harold Lloyd auraient sans doute fait quelque chose d'hilarant de ces deux types s'élevant peu à peu dans les airs et gesticulant au bout de leur corde au sommet du sloop en train de chavirer.

Au moment où le mât fendit l'eau, Leggatt cria à l'oreille de Nick «Il faut qu'on arrive au dinghy… s'il n'a pas été emporté!»

Nick jeta un coup d'œil en direction de la proue. La petite embarcation était toujours là, tirant sur ses attaches, secouée par l'orage et pleine d'eau – mais toujours là. Comme un couple de singes, suspendus en l'air, les pieds dérapant sur le pont inondé, ils se mirent à progresser le long de la corde. C'était la fin du Winston Churchill, Nick le savait, et il était traumatisé par la tournure des événements, par l'idée que moins d'une heure plus tôt, le yacht se balançait tranquillement sur l'eau. Dans quelques minutes, il coulerait comme un bloc de béton. Et, s'ils n'arrivaient pas à temps, emporterait le dinghy avec lui

Il s'en fallut de quelques secondes, mais ils y parvinrent. Nick amena à lui le petit bateau et se laissa tomber dedans, se tordant la cheville au passage. Leggatt le suivit, atterrissant pratiquement sur lui.

«Coupe la corde!» cria Leggatt d'une voix rauque, tout en fouillant dans ses poches avant de lui tendre son couteau.

Nick, qui se demanda ce qu'avait bien pu devenir son propre couteau, s'exécuta. Brusquement, ils se retrouvèrent libres. Mais pas pour autant hors de danger. Une embarcation aussi petite n'était pas taillée pour résister à un ouragan tropical. Mais ils n'avaient guère de temps à perdre à tenter d'évaluer leurs chances de salut. Leggatt avait déjà commencé à défaire les attaches qui retenaient les rames. Une fois celles-ci dégagées et installées dans les tolets, Nick entreprit d'éloigner le dinghy du sloop mutilé. La tâche était épuisante dans une mer aussi démontée. Ils n'avaient pas fait dix mètres que la partie encore visible du *Churchill* s'enfonçait un peu plus. Il y eut un bref suspens, puis, dans un craquement prolongé, le yacht disparut sous les vagues.

Nick s'attendait à ce que Leggatt dise quelque chose, mais celui-ci garda le silence. Peut-être parce que, après avoir perdu tant de sang, il était au bord de l'évanouissement. Il ne pouvait qu'être bouleversé de voir sa joie, son orgueil, d'une certaine manière son enfant sombrer ainsi. Mais bizarrement, il n'avait pas l'air de s'en émouvoir.

Du moins l'ouragan faisait-il mine de vouloir se calmer. Les vagues restaient très hautes, et ils couraient toujours le danger de couler dans le dinghy rempli d'eau, mais la pluie avait cessé. Le ciel s'éclaircissait. En jetant un coup d'œil par-dessus son épaule, Nick arriva à distinguer le sommet du phare. Ils avaient un repère, maintenant. Étant donné les circonstances, ils pouvaient s'estimer heureux.

Toujours aussi éberlué de la vitesse à laquelle les choses s'étaient déroulées, Nick continuait de ramer. Le dinghy montait sur les vagues, puis redescendait, donnant l'impression de faire du surplace et de se moquer des efforts du rameur. Le bateau avait tout d'un scarabée dans une baignoire. Leggatt n'avait toujours pas ouvert la bouche.

«Je suis vraiment désolé, Ralph», finit par dire Nick.

En sang, l'air égaré, Leggatt releva la tête et partit d'un grand rire.

«Le bateau m'inquiète moins que ces types avec leurs armes.» Puis il se remit à rire, comme un dément.

Était-ce le coup sur la tête qui le faisait délirer? Désarçonné par ce rire sans joie, Nick dit lentement: «Croyez-vous qu'on devrait changer de cap et se diriger vers le continent?»

L'Anglais poussa un grognement et regarda le fond du bateau, où clapotait une eau sale. Puis, comme si cette seule vue avait suffi à lui faire prendre conscience de la réalité de leur situation, il retrouva soudain son énergie habituelle.

«Dans un dinghy qui ne fait pas trois mètres? On n'y arriverait jamais. Non, il faut rester au large de l'île sans se faire voir jusqu'à la nuit, et puis, à la faveur de l'obscurité, voler un de leurs boutres. Ou leur yacht, pourquoi pas?»

Le plan était tiré par les cheveux, mais, sans rien dire, Nick se remit à ramer, courbant le dos pour résister à la pression exercée sur les avirons. Le silence retrouvé de la mer n'était interrompu que par le grincement des rames et le clapotis de l'eau contre la proue. Le ciel avait le rouge d'un intérieur de coquillage. Nick savait que, derrière lui, se profilaient les contours de l'île. Mais ce paysage familier était assombri par une présence humaine, des silhouettes qui se détachaient sur l'horizon écarlate. Les hommes avaient l'air déterminé. Et, comme l'avait dit Leggatt, ils étaient armés.

20

Khaled était debout sur le rivage blanc, jonché de varech, les pieds nus dans le sable luisant et murmurant, et regardait la mer. Même si les vagues arrivaient toujours avec la même régularité, l'écume se brisait en formant des dessins sans cesse renouvelés. Il voyait là une manifestation du sacré, comme si chaque vague aspirait à cette perfection que seul Allah est en mesure d'incarner.

Les jambes écartées, les pieds enfoncés dans le sable, il avait du mal à croire qu'à peine deux heures plus tôt, la mer était noire et déchaînée. Ils avaient de la chance que les boutres, à l'abri dans la lagune, n'aient pas été trop endommagés. L'équipage s'occupait en ce moment même à réparer les voiles. Les seuls signes encore visibles de l'ouragan étaient les algues sur la plage et les aigrettes d'écume qui frisaient le sommet des vagues.

Il portait son T-shirt préféré, celui sur lequel il y avait un singe dans un cadre et les mots «Talking Heads». Il l'avait trouvé chez un fripier sur le marché de Dar, des années plus tôt. Il ne savait pas ce que voulait dire l'inscription, mais il aimait bien le dessin.

Il se souvenait de l'époque où, enfant, il venait ici avec son père ou ses amis, Ali et Juba. C'était dans les parages qu'il avait aperçu une nuit cette énorme tortue.

Mais, comme tant d'autres choses, cela faisait partie de sa vie d'avant. C'était une autre eau, et il savait qu'à trop y repenser, il finirait par se noyer. Le Coran disait qu'Allah avait créé deux cours d'eau, l'un rempli d'une eau douce et agréable au goût, l'autre, au contraire, d'une eau salée et amère. Et Il a élevé entre eux une barrière, un mur d'interdiction.

Son père lui avait raconté que toutes sortes de gens avaient vécu sur cette petite île dans des temps très lointains. Au cours de l'histoire. Les uns après les autres. Ou en même temps. Des Swahilis, des Arabes, des Portugais et des Anglais. Tous *peketevu*, avait-il dit. Tous mélangés. Parfois *shambuliana*. Se bombardant les uns les autres.

Après la révolution, son père avait pris possession de l'île, pour le compte de l'État. Sauf que l'État n'était pas au courant, et que l'île était donc effectivement devenue sa propriété. Par la suite, au début des années quatre-vingt-dix, il l'avait vendue discrètement à l'agent d'un riche Arabe, qui avait commencé à apporter ses aumônes à Jambangona, leur village dans l'île de Pemba. Son père avait investi l'argent de la vente, qui représentait une somme étonnamment modique – même si elle avait suffi, dans la mesure où il était pauvre et où, de toute façon, l'île ne lui avait jamais vraiment appartenu –, dans un bateau de pêche motorisé. Khaled se souvenait encore du jour où le bateau était sorti du chantier de construction de Turtle Mo, flambant neuf, et où lui et son père l'avaient ramené à Jambangona.

L'agent qui s'était présenté comme acheteur n'était autre, il devait s'en rendre compte plus tard, que Zayn. Au cours des années suivantes, des messages émanant du riche Arabe arrivèrent régulièrement par le même canal pour le père de Khaled, ainsi que d'autres sommes d'argent. Pour finir, on avait acheté un autre bateau de pêche. Avant la catastrophe.

Son sang se glaçait dans ses veines au souvenir qui se répercutait en lui comme un cri déchirant: le tapis et les visages barbouillés de sang, l'étrange dessin des entailles, le sentiment terrible – quand il avait retrouvé ses esprits, entouré de toute cette horreur – que l'amour qu'il avait toujours connu avait été emporté dans ce flot de sang.

Il avait passé une année infernale à tenter de convaincre la police de mener une enquête. En vain. Il avait ensuite vendu les deux bateaux et vécu sur cet argent, dépensant sans compter, multipliant les virées à Dar et à Nairobi en compagnie d'Ali. Ils allaient voir les prostituées dans la capitale kenyane, buvaient de l'alcool. Faisant de leurs péchés une montagne à atteindre le ciel.

Et puis Zayn était arrivé, et tout avait changé. Il avait entamé une autre vie, qui l'avait mené de Zanzibar au Soudan, puis de là jusqu'en Afghanistan, pour finir par le ramener ici. Et tout cela au nom du djihad, tâche sacrée. Quand il lui avait montré toutes ces vidéos sur les actes de barbarie perpétrés par les Américains à l'encontre de leurs frères musulmans d'Irak – enfants anéantis sous les bombes, réservoirs d'eau empoisonnés –, Zayn lui avait dit un jour que lui, Khaled, aurait sa revanche. *Tu nous rejoindras pour une opération du djihad*.

Et cette opération, il y prenait part aujourd'hui, même s'il fallait bien reconnaître qu'il n'avait pas encore fait grand-chose. En dehors de s'occuper de louer un camion Nissan à Dar – pour lequel il s'était servi du téléphone satellite –, il n'avait pour ainsi dire rien fait. Réduire le TNT en poudre, à l'aide d'un mixer de cuisine et d'un petit groupe électrogène portable installés sur la table de la cuisine, avait été l'œuvre de Yousef et de Zayn. Tout en contemplant la mer et en écoutant le bruit des vagues, il se remémorait le grincement plaintif de l'appareil pendant les trente-six heures écoulées, et l'odeur de produits chimiques qui flottait dans l'air. Il était heureux que Zayn l'ait chargé de monter la garde. Parce que la besogne avait l'air plutôt pénible. Quand ils en eurent terminé, Zayn, la chemise constellée de particules d'explosif, était venu l'étreindre en le soulevant de terre et en lui disant: «Quel paresseux tu fais pendant que nous, on s'esquinte au boulot, petit verdier – quand tes ailes auront grandi, on t'en demandera davantage.» Puis il l'avait laissé retomber sur le sol.

Khaled se demanda ce que son père aurait pensé de ce travail. Comme il avait du mal aujourd'hui à retrouver son visage. Même si la pensée de sa mort lui était douloureuse, il trouvait un certain réconfort à se rappeler les moments heureux. À se rappeler sa mère également. Mais tout ce bonheur, c'était du passé. Il avait besoin de penser à l'avenir maintenant, à une autre vie, or, tout ce qui l'attendait, c'était la mort, encore. Tel était le programme, la tâche sacrée. Avec pour seul baume, celui d'une fin glorieuse. *Mbuga za peponi*. Les jardins du paradis.

Depuis son retour au pays, les mots lui revenaient. Les mots, les expressions, les noms. Le swahili de son enfance. Mais ce n'était pas suffisant. Il était désorienté. Et le monde l'était aussi. Seule la souffrance n'avait pas changé. C'était là la destinée de tous les humains. Seuls les croyants pouvaient prétendre y échapper. Et parmi eux, seuls ceux qui entreprenaient la guerre sainte étaient assurés d'une place au paradis. Cette pensée l'effrayait.

Parfois, quand cette peur le taraudait, une voix venait à son oreille, d'abord douce, puis de plus en plus forte. Une sorte de murmure indistinct, qui s'enflait peu à peu mais n'était pas toujours intelligible. Il l'avait entendue pour la première fois bien des années auparavant, quand il n'était encore qu'un enfant de six ou sept ans, au bord de la mer, un jour où il s'était enfui sur la plage après s'être fait gronder par son père. La voix avait alors hurlé, jette-toi dans l'eau. Et il était entré dans les vagues, jusqu'aux genoux... c'est alors que son père, qui l'avait suivi, était arrivé derrière lui, l'avait soulevé dans ses bras et porté jusqu'à la maison, tout en lui parlant doucement, tout en lui disant et en lui répétant qu'il était un bon petit.

Il leva les yeux vers le soleil qui déclinait, puis fut surpris par un bruit, comme un froissement de papier. Il jeta un coup d'œil inquiet derrière lui, dans les profondeurs mystérieuses de la forêt. Il se sentit ridicule en constatant qu'il ne s'agissait que d'un gros crabe des cocotiers qui traversait la plage. Sa carapace était presque exactement de la couleur du soleil couchant. Le bruit venait de la feuille de palmier que le crabe tenait dans une de ses pinces et qu'il traînait derrière lui. Rasséréné, Khaled passa un moment à observer l'animal.

Puis il leva les yeux sur le rideau d'arbres et le parcourut jusqu'à ce qu'il trouve la brèche qu'il avait découverte la veille. Quelqu'un, tout récemment, s'était ouvert un chemin à cet emplacement, et Khaled, au cours de sa garde, s'y était engagé. Il était ainsi arrivé à un endroit qu'il connaissait bien mais que, depuis toutes ces années, il avait oublié: l'ouverture conduisant à un réseau de grottes en dessous de l'île. Dans le temps, il venait y jouer en compagnie d'Ali et de Juba. Son père lui avait dit un jour qu'elles étaient maudites, et il était vrai qu'il y avait là des tas d'ossements, mais lui et ses amis n'avaient jamais eu peur.

Entendant des voix, il se retourna pour regarder la maison. Zayn était dehors, près de la porte, sa carrure massive obstruant l'entrée. Agenouillé à ses pieds, Yousef manipulait les serrures d'une mallette en plastique noir rigide. C'était le téléphone satellite qu'ils utilisaient pour entrer en communication avec le cheik, celui pour lequel il avait acheté des unités à Peshawar, celui dont il s'était servi pour louer le camion à Dar. Il avait trouvé excitant de se servir de cet appareil. Il était toujours aussi stupéfait de constater qu'on n'avait pas besoin de fils pour communiquer, même si des choses extraordinaires, il en avait vu beaucoup au cours de ses voyages et de son entraînement militaire. Il regarda Yousef soulever le couvercle de la mallette et passer la main à l'intérieur. Quelques secondes plus tard apparaissait une tige argentée, dont le bout commença à s'ouvrir pour donner naissance à une structure métallique nervurée, qui se déploya comme un petit parapluie ouvert vers le haut.

Yousef sortit un combiné muni d'un cordon tire-bouchonné noir et le tendit à Zayn, qui se mit bientôt à parler. Celui-ci, ce n'était pas la première fois que Kahled le remarquait, n'hésitait pas à se servir de la technologie occidentale quand ça l'arrangeait. Il s'était souvent fait cette réflexion au cours de son entraînement, quand ils manipulaient des armes: fusils américains, explosifs italiens, grenades anglaises. D'un autre côté, cette même technologie était capable de mettre le Palestinien en rage. Un peu plus tôt dans la journée, Zayn avait mis un des disques sur le vieux phonographe trouvé dans la maison, avant de fracasser l'engin contre le mur, en hurlant: «Et quel bruit tu vas faire maintenant, instrument de Satan?»

Khaled se demandait quels ordres ils allaient recevoir. Ils ignoraient toujours le moment exact où ils allaient passer à l'action. Sans doute seraient-ils bientôt fixés. Les préparatifs étaient pratiquement terminés. Les charges avaient été soigneusement emballées dans les boîtes, avant d'être placées dans des caisses. Demain, ils les conduiraient jusqu'aux boutres sur un petit pont flottant et les hisseraient à bord.

Les quatre marins swahilis de l'équipage des boutres, qui ignoraient tout de la grande tâche à laquelle ils participaient, somnolaient à l'heure qu'il était sur la plage, enroulés dans leurs kikois. Ils avaient raison de prendre des forces en vue de la traversée qui les attendait. Pour ceux qui partaient à destination de Mombasa, où les caisses seraient déchargées pour poursuivre par la route jusqu'à Nairobi, après avoir été réceptionnées par d'autres membres d'Al-Qaida, le voyage s'annonçait long et difficile. Khaled se demandait où il allait être affecté, Nairobi ou Dar? Il y avait beaucoup plus de caisses à destination de Nairobi, que Zayn avait décrit comme «la grosse affaire». Ahmed l'Allemand avait la responsabilité de l'opération dans la capitale kenyane.

Khaled scruta à nouveau la mer. Au moment où son œil atteignait le pourtour de l'île, il aperçut quelque chose d'inhabituel. Une tache noire. On aurait dit…? Mais oui, un petit bateau contournait le promontoire boisé qui s'avançait dans l'océan. Il fit volte-face et courut en direction de la maison.

«Un bateau! Il y a un bateau!»

Zayn, qui était toujours au téléphone, leva la tête et eut un geste exaspéré pour lui signifier de s'éloigner. De toute évidence, il ne voulait pas que le cheik entende parler d'éventuelles complications.

«Viens voir!» dit Khaled, en tirant Yousef par la manche.

Tous deux descendirent au pas de course jusqu'à l'endroit où se trouvait Khaled une minute auparavant. Ils regardèrent en direction du promontoire, long bras vert allongé, à l'image du propre bras de Khaled. Mais il n'y avait rien à voir. Jusqu'aux franges d'écume qui avaient disparu. Tout ce que l'on apercevait, c'était l'immensité impressionnante de l'océan.

«Il y avait un bateau, je t'assure! affirma Khaled, haletant. Je l'ai vu!»

Yousef le regarda et sourit, sa moustache d'un noir de charbon se plissant au-dessus de sa lèvre.

«Tu as rêvé. On aurait entendu le moteur.

– C'était un bateau à rames, je crois.»

À nouveau Yousef le regarda, avant de secouer la tête. À cet instant, en entendant le pas lourd de Zayn derrière eux, les deux jeunes gens se retournèrent.

«Alors? demanda le chef de cellule, en croisant les bras et en avançant le menton d'un air impatient.

– Il dit qu'il a vu un bateau.

– C'est vrai, je vous assure! dit Khaled. Là-bas.»

À nouveau, il désigna l'endroit du doigt, et le regard d'acier de Zayn le suivit.

«Je ne vois rien.

– Mais j'en suis sûr, insista Khaled. Je crois…».

Zayn plissa ses lourds sourcils noirs.

«À mon avis, tu es un idiot. Mais il arrive que les idiots soient sages, même les idiots comme toi, qui sortent de ce trou perdu. Tu crois avoir vu quelque chose? Parfait, il ne te reste plus qu'à fouiller l'île pour le trouver.»

Il fit glisser la mitraillette de son épaule.

«Prends ça. Si tu vois quelqu'un, qui que ce soit, tu l'abats immédiatement. Allez, au travail.»

Sur ces mots, Zayn et Yousef s'éloignèrent en riant,

laissant Khaled planté sur la plage, l'arme à la main. Il regarda la grande coupole rougeoyante du ciel au-dessus des deux silhouettes, son immensité transpercée seulement par la lance plus sombre du phare. *Mnara. Al Manar*. Le phare, en swahili et en arabe. Il lui arrivait de ne plus savoir quelle langue utiliser. Dans toutes les langues du monde, sans souci de leurs divisions, la nuit commençait à tomber.

21

«Arrête la course du soleil, Nick.»

Les pales étroites des rames étaient étendues au maximum de part et d'autre du bateau.

«Hein, comment?»

Leggatt secoua sa tête couverte de sang coagulé. «Inutile de se cacher la vérité. Si on n'arrive pas à franchir la porte avant la tombée de la nuit, on est finis. Autant se noyer tout de suite.»

Nick, qui avait pour habitude d'envisager toutes les possibilités, était plus optimiste. Il ne perdait jamais espoir, même dans les circonstances les plus contraires. Il se remit à ramer de toutes ses forces et ne tarda pas à s'entamer la peau.

Mais du moins ses efforts furent-ils récompensés. Au crépuscule, heure indécise, le contour de l'île se matérialisa enfin, émergeant de l'ombre pour leur présenter l'image qu'ils connaissaient bien. Dans un murmure rauque, Leggatt guida Nick entre deux rochers héraldiques, là où le promontoire faisait un coude et où le récif rejoignait l'île proprement dite.

Les rochers signalaient une eau profonde et une brèche dans le récif. Sans Leggatt, Nick n'aurait pas su comment poursuivre. Ils finirent par trouver l'endroit, et après avoir franchi ce *mlango,* ou «porte», comme on désigne ce genre de brèche en swahili, le dinghy du *Churchill* englouti put accoster.

Ils restèrent un moment à écouter le bruit des vagues aspirant le sable. Il était réconfortant de se retrouver sur la terre ferme. Nick sentait encore dans tout son corps les vibrations des avirons.

Il regarda le vieil homme. «Alors, maintenant, on s'attaque à un des boutres?

– Je pense que c'est le mieux, oui. Le moteur du yacht ferait trop de bruit.

– Et de toute façon, il doit y avoir une clé de contact, et pas simplement un démarreur.

– Ça dépend, sur certains, il faut une clé, sur d'autres, non. Mais c'est un peu prématuré, ces considérations. Avant de passer à l'abordage, il va d'abord falloir traverser tout ça.»

Leggatt eut un geste en direction du fouillis indistinct de la forêt. Il n'y avait pas d'autre voie pour arriver jusqu'au lagon. À la vue de la muraille verte, Nick sentit sa détermination faiblir.

Mais il s'arma de courage. «De jour, on n'a aucune chance avec le boutre. Il faut y aller maintenant. Attendre serait trop dangereux.

– Exact. Alors, allons-y.»

Ils partirent, Nick ouvrant la marche, Leggatt sur ses talons, boitant un peu à cause de ses blessures. La lune était déjà haute, et les étoiles commençaient à répandre un éclat laiteux dans le ciel sans nuages. Dès qu'ils pénétrèrent dans la forêt, pourtant, cette clarté fut vite obscurcie. C'est à peine s'ils voyaient à plus de deux ou trois pas devant eux. Au bout de dix minutes d'un parcours difficile au milieu des fougères et des fourrés, une branche frappa Nick en plein front.

Il s'assit lourdement, le sang ruisselant de sa blessure.

Ce n'est qu'alors qu'il prit conscience de la folie de leur entreprise.

«Debout, soldat», dit Leggatt, en l'empoignant par le bras et en le remettant sur ses pieds. Sur quoi, il repartit, Nick derrière lui.

Ils poursuivirent leur chemin, uniquement guidés par la faible lueur de la lune et des étoiles que filtraient les arbres, et, de temps à autre, celle du briquet de Leggatt. Il était d'ailleurs surprenant que ce dernier marche encore après la saucée qu'ils avaient prise. C'était pourtant le cas, et sa brève étincelle leur éclairait le chemin, chaque fois qu'ils se retrouvaient coincés.

Nick ne cessait de se demander à quoi rimait pareille obstination. Ils faisaient un bruit épouvantable, à se débattre ainsi au milieu des branches et à trébucher sur les rondins. Si la forêt offrait un abri sûr, il était pratiquement impossible de s'y déplacer rapidement et en toute sécurité. Elle avait quelque chose de sinistre la nuit, cette forêt de corail, d'inquiétant, surtout quand les feuilles se mettaient à bruire ou qu'une fougère venait vous frôler le visage. Nick, dont le front saignait toujours, se surprit à se remémorer les histoires de Leggatt sur les grottes d'esclaves et le vampire de Zanzibar.

Au bout d'une heure de lutte dans les fourrés, ils débouchèrent enfin sur la crête de dunes dominant la maison. Qui, sous la lune, avait l'air tranquille.

«Bon Dieu, s'exclama Leggatt. N'étaient ces espèces de singes, là en bas, on se croirait en Cornouailles.»

La lumière d'un feu brillait d'un éclat orangé depuis l'intérieur de la maison. Ils avaient dû nettoyer la vieille cheminée. Nick vit les boutres sur le lagon, à une quinzaine de mètres du rivage. Il sentit Leggatt lui agripper le bras.

«On peut y arriver, tu sais. Il faut simplement que nous

parvenions à passer sans nous faire repérer de la maison. Si nous descendons... »

Il s'avança au bord de la dune et s'aplatit sur le ventre. Nick en fit autant. Tous deux se mirent à ramper le long de la pente sableuse pour ensuite aborder la traversée de la plage. La tâche était difficile et pénible. De temps à autre, une silhouette passait devant la lumière orangée à l'intérieur de la maison, et ils se figeaient sur place, le goût de la peur dans la bouche.

C'est cette concentration exclusive sur la maison qui signa leur perte. Une fois qu'ils se surent hors de vue de ses occupants, ils se relevèrent pour finir de traverser la plage sur leurs deux jambes, jetant de temps à autre un coup d'œil par-dessus l'épaule pour vérifier qu'ils n'étaient pas repérés. C'est précisément ce que Leggatt était en train de faire, quand tout à coup il trébucha sur ce que Nick crut être un rocher, et tomba lourdement à terre.

Le rocher remua et se redressa, avec un cri de peur et de surprise. Et Nick s'aperçut soudain qu'il y avait un homme avec eux, là dans le clair de lune, un kikoi lui battant les hanches.

Tandis que Leggatt se relevait, l'homme, qui sentait fort la graisse de poisson, cria un ordre en swahili. Aussitôt, trois autres formes se dressèrent et se mirent elles aussi à crier.

«File en vitesse, lui dit Leggatt. On se retrouve au boutre.»

Avant que les hommes encore à moitié endormis aient pu se saisir d'eux, ils s'étaient élancés en direction de l'eau. Mais il était trop tard. La porte de la maison s'était ouverte, et une torche puissante balayait le sable. Nick vit l'éventail de son rayon effleurer leurs pieds. Il entendait la respiration haletante de Leggatt derrière lui.

Puis vint un autre bruit, qui vous prenait aux tripes, tellement intense et déchirant que c'est à peine si l'on pouvait encore parler de bruit. On leur tirait dessus de la maison. Nick entendit siffler les balles, qui criblaient le sable autour de lui. À nouveau, la torche balaya le terrain.

«Couchez-vous», hurla-t-il à Leggatt par-dessus son épaule, au moment où une autre salve déchirait l'air.

Nick se jeta à terre, hors d'haleine, et glissa un regard inquiet derrière lui, redoutant que le vieil homme ait été touché. Il aperçut une silhouette échevelée prise dans le rayon lumineux. Vint une autre rafale, qui lui fit gicler du sable dans les yeux. Il s'essuya, juste à temps pour voir Leggatt obliquer de manière à sortir du faisceau de la torche, manœuvre qui parut avoir réussi. Il était étonnamment agile pour un homme de son âge. Puis il y eut un bruit étouffé et, dans un long gémissement, Leggatt vacilla avant de tomber, le visage dans le sable.

Nick se releva et courut jusqu'à lui. Une nouvelle série de détonations, très proches cette fois-ci, furent aussitôt suivies d'une douleur près de l'oreille – une balle lui avait éraflé la tempe, le projetant au sol

* * *

Quand il reprit connaissance, on le traînait en haut d'un escalier. Sa tête cognait à chaque marche, et le sang lui dégoulinait du visage. Puis il sentit qu'on le ligotait. Il y avait deux lumières: celle de la torche, dure et blanche, et celle, vacillante et jaunâtre, d'une lampe-tempête. Le visage contre le sol, la poussière du plancher dans la bouche, et ces liens qu'on n'arrêtait pas de serrer. Des voix qui parlaient en arabe.

Puis quelqu'un le souleva comme un pantin et le jeta

contre un mur rugueux. Pour finir, une lourde porte se referma, et l'obscurité fut complète.

* * *

Quand il se réveilla, une croûte de sang séché lui couvrait presque tout un côté du visage et de la gorge, comme un masque. Il essaya de bouger, puis se souvint que ses mains étaient ligotées. Il y avait autre chose. Un nœud coulant autour de son cou, à l'extrémité d'une corde qui, passant entre ses mains attachées et derrière son dos, était reliée à une autre qui, elle, lui attachait les chevilles. Il fut pris de panique, se jetant d'un côté à l'autre sur le plancher et suffoquant.

Calme-toi, s'entendit-il dire. *Respire profondément*. Lentement, il arriva à surmonter son angoisse. Il roula sur lui-même pour se remettre dans sa position initiale, contre le mur – membres et cordes enchevêtrés en un seul nœud impossible à défaire. Il sentit dans son dos les aspérités du mur grossièrement cimenté, et un souffle sur son visage. De l'air et la lumière du soleil, qui entraient par une fenêtre carrée sans vitre. Il était dans le phare. Cette fenêtre, c'était celle par laquelle Miranda et lui, à peine quelques jours plus tôt, avaient contemplé l'océan. Il voyait le brûleur au milieu de la salle, ainsi que la trappe, à côté, qui s'ouvrait sur l'escalier. Puis le souvenir de ce qui s'était passé la nuit précédente lui revint brusquement. Le visage de Leggatt s'écrasant sur le sable, la douleur soudaine quand lui-même avait été atteint. Le sang dans ses yeux.

Il se dit que Leggatt devait être mort. Pas seulement parce que l'Anglais n'était pas ficelé ici, à côté de lui, mais à cause de la manière dont le vieil homme était tombé, lentement d'abord, puis d'un coup, comme un arbre qu'on a abattu. Nick prit soudain conscience que les larmes lui coulaient sur les joues, diluant le masque de sang séché.

Peut-être qu'il se trompait, après tout. Peut-être que Leggatt était encore vivant, et qu'ils l'avaient mis ailleurs. Mais il pressentit que son espoir était vain. Le vieil homme ne reviendrait pas. Ou s'il le faisait, ce serait sous la forme d'un revenant vaudou, soulevant la pierre de sa tombe au milieu de la nuit. Ou sortant de la mangrove dans un hideux battement d'ailes, comme le papabawa.

Nick se dit qu'il y avait toutes les chances pour qu'il n'y ait pas de tombe, pour que ces gens, quelles que fussent leurs intentions, aient abandonné le corps sur le sable. Il frissonna à la pensée des crabes et des oiseaux de mer déchirant les chairs du vieil homme. C'est alors qu'il entendit des pas résonner dans l'escalier. Son cœur se serra pendant qu'il les comptait.

La trappe se souleva. Un crâne rasé, une nuque épaisse émergèrent, suivis d'une paire d'épaules massives.

L'homme qui se tenait devant lui était énorme. Nick le reconnut pour l'avoir vu pendant qu'il surveillait la maison. Mais de loin, il ne s'était pas fait une juste idée de sa corpulence, de ses allures de taureau. L'homme était vêtu d'un jean et d'une chemise appareillée. Aux pieds, il avait une paire de baskets trouées. Mais c'est son visage qui retint l'attention de Nick – et l'instrument qu'il tenait à la main. Le front haut et bombé, l'implantation drue des cheveux, le nez, large et épaté, les oreilles, toutes petites et en retrait. Mais surtout les yeux, dont la couleur noisette n'arrivait pas à masquer la haine contenue dans les deux pupilles noires.

C'était une machette qu'il avait à la main. L'instrument se leva, puis s'abaissa, en direction de la jambe de Nick.

Au dernier moment, l'homme eut une torsion du poignet, et ce fut le plat de la lame qui s'abattit sur le genou de Nick. Qui poussa un cri et roula sur le côté. L'homme s'accroupit à côté de lui et le releva en tirant d'un coup sec sur le nœud coulant.

« Qui es-tu ? Pourquoi tu nous espionnes ? T'es américain, hein ? »

Nick réfléchit à toute vitesse. « Je suis grec ! »

L'homme se redressa. Un sourire lui retroussa les lèvres. À nouveau, la lame s'abattit. L'autre genou, cette fois-ci, sauf que le coup était mal calculé. Ou, au contraire, trop bien. Il entailla la peau. Perdant presque conscience sous le choc, Nick eut une série de hoquets. Avant d'essayer de disparaître dans le plancher du phare.

« Oh, non, mister, je crois que tu fais erreur. Tu es bel et bien américain. Je crois que c'est ton gouvernement qui t'a envoyé ici pour nous espionner. Salaud d'Américain ! »

Il s'agenouilla et approcha son visage si près que Nick sentit son souffle sur le sien.

« Tu sais ce que ça veut dire, Américain ? »

La langue pendante, comme celle d'un chien, Nick secoua la tête.

« T'es qu'une merde, un suppôt de Satan », cracha l'autre.

Tout en riant à se faire tressauter le ventre, l'homme se releva une nouvelle fois. Il tira sur la corde, traînant Nick sur les planches.

« OK, dit l'homme. J'ai du boulot. On parlera demain. Pourquoi je te tue pas tout de suite ? Juste pour voir ce qu'il y a dans ta petite tête d'agent. Aujourd'hui, ce soir, tu te reposes. »

Il s'empara d'une autre longueur de corde, dont il

attacha une extrémité aux chevilles de Nick et l'autre au brûleur en fonte du phare.

«Oui, espèce de merde satanique! Tu te reposes. Et demain, tu me racontes tout.»

Sur ces mots, le gigantesque Arabe s'accroupit à nouveau, ramassa Nick dans ses bras et le fit passer par la fenêtre du phare avant de le lâcher dans le vide.

La corde se déroula derrière lui.

Nick fut tellement surpris qu'il ne comprit pas d'abord ce qui lui arrivait, avec le bleu de la mer et du ciel et le vert de la forêt qui basculaient autour de lui en plans obliques. La corde qui le retenait au brûleur donna un coup sec en arrivant en bout de course, et il alla cogner de la tête contre la maçonnerie du phare.

Commotionné, pendu la tête en bas, Nick Karolides commença à prendre congé de lui-même. Tandis que son corps meurtri se balançait d'un côté et de l'autre, son esprit était en proie à toutes sortes de visions. Un corps de femme (celui de Miranda, qu'il essayait de retenir contre lui, pour se préserver du mal), son travail (deux langoustes en grande conversation), un objet lui rappelant Leggatt (un vieux sextant de la marine britannique posé sur la table des cartes du *Winston Churchill*), d'autres lui rappelant sa mère (les fleurs artificielles pour lesquelles elle avait une passion). Il apercevait le ciel, la forêt, les rugosités du mur, mais de façon fragmentaire et chaotique, selon le cours erratique de ses pensées.

Il avait de temps à autre des éclairs de lucidité. Il était agité de tremblements. La dernière chose qu'il entrevit, très haut, au-delà de la peinture écaillée de la façade, fut un tourbillon d'oiseaux dessinant une figure dans le ciel bleu. Des oiseaux minuscules, emportés par le stupéfiant nuage sombre qu'ils formaient. Leggatt lui en avait parlé. Ils s'assemblaient par centaines pour dessiner un immense leurre dans le ciel, destiné à repousser d'éventuels prédateurs. Comment les appelait-on déjà? Il n'arrivait pas à retrouver leur nom, pas maintenant. Quaglia? Gwalia? Quelque chose comme ça. Ça n'avait plus beaucoup d'importance, de toute façon. Le nuage d'oiseaux se disloquait, les images rétiniennes se désintégrant en atomes de pensée, dernière manifestation de l'activité de la conscience, intense et presque indescriptible. Puis, après avoir dansé un instant, s'être estompée et effacée peu à peu, la figure dans le ciel disparut complètement, pour être remplacée par quelque chose d'impossible à nommer. Sa gorge comprimée émit un petit gargouillement.

* * *

Pendant la nuit, un autre orage s'abattit sur l'île. Pluie, éclairs, grêle, rien ne manquait. Khaled, qui était de garde, était assis devant le feu qu'ils avaient allumé dans la cheminée. Il s'en rapprocha le plus possible, pour combattre le froid que l'orage avait apporté. Il avait toujours détesté le tonnerre.

De temps à autre, il allait jusqu'à la porte jeter un coup d'œil dehors. À un moment, à la faveur d'un éclair illuminant le ciel, il vit la forme humaine accrochée en haut du phare. Il supposait que l'Américain était mort à l'heure qu'il était, comme son ami. Il se sentait coupable. Il y avait déjà trop de morts. Pas les morts rendues inévitables par leur mission, mais des accidents, dus à des arrivées imprévues.

La veille de celle des Blancs, deux pêcheurs zanzibaris avaient débarqué sur l'île. À la recherche d'œufs de tortue, avait immédiatement pensé Khaled. Yousef, occupé à des branchements – la table jonchée de cordons de mise à feu et de détonateurs –, avait aussitôt jeté une couverture sur le matériel. Zayn s'était d'abord montré amical, allant même jusqu'à dire à Khaled d'offrir une tasse de thé aux visiteurs. Puis, pendant qu'ils buvaient, accroupis dehors devant la porte, tout en bavardant avec Khaled en swahili, il s'était approché d'eux par-derrière sans faire de bruit et leur avait tranché la gorge. Le sang avait giclé partout, et ils avaient dû jeter du sable sur le seuil pour l'absorber. Il y avait maintenant trois cadavres cachés dans les broussailles en bordure de la plage.

Le feu crépitait. La pluie s'abattait en rafales sur le toit. La façon dont les pêcheurs étaient morts – la gorge entaillée en zigzag – avait semé la confusion dans l'esprit de Khaled. L'avait amené à se poser des questions. Avait fait naître des doutes.

Dans la pièce à côté, Zayn remua dans son sommeil, avant de se remettre à ronfler.

«Tu les enterreras demain, avait-il dit. Ou alors, tu peux les lester avec des pierres et aller les jeter à la mer. Avec l'autre.

– Pourquoi tu as fait ça? Ce n'était pas nécessaire, avait dit Khaled. Tu aurais pu laisser ces pêcheurs repartir tranquillement. C'étaient des hommes simples, sans histoire, ils n'auraient pas compris ce que nous faisons sur cette île.

– Ils auraient pu parler, ramener des flics de Stone Town.»

Zayn lui avait envoyé une grande claque sur l'épaule, l'air jovial d'abord, puis il avait continué, assenant des coups de plus en plus forts, et élevant la voix au fur et à mesure qu'il parlait.

«Est-ce que par hasard tu mollirais, mon ami? Serait-ce que tu n'es pas assez aguerri pour ce travail ? Pas assez dévoué à notre cause. Ta foi a-t-elle faibli ? Je vais devoir parler de toi au cheik. Il va être terriblement déçu si tu ne te montres pas à la hauteur. »

Pour finir, le colosse l'avait poussé par terre, et était remonté jusqu'à la maison, où Yousef était en train de faire cuire du riz. Khaled était resté allongé un moment sur le sable, l'épaule douloureuse, les yeux remplis de larmes. Puis il avait rejoint les autres pour le repas, et lui et Zayn avaient fait comme si de rien n'était.

Maintenant, tandis que les deux autres dormaient dans la pièce à côté – le boutre pour Nairobi était parti, avec le reste de l'équipe à son bord –, Khaled montait la garde, épointant un morceau de bois avec lequel attiser le feu. Il était furieux, et il avait peur. Demain, ils entameraient eux aussi leur voyage, accompliraient leur tâche sacrée, une fois les caisses déposées dans le second boutre. Il avait été décidé que lui et Yousef – surtout lui, en fait, puisqu'il savait manier ce genre d'embarcation – conduiraient le bateau jusqu'au port de Dar es-Salaam. Zayn suivrait avec le cruiser, jusqu'à ce qu'il soit en vue du port, puis il virerait pour remonter la côte et aller mouiller dans une crique où il attendrait.

Il était prévu qu'ils repartent à bord du cruiser, lequel devait retrouver un cargo où deux couchettes avaient été retenues par l'intermédiaire d'un courtier maritime. Du moins deux d'entre eux repartiraient. Lesquels ? Pour l'instant, la question restait sans réponse. Qui, de lui ou de Yousef, conduirait le camion avec son chargement de caisses ? C'était là la partie la plus délicate de la mission, mais celle aussi qui servait véritablement la cause du djihad, puisqu'elle menait à une mort certaine. Il y avait des boutons dans la cabine du camion. Une seule personne rejoindrait Zayn dans la crique.

Khaled s'absorba dans la contemplation du feu. Il ne lui avait pas échappé que Zayn avait été mis d'office hors course pour cette partie de la mission. Et puis, il y avait autre chose qui le troublait. L'expression sur les visages des pêcheurs morts, la forme des entailles, le sang sur le plancher… Il revivait dans toute sa violence la scène où il avait trouvé ses parents morts, conscient maintenant de pensées qui l'avaient obsédé tout au long de son entraînement, et qu'il avait essayé de refouler. Pourquoi Zayn s'était-il montré aussi vague au sujet de cette tuerie ? Qu'avait bien pu faire son père pour provoquer pareille colère chez les Américains ? Une terrible éventualité se présenta à l'esprit de Khaled. Qu'il repoussa aussitôt, pour penser à son propre statut dans l'organisation. La mise en doute de ses capacités et de son dévouement avait profondément affecté le jeune homme.

Cette réaction, mélange inextricable de colère, d'orgueil blessé, de peur et de pitié, à la fois pour lui-même et pour les autres, l'amena soudain à se lever, à un moment où un nouvel éclair illuminait la silhouette pendue en haut du phare. Il décrocha la lampe-tempête du chambranle de la porte, glissa son couteau dans sa ceinture et sortit. Les gouttes chuintaient en s'écrasant sur la lampe chaude, menaçant de l'éteindre. Mais il marchait lentement, laissant la pluie ruisseler sur lui, dans l'espoir que cette eau froide chasserait le désordre de ses pensées et l'aiderait à voir clair. De chaque côté du sentier, la forêt spectrale se tordait dans le vent.

En atteignant le pied du phare, il leva les yeux vers la forme noire. Crut un instant entendre gémir. Peut-être l'homme était-il encore vivant ?

Mais c'était sans doute le vent. Khaled ouvrit la porte et se mit à gravir l'escalier, son incertitude ne faisant qu'augmenter à chaque marche. En entrant dans la pièce au sommet, il leva la lampe. La flamme, réfractée par le miroir du brûleur, se multipliait sur les murs et donnait une beauté étrange à l'endroit, le transformant en un monde de lumière. Puis il vit la corde, ligne noire rigide tendue entre le brûleur et la fenêtre.

Il posa la lampe et se mit à remonter la corde. Le corps était horriblement lourd. Il eut beaucoup de mal à le hisser au-dessus du rebord pour l'amener dans la pièce, où il tomba comme un quartier de viande.

La tête de l'homme cogna le plancher avec un bruit mat. Khaled commençait à s'inquiéter: Zayn risquait de le découvrir. En train de... de faire quoi, au juste? Lui-même n'en savait rien. N'arrivait pas à s'expliquer son action. La raison en était peut-être cette horrible éventualité concernant la mort de ses parents, cette éventualité que sa conscience se refusait encore à envisager, n'osait affronter – dans la mesure où elle ferait de lui, au choix, un héros de tragédie, un individu manipulé par des êtres malfaisants, ou tout simplement une dupe. Rôles qu'il n'était pas prêt à endosser. Parce qu'ils donnaient trop d'importance à cette voix qui montait en lui. À moins qu'il ne fût tout simplement troublé par une mort qui ne semblait pas davantage être une nécessité du djihad que celle des pêcheurs, et qui, par conséquent, constituerait un péché. D'un autre côté, si Zayn disait la vérité, l'homme était américain, et pour Khaled, tous les représentants de cette nationalité étaient responsables du meurtre de ses parents... Du moins, jusqu'à une date récente. Il ne savait plus que penser. Le vent grondait dans les arbres. Il toucha la joue de l'homme. Elle était froide, mais c'était peut-être à cause de la pluie. Puis il eut un sursaut et se mit à trembler. Il approcha la lampe. Il se conduisait comme un imbécile. Il savait maintenant ce qu'il avait à faire.

* * *

Khaled fut réveillé d'un coup de pied dans les côtes. Le visage de Zayn était tout contre le sien. Pas rasé. L'haleine chargée.

« Alors, comme ça, tu dormais, et le type est parti. Notre prisonnier, qui était peut-être bien un agent du gouvernement américain. Je voulais l'interroger à nouveau, avant de le tuer. Et maintenant… »

Nouveau coup de pied. Zayn était torse nu. Des poils noirs recouvraient son torse comme une fourrure d'animal. Plus sombres que ceux qui apparaissaient sur son crâne rasé, et moins raides.

« Et maintenant, il s'est enfui. »

Il empoigna Khaled par le col de sa chemise et lui plongea la tête dans les cendres encore fumantes du feu.

« Peut-être que c'est aussi ce que tu es – un espion pour le compte des Américains.

– Non, tu sais bien que c'est faux. Je vais t'expliquer, l'homme avait…

– Il faut que je te punisse. »

Khaled sentit la peau de son visage commencer à se couvrir de cloques.

« Attends ! bafouilla-t-il, le visage dans les cendres chaudes. J'ai quelque chose à te montrer. »

Zayn le souleva par le col.

« Qu'est-ce que tu peux bien avoir à me montrer ? Tu n'es qu'un lâche, et un fainéant. En dépit de l'injustice faite à tes parents, tu ne crois pas vraiment, tu déshonores leur mémoire par ton relâchement et tes mauvaises actions.

– Laisse-moi te montrer… »

Le Palestinien relâcha sa prise pour de bon. «Bon, très bien. Montre-moi.»

Khaled se remit debout, le visage roussi, gris de cendres. Il fouilla dans sa poche, d'où il sortit quelque chose qu'il présenta dans sa main ouverte: une oreille humaine grossièrement coupée.

«L'homme s'est agité pendant la nuit. Il essayait de défaire ses liens. Alors, je l'ai tué avec mon couteau.»

Un sourire commença à illuminer le visage de Zayn, tandis qu'il examinait l'oreille dans la main de Khaled. Mais l'instant d'après, il fronçait les sourcils.

«En ce cas, où est le corps? demanda-t-il sèchement.

– Tu avais dit qu'il fallait s'en débarrasser. Alors, ce matin, dès l'aube, j'ai ramassé des pierres sur la plage pour lester les corps, comme tu l'avais dit, et je les ai emmenés, lui et le vieux, dans le petit bateau pour aller les jeter à la mer, avec les cadavres des deux pêcheurs.»

Il agita l'oreille devant les yeux de Zayn, pétale frangé de rouge entre son pouce et son index.

«J'ai gardé ça pour te le montrer, mon oncle, dit-il d'un ton suppliant. Pour te prouver que j'avais bien agi.

– Mais moi, je voulais interroger l'Américain», dit Zayn, pas entièrement convaincu.

Tandis que son œil dur le fixait à nouveau, Yousef sortit de la pièce d'à côté, vêtu d'un slip blanc.

«On peut savoir ce qui se passe? demanda-t-il, son regard allant de l'un à l'autre.

– Rien, cria Zayn. Va-t'en faire tes ablutions. Après, il nous faudra prier et manger avant de partir. Il fait déjà grand jour. On n'a pas de temps à perdre en bavardages.»

Il se tourna à nouveau vers Khaled. «Te crois pas quitte pour autant. Je m'occuperai de toi plus tard.

– Il reste encore une chose dont tu n'as pas parlé», dit Yousef d'une voix calme.

Zayn le regarda avant d'acquiescer d'un air grave, puis de retourner dans la chambre enfiler sa chemise. Yousef, une serviette sur l'épaule, descendit à la plage pour se laver.

Soulagé, Khaled regarda l'oreille dans sa main. Elle était en train de changer de couleur, virant au brun à mesure que les cellules éclataient et que le sang s'oxydait dans les vaisseaux. Il n'était pas biologiste, mais il savait ce qu'était une chair en décomposition. Bientôt, l'oreille se ratatinerait, se durcirait, prenant l'allure du cuir. Il avait souvent eu l'occasion de voir, dans le village de son père, ce qui se passait sur les clayettes où l'on mettait le poisson à sécher. Mais l'image que lui évoquait en cet instant l'oreille coupée venait d'un tout autre monde. C'était celle d'un minuscule hamburger. Il en avait vu un, une fois, sans doute de taille normale, à Mombasa, dans un endroit qui se voulait américain. Il y avait aussi des glaces et… comment appelait-on ces machines ? Un juke-box.

Il contempla l'oreille encore quelques secondes, puis il sortit, gagna le haut de la plage, et la jeta dans les broussailles. C'était juste un morceau de chair. Le boulot était fait.

Peu après, les trois hommes s'entassèrent dans la mosquée et prièrent. Puis ils revinrent autour du feu pour prendre leur petit déjeuner. Yousef, qui dès le départ s'était chargé des tâches domestiques, se mit à préparer de la farine de maïs et du café.

Ils mangèrent en silence, tous trois conscients de ce qui les attendait. Tout était dit, désormais, ou presque. Ils étaient prêts à partir, ou presque. La seule tâche restante – la chose dont Zayn n'avait pas parlé –, c'était le tirage au sort entre Khaled et Yousef. Pour désigner celui des deux qui serait chargé de conduire le camion qui les attendrait sur les quais. Celui qui mourrait.

Après le repas, ils montèrent tous les trois jusqu'aux dunes. Ayant dit aux deux autres de l'attendre là, Zayn se dirigea vers un buisson et se pencha pour casser deux brindilles. Dos tourné, il les arrangea dans sa main.

Khaled regarda vers le large. Un peu plus bas, sur la plage proprement dite, il aperçut une sorte de clôture circulaire, faite de bouts de bois plantés dans le sable.

Il y eut un cri. Khaled se retourna pour voir Zayn faire un bond de côté. Exécuté par un homme aussi lourd, le mouvement avait quelque chose de presque comique. Zayn revint vers eux à la hâte, agitant la tête, un sourire crispé aux lèvres.

«Un serpent… je viens de voir un serpent! Bon, maintenant…»

Il s'interrompit de façon significative. Khaled regarda Yousef. Le petit Syrien lissa sa moustache du plat de la main et eut un timide sourire à son adresse. Essayant de ne pas penser à ce qui allait se passer, Khaled se retourna et regarda à nouveau l'étrange construction sur la plage, se demandant ce que cela pouvait bien être. Le soleil du matin, déjà difficilement supportable, figeait les trois hommes sur place, tassant leurs ombres sur le sable.

«Qui tire d'abord?» finit par dire Zayn.

Suant et transpirant, Khaled fixait ses pieds.

Il s'entendit dire: «Moi.»

Tout ensuite alla très vite. Le gros poing de Zayn se retrouva sous son nez, laissant dépasser les deux bouts de brindilles égaux. Khaled en tira un.

Qu'il tendit aux autres. Il avait l'air vraiment court.

Zayn s'approcha de Yousef. Le Syrien ne réagit pas tout de suite, lissant à nouveau sa moustache. Puis sortit la brindille restante des doigts fermés de Zayn.

«Maintenant, vous comparez», ordonna le chef de cellule.

Les deux hommes allèrent à la rencontre l'un de l'autre, comme pour une étreinte. Déjà, l'un d'eux était condamné, par des procédés arbitraires ou naturels. Déjà, l'un d'eux, la bouche sèche, murmurait une prière, tout en tremblant et en écrasant sa brindille dans la main. Déjà, l'un d'eux se voyait à la fois réconforté et félicité par l'autre. Car n'était-ce pas un honneur que de mourir ainsi ? Une récompense inappréciable que d'entrer au paradis ?

22

B-b-bbiippp.

Miranda entendit une sonnerie de réveil se déclencher quelque part dans les bureaux. Elle se demanda d'où elle pouvait venir. Il était huit heures du matin, et l'ambassade était encore presque déserte.

B-bbbiii-pit!

Elle se représenta le propriétaire du réveil en train de farfouiller dans sa serviette ou son sac, à la recherche de l'objet délictueux.

Avant de prendre conscience, lentement, qu'il s'agissait de son propre réveil. Elle avait jeté sa veste – les matins pouvaient être assez frais à Dar es-Salaam – sur son sac, étouffant du même coup la sonnerie, qui avait l'air de venir de beaucoup plus loin. Et maintenant, c'était elle qui farfouillait.

Elle appuya sur le bouton au sommet de la petite boîte noire, se souvenant seulement maintenant qu'elle avait réglé la sonnerie sur cette heure-là. Elle avait horreur des montres et fourrait toujours le réveil dans son sac au dernier moment avant de partir. Elle était pourtant sûre d'avoir désactivé la sonnerie. Avec les cahots de la jeep, le bouton avait dû ressortir tout seul. Elle revint à son ordinateur et se remit à taper, résistant à la tentation de consulter son e-mail pour voir s'il y avait une réponse de Nick. Elle espérait qu'il avait compris, au ton de son message, qu'elle n'avait pas l'intention d'aller plus loin. Elle aurait pu lui écrire qu'en d'autres circonstances il en serait allé différemment, mais c'était difficile à dire sans s'engager davantage. Il n'en restait pas moins que la première personne à laquelle elle avait pensé en se réveillant, très tôt, ce matin, c'était lui.

Des maçons avaient interrompu son sommeil, et non la sonnerie du réveil. En fait, elle n'en avait eu besoin à aucun moment cette semaine et se demandait pourquoi elle avait éprouvé la nécessité de le faire sonner aujourd'hui. On venait de commencer la construction d'une maison juste en face de la sienne à Oyster Bay. Les ouvriers se mettaient au travail à cinq heures et demie, après avoir dormi au milieu des ferrailles qui sortaient du béton. Le contremaître les réveillait en tapant avec une pierre sur la jante d'une roue de voiture, accrochée à une branche par un bout de ficelle. C'était ce bruit de cloche qui la réveillait depuis plusieurs jours.

Ces réveils matinaux ne la gênaient pas outre mesure. Elle aimait se lever tôt en Afrique, rejetant d'un coup les draps à grands motifs qu'elle avait achetés dans une boutique indienne de Dar. Avant d'enfiler un peignoir et de sortir sur la véranda pendant qu'il faisait encore relativement frais. C'était le seul moment où elle avait presque l'impression, l'espace d'une courte demi-heure, avant que le soleil se lève vraiment, d'être de retour chez elle.

Non pas qu'elle eût vraiment le mal du pays. Mais elle aimait l'étalon que figurait son idée d'une patrie pour évaluer les choses. Notion, pour elle, essentiellement rattachée à son père. Qui n'était plus là. Sa mère, elle, n'avait jamais vraiment fait partie de sa vie. Elle n'existait même pas comme fantôme, comme pouvait le faire son père, ce compagnon, cet hôte à demeure de son esprit, mais se situait hors d'atteinte de son imagination. L'absence de photos n'arrangeait rien. Miranda se demandait parfois si elle n'avait pas été marquée à vie par la privation de cette force puissante, profonde, inépuisable, qu'était, d'après le peu qu'elle en savait, l'amour d'une mère.

Il existait pourtant des réalités qui pouvaient s'appréhender précisément par défaut. Ou du moins se laisser deviner. Elle avait une idée bien plus nette de l'Amérique depuis son arrivée en Afrique. Une vision *a contrario* – le pays était bien trop grand et complexe pour qu'on puisse y penser sous cette forme –, qui, pour l'essentiel, restait négative. Ces baraques avec des sacs en plastique en guise de toits, ces inscriptions aux tons pastel en swahili ou en mauvais anglais, cette odeur de fumée provenant des feux où de vieilles femmes accroupies préparaient le déjeuner – tout cela lui disait: je ne suis pas chez moi. J'en suis très loin. C'est un autre monde.

Le mur d'enceinte, les grilles en acier tubulaire du saint des saints de l'ambassade, la guérite principale avec, à l'intérieur, son marine à la coupe de cheveux réglementaire (c'était le caporal Rossetti aujourd'hui, manches de chemise retroussées très haut sur le biceps où s'appuyait le fusil), tout cela n'était pas davantage le pays. Même si, à strictement parler, grilles, guérite et caporal étaient censément sur territoire américain. Même chose pour les rangées de lourdes baies vitrées de l'immeuble en béton de trois étages et les antennes paraboliques en titane qui couronnaient le tout. «Les petites coupes des dieux», disait Ray. Comme beaucoup d'autres choses à l'ambassade, elles lui étaient étrangères.

C'était Ray qu'elle avait imaginé en train de chercher le réveil, sa grosse moustache retombant sur sa lèvre. En règle générale, il arrivait à cette heure, son fourre-tout jeté sur l'épaule et son gros ventre ballottant devant lui.

Les bureaux déserts avaient un côté inquiétant, et se trouvaient investis d'une sorte de mystère, tant les objets quotidiens réclament une autre forme d'attention quand ils ne sont pas entourés d'humains. Certaines des lumières dans la pièce étaient connectées à un réseau spécial. Elles ne s'étaient pas allumées quand elle avait appuyé sur la commande centrale. Dans ces sections, le cercle bleu derrière l'aigle américain luisait d'un éclat sinistre dans la pénombre. Les ordinateurs bourdonnaient doucement. Les consignes de sécurité exigeant que chacun débranche son appareil le soir avant de partir n'étaient que rarement respectées. Dans le genre poste à risques limités, Dar était quasiment exemplaire. La plupart des gens se servaient de PC ordinaires, non cryptés. Il n'y avait guère plus de deux ou trois appareils protégés, les «Tempest», dont on se servait peu. On avait du mal à imaginer un terroriste ou un agent étranger dehors parmi les vendeurs de rue, déchiffrant les écrans des ordinateurs de l'ambassade grâce à un moniteur à émanation électromagnétique, ce qu'était censé interdire le système Tempest. Il suffisait de jeter un coup d'œil dehors, au chaos qui régnait dans le pays, pour voir à quel point pareille idée était peu vraisemblable.

Elle se dirigea vers la machine à café. Elle prit la verseuse sur le plateau qu'elle remplit au robinet après avoir vidé l'eau de la veille. Revenant à la machine, elle jeta le vieux marc et le filtre en papier, avant d'en mettre un autre. Puis elle ouvrit un paquet neuf en déchirant le papier d'aluminium avec ses dents, en vida le contenu dans le cône du filtre, versa l'eau dans le réservoir et remit la verseuse en place. La machine ronronna. Puis afficha en lettres vertes EN PRÉPARATION.

Elle resta un moment devant l'appareil, à regarder tomber les premières gouttes brunes. C'était du café venant du PX bien entendu, pas du café local. Tout le bon café produit dans le pays était apparemment pour l'exportation. À entendre Ray, les paquets qu'on vendait sur les trottoirs tout autour de l'ambassade ne contenaient que ce que l'on balayait par terre dans les usines.

Curieuse ville que Dar es-Salaam. Africaine, certes, mais encore pleine de son passé arabe. Havre de paix, voilà ce que signifiait son nom en arabe et en swahili. Beau nom, évocateur de sécurité, et il était vrai que certains quartiers étaient agréables. Mais la réalité historique était bien différente. La ville devait son nom au fait que, dans l'ancien temps, elle constituait une escale sûre pour les négriers. Les grottes de Lyly lui revinrent en mémoire.

Ses longs cheveux rejetés sur une épaule, Miranda s'appuya contre le pilier en béton lisse à côté de la table tachée de la machine à café. Et pensa à Nick. D'une certaine manière, elle était plutôt contente qu'il n'ait pas répondu quand, la veille, se sentant seule, elle l'avait appelé au téléphone. Petite faiblesse passagère. Elle ne voulait pas s'engager dans une relation sérieuse. Elle espérait ne pas lui avoir donné de faux espoirs ou l'impression qu'en le laissant l'embrasser, elle scellait quoi que ce soit; ce n'était qu'un moment, sur lequel elle ne tenait pas à s'appesantir, préférant penser à sa carrière.

Il lui faudrait travailler dur, elle le savait. Son père le lui avait souvent répété. Elle se souvenait de ce qu'il lui avait dit, une fois, quand elle s'était plainte de la difficulté qu'elle rencontrait à rédiger certains de ses comptes rendus de lecture. *Bien sûr que c'est difficile. Et c'est le but de l'opération. Tu t'attends à quoi? À ce qu'on te mette dans une vitrine et qu'on te jette du sucre?*

Il y eut du mouvement dans l'autre partie du bureau. C'était Clive Bayard qui arrivait. Il lui fit un signe de la main avant de se diriger vers son bureau. Clive, qui avait dépassé la cinquantaine, était le seul visage noir de l'ambassade, mais c'était un Afro-Américain, pas un des indigènes du service diplomatique, expression qui désignait le personnel local qu'elle était chargée de gérer. Clive était l'archiviste de l'ambassade. Officiellement, responsable de la recherche et de la documentation. Il avait pour tâche de veiller à ce que toute la paperasse de l'ambassade soit dûment enregistrée, archivée et mise en lieu sûr. Ray l'avait surnommé le presse-papiers. Il avait un broyeur à côté de son bureau, et le plus clair de son travail consistait à détruire les documents étiquetés «top secret» qui lui parvenaient. Il fallait ensuite brûler les rubans de papier dans une chaudière, histoire de faire bonne mesure.

Jusqu'à une date récente, c'était Nisha Ghai qui s'acquittait de la besogne, mais depuis la mise en place d'une directive gouvernementale stipulant que seuls les ressortissants américains étaient autorisés à manipuler les restes de documents secrets, c'était à Miranda qu'incombait désormais cette tâche. Nisha avait très mal pris qu'on limite ainsi ses responsabilités, croyant qu'elle était personnellement visée. Il avait fallu tout le charme et la patience de Miranda pour la convaincre du contraire.

«C'est juste une directive de la SD», avait-elle dit.

Elle revoyait Mrs. Ghai tripoter nerveusement le gros

rubis qu'elle portait au doigt et la regarder, l'air buté, le sourcil froncé.

«Ça n'a rien à voir avec la qualité de votre travail, avait ajouté Miranda. Nous sommes tout à fait satisfaits de vos services. C'est simplement que les documents doivent être tenus secrets.

– Comme si vous-même faisiez partie d'un service secret digne de ce nom!» avait répliqué la fière Asiatique, avant de sortir.

Un seul membre du personnel de la chancellerie pouvait se targuer d'un tel honneur. Les grosses ambassades, comme celle de Londres, où Miranda espérait bien travailler un jour, regorgeaient, disait-on, d'agents du renseignement. Mais ici, il n'y en avait qu'un. Dont la tâche essentielle, en ce moment, était de faire face aux problèmes soulevés par la présence de rebelles congolais à la frontière nord-ouest de la Tanzanie, théâtre d'affrontements cafouilleux, où les États-Unis avaient des intérêts potentiellement lucratifs. Son objectif était d'obtenir de futures concessions minières auprès des éventuels successeurs de Laurent Kabila, qui, l'année précédente, avait évincé l'horrible Mobutu Sese Seko, autre client des États-Unis en son temps. Dans la mesure où il y avait là-bas une bonne vingtaine de groupes rebelles, qui passaient leur temps à changer d'alliés, aussi bien entre eux qu'avec les pays voisins, l'agent n'avait pas un rôle facile. Presque toujours absent de la chancellerie, Lee Denham cherchait surtout à ne pas se faire remarquer. D'après Ray, qui avait eu l'occasion de dîner un soir chez lui, il possédait une impressionnante collection de couteaux de chasse, exposée dans une vitrine. Miranda eut un petit sourire pour elle-même en se remémorant la manière théâtrale et le ton horrifié qu'avait adoptés son ami pour lui communiquer l'information. Ce qui n'empêchait pas Ray de dire qu'il trouvait Denham somme toute désirable, en dépit de la personnalité violente que laissait présager une telle manie. À moins que ce ne fût en raison même de cette personnalité. La grande passion de Ray pourtant, c'était le caporal Rossetti, dont il disait qu'il était le plus viril de tous les hommes qu'il connaissait… et peut-être bien le plus beau. Mais il faut dire que Ray était coutumier de ce genre de remarque.

La cafetière était presque à moitié pleine. S'emparant d'un gobelet en plastique dans la boîte près de la machine, elle le tint d'une main sous le bec de l'appareil tout en le remplissant de l'autre avec la verseuse. En regagnant son bureau, elle brancha la photocopieuse. Qui se mit à bourdonner. Elle se demandait toujours pourquoi la machine mettait si longtemps à chauffer.

Les papiers sur son bureau étaient pour la plupart des contrats concernant le personnel local. Recruter ce personnel et vérifier qu'il offrait toutes les garanties de sécurité faisaient partie de ses attributions. Tout ce qui, de près ou de loin, concernait la logistique de l'ambassade, depuis le blanchissage jusqu'à l'entretien des jardins, en passant par les gardes de la première enceinte dans les guérites extérieures – engagés par une société de surveillance locale –, relevait de son autorité. Ce qui, dans la pratique, faisait d'elle quelqu'un de très important au sein de l'ambassade, même si, officiellement, son emploi était relativement subalterne. Un peu trop à son goût, d'ailleurs.

De même qu'elle avait son propre groupe électrogène, ses réserves de carburant et de nourriture (en cas de siège, comme c'était arrivé en Iran du temps de Khomeiny), l'ambassade disposait également d'une réserve d'eau en cas d'urgence. Les citernes venaient d'être contrôlées.

Leur contenu s'étant révélé quelque peu saumâtre – le dernier fournisseur avait manifestement eu recours à de l'eau de mer, au moins pour une livraison –, on essayait maintenant une autre entreprise, dont le camion était attendu pour dix heures et demie. Miranda n'avait pas encore préparé le contrat. Elle déplaça sa souris, se débarrassant de l'économiseur d'écran, et se mit à taper...

C'est sans doute le cliquetis de ses doigts voltigeant sur le clavier qui l'empêcha d'entendre quelqu'un arriver derrière elle. Deux mains s'abattirent sur ses épaules, et c'est tout juste si elle ne bondit pas hors de sa chaise.

Elle fit volte-face, pour se retrouver face à face non pas avec un intrus mais avec la moustache et les yeux malicieux de Ray Delahoya.

« Je t'ai bien eue, se moqua-t-il.

– Ne refais jamais ça ! dit-elle, en plaquant une main sur sa poitrine. Tu sais que je ne le supporte pas.

– J'ai pas pu m'en empêcher. Alors, qu'est-ce qu'on fait ici d'aussi bonne heure ? »

Elle fit pivoter sa chaise et se remit à taper, refusant de répondre.

« Oh, je te laisse à tes humeurs ! » dit Ray, feignant le dédain, avant de s'éloigner.

L'espace ouvert où travaillaient les sans-grade de la chancellerie commençait à se remplir au fur et à mesure qu'arrivaient les employés. Miranda continuait à taper. Manifestement, ce ne serait pas une bonne journée. Elle sentait déjà dans le dos la douleur sourde qu'avait tendance à lui causer le travail à l'ordinateur.

Un peu plus tard, Ray lui apporta un doughnut et une autre tasse de café.

« Cadeau de réconciliation, dit-il en posant le tout sur le bureau.

– Excuse-moi, je suis un peu sur les nerfs, dit-elle en se retournant vers lui et en souriant. Je ne dors pas très bien en ce moment.

– Tu sais pourquoi...?» dit-il en lui faisant un clin d'œil appuyé, avant de retourner à son bureau.

Secouant la tête d'un air faussement désespéré, Miranda se remit au travail. Elle avait fini par se confier à Ray au sujet de Nick et commençait à se dire qu'elle aurait mieux fait de s'abstenir. C'était comme ce baiser. Non pas qu'il ne lui ait pas donné du plaisir. Bien au contraire, et c'était justement là le problème: elle avait peur de se laisser accaparer.

À 10h20, le contrat dûment rédigé à la main, elle prit la direction du parking, saluant d'un signe de tête ses collègues de l'étage en passant devant eux. Se refusant l'ascenseur, comme à son habitude, elle descendit les trois étages d'un pas vif. Sur la dernière marche, il y avait une serpillière et un seau. Les attributs de George, l'homme chargé du nettoyage. Une autre de ses ouailles. Comme souvent, il n'était pas à son travail. Elle sortit sur le parking baigné de soleil. Il était plein maintenant, essentiellement de 4×4, avec sur le pare-brise leur vignette officielle, et sur la porte arrière la roue de secours et son enveloppe poussiéreuse. Sous la poussière, elle arrivait à déchiffrer les logos des expéditeurs américains: Brunner GM, Chicago; Hober Mallow, Concessionnaire Ford, Philadelphie. Ici, leurs produits étaient exilés parmi les blés d'un champ étranger, aurait dit le poète, et très loin du pays élu de Dieu.

Tout en traversant le parking, elle repensa à Nick, seul lui aussi, à Zanzibar. Ces derniers jours, elle avait regretté de ne pas avoir fait l'amour avec lui sur l'île. Mais... ce n'était pas un homme pour elle, un point c'est tout. C'était le genre de type à continuer de construire son château de sable, tout en sachant que la marée commençait à monter. Un rêveur, en somme.

Depuis son poste de garde, Rossetti lui adressa un signe qui tenait autant du bonjour que du salut militaire. Elle prit un sentier pour traverser la pelouse, marchant sur les écorces d'arbre, dont elle trouva qu'elles ressemblaient à des pétales de céréales. L'arrosage automatique était à nouveau branché. Elle sentit les gouttes d'eau sur ses pieds. Elle se dirigeait vers une guérite. Une guérite et une barrière mobile. Un point d'entrée et de sortie.

C'était là une des deux entrées qu'on trouvait dans le mur d'enceinte extérieur, plus bas que l'autre. Fait de piliers de béton et de piquets métalliques alternés, ce premier mur séparait l'ambassade de la rue. Confiées à du personnel local, les guérites n'avaient guère pour but que de décourager les curieux et les tenir à distance. La vraie protection, qui, elle, relevait directement du corps de sécurité des marines et ne concernait en rien Miranda, était assurée par un mur d'enceinte intérieur. L'existence d'une zone d'arrêt et de dissuasion comme celle-ci, entre deux lignes de défense, était un élément important de la stratégie sécuritaire dans toutes les ambassades américaines. Si l'on avait voulu chinoiser, on aurait dit qu'avec sa petite trentaine de mètres de large, cette zone à Dar n'était pas réglementaire, mais il restait que le système et les mesures de sécurité en vigueur dans cette ambassade allaient bien au-delà de la norme communément admise.

Elle sourit à Juma, le garde local en faction. Son travail consistait à recevoir les visiteurs et à contrôler les voitures qui entraient et sortaient. Comme d'habitude, il avait les yeux sur la caméra de télévision en circuit fermé, qui était braquée en permanence sur sa guérite et la barrière voisine. Il était connu pour fixer avec une fréquence alarmante le petit œil noir de l'engin: comme s'il était le spectateur plutôt que le sujet filmé. Le caporal Rossetti et les autres membres du CSM contrôlaient ces guérites extérieures grâce à des caméras semblables. De temps à autre, il leur fallait gentiment rappeler à Juma qu'il était là pour vérifier l'identité des visiteurs et non pour se prendre pour la vedette d'un film d'action. En le voyant, Miranda se fit la réflexion que Nick était un peu comme ça… avec sa théorie absurde sur la nécessité de vivre dangereusement.

Miranda attribuait le comportement de Juma à la fascination qu'exerçaient sur lui les vidéos qu'on passait de temps à autre au ciné-club de l'ambassade. Même si celui-ci avait des prétentions à la qualité et au film d'art et d'essai, c'étaient des produits comme *L'Arme fatale* ou *Piège de cristal* qui en constituaient l'ordinaire. Il arrivait pourtant que soient programmés de bons vieux thrillers, comme *Chinatown* ou *Les Trente-Neuf Marches*. À Noël, également, la tradition voulait que tout le personnel de la chancellerie, aussi bien les Américains que les indigènes du service diplomatique, se rassemble pour une séance consacrée à *La vie est belle* ou *Le Magicien d'Oz*. Ces soirées cinéma étaient censées rapprocher les deux communautés, mais elle n'était pas sûre que ce fût là une très bonne idée. Elles ne faisaient en réalité qu'encourager l'impression, très répandue parmi les Tanzaniens sans instruction, que tout Américain avait, d'une manière ou d'une autre, quelque chose à voir avec Hollywood. Comme si les États-Unis n'existaient qu'à l'état d'icône, sur un écran, et que Miranda, Ray, Rossetti et les autres n'étaient que des personnages de cinéma transformés en êtres de chair et de sang. Impression qui, selon Miranda, était due à l'énorme différence des ressources. Pour l'Africain moyen, le niveau de vie d'un Américain représentait un rêve inaccessible. Elle était terriblement consciente du fait que des détails infimes, comme la texture de leurs vêtements, conféraient aux Occidentaux une aura extraordinaire. À Mto Wa Mbu, des enfants lui avaient couru après pour tâter sa jupe.

Juma devrait en tout état de cause faire attention. Le responsable régional de la sécurité, basé à Nairobi, leur avait récemment rendu visite. Il avait tout particulièrement insisté sur un renforcement de la vigilance de la part des gardes locaux. Ainsi que sur la nécessité d'un contrôle systématique de cette vigilance. «*Quis custodiet?* » s'était joyeusement exclamé Ray en entendant cela. Miranda avait dû lui demander le sens de l'expression. «Qui surveillera les surveillants?» avait-il répliqué, ajoutant que lui-même était prêt à se charger personnellement de Rossetti.

Les nouvelles instructions faisaient partie d'un plan de mise à jour des mesures de sécurité. Toutes les semaines, maintenant, il y avait des exercices d'alarme pour apprendre à identifier les menaces potentielles. Mais dans la mesure où Dar était classée ambassade à risques limités, ces exercices se réduisaient souvent à un bref signal arrivant sur le récepteur Selectone.

Comme par hasard, le récepteur avait donné de la voix juste avant que Miranda quitte son bureau. Rossetti avait annoncé sur tous les haut-parleurs de l'ambassade qu'ils allaient entendre successivement les sonneries pour une alerte à l'incendie, puis à la bombe et enfin à l'attaque terroriste, avant d'entendre le signal de fin d'alerte. Comme d'ordinaire en pareille circonstance, chacun avait patiemment attendu que résonnent ces quatre appels, sans vraiment y prêter attention, puis était tranquillement retourné à ses occupations.

Miranda longea le mur d'enceinte, sur le côté extérieur, jusqu'à ce qu'elle arrive à la bouche du tuyau relié au réservoir d'eau. Le camion-citerne n'était pas encore arrivé. Elle se demanda si elle devait remonter pour téléphoner à l'entreprise, mais décida finalement de profiter de quelques minutes de soleil. Elle traversa la rue pour aller jusqu'au petit kiosque à journaux acheter le *Daily News* tanzanien au gamin derrière le comptoir.

«L'AMIE DE CLINTON À LA BARRE», proclamait la une. L'article détaillait les derniers développements de la tentative d'inculpation du Président par Kenneth Starr pour parjure. Monica Lewinsky avait commencé à témoigner devant un jury d'accusation. Miranda tourna la page. Les médias tanzaniens ne risquaient pas de lui apprendre là-dessus quoi que ce soit qu'elle ne sût déjà par d'autres sources.

En page deux, un autre gros titre annonçait: «UNE CHÈVRE ENTRAÎNE TROIS HOMMES ET UN POULET DANS LA MORT». Dans les montagnes près d'Iringa, trois hommes étaient morts en essayant de récupérer une chèvre tombée dans un puits de mine, après s'être fait descendre au fond à l'aide d'une corde. En voyant que le premier ne remontait pas, un deuxième homme était parti à sa rescousse, puis un troisième. Ce n'est que quand les villageois eurent attaché à la corde un poulet et constaté, en le remontant, qu'il était mort, qu'ils s'étaient rendus à l'évidence: «Ce trou était maléfique», comme l'écrivait le journal dans le style des médias locaux. Par la suite, la police avait détecté la présence de gaz toxiques dans le puits.

Elle terminait l'article quand le camion-citerne arriva. Il s'engagea en marche arrière dans l'entrée. Elle plia le journal, qu'elle coinça sous son bras et alla jusqu'à la portière

«Vous êtes en retard, dit-elle, essayant de prendre un ton sévère.

– Désolé, m'dame, répondit le chauffeur du haut de sa cabine. Moi, pas trouver le gasoil.

– Bon. Dépêchez-vous, maintenant. J'ai assez attendu.»

L'homme descendit du camion. Elle apercevait sa peau à travers les déchirures de sa salopette.

«Ça prendra longtemps?

– Non, m'dame. Rapide, rapide.»

Il envoya une grande claque sur le flanc du camion, éveillant un écho sourd.

«Cette pompe, elle, rapide. Et moi, rapide aussi. Mais, ajouta-t-il en secouant la tête, le gasoil, lui, grand problème en Afrique.»

Elle soupçonna le chauffeur d'être venu directement de son village. Sur un des côtés de la cabine étaient empilés des épis de maïs vert vif. De toute évidence, sa livraison faite, il se rendrait aussitôt au marché.

Elle le regarda commencer à dérouler le tuyau, qu'il avait empoigné par son embout métallique. Son bleu déchiré était maculé de taches d'huile. Elle se dirigea vers la conduite, qui débouchait du mur, et il la suivit, tirant le lourd tuyau, à reculons, comme un concurrent dans une épreuve de tir à la corde. Progressant à pas lourds, il devait lutter contre la résistance que lui opposait l'enrouleur.

Il dévissa le bouchon de la conduite et fixa l'embout de son tuyau, puis repartit au camion ouvrir le robinet. Le tuyau se gonfla quand l'eau commença à couler.

«Bon, dit-elle. Je vais vous laisser. N'oubliez pas de remettre le bouchon.»

Elle s'éloignait, quand elle se souvint soudain du contrat. «Ah, au fait, vous donnerez ça à votre patron.»

Il plia le papier qu'il fourra dans la longue poche de sa salopette.

Il va être tout graisseux, se dit-elle, se demandant si elle devait lui en faire la remarque. Elle hésita une seconde, avant d'abandonner l'idée. Au moment où elle s'apprêtait à partir, une camionnette, le plateau couvert d'une bâche, vint s'arrêter juste derrière le camion-citerne, qui bloquait complètement l'entrée. Le conducteur avait une petite moustache fine et le teint assez clair. Quand il la regarda par la vitre, elle eut l'impression qu'il ne lui était pas inconnu. Il avait l'air un peu nerveux, et semblait se parler à lui-même. Une de ses mains était sur le volant, l'autre tambourinait sur la portière. Ma foi, il n'aurait plus qu'à attendre.

Elle reprit le sentier semé d'écorces pour retourner à la chancellerie.

Le bruit d'un marteau-piqueur lui parvint de l'autre côté du bâtiment. Dans l'enceinte de l'ambassade, des maçons travaillaient à la construction d'une piscine. Ce qui expliquait l'air de déjà-vu du chauffeur. C'était lui sans doute qui livrait les matériaux.

Elle passa devant un jardinier qui creusait un parterre. La manière dont il faisait gicler la terre à coups de déplantoir rapides lui rappela le serpent de Lyly. Elle entra dans le bâtiment de la chancellerie et commença à monter l'escalier, tout en revoyant Nick le valeureux jeter le reptile dans les broussailles. Peut-être que, tout compte fait, elle s'était montrée un peu trop froide dans l'e-mail où elle le remerciait du week-end passé dans les îles. Peut-être aurait-elle dû se ménager une ouverture, au cas où elle changerait d'avis dans les jours à venir.

Sur le béton gris des marches, son œil accrocha au passage la serpillière et le seau de George, qui n'avaient pas bougé. Elle fronça les sourcils. Le vieux George aimait le *chibuku*, la bière locale, sans modération. Mais à quoi bon en faire toute une histoire. Ce n'était qu'un agent de maintenance.

L'entrée de chaque service de la chancellerie était signalée par un petit panonceau en plastique – *Expéditions*, *Bureau d'aide sociale*, *Visas*. *Administration*, tel était le nom du sien. En dépit de l'étiquette rébarbative, il était au cœur même de la chancellerie. Ce qu'aurait eu du mal à croire un visiteur pénétrant dans le grand bureau à la suite de Miranda. Près de l'entrée, un homme du département politique et économique discutait de l'affaire Clinton avec deux ou trois autres membres du personnel. Accroché au mur au-dessus d'eux, un portrait du Président les regardait avec un grand sourire. À l'autre bout de la pièce, Ray, son club de golf à la main, faisait des putts sur la moquette entre les rangées de bureaux. Au moment où elle s'approchait, il réussit à mettre la balle dans le gobelet en polystyrène qu'il visait. Et poussa un cri de joie.

Miranda se baissa pour ramasser le gobelet et la balle. Un éclair violent, d'une blancheur aveuglante, traversa les fenêtres au-dessus d'elle. Elle entendit un grondement. Suivi d'une détonation sourde. Les fenêtres explosèrent à l'intérieur de la salle. Le mur, juste à côté d'elle, se gonfla de manière effrayante, se boursoufla, avant que le mortier éclate de toutes parts. Des morceaux de verre volèrent au-dessus de sa tête. Elle les vit passer au ralenti, alors que le tout ne dura pas plus d'une fraction de seconde, au-dessus des gens ou s'abattre sur eux. Non pas en pluie, sous forme de petits éclats, mais en gros morceaux accrochés les uns aux autres par ce qui ressemblait à de longues bandes de papier adhésif déchiqueté.

Elle fut soulevée de terre. Des bureaux et des chaises furent renversés, un ordinateur vola dans les airs, au milieu d'un tourbillon de feuilles de papier. La salle était pleine d'une fumée et d'une poussière épaisses. Tout autour d'elle, des débris de béton et de verre, des bandes de mylar, ce film protecteur qui recouvrait les vitres des fenêtres. Et une chaleur suffocante.

Sonnée, recroquevillée sur la moquette, elle avait l'impression d'avoir reçu un grand coup de pelle en pleine poitrine. Des fragments de verre plus petits, qui s'étaient détachés du mylar et avaient été pris dans les volutes de fumée, commencèrent à se déverser sur eux. Elle mit ses mains sur sa tête pour se protéger, tremblant comme une feuille, incapable de se contrôler. Elle avait du verre plein les cheveux. De la poussière plein la bouche.

À l'extérieur résonnèrent d'autres explosions, à quelques secondes d'intervalle les unes des autres. Une fusillade peut-être. Elle percevait chaque détail pris individuellement, sans pouvoir les relier entre eux – sa robe déchirée, ses oreilles douloureuses, et cette tasse à thé qui n'arrêtait pas de cliqueter, de cliqueter…

Un calme soudain s'abattit sur la salle, puis des cris horribles s'élevèrent. Elle sentait la moquette contre sa joue. Elle ouvrit les yeux, les referma aussitôt, incapable de supporter la fumée. Elle avait les mains et les bras couverts de petites coupures. Elle entendait des gémissements et, plus loin, des hurlements, hystériques. «Seigneur, donne-moi la force», dit-elle à haute voix, en crachant de la poussière.

Au bout de quelques minutes, elle rouvrit les yeux, essayant de voir, malgré la poussière. L'air était comme grumeleux et chargé d'une odeur bizarre, mélange d'huile et de produits chimiques. Partout des gravats, et des éclats de verre collés au mylar. C'est alors qu'elle vit Ray, à travers le nuage de fumée: étendu sur le ventre, le visage dans la moquette, il avait les jambes prises sous deux blocs de béton.

Elle se releva tant bien que mal et boitilla jusqu'à lui, au milieu des meubles renversés. Elle devait être blessée à la jambe. Ignorant la douleur, elle se pencha sur Ray. Ses cheveux et sa chemise étaient trempés de sang. C'était lui qu'elle avait entendu gémir. Quelque part, les cris continuaient, réguliers, déchirants. Elle essaya de soulever un des blocs. Trop lourd. Prise de panique, ne sachant que faire, elle se mit à enlever les morceaux de plâtre et de pierre qu'il avait autour de la bouche. Respirer, il fallait à tout prix qu'il puisse respirer. Elle essaya de lui tourner légèrement la tête de façon qu'il n'ait plus le visage écrasé contre la moquette. Mais ne disait-on pas qu'il ne fallait jamais bouger un blessé? Elle se contenta de retirer les petits morceaux de béton répandus sur sa poitrine.

«Par pitié, lui parvint une voix étouffée, mais familière. Ça fait très mal.

– Oh, Dieu merci, dit Miranda en embrassant ses cheveux trempés de sang. Tu es vivant.

– Il y a quelque chose sur mes jambes, dit-il, la bouche dans la moquette. Je ne peux pas bouger.

– Tu es coincé. Il faudrait de l'aide.»

Elle jeta un coup d'œil autour d'elle. Des silhouettes se déplaçaient dans le nuage de fumée. Un pan de mur, derrière elles, s'écroula, découvrant le ciel, que bloquait en partie un amas de bureaux, d'ordinateurs et de meubles de rangement. Un des ordinateurs prit feu. Au loin, une femme criait toujours, inlassablement.

Personne autour d'elle n'était aussi gravement blessé que Ray. Le mylar avait rempli son office, même si certains avaient des coupures apparemment profondes. L'homme du service politique et économique cria de l'autre bout de la pièce: «Quelqu'un connaît le numéro du centre d'opérations du Dép d'Ét? Il faut prévenir Washington.»

«Mes putains de jambes sont foutues», haleta Ray, comme s'il venait tout juste de comprendre.

«C'est quoi, le numéro? Quelqu'un le connaît?»

Le sang qui coulait des jambes et de la tête de Ray se mêlait aux gravats et à la poussière sur la moquette, juste à côté d'elle. Elle lui tenait la main, ne sachant comment se rendre utile.

Le numéro du Département d'État fusa à travers la salle.

L'homme de pol éco se mit aussitôt à parler dans le téléphone: une explosion, terrible, à l'ambassade, non, il ne savait pas à quoi elle était due, mais elle était énorme.

Rossetti fit irruption dans la pièce. Miranda entendait à nouveau des cris, en provenance d'une autre partie du bâtiment, cette fois-ci. Le marine avait une profonde entaille au visage et tenait son fusil à la main.

«Tous ceux qui le peuvent, rendez-vous immédiatement au point d'évacuation.

– Ray est blessé! cria Miranda. Il ne peut pas bouger.»

La pièce s'emplissait des émanations et des fumées du plastique de l'ordinateur en train de brûler. Il y eut encore une explosion à l'extérieur, suivie de deux autres.

Miranda sursautait chaque fois. Des filets de fumée montaient du sol.

«Ce sont les cuves à essence qui sautent, dit Ray. J'ai connu ça au Liberia.»

Il eut un petit rire de dément, gémit à nouveau, et ferma les yeux en sentant quelque chose lui tomber sur le visage. De l'eau. Qui sortait des tuyaux crevés dans le plafond.

«On a besoin d'aide ici! Vite!» appela Miranda, le sang dégoulinant le long de ses avant-bras zébrés de coupures et se mêlant à l'eau, qui coulait plus fort.

Rossetti se précipita et s'agenouilla auprès d'eux, glissant les mains sous les blocs pour les soulever. Les os des genoux de Ray étaient à nu, émergeant de lambeaux de tissu maculés de sang et de poussière de béton. Miranda les regarda, pétrifiée.

Rossetti parla dans sa radio. «Un blessé au troisième étage. Sérieux. Envoyez le toubib.»

«Allez-y, dit-il à Miranda, tout en sortant un pansement de sa trousse. Je reste avec lui.

– Je ne peux pas, dit-elle, incapable de détacher les yeux des os du malheureux.

– Dehors! aboya Rossetti. Tout de suite.»

Intimidée par l'autorité toute militaire du ton, elle se releva et commença à se frayer un chemin à travers les décombres. Au bout de la pièce, du côté du mur écroulé, elle vit une fumée noire monter des voitures en flammes. Elle s'approcha de l'ouverture, les jambes flageolantes, tremblant toujours sous le choc.

«Écartez-vous! cria le type de pol éco, qui avait le front ouvert. Venez, dépêchez-vous. Le sol pourrait céder.»

Sa voix lui parut très lointaine, et elle se rendit compte que le bruit de l'explosion l'avait momentanément rendue presque sourde. Son collègue la prit par la main. Je vais tomber, se dit-elle. Je n'arriverai pas à descendre les trois étages. Ils se précipitèrent dans le corridor, rempli de gens qui cherchaient à fuir. Tout le monde se bousculait dans l'étroit passage pour atteindre l'escalier, obstrué par des blocs de maçonnerie et des morceaux de bois, tombés en travers. Difficile de ne pas trébucher sur les marches pleines de décombres.

Ils formaient une procession muette, hébétée. En chemin, Miranda remarqua d'abord le balai et le seau, puis, quelques marches plus bas, George lui-même. La moitié du crâne emportée. Par terre à côté de lui, une poutre. Du sang et des morceaux de cervelle coulaient dans l'escalier.

Elle crut qu'elle allait vomir, mais son compagnon accentua sa pression sur sa main et l'entraîna à sa suite. Ils parvinrent enfin à la sortie, se déversant à l'extérieur avec les autres. Certains étaient blessés au visage, d'autres avaient des coupures profondes aux bras. Une femme gardait la main sur son œil. John Herlihy, le responsable de la maintenance, était assis par terre, des traînées de suie sur ses joues rebondies. L'air complètement égaré.

Le parking et les jardins de la chancellerie présentaient des scènes de désolation. Regards perdus, cris, pleurs, gémissements, silence hébété, vêtements déchirés et couverts de poussière. Miranda suffoquait. Elle saignait toujours, comme beaucoup de ses compagnons d'infortune. Des voitures et des jeeps, renversées sur le côté ou sur le toit, brûlaient. Un peu plus loin, les véhicules qui n'avaient pas été soufflés par l'explosion avaient eu leurs vitres défoncées, leur peinture écaillée.

Dans les jardins, sur plus d'un mètre de haut, ce n'étaient que pans de murs effondrés, pièces de bois arrachées, plaques de tôle tordues, débris de verre et de ciment. Avec, ici et là, des corps éparpillés. L'un d'eux, allongé dans le patio à l'endroit où se trouvait auparavant le banc de Ray, n'avait plus de tête. Un autre était totalement noirci, comme un quartier de viande carbonisé. Il manquait une main à un troisième, qui n'était autre que le cadavre de Mrs. Ghai. Elle tomba à genoux et se mit à vomir, sans plus pouvoir se retenir.

L'horreur ne fit que s'aggraver quand, une fois remise, elle reconnut un autre cadavre: celui du jardinier qu'elle avait croisé en revenant à son bureau, après s'être occupée du camion-citerne. L'homme avait eu la poitrine défoncée par un bloc de béton. Il était étendu sur le dos, bras en croix, au milieu de son parterre labouré et de ses plants écrasés. Non loin de là, plusieurs arbres déracinés, des arbustes et des fleurs déchiquetés. Les écorces de l'allée, balayées par la violence de l'explosion, jonchaient la pelouse. Des débris flottaient encore dans l'air, morceaux de papier et de tissu tournoyant dans les nuages de fumée qui montait des foyers d'incendie.

Le bruit caractéristique d'un pneu qui éclate la fit sursauter.

«Allez, venez, dit son collègue. Il faut qu'on sorte d'ici. Il pourrait y avoir une autre explosion.» De grosses gouttes de sang perlaient à son front.

«Vous avez raison, dit-elle. Les cuves de combustible du sous-sol pourraient sauter... Il faudrait qu'on prévienne quelqu'un.»

S'écorchant les pieds sur les fragments de toutes sortes répandus sur le sol, elle courut faire part de l'information à un marine.

«OK, dit le militaire, à qui la poussière avait fait un visage de clown. Sortez vite, maintenant.»

Sortir, mais comment? La grille principale était infranchissable. La chaleur avait tordu les barreaux, dont certains étaient collés les uns aux autres. Près du poste de garde, dont les murs et les fenêtres étaient complètement défoncés, rougeoyait le squelette d'acier d'un châssis de camion. À côté, un grand cratère. Lentement, Miranda prenait conscience de la puissance extraordinaire qu'avait dû avoir l'onde de choc. Elle crut d'abord que la carcasse rougeoyante était celle du camion-citerne, avant de comprendre qu'il s'agissait de l'autre véhicule, la camionnette bâchée qui était venue se placer juste derrière. Le camion-citerne, lui, était plus loin, dressé contre la façade du bâtiment de la chancellerie. La déflagration avait dû le percuter de plein fouet. La citerne était aplatie comme du carton ondulé, et il avait traversé toute la longueur de la pelouse et du parking. Le chauffeur ne pouvait qu'avoir été tué sur le coup. Médusée, elle comprit qu'il s'en était fallu de quelques minutes: si elle avait attendu la fin de l'opération de remplissage, elle se serait retrouvée au cœur de l'explosion, et elle aurait été littéralement réduite en miettes. Du côté donnant sur l'entrée principale, les murs avaient été soufflés sur les trois niveaux. Le bâtiment, noirci par les flammes, présentait ici et là des brèches béantes, d'où sortaient, ainsi que des cadres de fenêtre encore en place, des tourbillons de fumée.

Une pagaille noire régnait sur le parking. Des camions de pompiers et des ambulances arrivaient sans arrêt. Certains membres du détachement de marines tentaient d'installer un périmètre de sécurité; un genou à terre, ils braquaient leurs fusils sur la foule qui commençait à s'attrouper devant l'enceinte. Les autres essayaient d'évacuer le personnel de l'ambassade. Un marine, qui avait récupéré une échelle et l'avait dressée contre le mur d'enceinte, faisait passer les gens de l'autre côté. Le mur était lézardé, et couvert de sang là où les blessés l'avaient touché. Ceux qui attendaient leur tour au bas de l'échelle avaient triste allure. Un homme jeune et musclé, dans lequel Miranda reconnut Denham, le type des services secrets, n'avait plus qu'une chaussure et boitait bas. D'autres dans la queue, qu'elle ne tarda pas à rejoindre, appelaient qui les services d'urgence, qui un collègue, qui un ami, sur leurs portables. Tandis qu'elle patientait, elle entendit approcher les sirènes d'autres camions de pompiers et d'autres ambulances.

Dans la rue, des membres du Peace Corps, qui s'étaient précipités depuis leur cantonnement, tout proche, dès qu'ils avaient entendu l'explosion, attendaient dans des véhicules pour transporter les blessés dans les hôpitaux. Deux infirmières franchirent le mur pour aider ceux qui se trouvaient encore à l'intérieur de l'enceinte. Sur le trottoir, à l'extérieur, le médecin de l'ambassade, le Dr Macintyre, s'occupait des cas les plus urgents. Deux personnes, des Tanzaniens, étaient allongées sur des brancards de fortune, des portes arrachées de leurs gonds dans des maisons ou des bureaux voisins. Les toits et les murs de la plupart de ces bâtiments s'étaient effondrés, et il n'y avait plus trace de vitres aux fenêtres.

Un hélicoptère survolait en bourdonnant la foule qui convergeait vers le lieu du drame et se précipitait pour jeter un coup d'œil à l'intérieur de l'enceinte, horrifiée devant l'ampleur des dégâts. Les pompiers commençaient à arroser le bâtiment, faisant monter de grands jets de vapeur, qui se mêlaient à la poussière et à la fumée en un voile épais que trouaient ici et là les rayons du soleil.

Après s'être assurée auprès de Macintyre qu'il était au courant pour Ray, Miranda monta dans un des véhicules du Peace Corps pour se rendre à la résidence du chargé d'affaires. C'était là qu'on avait décidé d'installer temporairement le quartier général. En chemin, la radio lui apprit qu'un autre attentat à la bombe, pratiquement au même moment, avait ravagé l'ambassade de Nairobi. Plus grave, apparemment, et bien plus meurtrier. Tandis qu'ils traversaient la ville, elle frissonna à l'idée d'une situation plus dramatique encore que celle qu'elle venait de vivre. En jetant un coup d'œil derrière elle, elle vit un nuage de fumée noire, chargé de morceaux de papier et de tissu, monter dans le ciel. La foule s'enfuyait maintenant à toutes jambes du lieu de l'explosion.

Elle se pencha vers la femme devant elle pour le lui dire, comme si elles avaient pu l'une ou l'autre y faire quelque chose.

«Ils ont dû prendre peur, répondit la femme. Des bruits courent qu'il y aurait d'autres bombes. On parle aussi d'attentats à Kampala et à Khartoum.

– C'est qui, à votre avis?» demanda Miranda, avec une grimace de douleur. Ses tympans la faisaient terriblement souffrir.

«À mon avis, les islamistes. Ça ne peut être qu'eux. Les Tanzaniens n'ont pas de comptes à régler avec nous.»

À la résidence du chargé d'affaires, d'autres membres du Peace Corps les attendaient, avec du café ou des jus de fruits. Encore tout étourdie, elle but un Coca, se culpabilisant d'avoir abandonné Ray. Quelqu'un lui présenta un gant de toilette imbibé de désinfectant pour nettoyer ses coupures. Elle tremblait toujours.

Après avoir retrouvé ses esprits, elle entreprit de se rendre utile. Les membres du personnel continuaient d'affluer, et la besogne ne manquait pas. Il convenait d'abord d'identifier et de localiser tout le monde, ainsi que de faire le décompte des blessés. Miranda aida à dresser les listes et à retrouver les coordonnées des personnes à prévenir aux États-Unis. Les renseignements étaient ensuite transmis grâce à la ligne directe reliant le QG temporaire au centre d'opérations du Département d'État: noms de l'employé et des membres de sa famille, nom et numéro de téléphone de la personne à contacter en cas d'urgence, que le Département d'État se chargeait d'appeler, afin de lui éviter d'apprendre la nouvelle à la radio, le matin au réveil. On procéda à la même opération pour les employés tanzaniens, mais beaucoup n'avaient pas le téléphone.

À dix-huit heures, ils avaient établi que dix personnes, peut-être onze, avaient trouvé la mort dans l'explosion. Il y avait par ailleurs plus de quatre-vingts blessés. Parmi eux, Juma, le garde, que la déflagration avait proprement projeté hors de sa guérite. Au moment où il était retombé sur le sol, une voiture avait atterri à moins d'un mètre de lui. Il avait eu le corps mitraillé par les éclats des vitres brisées. D'après les médecins, il faudrait des mois pour arriver à retirer tous les fragments. Plusieurs des autres gardes tanzaniens étaient morts.

Qu'il n'y eût pas de morts parmi les ressortissants américains de l'ambassade était une piètre consolation. Au fur et à mesure que les émetteurs-récepteurs crachotaient et que les téléphones portables faisaient entendre leurs sonneries guillerettes étrangement déplacées, il devenait de plus en plus évident que la situation au Kenya était beaucoup plus grave. Le nombre des victimes ne cessait d'augmenter. Les chiffres étaient loin d'être définitifs, mais il semblait que plus de deux cents personnes, dont douze Américains, avaient été tuées. Près de cinq mille Kenyans avaient été blessés dans les rues et les bâtiments autour de l'ambassade.

Tandis que l'après-midi touchait à sa fin, la résidence du chargé d'affaires était en passe de refuser du monde. Les gens attendaient, assis par terre sur des coussins, à l'écart, ou en petits groupes silencieux. Un poste de soins d'urgence fut improvisé au premier étage, où le Dr Macintyre, aidé des infirmières du Peace Corps, put s'occuper des blessés qui ne nécessitaient pas une hospitalisation immédiate. Nombreux étaient ceux qui avaient besoin de points de suture ou de calmants. Quand elle n'en réconfortait pas certains ou ne préparait pas thé ou café, Miranda aidait un infirmier militaire à distribuer des tranquillisants. Elle apprit que Ray avait été transporté à l'hôpital et que son état était stationnaire. Elle essayait de s'absorber dans ses tâches, pour éviter de penser aux corps de Mrs. Ghai, de George ou du jardinier.

Chaque nouvel arrivant apportait son contingent d'horreurs. Vers dix-sept heures trente arriva Rossetti, pâle et échevelé, son M16 toujours à la main. Il était totalement épuisé, après des heures passées à tenter de secourir les uns ou les autres, assister les blessés graves et protéger ce qui restait de la chancellerie. Il avait fallu entre autres veiller à la destruction de tous les documents et équipements classés secrets. Au bout de sept heures, Rossetti avait fini par accepter, fort sagement, d'abandonner la garde de l'ambassade à une force mixte composée de militaires en poste dans plusieurs services diplomatiques du voisinage (notamment britannique et israélien) et de membres de la police tanzanienne.

Il rapporta en détail la scène qu'avait entrevue Miranda depuis l'arrière du véhicule du Peace Corps: les mouvements de va-et-vient de la foule dans Laibon Road, près d'un millier de personnes tour à tour refluant sous le coup de la peur et revenant, poussées par la terrible fascination de la catastrophe.

«J'ai bien cru que j'allais finir par tirer deux ou trois

coups de semonce, disait le caporal, la tête entre les mains. Il fallait absolument qu'on arrive à contrôler la situation. Ils n'arrêtaient pas d'avancer et de reculer. De se précipiter vers moi, et puis de battre en retraite, en vagues successives.»

Des mouvements, il y en avait d'autres, dans d'autres sphères. Très haut dans le ciel, au-dessus du carnage dans les deux capitales africaines – au-dessus des morts dans leurs postures contrefaites, des mutilés et des estropiés, au-dessus des bâtiments éventrés et des décombres fumants, des sirènes hurlantes et des foules de curieux –, le réseau de communications le plus sophistiqué au monde répondait à la situation d'urgence. Bien entendu, le Président avait été aussitôt informé. À la Maison-Blanche, au Pentagone, aux quartiers généraux de la CIA et du FBI, des cellules de crise étaient mises sur pied en toute hâte, des réunions convoquées et des plans d'action établis. Madeleine Albright et le centre d'opérations du Département d'État étaient chargés de coordonner la riposte.

Plus tard dans l'après-midi, le Président en personne, ainsi que la secrétaire d'État et d'autres hauts responsables, téléphonait à la résidence du chargé d'affaires pour exprimer sa sympathie. Plus tard encore, on les informa que des avions venaient de décoller à destination de l'Afrique. L'homme des renseignements, qui n'avait toujours qu'une chaussure et une chaussette pleine de sang, monta sur la table de la salle à manger pour faire le point.

«Nous disposons désormais d'une ligne directe, ouverte vingt-quatre heures sur vingt-quatre, avec le Département d'État, commença Denham. Vous avez peut-être entendu dire qu'il y avait eu des attentats à la bombe ailleurs qu'à Nairobi et ici. Je suis heureux de pouvoir démentir. Il y a eu des menaces, mais elles ont été neutralisées. On a procédé à des arrestations. Il reste que l'attentat de Nairobi a été terrible. Bien pire qu'ici. La bonne nouvelle, c'est que des centaines d'employés du gouvernement – FBI, armée, services secrets, médecins, soutien psychologique – ne vont pas tarder à arriver. Il faudra trouver logements, véhicules et lignes téléphoniques pour tous ces gens. Ce que je suggère pour l'instant, c'est que tous ceux qui sont valides et qui ne sont pas indispensables ici rentrent chez eux et essaient de récupérer. Mais ne quittez cette maison que si vous pouvez rester en contact avec nous. Faites-vous aussi discrets que possible. Demain matin, revenez ici afin d'aider à organiser l'accueil et à assurer une permanence téléphonique. N'oubliez pas vos portables. Nous allons avoir besoin de gens pour entrer en liaison avec les hôpitaux, avec Washington, avec l'aéroport pour toutes les expéditions.»

Miranda ne rentra finalement pas chez elle. Oyster Bay était trop loin, et, de toute façon, elle était encore trop secouée. Elle dormit par terre sous une couverture, et quand elle se réveilla, ce fut pour tomber sur les images de la catastrophe de Nairobi à la télévision. Les secours s'étaient poursuivis toute la nuit. Il y avait des décombres partout, mêlés à des fragments de métal, des morceaux de voitures, carrosseries et moteurs, tous noircis et complètement tordus. Sous la lumière crue des lampes à arc, une grue soulevait des blocs de béton trop lourds pour être délogés avec des pioches et des leviers. On découpait les poutrelles de fer à l'aide de meuleuses et de chalumeaux. Les micros de la télévision captaient très bien les voix de ceux qui, pris dans des éboulis, appelaient au secours.

Elle resta jusqu'à l'heure du déjeuner, à répondre au téléphone et à s'occuper de l'installation d'autres lignes. Dans l'après-midi, affamée et épuisée, elle prit un taxi pour se rendre à l'hôpital, s'achetant un sandwich (chose qu'elle ne faisait jamais à l'ordinaire) chez Jambo Snacks, sous la tour de l'horloge, et le mangeant pendant le trajet.

Ray devait être évacué sur Londres le soir même, la Grande-Bretagne étant plus proche que les États-Unis. Elle pleura quand elle le vit sur son lit, les deux jambes dans le plâtre, même si lui réussit à garder sa bonne humeur habituelle.

«Ne pleure pas, cocotte. J'ai eu de la chance, en fait. Les organes internes ne sont pas touchés. Ma queue non plus, Dieu soit loué.

– Et pour ce qui est de marcher?

– Ah, là, c'est le grand silence quand je pose la question. Apparemment, les rotules sont en miettes.»

L'image de coquilles d'œuf brisées traversa soudain l'esprit de Miranda, quand elle se souvint des os qui avaient transpercé la peau. Des larmes roulèrent à nouveau sur ses joues.

«Allons, allons, dit-il. Embrasse-moi, et va plutôt te rendre utile quelque part. Je suis sûr que ces Angliches vont me tirer d'affaire.»

Elle l'embrassa, mais elle pleurait toujours quand elle reprit son taxi. Au lieu de retourner à la résidence du chargé d'affaires, elle demanda au chauffeur de la déposer dans une agence de location de voitures, où elle loua un nouveau véhicule. Le sien, comme ceux de la plupart de ses collègues, avait été détruit dans l'explosion. Puis elle se rendit au plus vite à la résidence, où elle devait reprendre du service à la permanence téléphonique. En arrivant vers trois heures, elle tomba sur Clive Bayard. Elle se rendit compte qu'elle n'avait pas eu l'occasion de parler à l'archiviste depuis «l'événement», comme le centre d'opérations appelait l'attentat. C'était lui qui avait pris l'appel de Clinton la veille.

«C'était bizarre, lui confia-t-il un peu plus tard, partageant un doughnut et une tasse de café au cours d'une brève période d'accalmie. Je n'ai jamais été grand fan du Président, surtout depuis toutes ces histoires avec les femmes. J'avoue que ça heurtait ma sensibilité. Mais quand je l'ai entendu me demander mon nom, nous assurer de son soutien et regretter le malheur qui nous frappait tous, j'ai su tout de suite que ça venait du fond du cœur. Il était sincère. Tu sais, maintenant, je me fous de ce que ce type peut faire. Il peut bien tomber sous le charme des cheveux longs et des belles poitrines de toutes les Américaines, du Montana jusqu'au Nouveau-Mexique, je m'en fiche… et que le diable m'emporte si toi, Miranda, tu n'es pas du lot.»

Elle le regarda, stupéfaite. Clive était de stricte obédience baptiste, et elle ne l'avait jamais entendu jurer auparavant ni faire allusion au sexe. Il avait enlevé ses lunettes et poursuivait sur sa lancée, tout en gesticulant, lunettes dans une main, doughnut entamé dans l'autre.

Elle garda cette image présente à l'esprit pendant tout le trajet jusqu'à Oyster Bay. Clive n'était pas le seul à sonner faux, à être devenu imprévisible. L'attentat avait de curieux effets sur les gens – altérait leur image d'eux-mêmes, changeait les personnalités et la nature des relations. Plus bizarrement encore, il semblait aussi altérer la perception du temps et de l'espace. Troublant, vraiment, se dit-elle en s'effondrant sur son lit le lendemain soir de l'attentat. Comme un de ces films qui jouent sur la confusion de l'apparence et de la réalité.

Sauf que là, ce n'était pas du cinéma… De retour dans ses draps dont elle connaissait si bien les motifs, de retour, enfin, dans son lit, Miranda Powers s'apprêtait à glisser dans les bras de Morphée, quand elle vit, en tendant la main vers la table de nuit pour éteindre la lumière, la carapace du bébé tortue que lui avait donnée Nick Karolides sur le bateau qui les ramenait de Lyly.

TROISIÈME PARTIE

23

La moindre conséquence de l'événement qui se produisit le vendredi 7 août 1998, à 10h39 – date qu'elle n'oublierait jamais, heure gravée au fer dans sa mémoire – fut la perte de son réveille-matin. Miranda rejeta brusquement les draps, se rendant compte qu'elle s'était oubliée… en un jour pareil. Elle s'était réveillée tranquillement, pensant à Nick, aux guitares vibrantes du night-club de Zanzibar et à l'air parfumé du jardin où, plus tard, il l'avait embrassée. Puis ses pensées s'étaient aussitôt tournées, dans un accès d'autopunition, vers la pauvre Mrs. Ghai, George, l'agent de service, le jardinier, Ray, le corps sans tête. Et vers les centaines d'autres victimes au Kenya, dont certaines, mortes ou vivantes, étaient encore sous les décombres.

Après s'être habillée à la hâte et avoir pris quelques cuillerées de yaourt et de muesli en guise de petit déjeuner, elle retourna à la résidence du chargé d'affaires. Elle dut quasiment se battre pour entrer. À peine la bombe avait-elle explosé que les médias du monde entier – CNN, BBC et bien d'autres encore – s'étaient mobilisés autour de la chancellerie en ruine. Ils en étaient maintenant à faire le siège du centre d'opérations d'urgence à la résidence.

Au cours de la nuit, le Département d'État avait mis

au point une stratégie relative à la couverture des événements par les médias. Ceux-ci devaient expressément être tenus à l'écart des lieux des explosions dans l'attente de l'analyse des experts, et les interviews filmées des victimes étaient strictement interdites. Mais il était trop tard: certaines images faisaient déjà le tour du monde. D'autres, jugées trop macabres pour une diffusion internationale, ne furent montrées qu'à la télévision locale. Parmi elles, une main parée d'un gros rubis rouge.

Celle de Mrs. Ghai. Miranda se précipita à la salle de bains, la main sur la bouche.

Plus tard, en regardant un reportage en provenance de Nairobi, elle vit des marques d'empreintes sanglantes sur un mur, dont elle devina qu'elles étaient celles d'un blessé se traînant pour se mettre à couvert. Elle dut à nouveau se détourner. Le chargé de la communication à l'ambassade s'efforça de mettre un terme à de tels reportages. Pour les remplacer par des mises au point officielles régulières et des conférences de presse destinées aux centaines de journalistes qui affluaient maintenant à Dar.

Miranda regarda le président Clinton et d'autres membres du gouvernement faire diverses déclarations sur CNN. «Ces actes de violence terroriste sont insupportables, dit le Président, depuis la roseraie de la Maison-Blanche. Ils sont inhumains. Nous mettrons en œuvre *tous* les moyens à notre disposition pour traduire les coupables devant la justice, sans considération de temps ni de coût.»

«Les terroristes se réjouissent des souffrances de leurs victimes, déclara de son côté le secrétaire à la Défense, William S. Cohen. Ce que nous voulons, c'est les priver de cette joie, et nous ferons tout ce qui est en notre pouvoir pour les retrouver.»

La secrétaire d'État promit une récompense de deux millions de dollars pour tout renseignement susceptible de mener à l'inculpation des responsables des attentats. «Notre pays a la mémoire longue, et notre puissance s'étend très loin.»

Miranda n'osait imaginer le cauchemar des familles qui avaient perdu un fils, une fille, une mère, un père dans la catastrophe. À Nairobi, il avait fallu vingt-quatre heures de travail acharné et d'efforts continus aux marines et au personnel des forces spéciales pour retirer les corps des décombres. La télévision montrait des marines et des soldats kenyans à côté du bâtiment dévasté, entouré désormais de rouleaux de barbelés et de sacs de sable entassés, dans l'éventualité d'une nouvelle attaque. Derrière cette barricade, un bulldozer repoussait des monceaux de débris. Miranda vit des corps qu'on enveloppait dans des housses en plastique ou aux chevilles desquels on attachait des plaques en aluminium avec un numéro, aux fins d'identification. Elle vit des cercueils en bois rouge chargés à l'arrière du pick-up, pour être emportés, comme le voulait la coutume africaine, jusque dans les villages natals des victimes, où auraient lieu les funérailles.

* * *

Le gouvernement agit avec promptitude face à la crise, mettant sur pied un plan d'urgence et prenant des mesures pour appréhender les responsables. Mais une certaine confusion était inévitable. Ce n'est que pratiquement quarante-huit heures après les attentats que le C-17 Globemaster III transportant la FEST tanzanienne (Équipe de secours d'urgence pour interventions à l'étranger) arriva à Dar. Un premier avion avait déjà été envoyé à Nairobi, mais ce n'est que quand apparut l'ampleur de la tragédie que l'on décida d'en affréter un second à destination de la Tanzanie. Il avait fallu d'abord trouver l'appareil adéquat, rassembler ensuite l'équipement nécessaire: radios, téléphones, chiens de sauvetage, matériel de forage et d'extraction des corps enterrés, fournitures médicales, dossiers des proches parents et autres documents de première nécessité. Entreprise qui avait exigé un travail considérable.

En sus des représentants de la FEST, le département de la Défense envoya sur place toute une série de membres des forces armées, faisant appel à l'ensemble de ses ressources en la matière à travers le monde. Une section antiterroriste de cinquante marines fut expédiée par le commandement central dans chacune des deux villes; une unité de trente hommes du génie maritime fut déployée à partir de Guam pour participer aux opérations de secours à Nairobi; le commandement des forces basées en Europe envoya une équipe chirurgicale de vingt hommes, une autre de sept membres spécialisés dans la lutte contre le stress des combats, une autre pour le transport des grands blessés, une autre enfin, composée de sept militaires de l'armée de l'air spécialistes de l'évacuation d'urgence. De l'Asie du Sud-Ouest arrivèrent du personnel médical et des professionnels des questions mortuaires, qui furent répartis entre Dar et Nairobi.

Mais les premières à parvenir sur les lieux furent les équipes du FBI – personnel médical aussi bien qu'experts en explosifs, ingénieurs et enquêteurs spécialisés. D'après la loi fédérale, le FBI est mandaté pour enquêter sur les crimes commis en territoire américain à l'étranger, et c'est ainsi que Mort Altenburg débarqua en Afrique de l'Est. Jack Queller, qui avait gagné Washington en toute hâte depuis le cap Cod dans un petit appareil, le suivit de près, appelé par Madeleine Albright en personne, investi des fonctions de conseiller du Centre de la lutte antiterroriste auprès de la FEST.

Queller et Altenburg se rendirent d'abord à Nairobi. Tous deux furent choqués par la quantité impressionnante de décombres sur le site lors de leur première visite. Il y avait du verre, beaucoup de verre, des montagnes de briques, des monceaux de métal tordu et noirci, de grandes plaques de béton. Les murs de plusieurs bâtiments avaient été comme sectionnés à mi-hauteur. Une sorte de brume s'attardait sur les lieux. Les ouvriers du bâtiment kenyans, dont les pelles et les pioches résonnaient sur la pierre et l'acier, continuaient à creuser pour retrouver les corps.

Altenburg commença immédiatement son enquête, interviewant et fouillant partout. Queller se tint un peu en retrait, essayant de se faire une idée de la manière dont les événements s'étaient déroulés. Il remarqua que certains de ses collègues avaient une fâcheuse tendance à traiter les enquêteurs de la police criminelle kenyane comme quantités négligeables. Lui-même prit soin, au contraire, d'écouter avec attention ce que les policiers africains avaient à dire quand, dans le sillage des techniciens du FBI, ils procédaient à leurs propres investigations sur les lieux de l'attentat.

La procédure médico-légale impliquait qu'il fallait d'abord circonscrire un périmètre, en traçant une ligne de démarcation à six cents mètres du centre présumé de l'explosion, et progresser à partir de là vers l'intérieur. Ce que recherchaient en priorité les techniciens, c'étaient des morceaux de métal proches du lieu de la déflagration, des éléments en provenance du véhicule transportant la bombe, si les choses s'étaient vraiment passées ainsi. Les surfaces présentaient des alvéoles et des cratères tout à fait caractéristiques, ainsi que des preuves de cet aplatissement et de cette torsion typiques d'un métal soumis à une forte pression lors d'une explosion.

Plus tard, on recueillerait sur le métal des résidus explosifs: infimes particules de la substance chimique résultant de la réaction détonante et du passage de l'explosif de l'état solide à l'état gazeux. Après avoir été isolée et dissoute dans l'acétone, la particule serait séparée par chromatographie en phase gazeuse, et ses constituants identifiés à l'aide d'un microscope électronique. Ce n'est qu'alors que l'on connaîtrait avec exactitude les ingrédients ayant servi à fabriquer la bombe.

Il y avait tant à faire, tant à vérifier, que le FBI monta des tentes dans un parking voisin de l'ambassade, installant à l'intérieur des tables à tréteaux sur lesquelles étudier les fragments de preuves. C'est ici qu'étaient examinés les morceaux de métal arrachés, après avoir été soigneusement collectés là où ils étaient retombés.

Queller les regardait, fasciné. Difficile d'imaginer comment ces fragments noircis, propulsés par les ondes de choc, avaient pu traverser l'air à plus de cinq cents mètres à la seconde, et comment une énergie se déplaçant à une telle vitesse pouvait s'emparer d'une pièce de métal, aussi lourde qu'un essieu ou une tige de piston, et la travailler, la tordre, la corroyer, l'aplatir, la rendre aussi tranchante qu'une lame de couteau, et ce dans le seul intervalle du déplacement.

Le lendemain, lors d'une visite à l'hôpital, il put voir certains des dégâts opérés sur la chair humaine par ces projectiles, et par les millions de particules de verre, de béton et d'autres matériaux que l'explosion avait dispersées en cercles concentriques.

Il fit le tour des lits en compagnie d'une femme médecin asiatique. Membres arrachés. Cornées lacérées. Chairs criblées de fragments métalliques. Dents brisées. Crânes perforés. Sans parler de ceux à qui il manquait une partie de la mâchoire ou des épaules. Un homme, un des chauffeurs de l'ambassade, avait perdu un œil, une oreille et la moitié du front. L'ambassadrice elle-même avait une lèvre profondément entaillée, ainsi que d'autres blessures. Et on ne comptait plus ceux qui, au dire des médecins, avaient des fragments de verre enfoncés si profond qu'il faudrait huit ou neuf opérations pour arriver à les extraire tous.

Les malades qui émurent le plus Queller furent ceux qui avaient laissé un membre dans l'explosion. Un homme avait ainsi perdu une main. Le médecin raconta à Queller qu'il était arrivé avec sa main qui ne tenait plus que par les nerfs et les vaisseaux – figure solitaire dans le flot humain qu'avaient déversé bus et voitures immédiatement après l'attentat et qui avait envahi la zone de triage, couvrant de sang le sol et les murs, les uns affaissés, les autres étendus, d'autres encore assis le long des couloirs, attendant que l'on veuille bien s'occuper d'eux.

Il quitta l'endroit, encore traumatisé, et dut s'arrêter un moment sur le parking, sous un arbuste à fleurs rouges, avant de retrouver la force de retourner sur les lieux de l'attentat.

* * *

À Dar, Miranda était sur place quand arriva la première vague du personnel de la FEST, pour commencer à rassembler les preuves et à mettre en place un programme d'entrevues. Elle observa les agents, qui venaient se faire connaître à la résidence du chargé d'affaires, où elle-même assurait la permanence téléphonique. Il y avait autant de femmes que d'hommes parmi eux, et d'Afro-Américains que d'Asiatiques ou de WASP, mais tous se ressemblaient étonnamment: même jeunesse, même condition physique exceptionnelle, mêmes complets sobres, ne camouflant qu'à moitié les holsters d'épaule et les revolvers, mêmes esprits ergoteurs formés au moule de Quantico. Les équipes de terrain s'en allèrent d'abord sur les lieux pelle et pioche à la main, puis, dans un second temps, munis de gants de chirurgien, de Q-tips et de minuscules sachets en plastique. Ils portaient tous une tenue de protection en Tyvek, combinaison en plastique, sans doute difficilement supportable sous le soleil africain, destinée à protéger les indices éventuels de toute contamination.

Les inspections de sécurité conduites par la FEST incluaient réglementairement un interrogatoire poussé du personnel de la chancellerie. Les sessions, qui se tenaient au Kilimandjaro, étaient une véritable épreuve, mais tout le monde s'accordait à dire qu'elles étaient nécessaires. Tous ceux qui n'étaient pas trop gravement atteints furent convoqués à tour de rôle.

Quand vint le tour de Miranda, Queller et Altenburg étaient arrivés de Nairobi. Ce furent eux qui conduisirent l'entrevue. Elle fut surprise de voir les deux hommes ensemble. Et ne sut trop comment réagir quand elle se vit escortée dans la pièce par un autre agent.

Queller se montra d'emblée amical, se levant pour lui serrer la main, lui offrant la sienne, la bonne, autrement dit la gauche, ce qui la déstabilisa quelque peu, même si elle se souvenait de la prothèse.

«Nous nous sommes déjà rencontrés, n'est-ce pas? dit-il en lui souriant. Je regrette que nous devions nous retrouver dans des circonstances aussi tragiques.»

Directement en face d'elle, derrière la table en Formica sur laquelle se trouvaient une pile de dossiers et un magnétophone, Altenburg fut beaucoup plus froid, l'examinant, impassible, derrière ses lunettes. Ce fut lui qui posa la plupart des questions. Queller était assis un peu à l'écart, les jambes croisées, la manche flasque de sa veste pendant sur le côté. L'agent qui avait fait entrer Miranda était resté debout à la porte. Elle se fit l'impression d'une criminelle sous haute surveillance.

Au début, les questions furent d'ordre essentiellement technique. «Quelle était la couleur de la fumée de l'explosion? Pouvez-vous nous décrire son odeur?»

Elle essaya de rassembler au mieux ses souvenirs. «Eh bien, elle était noire, en fait, tout bêtement noire, avec des traînées grises. Quant à l'odeur, je ne saurais trop comment la décrire. La seule fois où j'aie jamais senti quelque chose d'approchant, c'est quand des gamins ont mis le feu à une voiture à côté de chez mon cousin. Sauf que, là, c'était plus… comment dire, plus chimique. Et on sentait aussi la poussière de ciment.»

Il y eut encore quelques questions de ce genre, puis Altenburg commença à l'interroger sur les problèmes de sécurité.

«Avant ce vendredi, est-ce que quelqu'un vous a jamais posé de questions sur vos horaires de travail, ou sur les règles de sécurité en vigueur à la chancellerie?

– Des choses comme… les rotations de service du corps de sécurité des marines, par exemple? intervint Queller avec bienveillance.

– Non, non. De toute façon, je me serais bien gardée de répondre à ce genre de questions.

– Qu'avez-vous vu le jour de l'attentat? Avez-vous remarqué quoi que ce soit de suspect? Des gens ou des véhicules à proximité de l'enceinte?»

Elle se mit à leur parler du camion-citerne. «J'ai dû sortir pour m'occuper du ravitaillement en eau. Le livreur était en retard, vous comprenez, et j'ai dû attendre un moment...

– Les techniciens ont passé l'épave du camion-citerne au peigne fin, dit Altenburg. Nous pensons que c'est l'autre camion qui est à l'origine de l'explosion. Vous pourriez m'en dire quelque chose, de ce second véhicule?

– Il est arrivé au moment où je repartais. Je me suis demandé ce qu'il pouvait y avoir dedans. J'ai pensé que c'étaient des matériaux pour la piscine.

– Pardon? dit Altenburg.

– On construit une piscine en ce moment, et il y a souvent des camions de livraison. J'ai cru que c'était l'un d'eux.»

Altenburg nota quelque chose.

«Continuez, dit Queller.

– Il attendait de pouvoir passer. Je me souviens avoir été surprise, parce que d'habitude les chauffeurs tanzaniens klaxonnent comme des fous, alors que celui-ci ne l'a pas fait. Il s'est contenté d'attendre. Un peu nerveux, peut-être. Je pense que... enfin, il tambourinait des doigts sur sa portière.»

Altenburg et Queller se redressèrent soudain sur leurs chaises.

«Vous vous rappelez son visage? demanda Altenburg.

– Pas vraiment, répondit Miranda en haussant les épaules. Il avait le teint assez clair. J'ai eu l'impression de l'avoir déjà vu quelque part. Je me souviens m'en être fait la remarque. Je me suis dit qu'il devait faire partie des ouvriers occupés à la construction de la piscine.

– Faites un effort», la pressa Queller.

Elle ferma les yeux. Essaya de se représenter à nouveau le visage de l'homme. «Il avait une moustache, je crois. Je n'ai pas vraiment regardé.

– C'est bien dommage, dit Altenburg, vu la suite des événements…»

Il ouvrit un des dossiers qu'il avait devant lui, le levant de manière à ce qu'elle puisse voir son nom sur la couverture cartonnée.

«Votre travail consiste bien à vérifier la fiabilité du personnel auxiliaire local, n'est-ce pas?

– C'est exact, répondit-elle.

– Vous avez des raisons de soupçonner un membre quelconque de ce personnel?

– Absolument pas, dit-elle. Ils sont tous extrêmement dévoués.

– Vous pensez les avoir contrôlés correctement? demanda Altenburg, en feuilletant le dossier.

– J'ai suivi la procédure réglementaire applicable aux sites à risques 1 et 2.

– De toute évidence, une telle procédure ne prévoyait pas un attentat à la bombe par véhicule piégé.

– Si j'avais pu le prévoir, j'aurais peut-être été en mesure de faire quelque chose!»

Elle s'interrompit, s'efforçant de ne pas se hérisser devant cette insinuation.

«J'ai appliqué toutes les consignes de sécurité. J'ai traité la gestion du risque comme on me l'avait appris, me renseignant de façon approfondie sur tout le monde, depuis les jardiniers jusqu'aux mécaniciens en passant par… en fait, pratiquement tout le monde.»

Elle se rendit compte qu'elle s'enlisait. Elle se sentait coupable. Sans comprendre pourquoi. Elle jeta un coup d'œil à Queller, qui lui adressa un sourire d'encouragement sans joie. Il leva son moignon de la table et le frotta de sa main valide.

«On va jouer à un petit jeu, dit-il. Essayons de dresser un portrait-robot de ce type que vous avez aperçu dans le camion. Prenez son visage morceau par morceau, et examinez-les l'un après l'autre.»

Elle ferma les yeux et essaya de suivre ses instructions. «Il avait un nez petit et mince. Ses yeux... je dirais qu'ils étaient plutôt marron. La bouche, eh bien, comme je l'ai déjà dit, il avait une moustache. En coup de crayon.

– Qu'entendez-vous par là?

– Heu... Toute droite, et noire. Pas très fournie.

– Tout cela ne nous mène nulle part», intervint Altenburg, se tournant d'un air impatient vers Queller.

Queller frotta à nouveau son moignon.

«Je ne comprends toujours pas pourquoi vous n'avez pas pris la peine de contrôler le camion, dit Altenburg en s'adressant à Miranda.

– En temps normal, je ne l'aurais pas fait de toute façon, dit-elle, non sans nervosité. S'il était arrivé deux minutes plus tard, je n'étais plus là.

– Vous n'avez pas trouvé étrange qu'il reste là à attendre, juste derrière l'autre camion. Il me semble à moi que les choses auraient pu être encore beaucoup plus graves, qu'ils avaient en fait prévu de s'engager derrière un camion dont ils pensaient qu'il allait bel et bien pénétrer à l'intérieur de l'enceinte.

– Non, je n'ai pas trouvé ça bizarre. Des tas de camions entrent. Comme je viens de vous le dire, la raison pour laquelle j'ai pensé que le camion livrait des matériaux pour les maçons, c'est que le visage du chauffeur me semblait familier.

– Vraiment? dit Altenburg. Et pour autant, vous n'arrivez pas à vous en souvenir?

– Je ne l'ai vu que quelques secondes.»

Altenburg se laissa aller contre son dossier et croisa les mains derrière la nuque.

«Qu'auriez-vous à répondre si je vous disais que vous avez failli à votre devoir en n'allant pas contrôler ce camion? Vous ne vous sentez aucunement responsable, sous ce rapport?

– Pas le moins du monde, répliqua Miranda sur un ton agressif. Ce n'est pas mon travail de contrôler les véhicules. Cette idée ne tient pas debout!»

Tout en parlant, elle se rendit compte qu'au-dedans d'elle, elle n'en était finalement pas si sûre. Aurait-elle dû effectivement contrôler le véhicule? Avait-elle une part de responsabilité? Mrs. Ghai, George, le jardinier... seraient-ils tous encore là si elle l'avait fait?

«Je crois qu'on est en train de tout mélanger, intervint Queller en s'adressant à Altenburg. Nous ne sommes pas ici pour répartir les responsabilités, mais bien pour retrouver les criminels.

– C'est ça que les gens sont en train de raconter? lança Miranda, ulcérée. Que je suis responsable?

– Ce sera tout pour l'instant, dit Altenburg en refermant le dossier. Je vous demanderai toutefois de ne pas quitter la ville.

– En voilà assez, explosa Queller. Bon Dieu, Mort...»

Puis, plus doucement: «Miranda, il ne s'agit là que de questions très générales, que nous posons à tout le monde. Nous n'avons aucun soupçon à votre endroit.

– Enfin..., corrigea Altenburg, pas plus ni moins qu'à l'endroit de n'importe qui.»

Miranda se leva, tout en regardant Queller. Furieuse contre Altenburg, mais aussi contre lui, pour ne pas l'avoir davantage soutenue. Elle rassembla toute la dignité dont elle était capable.

«Une de mes amies a été tuée dans cette explosion, dit-elle en pensant à Mrs. Ghai. Un autre est très gravement blessé. Je refuse d'être tenue pour responsable. Vous me voyez indignée de la manière dont a été conduit ce que j'appellerai un interrogatoire.»

Sur ces mots, elle quitta la pièce, faisant comme si elle ne voyait ni l'agent à la porte ni la personne qui attendait son tour pour être interrogée, et qui n'était autre que Clive Bayard. Il la regarda, interloqué, quand elle passa devant lui.

Elle sortit du bâtiment, en larmes, et courut jusqu'à sa voiture de location. Elle n'arrêta pas de pleurer pendant tout le trajet jusqu'à Oyster Bay, penchée sur le volant et noyant sous ses sanglots le sifflement des pneus sur le macadam brûlant.

À l'hôtel Kilimandjaro, une fois terminée la dernière entrevue de la journée, Queller s'en prit à Altenburg.

«Mais, bon Dieu, à quoi tu voulais jouer avec la petite Powers? Tu ne penses tout de même pas qu'elle a quelque chose à voir là-dedans?

– J'ai mes raisons.

– Son rôle se borne à la sécurité administrative. Le camion aurait de toute façon été contrôlé par les marines à la seconde barrière.

– Je répète que j'ai mes raisons.

– Et on peut savoir lesquelles?»

Altenburg renifla avant de lui lancer un regard dur. «Je voulais la mettre un peu sous pression. J'ai l'intention de faire procéder à des vérifications exhaustives sur son compte.

– À mon avis, tu perds ton temps.

– Écoute, Jack, j'ai pas mal de boulot, si tu n'y vois

pas d'inconvénient, dit Altenburg, passant outre. Je voudrais visionner ce qu'il reste des bandes de la télé en circuit fermé de la chancellerie.»

Ils se bousculèrent devant la porte, en cherchant à sortir en même temps.

Tard, le lendemain après-midi, Miranda fut à nouveau convoquée pour être questionnée par les deux hommes. Elle n'avait pas décoléré de toute la journée, outrée de voir ses compétences mises en doute. Elle était décidée à aborder toutes leurs questions de front.

Queller releva la tête et lui sourit d'un air encourageant quand elle entra. Altenburg était devant son ordinateur, exploitant une application vidéo qui lui permettait de numériser les images des bandes passées sur le magnétoscope branché juste à côté. Il était en manches de chemise, sa veste sur le dossier de sa chaise. Sur le bureau, à côté de ses bras nus couverts de poils bruns, Miranda reconnut une pile de bandes du même type que celui utilisé dans les caméras de télévision en circuit fermé de l'ambassade. Il semblait être en train de les visionner, transférant les séquences qui l'intéressaient sur son ordinateur.

«Miss Powers, dit-il, nous venons de passer en revue les bandes faisant état des contacts pris par le personnel de l'ambassade au cours des mois qui ont précédé l'attentat. La plus grande partie des enregistrements a été détruite dans l'explosion, mais j'aimerais que vous jetiez un coup d'œil sur deux petites séquences.»

Il cliqua sur une icône et une image en mouvement apparut dans un encart. Qui montrait Miranda sur le parking, en train de parler à un homme en T-shirt. Queller se pencha pour regarder le film, s'appuyant de son moignon sur le bureau.

« Qui est cette personne ? » demanda Altenburg, d'une voix suave, faisant un arrêt sur image.

À leur grande surprise, Miranda éclata de rire, rejetant la tête en arrière.

« Vous ne pensez quand même pas... ? Ça, c'est génial, c'est incroyable. C'est un citoyen américain.

– Votre petit ami ? demanda Queller, rasséréné.

– Eh bien... ce serait plutôt le style brève rencontre.

– Son nom ? demanda Altenburg.

– Nick Karolides. Il collabore à un programme de l'USAID à Zanzibar. »

Altenburg fit un signe à l'agent près de la porte, qui partit vérifier le nom de Nick sur un des gros ordinateurs installés dans les chambres voisines. Embarqués sur le vol de la FEST, ces appareils étaient maintenant directement connectés à toute une série de banques de données du gouvernement américain. Le silence s'installa dans la pièce, pendant qu'ils attendaient le retour de l'agent. Finalement, il fut brisé par Altenburg.

« Quand l'avez-vous rencontré pour la première fois ?

– À ce moment-là, dit-elle en montrant l'écran. Enfin, quelques heures plus tôt. Sur la plage. Il était venu récupérer à Dar du matériel qu'on lui avait expédié des États-Unis. On a bavardé. Et puis, je suis allée le voir à Zanzibar.

– Racontez-nous ce qui s'est passé.

– À Zanzibar ? demanda-t-elle après une seconde d'hésitation.

– À Zanzibar. »

Miranda poussa un soupir et jeta à Queller un regard implorant.

« Eh bien ? dit Altenburg.

– On a visité l'île. Fait une excursion en bateau. »

Elle attendit qu'Altenburg dise quelque chose, mais il

se contenta de faire glisser la souris sur le bureau et de pointer le curseur sur le visage de Nick.

« Vous voulez savoir si nous avons couché ensemble ? Histoire de le retenir aussi contre moi ? »

Queller eut un mince sourire, comme s'il se réjouissait de voir Altenburg récolter ce qu'il avait semé.

« J'ai pris un long week-end, expliqua Miranda d'un ton plus raisonnable, et je suis allée passer quelques jours sur l'île avec lui. À mon retour, j'ai décidé de ne pas donner suite à l'affaire. Et après ? J'avais l'autorisation. Le voyage est consigné dans les registres. Ils ont peut-être survécu ?

– En effet, dit Altenburg, et j'en suis le premier surpris.

– Le CSM les avait mis dans un coffre à l'épreuve du feu, non ? »

Altenburg acquiesça en silence, puis ôta ses lunettes et lut le tirage papier que l'agent, enfin de retour, venait de lui faire passer.

« Eh bien ? s'enquit Queller.

– Il a l'air OK, répondit Altenburg, l'air vaguement déçu. J'ai là une autre bande, ajouta-t-il à l'adresse de Miranda. J'aimerais que vous y jetiez aussi un coup d'œil. »

Miranda eut un mouvement d'agacement.

« Je ne fais que mon travail », dit Altenburg d'un ton guindé, tout en sélectionnant la nouvelle bande.

Il cliqua sur PLAY, et ils attendirent de voir apparaître une autre image, tandis que l'ordinateur faisait défiler son compte d'octets. L'opération une fois terminée apparut sur l'écran un homme aux cheveux châtain clair, debout sur le trottoir en face d'une des entrées de l'ambassade : celle où s'étaient présentés le camion-citerne et le camion piégé, le poste de garde de Juma

L'homme portait une casquette de base-ball barrée de l'inscription SPORT TEAM OSNABRÜCK. Son visage, à la peau foncée, était en grande partie caché par la caméra vidéo qu'il tenait devant lui. L'image ne dura que quelques secondes: le temps qu'un bus passe, l'homme n'était plus là.

«Est-ce que vous savez quelque chose sur cet individu? demanda Altenburg, rembobinant la bande avant de la faire repasser.

– Je me souviens de l'incident. L'un des agents de la sécurité m'a alertée, et je suis descendue. Mais le type était parti. Je l'ai consigné dans le journal de bord.»

Altenburg sortit une feuille de papier du dossier de Miranda. «En effet, j'ai retrouvé la trace de votre rapport dans le registre. Et constaté par la même occasion que vous aviez classé l'incident sans suite. Peut-on savoir pourquoi?

– Je ne voyais pas très bien ce que nous aurions pu faire. L'homme était parti. Il avait dit au garde qu'il faisait du tourisme.

– C'est en effet ce qui est noté. Aujourd'hui, bien sûr, les choses apparaissent sous un jour différent. Il semble bien que cet homme ait été occupé à des repérages.

– Vous n'avez aucune certitude à ce sujet.

– Mais n'ai-je pas raison de penser que les instructions de la SD précisent que, dans tous les cas de surveillance d'un établissement diplomatique, Washington doit être prévenu immédiatement?

– Je... oui, c'est exact, dit Miranda, hésitante. Mais je ne pensais pas qu'il s'agissait de surveillance!»

Elle regarda Queller, dont le visage ne trahissait pas la moindre émotion.

«C'est la vérité», dit-elle.

Altenburg se pencha en avant, les deux mains l'une

sur l'autre sur le bureau, et la regarda fixement. Elle n'eut aucun mal à discerner, dans l'éclat froid de ses yeux bleus, le scepticisme provoqué par sa déclaration.

«Je vais être franc avec vous, finit-il par dire. Tout cela vous met en fâcheuse posture. J'ai l'intention de faire figurer dans mon rapport que vous avez peut-être fait preuve de négligence en omettant de contrôler le camion. J'ai déjà demandé à la SD de vous suspendre de vos fonctions jusqu'à plus ample informé.

– Vous vous foutez de moi? dit Miranda, sentant un grand vide l'envahir.

– Absolument pas», dit Altenburg.

Sur quoi, il lâcha sa bombe. «En fait, ma demande a d'ores et déjà été acceptée. La suspension prend effet dès maintenant.»

Miranda en eut le souffle coupé. Tout était si soudain. Elle sentit le sang lui monter au visage, et les larmes lui gonfler les paupières.

«Cela me paraît pour le moins précipité, intervint Queller, en secouant la tête. Toute mesure disciplinaire devrait, me semble-t-il, attendre la fin de l'enquête.

– Faut-il que je vous rappelle qui conduit l'enquête ici? dit Altenburg, en se levant. Vous n'êtes ici qu'à titre de conseiller.»

Il prit sa veste sur le dossier de la chaise et la plia soigneusement sur son bras.

«Je vous suggère de rentrer chez vous, Miss Powers, et d'attendre que nous vous fassions signe. Si vous voulez bien m'excuser, j'ai à faire.»

Au moment où Altenburg ferma la porte, Queller s'approcha d'elle pour la réconforter, posant une main légère sur son épaule, secouée de sanglots.

«Bon sang, si je m'attendais à ce qu'il vous sorte une chose pareille! Et comme ça, sans prévenir.»

Elle secoua la tête à plusieurs reprises, incrédule.

« Ne vous en faites pas, dit Queller. Ça va s'arranger.

– Vous ne pouvez rien faire ? dit-elle en ravalant ses larmes.

– Vous voulez que je vous reconduise chez vous ?

– Je peux très bien conduire.

– Non, je vais vous raccompagner, insista Queller. Vous êtes trop secouée. Laissez votre voiture ici. »

Après avoir accepté sa proposition, elle descendit dans le hall avec lui, croisant d'autres membres du personnel qui attendaient d'être interrogés. Certains, qui sortaient tout juste de l'hôpital, portaient encore leurs bandages. Miranda évita leur regard, déjà en proie au sentiment de culpabilité qu'Altenburg avait réussi à faire naître en elle.

C'était le crépuscule. Ils allèrent jusqu'à la jeep qu'on avait fournie à Queller à son arrivée. Il sortit de la ville et, suivant les instructions à peine audibles de Miranda, prit la route de la côte en direction de l'est, jusqu'à Oyster Bay. Le véhicule disposait d'une conduite automatique, et Queller avait déjà fixé au volant le pommeau en inox qui lui permettait de conduire plus facilement avec une seule main.

Les flamboyants, autour du bungalow de Miranda, étaient colorés d'un orange profond dans le soleil couchant.

« Klaxonnez », marmonna-t-elle, quand il s'arrêta devant le portail.

Il s'exécuta, et le vieux veilleur de nuit, en haillons, un bâton à la main, sortit de sa guérite et les fit entrer. Les mains tremblantes, Miranda trouva ses clés et ouvrit la porte. Elle se dirigea droit sur la banquette du salon, s'allongea et prit un coussin qu'elle serra contre sa poitrine, comme un enfant.

« Vous avez quelque chose à boire ? » demanda Queller.

De la tête, elle désigna un placard d'angle. Il en sortit une bouteille de bourbon et deux petits verres.

« Ne vous inquiétez pas, dit-il en lui tendant un verre. Je vais régler ça. Où est votre téléphone ?

– Dans la chambre. Sur la table de nuit. »

Il passa dans l'autre pièce et s'assit sur le lit, qui n'était pas fait. Il y avait des sous-vêtements féminins ainsi que d'autres pièces d'habillement éparpillés un peu partout. Il se fit l'effet d'un voyeur. La chambre avait une odeur un peu sucrée, et tout en composant le numéro – le combiné coincé sous son moignon –, il examina la table de toilette sous la fenêtre. L'habituelle batterie de flacons de parfum et de produits de maquillage. Et puis aussi, juste à côté du lit, une sorte de coquillage, très beau. Il entendit la friture, les blancs et les bips répétés de l'appel longue distance, puis un déclic: « Ici, le Département d'État. Que puis-je faire pour vous ? »

Depuis le salon, fixant le mur d'un œil vide, Miranda écouta la conversation de Queller, du moins la partie qu'elle pouvait entendre.

« Passez-moi la ministre. Identifiant 78034 JQ. »

« Maddy ? Jack Queller à l'appareil. »

« À Dar. Plutôt moche. Mais moins qu'à Nairobi. Comme vous le savez, c'est un gros travail. Mais nous finirons bien par les avoir... En ce moment, j'écoute les dépositions. À ce propos, vous vous souvenez du type du FBI dont je vous ai parlé, quand j'ai accepté de venir ici ? Eh bien, j'ai déjà des problèmes avec lui... »

Miranda l'écouta expliquer ce qui s'était passé. Ses oreilles lui faisaient encore mal, conséquence de l'explosion.

«Il s'est emballé dans cette affaire et a fait suspendre la pauvre fille. Je suis persuadé qu'elle n'a rien à se reprocher.»

«Je vous en donne ma parole.»

Elle sentit une vague de gratitude l'envahir, mais se demanda comment, en tant que professionnel du renseignement, il pouvait être aussi catégorique. Rien ne les obligeait à le croire.

«Je sais que vous ne voudrez pas intervenir dans une opération en cours, mais pouvez-vous me rendre un service? Elle s'appelle Miranda Powers, c'est une jeune employée de la Sécurité diplomatique.»

«C'est ça. P-O-W-E-R-S.»

«Non, inutile de casser directement la décision d'Altenburg. La procédure disciplinaire suivra son cours normal. L'employée n'a pas à répondre de quoi que ce soit pour l'instant. Mais en attendant, je voudrais qu'elle me soit réaffectée en qualité de conseiller local. Je sais que ce n'est pas régulier mais...»

Un long silence s'ensuivit, pendant lequel Miranda imagina la distinguée ministre dans son bureau de Washington, soulevant réserves et objections.

Pour finir, Queller reprit la parole.

«Merci, Maddy. Comptez sur moi.»

«Oui, moi aussi.»

Après avoir expliqué à Miranda quels étaient ses plans à son sujet, Queller insista pour qu'elle mange quelque chose, allant jusqu'à sortir le nécessaire du réfrigérateur et à préparer lui-même quelques sandwichs. Ils burent encore un peu de bourbon, il se faisait tard, et il accepta de coucher sur la banquette, la faisant rire à travers ses larmes quand il lui dit qu'il ne serait pas tellement à l'étroit vu qu'il n'avait qu'un bras. Elle passa dans sa chambre, se déshabilla et se glissa dans les draps. Au moment de sombrer dans le sommeil, elle s'interrogeait sur les obligations qui seraient les siennes en tant que conseiller local de Jack Queller. Elle lui poserait la question demain.

Quand elle se leva, avec la gueule de bois, il était déjà parti. Pendant qu'elle déambulait dans la cuisine, vêtue de son peignoir blanc, mille et une pensées se bousculaient dans son esprit embrumé. Encore mal réveillée, elle se prépara du café et alla se faire couler un bain.

D'ordinaire, elle se contentait de douches rapides, mais ça, c'était avant : à l'époque où son intégrité et son professionnalisme n'avaient pas encore été mis en doute et où elle s'estimait digne de confiance. Le bain était une sorte de refuge, et pour l'instant, c'était exactement ce dont elle avait besoin.

Dans la glace, son visage encore couvert de petites croûtes avait une teinte maladive, verdâtre. Les marques ressemblaient à de minuscules fermetures Éclair, la croûte se fendillant à intervalles réguliers à mesure que la peau en dessous cicatrisait. Elle frissonna. Certains avaient subi des brûlures terribles qui allaient les marquer à vie. Se pouvait-il qu'elle soit responsable ?

Allongée dans la baignoire, le sang battant à ses tempes, elle laissa ses pensées suivre leur cours. Elle repassa dans sa tête le film de la deuxième entrevue, mais dans le désordre, les bribes de souvenir surgissant, se télescopant avant de disparaître et de revenir à nouveau. Puis elle réentendit Queller plaider pour qu'elle travaille directement sous ses ordres. Il y avait là une solution, même si elle n'était que temporaire, à ses problèmes, qui l'empêcherait de déprimer et de traînasser en attendant d'être entendue.

La vapeur montait autour d'elle, couvrant la fenêtre de buée. Derrière la vitre, dans le gros buisson qu'ils affectionnaient particulièrement et sur lequel ils fondaient parfois par centaines, les quéleas chantaient. Les fleurs de l'arbuste lui rappelaient Zanzibar et les jardins du Macpherson… Nick Karolides.

Elle se laissa glisser sous l'eau, fermant les yeux pour se protéger de l'éclat de l'émail, sentant ses écorchures la picoter. Devait-elle appeler Nick ? Il avait forcément entendu parler des attentats. Était-ce raisonnable d'attendre un appel de sa part, étant donné la manière dont elle lui avait battu froid après son retour à Dar ?

Elle remonta à la surface, puis se leva et se savonna les jambes. Elle aimait l'idée, qu'elle avait entendu émettre quelque part, de la mémoire distribuée, cette mémoire du corps, qui recèle des informations à un niveau bien plus profond et primitif que la pensée consciente. Et son corps en ce moment même lui parlait des mains puissantes de Nick. Elle l'imaginait en train de nager, ou simplement de flotter à la surface de l'eau, léché par les vagues.

Elle était à nouveau allongée dans la baignoire, mélancolique et nostalgique. Les pieds juchés sur les robinets, ses petits orteils recroquevillés sur eux-mêmes. L'éponge dansait doucement, île posée sur son estomac.

24

Les deux jours qui suivirent, dans une chambre confinée de l'hôtel Kilimandjaro, Miranda travailla avec Jack Queller. On avait installé des ordinateurs et des lignes téléphoniques à l'abri des écoutes. Tout était transmis à Washington par liaison satellite. Son travail consistait à traiter les informations. À les passer au crible et à les analyser. Les données en provenance des lieux des attentats commençaient à arriver, au fur et à mesure que le FBI collectait des indices sur le terrain, décryptait les photographies, interrogeait les témoins. On avait relevé des traces de nitrate d'ammonium et de TNT à Nairobi en analysant des prélèvements sur coton.

«C'est l'explosif de base utilisé dans bon nombre de bombes artisanales, lui dit Queller le premier matin où ils travaillèrent ensemble. Il va falloir maintenant retrouver la trace des détonateurs, qui peuvent aller de montres Casio munies de piles neuf volts à des mouvements d'horlogerie électroniques sophistiqués. D'ordinaire, on utilise des amorces et des cordons de mise à feu. C'est comme des mèches, ces cordons, faites d'un autre explosif très inflammable. Il suffit de dix centimètres d'un cordon de mise à feu pour une charge de TNT de cinq kilos. Ou d'une seule amorce pour la même quantité.»

À Dar, les hommes vêtus de leurs combinaisons en Tyvek avaient également trouvé des traces de TNT. On avait procédé à des arrestations. Quatorze étrangers avaient été interpellés par la police tanzanienne et remis au FBI aux fins d'interrogatoire: six Irakiens, autant de Soudanais, plus un Turc et un Somalien. D'après Queller, ces hommes finiraient par se révéler innocents.

«Dans des circonstances de ce genre, il y a toujours une sorte de panique qui s'installe. D'où un besoin d'épingler des coupables potentiels.

– Oui, merci, j'avais déjà remarqué», dit Miranda, et Queller éclata de rire.

Sous sa direction, Miranda commença à décoder les informations contenues dans d'innombrables antémémoires, à l'aide de divers filtres et mots de passe. Il s'agissait de renseignements transmis par signaux qui leur avaient été relayés le matin même par les services compétents. L'Agence nationale de sécurité avait fouillé dans tous ses enregistrements numériques et autres, en se servant de satellites, d'écoutes sur câbles transocéaniques, d'appareils d'écoute électromagnétiques et de données fournies par des serveurs de l'Internet. Des experts en linguistique cryptologique avaient analysé des centaines d'heures d'appels téléphoniques, de messages radio et d'e-mails, en provenance, en particulier, des principaux «pays d'accueil» du terrorisme. Autrement dit, la Libye, le Liban, le Soudan et l'Afghanistan.

La chambre sentait le renfermé, les dessous pas toujours propres de la vie. Elle se représenta les allées et venues d'hommes d'affaires. Les contrats signés, les échanges conclus. Elle fixait l'écran des yeux. Avec l'impression d'être complètement déphasée. Différente de ce qu'elle était auparavant. Faute de continuité, tout semblait fragmenté, instable, hypothétique. Sensible à l'absurde de la situation, son moi d'hier s'interrogeait sur celui d'aujourd'hui. L'émotion brute semblait être le seul correctif à la sensation que plus rien n'avait de fondement. De temps à autre, quand elle repensait à sa suspension, une colère froide l'envahissait. Puis elle essayait de se reprendre et d'analyser de manière rationnelle ce qui était arrivé. En pensant aux victimes. Aux criminels.

On estimait qu'au moins deux des terroristes, dont on avait reconstitué les restes, avaient été tués dans l'attentat de Nairobi. Les opérations de sauvetage se poursuivaient, mais l'espoir de retrouver encore des survivants sous les décombres s'amenuisait de jour en jour. Les sauveteurs envoyaient de l'oxygène dans les zones effondrées. Ils travaillaient comme des forcenés, pris parfois de découragement à l'idée de l'inutilité de leurs efforts. On avait eu recours aux chiens de sauvetage, aux ballons d'oxygène à grande capacité, aux crics pneumatiques et aux scies à disques capables de découper le ciment et le fer. Mais là encore, il ne semblait pas qu'il faille en attendre des miracles.

Queller était convaincu que c'était le groupe d'Ousama ben Laden qui était derrière les attentats. Mais il n'avait pas encore réussi à en persuader Altenburg. Miranda se souvenait que, des mois plus tôt, à Washington, il avait déjà parlé de ben Laden.

«Pourquoi est-ce que rien n'a été fait, si vous saviez, à l'époque, que l'homme représentait une telle menace?

– Moi, je savais. Mais personne n'a voulu me suivre. Même aujourd'hui, ils ne sont toujours pas convaincus.»

Il lui révéla que le service chargé de l'interception des messages avait relevé, dans l'intervalle, plusieurs menaces potentielles dirigées contre des installations diplomatiques américaines, mais que les services de renseignements n'avaient pas réagi.

«Mais pourquoi?» demanda-t-elle, éprouvant à nouveau ce curieux sentiment de division. Elle ne savait pas trop ce qui sortirait des décombres, mais ce ne serait certainement pas la lumière.

La réponse de Queller confirma ses soupçons.

«Intercepter des messages revient à chercher une aiguille dans une meule de foin. Il y a des centaines de milliers d'interceptions par jour. Pensez à la taille du système de recueil de l'information dont dispose la NSA, face à la quantité de messages diffusés dans le monde. Même à très haute vitesse, en dévorant des millions de bits à la seconde, le système n'arrivera jamais à tout absorber. Impossible de tout capter, d'où la nécessité de mettre en place des filtres. Au risque, étant donné la spécificité des filtres, de passer à côté de certaines informations. Seule une fraction des messages interceptés satisfait aux critères de transmission à des fins d'analyse.»

En le regardant, Miranda se sentit envahie d'une terreur respectueuse face au monde caché qu'il était en train de décrire. Un monde qui ressemblait à un puits sans fond, où l'information ne cessait de proliférer, tout en résistant aux tentatives d'explication ou de validation.

«Et puis, poursuivit Queller, quand nous tombons sur quelque chose d'intéressant, comment être sûr qu'il s'agit d'une trouvaille authentique? En règle générale, nos cibles prioritaires savent que nous les avons dans notre collimateur. Depuis des années, je suis de près toutes les données concernant ben Laden, et j'ai eu l'occasion à plusieurs reprises de constater qu'il aime la raillerie, la provocation. Il a même accordé une interview à CNN, il y a moins d'un an de cela. Une autre a été publiée dans le *Reader's Digest*.

– Mais il n'a pas peur de se faire prendre en multipliant les interviews et les apparitions à la télé ?

– Il est persuadé qu'Allah le protège.

– Ce qui le pousse, en quelque sorte, à divulguer ses plans ?

– Il se sert d'un téléphone satellite, comme ceux des bateaux ou des explorateurs. Il est bavard, certes, mais quand il divulgue des opérations spécifiques, c'est d'une manière toute rhétorique.

– Je ne vous suis pas.

– Voilà qui vous donnera peut-être une idée, dit Queller, en farfouillant un peu dans ses dossiers avant de produire un bout de papier. Le contre-espionnage britannique nous a fait parvenir ça hier, "Tuer les Américains et leurs alliés, civils et militaires, relève du devoir individuel de tout musulman valide, partout où il le peut, et ce tant que les armées kufr, brisées, anéanties, n'auront pas quitté tous les territoires de l'Islam." Ce message a été envoyé à un journal arabe de Londres en février dernier. Kufr signifie "infidèle". C'est une allusion directe à nos forces stationnées en Arabie Saoudite.

– Mais où est ben Laden actuellement ? demanda-t-elle, levant la main pour arracher une des croûtes qui séchaient sur son visage.

– Toujours en Afghanistan, j'imagine. Nous avons un satellite qui survole un de ses camps là-bas. Mais il est difficile de dire où exactement. Sans doute dans une de ses nombreuses cachettes au milieu des montagnes. À moins qu'il soit au Yémen, d'où sa famille est originaire. Ou quelque part au Cachemire, à attendre que le conflit entre l'Inde et le Pakistan embrase la région. Il ne peut pas rentrer en Arabie Saoudite, le pays qui l'a vu grandir: ils l'ont expulsé et lui ont retiré son passeport. Il opérait à partir du Soudan, à une époque. Et il a des cellules dormantes partout dans le monde, sur lesquelles il peut compter en cas de besoin.»

Ils firent une pause-café. Elle sortit sur le parking pour appeler Nick sur son portable, mais n'arriva pas à obtenir une explication cohérente du directeur de l'hôtel à Zanzibar, lequel ne faisait que lui répéter que Mr. Nick n'était pas là et qu'il ne savait pas où il était. Peut-être à Lyly. Ou peut-être à Nairobi, au quartier général de l'USAID.

Inquiète, Miranda revint dans le hall du Kilimandjaro. Nick lui manquait depuis l'attentat, et elle ne comprenait pas qu'il n'ait pas appelé: il avait forcément entendu parler des événements. À nouveau, elle se demanda si c'était vraiment déraisonnable de sa part de s'attendre à ce qu'il cherche à entrer en contact avec elle. Elle essaya de se raccrocher à l'idée que le téléphone ne marchait pas. Elle n'osait envisager qu'il ait pu être pris dans l'explosion de Nairobi. De toute façon, son nom n'apparaissait pas sur la liste des victimes américaines.

Elle était étonnée de constater à quel point elle avait besoin de sa présence, étant donné la relative froideur qu'elle lui avait témoignée à la fin du séjour. Elle se surprit à se demander s'il y avait en lui quelque chose de spécial qui l'attirait maintenant, ou si c'était l'attentat qui, en l'amenant à relativiser les choses, la poussait, comme tout un chacun, à vouloir préserver les liens affectifs existants, si ténus fussent-ils.

Une information tomba juste après son retour dans le bureau de Queller. Un groupe appelé «Armée de libération des sanctuaires islamiques» venait de revendiquer l'attentat, dans des déclarations faxées à Radio France International et au bureau de l'Agence France-Presse du Caire.

«*Jaysh Tahrir al-Muquaddasat al-Islamiyyah*, dit Queller, en énonçant le nom arabe du groupe. Ce n'est pas un des pseudonymes habituels d'Al-Qaida, mais le schéma est le même. Ben Laden s'obstine à réclamer le départ des forces américaines d'Arabie Saoudite parce qu'il pense qu'elles souillent les lieux saints. La Mecque et Médine. Il a déjà fait savoir, dans des dépêches antérieures, qu'il harcèlerait les troupes américaines et frapperait les intérêts américains partout dans le monde tant que cette demande ne serait pas satisfaite.

– En quoi cela l'aiderait-il, si, comme vous le dites, il est en Afghanistan et s'est fait expulser d'Arabie Saoudite?

– Il doit penser que s'il arrivait à chasser les troupes américaines d'Arabie Saoudite et de l'ensemble des pays du Golfe, il serait alors en mesure d'instaurer un gouvernement islamique extrémiste et d'exercer un chantage sur l'Occident en menaçant de réduire l'approvisionnement en pétrole.»

Miranda alla vérifier une nouvelle fois que le nom de Nick n'apparaissait sur aucune des listes de victimes, autant à Nairobi qu'à Dar: et s'il était venu pour la voir, après tout? Mais non – à Dar comme à Nairobi, les victimes américaines avaient toutes été identifiées. En ce cas, où pouvait-il bien être?

Pendant l'après-midi, les enquêteurs de Nairobi eurent deux coups de chance. Queller et Miranda revenaient de déjeuner quand la première nouvelle tomba. Un des hommes arrêtés par la police kenyane avait été reconnu au cours d'une séance d'identification comme le terroriste qui, après avoir sauté d'un pick-up, avait lancé une grenade sur les gardes quelques minutes avant que le camion piégé s'approche des grilles de l'ambassade. Plus tard, une dépêche de Karachi leur apprit que l'immigration pakistanaise avait arrêté un autre homme qui avait débarqué d'un avion en provenance de Nairobi. Il voyageait avec un faux passeport yéménite et avait tenté de soudoyer les employés qui le retenaient à la douane.

Du côté de Dar, ce n'est que le lendemain matin que l'enquête commença enfin à prendre tournure. Et ce, grâce à la découverte, sur le toit du bâtiment, d'une caméra de surveillance retrouvée intacte. Altenburg, qui avait déjà visionné les images, les fit passer à Queller, avec une note griffonnée à la main:

Je pense que tu aurais intérêt à laisser cette fille jeter un coup d'œil sur cette bande, puisqu'elle apparaît dessus. Le film couvre le quart d'heure qui a précédé l'explosion. Vois si ça lui rappelle quelque chose. J'ai appris par ailleurs que tu t'étais débrouillé pour te la faire attacher comme assistante. Cela est contraire au protocole, et j'ai bien l'intention de m'occuper de cette affaire dès que l'enquête sera terminée.

Il leur fallut un moment et l'aide d'un technicien pour installer le logiciel approprié. Comme les deux bandes précédentes, celle-ci avait été transférée sur un fichier numérisé, et l'ordinateur de Queller ne disposait pas de l'application nécessaire. Une fois cette dernière installée, ils furent en mesure de faire défiler toute la séquence: Miranda se dirigeant vers le camion-citerne, l'arrivée du second camion, la déflagration elle-même. Après quoi, l'écran se vida. Miranda frissonna en revoyant la scène enregistrée aussi fidèlement, mais le plus troublant, c'était cette impression obsédante de laisser passer quelque chose de crucial.

« On a de la chance d'avoir retrouvé ça, dit Queller. À Nairobi, toutes les bandes ont été détruites, et la plupart des caméras de Dar étaient en visualisation directe – fonctionnant ponctuellement pour le seul bénéfice des gardes – et n'enregistraient pas pour visionnage ultérieur.

– Vous pouvez la repasser ? » demanda Miranda, plissant le front.

Queller fit à nouveau défiler la bande.

« On peut faire un gros plan sur le visage du chauffeur ? »

Il fit un arrêt sur image, puis tripota les boutons de réglage. L'image figée s'agrandit, perdant en définition à mesure qu'il modifiait les paramètres.

« Saloperie de truc », dit Queller.

Sa main passant rapidement du clavier à la souris et inversement, il sortit de l'agrandissement, déplaça le curseur vers le haut, avant d'agrandir à nouveau l'image, faisant enfin apparaître plein écran le cliché que voulait Miranda. Là, difficilement visible derrière le pare-brise du camion bâché, il y avait le visage qu'elle avait aperçu quelques minutes avant l'explosion… et à travers un téléobjectif, quinze jours plus tôt. Elle comprenait maintenant pourquoi il lui avait semblé familier. C'était celui d'un des hommes qu'elle avait vus sur le cruiser blanc en repartant de Lyly. L'homme dont elle avait failli prendre la photo. L'homme à la moustache en coup de crayon.

25

«Quel est le but de votre visite?»

Le fonctionnaire à l'uniforme bleu mal coupé examinait la photographie de son passeport avec une attention extrême, comme s'il s'attendait à en trouver une autre en dessous. Les consignes de sécurité avaient été renforcées depuis les attentats.

«Tourisme.»

Un mensonge, mais plus facile, étant donné les circonstances, que les explications dans lesquelles elle aurait dû se lancer: elle et Jack Queller avaient apparié l'image du chauffeur du camion avec la photographie d'un des proches collaborateurs de ben Laden, trouvée dans leur fichier: Yousef Mourad, un Syrien expert en explosifs. Il aurait également fallu expliquer que Queller l'avait envoyée à Zanzibar pour enquêter sur les Arabes qui se trouvaient sur le croiser. Qu'elle avait appelé Nick à plusieurs reprises pour lui annoncer son arrivée, sans jamais réussir à le joindre.

L'homme la regarda, derrière ses lunettes à monture noire. «À quel hôtel descendez-vous?

– Oh, je vais chez un ami. Nick Karolides. Il travaille ici... dans le cadre du programme pour la conservation du récif.»

L'employé acquiesça, comme s'il s'agissait là d'une évidence, et attrapa son tampon.

Une fois dehors, elle parcourut du regard le parking à la recherche de la moto de Nick, tout en sachant que c'était ridicule. Plusieurs taxis-minibus klaxonnèrent. Elle céda aux flatteries du premier chauffeur qui retint son œil.

«Je m'appelle Rashidi, lui dit-il, souriant de toutes ses dents. Votre destination, s'il vous plaît?

– Vous pouvez m'emmener au Macpherson Ruins Hotel?

– *Twende!* cria-t-il, en démarrant.

– Qu'est-ce que ça veut dire?

– En route! C'est du swahili, mama.»

Elle eut du mal à conserver son calme pendant le trajet, qui vit le conducteur louvoyer entre les nids-de-poule et les cyclistes. Tout ce qu'elle avait vu lors de sa première visite – les rues étroites de Stone Town, les femmes voilées, une jarre en cuivre ou un fagot de bois sur la tête, les alignements interminables de palmiers et les échappées bleues sur l'océan –, tout était en trop aujourd'hui, réclamant indûment son attention. Ce qu'elle voulait, c'étaient des réponses à ses questions, et vite. Où était Nick? L'angoisse ne la quittait plus.

Des réponses, elle ne tarda pas à en obtenir – au cours d'une conversation dans le hall sombre de l'hôtel avec le directeur au costume blanc et aux cheveux noirs calamistrés –, mais pas celles qu'elle aurait voulu entendre.

Oui, il se souvenait d'elle. Oui, lui aussi se demandait ce qu'il était advenu de Nick.

«Vous comprenez, madame, il me doit de l'argent pour sa chambre, et puis ses affaires sont encore là. C'est vous qui avez téléphoné?

– Oui. Quand l'avez-vous vu pour la dernière fois?

– Il y a plus de huit jours, madame. Le monsieur anglais, Mr. Leggatt… vous l'avez rencontré, non ?»

Miranda acquiesça de la tête, impatiente.

«Eh bien, il est venu ici dans son bateau, et ils sont partis ensemble. Et c'est la dernière fois que je les ai vus. Je pensais qu'ils étaient allés à Lyly, et puis qu'ils avaient prolongé leur séjour. Mais maintenant, je commence à me faire du souci. J'ai peur que ça recommence.

– Quoi donc ?

– On a déjà eu un accident, ici, madame. Avec le prédécesseur de Mr. Nick. Vous n'étiez pas au courant ?

– Non. Qu'est-ce qui est arrivé ?

– Il s'est noyé, madame», dit l'Indien en prenant un air peiné.

Miranda secoua la tête, comme pour se débarrasser d'une vision insoutenable. «Vous avez parlé à quelqu'un ? Sur les quais ? Chez Leggatt ?

– Non, madame. Vous comprenez, il arrive souvent à Mr. Nick de s'absenter. Pour son travail. Comme je viens de vous le dire, il est allé à Lyly, il n'y a pas longtemps, notre petite île, là-bas.» Il tendit la main en direction de la mer.

«Oui, je connais. J'y suis allée moi-même. Vous n'avez pas pensé à envoyer un bateau à Lyly ?

– Comme je viens de vous le dire, madame, répondit-il avec un geste d'impuissance, Mr. Nick est souvent absent.»

Que faire ? Elle pensa d'abord aller trouver le policier dont lui avait parlé Nick une fois. Mais n'arriva pas à retrouver son nom. Le mieux, dans l'immédiat, c'était de se rendre chez Leggatt. Si quelqu'un savait où se trouvait Nick, ce serait lui.

«Aimeriez-vous un rafraîchissement ? Une tasse de thé ? Un jus de fruits ?»

L'hôtelier la regarda, plein d'espoir, comme si en assumant ses fonctions officielles, il pouvait contribuer à résoudre leur problème.

«Donnez-moi une chambre, dit-elle. Ensuite, j'irai chez Mr. Leggatt pour essayer d'obtenir des renseignements.»

Elle lui montra son passeport et remplit sa fiche. Puis ils sortirent, pour se retrouver sous le soleil aveuglant du parking sablonneux. L'Indien expliqua au chauffeur de taxi comment se rendre à la plantation de Leggatt.

Le trajet prit plus de trois quarts d'heure. Il lui avait semblé plus court sur la moto de Nick. Quand ils arrivèrent, un chien sortit en courant. Il se mit à aboyer après le *matutu* – essayant de mordiller les pneus tandis qu'ils s'arrêtaient devant la maison au toit de tôle ondulée et la pelouse qui descendait jusqu'à la mer. Elle vit le ponton en bois où elle était restée si longtemps dans l'obscurité, à leur retour de Lyly. Derrière la maison, par la vitre du taxi, elle aperçut des rangées de hangars, et, grimpant à l'assaut des collines, à perte de vue, les terrasses vertes des plantations de girofliers. Les lieux lui parurent beaucoup plus accueillants que lors de sa précédente visite, quand elle était venue avec Nick en plein orage.

Elle baissa la vitre. Le chien grondait, à quelques mètres de la portière. Rashidi coupa le moteur et se retourna.

«Cette bête-là, danger», dit-il avec le plus grand sérieux, tout en continuant à lui sourire.

Elle passa outre à son avertissement et descendit du véhicule. Tout en continuant à gronder, le chien baissa la tête et la regarda par en dessous, mais le bruit qu'il faisait maintenant manquait nettement d'assurance. Elle était sûre qu'il ne la mordrait pas. Elle balança son sac dans sa direction, et l'animal s'éloigna piteusement. C'étaient les roues en mouvement, se dit-elle, qui avaient excité sa curiosité. Ray avait dit la même chose des petites socquettes blanches des antilopes qu'ils avaient vues dans une réserve: c'était le mouvement binaire rapide de ces taches blanches qui poussait le lion ou le guépard à les prendre instinctivement en chasse. Elle repensa au pauvre Ray sur son lit d'hôpital, les genoux brisés, couverts de bandages. Puis à Mrs. Ghai et à tous ceux qui avaient trouvé la mort. Il fallait qu'elle retrouve les auteurs de cette tuerie.

Elle remarqua que le *Winston Churchill* n'était pas dans la baie, et qu'il n'y avait aucun signe d'activité sous les hangars où séchaient les clous de girofle. Elle s'approcha de la maison et cogna à la porte d'entrée. Pas de piano, cette fois-ci. La porte était fermée à clé, et l'endroit semblait désert. Elle s'apprêtait à tourner les talons quand une petite silhouette noire apparut du côté des hangars.

«Pourrais-tu me dire où… ?» commença-t-elle, avant de se rendre compte qu'il ne pouvait pas l'entendre et de se diriger vers lui.

Elle reconnut le gamin. C'était celui qui les avait accompagnés sur le sloop le jour de l'excursion à Lyly. Sayeed.

Mais déjà, il secouait vigoureusement la tête, en signe de dénégation. Il semblait surpris et effrayé de la voir. Le seul renseignement qu'elle réussit à lui soutirer corroborait celui que lui avait fourni le directeur du Macpherson.

«Bwana Leggatt et le jeune bwana, ils sont partis sur le gros bateau. Et moi, j'attends !

– C'est bon. Personne ne te veut de mal», dit-elle en lui tapotant l'épaule

Le garçon lui fit un sourire timide et passa un doigt dans un trou de son T-shirt. «Ils sont retournés où on était. À Lyly.»

Elle le regarda un moment, essayant de voir en quoi il pourrait lui être utile. «Crois-tu que tu pourrais trouver un autre bateau et m'y emmener?»

Le gamin eut un geste d'impuissance. Suivit un silence, pendant lequel il roula des yeux blancs. Comprenant enfin où il voulait en venir, Miranda sortit un portefeuille de son sac. Elle compta cent dollars en petites coupures et les lui tendit. Les billets disparurent aussitôt dans son short crasseux.

«Tu viens à l'hôtel Macpherson demain matin, de bonne heure, et nous allons sur l'île. D'accord? Tu comprends?»

Le garçon hocha la tête.

«Je te donnerai encore de l'argent à notre retour. OK?»

Nouveau hochement de tête. «D'accord. Je vous emmène.»

Elle rentra au Macpherson. Après avoir payé le chauffeur, elle pénétra dans le hall pour demander sa clé au directeur. Il n'était pas là. Elle sonna. En l'attendant, elle se fit soudain la réflexion qu'elle pourrait aussi bien lui demander d'occuper la chambre de Nick. Non pas pour éviter d'avoir à payer deux fois, mais dans l'idée qu'elle trouverait peut-être ainsi une explication à ce qui s'était passé: un mot ou autre chose.

D'abord hésitant, le directeur finit par accéder à sa demande

«Puisque vous êtes son… amie», dit-il en bredouillant.

Pareille intrusion dans la vie personnelle d'une cliente ne faisait manifestement pas partie de son code professionnel, et il sembla presque soulagé d'avoir à se retourner pour récupérer la clé sur le tableau. Nick l'avait donc laissée avant de partir. Manifestement, il avait l'intention de revenir.

Ils traversèrent la pelouse en direction du bungalow. À l'intérieur, il faisait très sombre, et le Goanais alla ouvrir les rideaux.

Le soleil vespéral, d'un blond de blé mûr, se déversa dans la chambre. Miranda aperçut des morceaux de bois flotté sur le rebord de la fenêtre et une pile de coquillages, dont une grosse conque. Aux murs pendaient des éponges. Une vingtaine, pour le moins.

«Mr. Nick, il les collectionnait, ces choses, expliqua le directeur, en suivant son regard. Eh bien... je vais vous laisser. N'oubliez pas de fermer à clé quand vous sortez. Nous avons eu des vols, ces derniers temps.»

Elle regarda autour d'elle. Le lit était fait, mais, pour le reste, on avait l'impression que Nick n'était sorti que pour une minute: vêtements jetés sur un dossier de chaise, pièces de son équipement de plongée entassées dans un coin. Elle alla regarder un calendrier accroché au mur. Souleva les pages. Rien. Uniquement des photos de Gettysburg, Graceland, et une de Jackson Square à La Nouvelle-Orléans, montrant la statue d'Andrew Jackson entourée d'un groupe de fêtards. En regard de la photo, une légende précisait: «De la guerre de Sécession à mardi gras – sur les côtés du socle de cette statue d'Andrew Jackson sont gravés les mots: “PRÉSERVONS NOTRE UNION”.»

Sur le bureau, l'ordinateur portable de Nick était ouvert, devant une rangée d'ouvrages sur la biologie marine, appuyés contre le mur. Elle le mit en route et jeta un coup d'œil sur quelques documents. Qui, tous, avaient trait à son travail. Son regard tomba sur une carte postale de Drew Barrymore. Elle la retourna. Elle venait d'un certain Dino, en Floride. Elle se souvenait avoir entendu ce nom dans la bouche de Nick. La carte faisait allusion à un équipement de plongée. Elle disait aussi : « Ta mère va mieux – il se pourrait même que je la sorte ! N'importe quoi pour la tirer des pattes de ce Torrance. » Rien qui pût lui indiquer où se trouvait Nick en ce moment.

Elle passa dans la salle de bains : un tube de dentifrice, débouché, et un petit tortillon de pâte rose sur la porcelaine ; une paire de ciseaux à ongles, légèrement rouillés ; son nécessaire à raser. Elle toucha le blaireau aux poils raidis par la mousse, imaginant sa joue tiède contre la sienne.

Elle s'examina dans la glace. Elle avait l'air épuisé. Ses cheveux lui pendaient mollement dans le cou. De grands cernes sombres lui creusaient les yeux, et deux plis profonds lui sillonnaient les joues de chaque côté du nez. Jamais, depuis la disparition de son père, elle n'avait vécu une période aussi éprouvante que cette dernière semaine. Rien – et surtout pas la formation qu'elle avait reçue, laquelle prenait l'allure d'une aimable plaisanterie – n'aurait pu la préparer à pareille expérience.

Elle retourna dans la chambre. Après avoir hissé sa valise sur le lit, elle se déshabilla, ne gardant que son soutien-gorge et sa culotte, en se disant qu'elle pourrait peut-être prendre une douche avant de commencer à déballer ses affaires.

Mais elle alla d'abord à la fenêtre. En dépit de la moustiquaire, elle pouvait voir l'étendue blanche de la plage et la bande verte de l'océan qui miroitait sous le soleil déjà bas dans le ciel. Elle parvint même à distinguer les corps noirs et luisants d'un groupe de gamins qui jouaient dans les vagues. Sur fond de bruit de ressac, elle les écouta un moment rire et crier.

Sa main tomba sur la conque posée sur le rebord de la fenêtre. Elle la prit pour l'examiner. L'ouverture était du même rose que le dentifrice de la salle de bains. Elle y porta les lèvres et souffla. Il en sortit un son grave et lugubre qui la fit frissonner.

Elle la reposa et alla jusqu'au bureau, sur lequel elle s'appuya, face à Drew Barrymore. *À jamais*. Il devait bien y avoir un indice quelque part. Elle regarda la rangée de livres. Le dos de l'un d'eux était différent, plus usé. Elle le sortit pour constater que c'était un gros livre de comptes vert, taché et gonflé d'humidité. C'était son journal.

Elle suivit du doigt son écriture à l'encre bleue, nette et claire, sauf là où l'eau l'avait fait couler. La dernière entrée remontait à quelque temps déjà, et la mentionnait, elle.

> 20 juil. À Lyly avec L. et M. RAS (du moins côté pêche) sauf le serpent, bien entendu. Un mamba, d'après L. M. très impressionnée, je crois... Elle est merveilleuse.

Elle sourit, mais déjà les larmes lui piquaient les yeux, et les questions affluaient. Où était-il? Était-ce là ce qu'il éprouvait vraiment? Elle se demanda si elle-même serait jamais capable de tels sentiments. Son estomac se noua. Maintenant qu'elle était ici, qu'elle lisait ses mots, elle se sentait à nouveau proche de lui. C'était étrange: elle l'avait cru au moins aussi hésitant qu'elle, et, maintenant qu'elle découvrait qu'il en allait autrement, son cœur cessait de balancer.

Elle a un rire superbe, ses longs cheveux dans le vent, pendant que nous marchons sur la plage. Amoureux ? Je crois, j'espère. Dieu sait.

Émue, intriguée, Miranda, toujours en petite tenue, feuilleta les pages pour revenir en arrière – remontant les jours et les semaines jusqu'à leur première rencontre à l'ambassade, et au résumé de sa première excursion à Lyly. Elle se coucha après avoir pris sa douche, la tête pleine d'images de Nick parcourant l'île à la recherche de l'entrée de la grotte, ou étendu dans la maison de Lyly à regarder le phare déployer l'éventail de son rayon sur la mer.

Rien de surprenant donc si, quand elle arriva à Lyly en compagnie de Sayeed le lendemain matin – une fois la maison et la plage fouillées, une fois le gamin revenu en courant pour annoncer qu'il y avait un corps, qu'il y avait un corps rejeté sur le rivage, et qu'il était muzungu, blanc –, elle fut immédiatement persuadée qu'il s'agissait de Nick.

Elle retourna le cadavre sur le dos et poussa un cri d'horreur. Le visage était déjà à moitié rongé par les vers, et les yeux révulsés luisaient d'un éclat gris et terne. Une oreille avait été coupée.

26

«Il s'appelle Leggatt. Son corps a été rejeté sur le rivage.

– Et alors ? Qu'est-ce que tu essaies de me dire ? demanda Mort Altenburg, penché sur la table dans la pièce qui lui servait de bureau au Kilimandjaro. Qu'elle a trouvé le corps d'un vieil Anglais, et que cette découverte a quelque chose à voir avec notre affaire ? Personnellement, je ne vois pas quoi. Ça n'est probablement qu'un meurtre banal, suite à un cambriolage qui aura mal tourné. Et le petit ami, des nouvelles ?

– Rien pour l'instant, dit Queller qui ne faisait que rapporter les propos angoissés de Miranda au téléphone. Elle continue à chercher. Mais tout est lié, j'en suis sûr. Je sais que nous avons eu pas mal de différends, Mort, mais je suis certain que la fille tient une piste sérieuse. Ils ont vu plusieurs Arabes, il y a quelques semaines, qui allaient dans la direction de l'île. Et je crois que cet homme était parmi eux.»

Il tendit une photo à Altenburg par-dessus le bureau.

«Yousef Mourad. Ça sort de nos fichiers. C'est le type qui est sur la bande de la caméra de surveillance. Le chauffeur du camion. Elle croit l'avoir vu sur un yacht de croisière qui se dirigeait vers l'île, quelques jours avant l'attentat.

– Je t'accorde qu'il ressemble un peu au type de la

bande, concéda Altenburg. C'est vrai aussi que, au vu de ce qu'on a tiré du type arrêté à Karachi, je commence à me faire à l'idée qu'il pourrait effectivement s'agir d'un coup de ben Laden.»

Il ôta ses lunettes et se frotta les yeux. «Mais la prétendue piste Zanzibar n'est que pure spéculation. Il n'est pas du tout certain que ce soit lui qui ait été sur le bateau.

– De toute façon, j'ai bien l'intention d'aller vérifier par moi-même, dit Queller d'un air résolu.

– Splendide. Vas-y donc. J'ai hâte de raconter dans mon rapport comment Jack Queller, le grand chasseur de terroristes, perd son temps, après les attentats, à explorer les plages de Zanzibar. Pendant qu'on réexpédie les corps des victimes américaines dans des housses mortuaires au pays, où elles sont accueillies avec les honneurs par la Première dame, le Président et des familles éplorées. C'est sur CNN, Jack, en ce moment même.»

Queller n'avait pas besoin qu'on le lui rappelle. La chaîne d'informations permanentes montrait en effet les mêmes images depuis le début de la matinée: le couple présidentiel et les familles des victimes attendant sur le tarmac de la base militaire d'Andrews, à proximité de Washington. Queller avait déjà regardé la scène deux fois dans sa chambre. Zoom de la caméra. Le Président, silencieux, des larmes roulant sur ses joues, et la garde d'honneur qui décharge les cercueils enveloppés de leurs drapeaux. Puis, sur fond de «Plus près de Toi, mon Dieu», joué par une fanfare militaire, lecture des noms des morts sur un ton solennel. Pour sa part, Queller trouvait que la répétition enlevait de son pathos à la scène. À être continuellement rediffusé, l'événement devenait presque irréel.

«… sans parler, poursuivait Altenburg, des deux cent vingt et quelques victimes non américaines. Qu'est-ce que tu vas leur dire, Jack, quand tu rentreras de la plage ? Que c'est toi qui as formé ben Laden ? Ils ne manqueraient pas d'apprécier, j'en suis sûr.

– Si tu avais laissé mon opération suivre son cours au lieu de la faire capoter, on aurait pu éviter ce massacre. Je t'avais pourtant averti.

– Les scénarios d'attentats que tu avais préparés étaient défectueux. Quant à cette fameuse opération, tu peux t'estimer heureux de ne pas avoir été mis en accusation. »

Après avoir ramassé, non sans mal, la photo sur le bois verni du bureau, Queller tourna les talons sans un mot et quitta la pièce. Le souffle court, il descendit l'escalier pour se rendre au bar de l'hôtel. Il avait sérieusement besoin d'un verre. Son moignon le faisait souffrir.

Au moment où il traversait le hall encombré de voyageurs qui arrivaient ou s'en allaient, un incident bizarre se produisit. Une jeune femme au teint pâle, en longue robe orange, s'approcha de lui, un bouquet d'œillets à la main. Sans rien dire, elle lui en tendit un. Il secoua la tête, le sourcil froncé. Elle sourit d'un air béat et s'approcha d'un autre homme, le père d'une famille de touristes – des Anglais, à en juger par les voix des enfants. L'homme, lui aussi, lui fit signe de s'éloigner. Sur quoi, le directeur de l'hôtel sortit de derrière le comptoir de la réception et conduisit la jeune femme dehors, pendant que Queller pénétrait dans le bar.

Il s'assit avec son whisky et regarda par la fenêtre, essayant de ne pas penser à ce que lui avait dit Altenburg. À la vue des familles des victimes à la télévision – en particulier cette image d'une petite fille en train de pleurer à gros sanglots au passage des cercueils –, il avait été submergé d'une nouvelle vague de culpabilité.

Il laissa son regard errer sur le parking du Kilimandjaro. Il y avait là un curieux véhicule, une sorte de longue jeep, couleur café, avec une estrade. Deux hommes en treillis kaki montaient à l'arrière. Des Blancs. L'un d'eux transportait un étui à fusil. Queller s'aperçut que le véhicule était une version moderne de la vieille charrette de chasse anglaise, résultat de l'aménagement d'une Land Rover à long empattement, dont on avait supprimé le haut. Les deux passagers avaient un air soigné. De beaux spécimens d'homme. Lui aussi était comme ça, à une époque. Il vit un chauffeur tanzanien traverser le parking en courant et, après maintes courbettes devant les deux Blancs qui le houspillaient pour son retard, sauter dans la cabine.

Des chasseurs blancs. Queller avait lu dans un magazine qu'il y avait encore des chasses en Tanzanie du nord. Du côté d'Arusha. Des endroits où les riches – presque toujours des hommes, et, qui plus est, des compatriotes – venaient chasser le lion, l'éléphant et le zèbre. L'article disait, si sa mémoire était bonne, qu'il existait une échelle mobile des coûts pour les trophées.

Il pensa à ce qu'avait coûté le rôle qu'il avait joué auprès de ben Laden, tout en remarquant que les mêmes séquences CNN passaient à nouveau sur la télévision du bar.

« Ils sont à l'image de l'Amérique d'aujourd'hui et de l'Amérique de demain », disait des morts le président Clinton.

Queller se souvint de l'Amérique d'hier, de l'époque où lui-même avait failli mourir au service de son pays. Tout cela lui semblait si loin, au point de faire presque partie d'un autre monde, d'une autre vie. Ce n'étaient pourtant que les années quatre-vingt. Accompagné de Bérets verts et parfois de membres du Special Air Service britannique, il avait franchi à plusieurs reprises la frontière pakistanaise pour entrer en contact avec des unités de moudjahidin afghans.

«Chacun d'eux était habité de l'esprit d'aventure et d'une âme généreuse. Chacun d'eux avait saisi la chance de parcourir le monde et de le rendre meilleur.»

Depuis l'invasion du pays au début de la décennie, les Afghans, soutenus par des groupes de wahhabites arabes, dont ben Laden était le plus connu, résistaient de leur mieux face à la puissance de l'armée soviétique. En tant qu'agent de renseignements, Queller avait pour mission de déterminer le type de formation et de matériel que l'Occident pouvait leur offrir.

«Quel qu'en puisse être le prix, il nous faudra trouver les responsables de ces actes odieux et veiller à ce que justice soit faite, poursuivait Clinton. D'autres épreuves nous attendent peut-être encore, car l'Amérique symbolise la paix et la démocratie et elle est, à ce titre, une cible de choix pour les terroristes.»

Queller avait rencontré ben Laden à plusieurs reprises. Le Saoudien était devenu une sorte de ressource logistique universelle pour les combattants afghans, leur fournissant vivres et armes. Lesquels étaient payés essentiellement grâce à un héritage d'environ trois cents millions de dollars (l'entreprise de génie civil de son père avait fait fortune en construisant des hôtels et d'autres types de logements pour les pèlerins des lieux saints de l'Arabie Saoudite), mais grâce également à des dons émanant de communautés, de gouvernements et de personnes privées musulmans de par le monde. Ben Laden avait fait venir des bulldozers et des explosifs de l'entreprise familiale pour ouvrir de nouvelles routes et construire des redoutes, des pistes d'atterrissage et des dépôts d'armes et de munitions. Il avait également à son actif la construction d'un réseau de tunnels dans les montagnes Zazi, dans la province de Bakhtiar, une sorte d'immense hôpital pour les guérilleros blessés au combat.

Plus tard, il avait combattu aux côtés des moudjahidin et fini par devenir une sorte de légende vivante pour sa bravoure à la tête d'un contingent de troupes arabes et afghanes. C'était l'époque où il se battait et mangeait aux côtés des soldats dans les tranchées creusées dans les montagnes, se distinguant tout particulièrement dans les combats au corps à corps. Un jour, c'est du moins ce que l'on racontait, il avait conduit un bulldozer sur une position soviétique, tout en se faisant mitrailler par des hélicoptères de combat. Queller avait eu lui-même l'occasion de voir opérer ces engins, et se rappelait le rythme infernal auquel les douilles étaient éjectées, des milliers à la minute, et les flammes orange qui jaillissaient des mitrailleuses.

Il fit rouler le whisky dans sa bouche et jeta un coup d'œil sur le bar. L'homme derrière le comptoir était totalement absorbé par sa tâche: il remplissait un récipient en métal de cacahuètes qu'il faisait glisser de leur sachet en plastique. Au-dessus de lui, la télévision crachotait et tremblotait.

«La terreur est l'arme des lâches, disait sa vieille amie Albright, ajoutant son message à celui de Clinton Ce n'est pas une forme d'expression politique. Pas plus qu'une manifestation de foi religieuse. C'est de l'assassinat pur et simple.»

Le soutien dont bénéficiait ben Laden, aussi bien en armes qu'en argent, ne provenait pas seulement d'organisations arabes, comme le Croissant-Rouge saoudien et l'Istakhbarat (le service de renseignements saoudien). Par l'intermédiaire de Queller lui-même, la CIA lui avait fourni des missiles antiaériens Stinger pour abattre les hélicoptères russes. Queller avait eu aussi son rôle à jouer dans l'apport de fonds américains destinés au creusement (selon des plans de la CIA) d'un complexe de grottes à Tora Bora, dans une partie reculée des montagnes afghanes. De leur côté, les services d'espionnage britanniques avaient fourni des conseillers pour d'autres projets.

Les dollars des contribuables américains (jusqu'à concurrence de cinq cents millions par an) et les livres britanniques avaient non seulement financé l'équipement et l'entraînement militaires, ils avaient aussi facilité l'émergence d'un empire de la drogue, parallèlement à la conduite de la guerre. Queller n'avait été que marginalement concerné par ce trafic, mais il avait de ses yeux vu des cargaisons d'opium brut embarquées sur des avions-cargos C-130, sous la surveillance de mercenaires sud-africains et d'anciens du SAS. Officiellement sur place pour entraîner les moudjahidin, les mercenaires étaient mouillés dans le trafic de l'opium jusqu'au cou. Ils étaient en rapport avec une organisation appelée Keenie-Meenie Services, expression qui, en swahili, désigne les mouvements d'un serpent dans l'herbe. La KMS avait des amis jusqu'au cœur de l'establishment militaire britannique, sans que la complicité du gouvernement puisse être prouvée. De cette manière, elle était utile aussi bien pour le Royaume-Uni que pour les États-Unis: c'étaient des membres de la même organisation qui avaient été engagés pour miner le port de Managua pendant l'affaire des Contras. En Afghanistan – parfois avec les Bérets verts, parfois sans –, Keenie-Meenie initiait les moudjahidin aux mystères des explosifs, des mouvements d'horlogerie et au déploiement des armes antiaériennes. Dans l'ombre, il y avait toujours deux hommes: Ousama ben Laden, «Mr. Sam», comme l'avait baptisé un employé sud-africain de la KMS, et Jack Queller.

Au fil des ans, Queller avait assisté à l'incroyable métamorphose de ben Laden. La première fois qu'il l'avait vu, ce n'était encore qu'un jeune homme qui n'avait rien d'un dur et dont les autres moudjahidin se moquaient volontiers. Lui et les autres rejetons arabes des riches familles du Golfe étaient connus des Afghans sous le nom de «*muj* Gucci», en raison de leurs vêtements et de leurs chaussures hors de prix. Mais à l'époque du siège de Jalalabad, la bataille décisive de la guerre, le jeune ingénieur civil était devenu une tout autre figure: un commandant impitoyable, vêtu du salwar kameez traditionnel, la kalachnikov à l'épaule comme tous les autres chefs afghans. Quelque dix mille combattants venus de tout le monde arabe – algériens, saoudiens, égyptiens, philippins, et jusqu'à des Ouïgours chinois – étaient passés par ses camps.

C'étaient ces gens-là, ou des membres de cellules proches, qui formaient aujourd'hui la base d'Al-Qaida. Après avoir déplacé son quartier général au Soudan, ben Laden (qu'on appelait désormais «le cheik» ou «le directeur») avait acheté des terrains destinés à des camps d'entraînement, monté des usines et des fermes pour se procurer des revenus et – comme il était aujourd'hui parfaitement établi – s'était assuré des bases et des abris sûrs au Kenya, en Tanzanie et ailleurs. Grâce aux informations fournies par Queller, la CIA savait que les activités de ben Laden cachaient plus de choses qu'elles n'en révélaient. La Ladin [*sic*] International Company n'était pas qu'une firme d'import-export.

Taba Investment n'était pas qu'une banque d'affaires. La Themar al-Mubaraka Farm ne se contentait pas de cultiver sésame, cacahuètes et blé. Hijra Construction ne construisait pas que des ponts et des routes.

Quand ben Laden avait refait surface en Afghanistan en 1996, après avoir été expulsé par le gouvernement de Khartoum, nombre de ces affaires avaient retrouvé leur fonction première. Queller avala une gorgée de whisky. C'était là un des aspects les plus effrayants et les plus originaux d'Al-Qaida, cette façon qu'avait l'organisation d'aller et venir, sur une période de temps relativement longue, entre le monde de la vie et des affaires ordinaires et l'univers extraordinaire d'une nébuleuse terroriste, dont le but était de subvertir le quotidien.

Mais, somme toute, le quotidien était-il si facilement explicable, si totalement fiable ? Les griefs des gens qui rejoignaient Al-Qaida étaient tissés dans la vie de tous les jours comme les nœuds dans un tapis. C'étaient des activités ordinaires, parfois meurtrières, de son pays à lui, Queller, et des leurs, que les terroristes tiraient leur force et leur justification.

Pourtant, tout n'était pas qu'une question de politique. Il y avait aussi là-dessous une perversion de la religion : cet attrait d'un insolite macabre, ce mélange de surnaturel, de brutalité et de fable que ben Laden lui-même en était venu à incarner. Le côté fable comptait pour beaucoup, et d'une manière assez surprenante : Queller avait découvert que ben Laden avait pris pour nom de son organisation la traduction arabe du titre, *Fondation*, sous lequel Isaac Asimov avait rassemblé toute une série de récits de science-fiction. La saga, qui couvrait une période considérable, mettait en scène un groupe de savants qui décidaient de sauver la galaxie du chaos et de la corruption. Leur chef, un soi-disant «psycho-historien», était capable de déterminer les cycles du temps et donc de prédire l'avenir.

Aujourd'hui, la fable avait pris corps; elle n'était devenue que trop réelle. Dans les années qui avaient suivi son association avec le renégat saoudien, Queller avait enragé de constater que la communauté du renseignement refusait de le croire quand il l'avertissait, comme il l'avait fait à plusieurs reprises, des ambitions à l'échelle planétaire des entreprises de ben Laden, quand il démontrait que ses compagnies, qui n'étaient que des façades, se procuraient des armes, stockaient les produits nécessaires à la fabrication d'explosifs et servaient de centres où l'on entraînait de tout jeunes gens facilement impressionnables au détournement d'avion, au kidnapping et à l'assassinat... Mais aux yeux de Mort Altenburg et de bien d'autres, lui, Queller, n'était déjà plus qu'un dinosaure, un manchot rescapé de la guerre froide.

Il y avait eu, Queller en était convaincu, une sorte d'aveuglement collectif, un désir de se dissimuler la réalité. Une fois atténuée la menace soviétique, une période de prospérité sans précédent s'était s'instaurée. Nouveau Balthazar, l'Occident s'était mis à festoyer sur les prétendus «dividendes de la paix», sans se préoccuper de la main qui écrivait sur le mur. Aujourd'hui, il leur fallait à tous, lui compris, payer le prix.

Ils n'étaient pas les seuls. Tous les jours arrivaient d'autres récits de Nairobi. L'histoire de ce piéton dont la tête avait été arrachée par l'explosion, alors que la femme qui marchait pratiquement sur ses talons en était sortie indemne. Ou celle de cet homme pris sous les décombres et entouré de cadavres, qui avait attaché sa jambe cassée à sa jambe valide pour pouvoir se traîner, à demi asphyxié, jusqu'à l'endroit où les sauveteurs avaient pu l'entendre appeler.

Queller regarda la publicité pour une chaîne d'hôtels de prestige défiler à la télévision. On y vantait les mérites de tous les établissements du groupe, présentés, où qu'ils soient dans le monde, comme «dotés d'un raffinement et d'un luxe inégalés». Il frissonna. Dans la situation actuelle, l'idée même d'une existence normale, sans parler d'une vie de luxe, semblait totalement déplacée. Ben Laden devait avoir une idée, même vague, du nombre d'Africains, par comparaison avec les Américains, qui seraient tués dans les attentats. Et pourtant, les premiers ne constituaient en aucune manière pour lui une cible digne d'intérêt. Queller secoua la tête et but une nouvelle gorgée. Il ne fallait pas chercher de logique là-dedans. Et pourtant, comment ne pas le faire? Même quand on est conscient du poison qui coule dans les veines de son adversaire, il reste difficile d'admettre que non seulement il agit au nom de principes moraux opposés aux vôtres mais fonctionne aussi selon des processus mentaux différents.

Et des croyances religieuses différentes. Queller soutenait depuis longtemps que si les terroristes pouvaient dénaturer si facilement l'islam, c'était en raison du peu de prix que celui-ci attachait au monde matériel. Quand les choses, y compris l'enveloppe charnelle, ne sont qu'illusion, il devient plus facile de les détruire. Encore que, en vertu du même argument, comment justifier une telle destruction?

Les deux grandes religions s'affrontaient, pareilles à des lutteurs prenant la pose, sur la question de savoir ce qui avait causé la chute de l'homme. Sujet qui fascinait Queller, au point qu'il avait l'intention d'en faire l'élément central d'une conférence que lui avait demandée le département d'études islamiques de Rutgers University. Encore que... Il avait eu trop souvent l'occasion de se rendre compte, au cours d'autres conférences, que ce qu'attendait réellement le public, c'étaient des histoires de bombes, de coups de feu et des révélations sur des complots machiavéliques.

Dans la perspective chrétienne, l'homme s'était fait chasser du paradis pour avoir désobéi parce qu'il voulait la connaissance. Dans l'islam, la perte de l'Éden provenait bien aussi de la consommation du fruit défendu, mais la faute en incombait à Satan. La chute d'Adam et Hawwa venait de ce qu'ils reconnaissaient la réalité du monde en tant que tel, plutôt que d'admettre qu'il n'y avait pas de réalité en dehors d'Allah. L'acceptation de cette vérité (littéralement, *islam* veut dire «reddition») constituait le pilier fondateur de la foi et le chemin vers la rédemption, permettant à l'homme de franchir le pont qui sépare, et réunit, ces deux mondes.

Il n'y a pas d'autre Dieu en dehors d'Allah: *La ilaha Allah*. L'expression, en elle-même, était une sorte de passerelle.

Pour Queller, l'islam possédait une force mystique supérieure à celle de la foi chrétienne, en ce qu'il touchait au cœur même des perceptions quotidiennes. Sous une forme pervertie, cette force pouvait devenir un instrument d'agression psychologique. C'était le cas avec Al-Qaida, dont les membres étaient encouragés, voire forcés, à croire qu'ils renonçaient à un monde corrompu. À l'instar d'un chef de secte, ben Laden jouait du mysticisme inhérent à l'islam pour ensorceler ses partisans – en dépit de son appartenance affichée à une tendance extrême de l'islam, le wahhabisme, qui interdisait formellement toute pratique ésotérique, et proscrivait même la musique.

Queller était convaincu que non content d'en favoriser l'apparition chez les autres, ben Laden était luimême victime de ces agressions psychologiques. Les deux doctrines islamiques de la nature illusoire de la création, d'une part, et de la nécessité de renoncer à soi, de l'autre, trouvaient un écho dans les états psychologiques de l'illusion et du refoulement. Le rejet de toute autre autorité que celle d'Allah pouvait conduire un esprit malade à acquérir une croyance démesurée dans la puissance de la volonté et à assumer des proportions mythologiques.

D'un autre côté, on trouvait dans beaucoup de religions les ingrédients nécessaires à un bouillon de sorcière à base de haine et de fanatisme. La réflexion laissa Queller dans le doute, et il regarda deux serveurs enlever un paravent en bambou qui se trouvait devant une estrade au bout de la salle, sur laquelle trônaient de grosses enceintes, une batterie et un micro fixé à une perche – il y aurait de la musique ce soir-là dans le bar du Kili.

Les germes de la haine, il les avait vus naître il y avait bien longtemps. Quand il était devenu évident que les Soviétiques allaient retirer leurs troupes, Queller avait remarqué le changement d'attitude de ben Laden à son égard. Les toutes premières années, ce dernier s'était toujours montré cordial, voire chaleureux. Par la suite, il s'était fait nettement plus froid. Il n'avait pas tardé à mettre Soviétiques et Américains dans le même sac, y compris en présence de Queller, voyant en eux des superpuissances infidèles, des mécréants qui menaçaient le monde musulman. Ce qui irritait le plus ben Laden, c'était le ralliement si rapide du régime saoudien aux États-Unis au lendemain de la Seconde Guerre mondiale, quand l'Amérique avait renforcé sa puissance dans le monde. À ses yeux, les Saoudiens, après avoir rejeté le joug britannique, auraient dû essayer de mettre en place une politique islamiste spécifique, au lieu de pactiser avec les kufr.

Kufr, littéralement, «couvrir, cacher» – se cacher de la vérité. Il arrivait à Queller de ne pas trouver injuste que son pays en soit venu à incarner l'essence même des kufr dans l'esprit musulman: l'après-guerre avait vu la naissance en Amérique d'une illusion collective auto-entretenue qui voulait que la destinée américaine procédât d'une providence toute spéciale. Des «raisons d'État» éminemment adaptables, étayées par la conviction que le pays était élu de Dieu, avaient servi de prétextes à toutes sortes d'interventions plus que contestables à l'étranger, et s'accompagnant souvent d'une totale indifférence face à la situation locale.

L'erreur qu'avait commise le gouvernement Reagan, dans les années quatre-vingt, avait été de voir dans le djihad antisoviétique une stratégie géopolitique commode, une nouvelle manifestation de la guerre froide, tout en oubliant que, pour d'autres, c'était l'expression directe de la volonté d'Allah. La crise avait atteint son point de non-retour lors de la dernière visite de Queller en Afghanistan, en 1989, à un moment situé entre le retrait des troupes russes et la chute du mur de Berlin à la fin de l'année. La mission avait été mise en œuvre par le directoire commercial de la CIA, après consultations auprès d'un certain nombre de grandes compagnies pétrolières américaines.

L'objectif était de convaincre ben Laden d'user de son influence, pour le compte des Américains, auprès de ceux, quels qu'ils soient, qui allaient prendre le pouvoir laissé vacant en Afghanistan par le départ des Russes. La plus grande incertitude régnait alors quant à l'avenir du pays, et différentes factions luttaient pour s'assurer le pouvoir. L'établissement dans la région d'un pays satellite des États-Unis semblait, à ce moment-là, tout à fait viable, voire logique. L'ironie du sort voulut que le communisme commençât à s'effondrer au moment même où la mission abordait sa phase de réalisation; l'Amérique allait pouvoir disposer sous peu de pays satellites dans tout l'Orient. Queller n'en revenait toujours pas que les agences de renseignements aient été incapables de prévoir une telle évolution. Cela dit, il ne s'était pas montré plus clairvoyant. Sinon, il ne se serait peut-être pas rendu en Afghanistan, en octobre de cette année-là, en quête de contrats pétroliers.

Il gardait de cette visite un souvenir intact. Qui s'insinuait à la moindre occasion dans sa mémoire, faisant fi des années, de la vie écoulée depuis. Il lui suffisait d'y repenser pour que son moignon lui fasse mal comme au premier jour, comme si les nerfs, sous le réseau des tissus cicatriciels, gardaient eux aussi le souvenir d'avoir été sectionnés.

Dans une aube froide de montagne, un convoi d'une dizaine de Landcruiser avait suivi une route tortueuse sur les pentes rocheuses au-dessus de Khost, pour arriver jusqu'à l'endroit où attendait Queller en compagnie d'une escorte purement formelle de quatre Bérets verts. Le convoi s'était arrêté à quelque distance. Ben Laden s'était approché, à la tête d'un groupe d'Arabes bardés d'armes et vêtus d'un mélange de costumes traditionnels et de tenues de camouflage abandonnées par les Russes.

«Qu'est-ce que vous faites ici?» avait-il demandé, une lueur dure dans les yeux. Il avait un pistolet automatique neuf millimètres à la main et une kalachnikov sanglée en travers du dos.

«Je suis venu discuter, avait répondu Queller, regardant lc pistolet, tout à fait conscient que les autres étaient prêts eux aussi à tirer. Il faut que nous décidions de ce que vont être nos relations maintenant que les Russes sont partis.»

Un grand rire avait fait trembler la longue barbe de ben Laden. «Des relations, nous n'en aurons plus avec les Américains. Nous ne voulons plus de vous ici. Ni dans aucun pays musulman. Votre présence dans de tels endroits est une honte.

– Écoutez, avait dit Queller. Ma visite n'a d'autre but que de confirmer notre amitié, et de faire en sorte que nous restions du même côté.

– À votre tour de m'écouter. Vous n'êtes pas les bienvenus ici. En accord avec Israël, les juifs de votre gouvernement sont venus prendre le contrôle de nos lieux saints. Cette action a excité ma colère, et celle de nombreux musulmans. Nous savons désormais que quand nous achetons des armes américaines ou que nous autorisons les Américains à chercher du pétrole sur nos territoires, nous nous faisons les complices du mal. Et c'est pourquoi, avec l'aide d'Allah, j'ai décidé d'établir un front pour mener le djihad contre les juifs et les croisés américains. Car vous êtes un croisé, Mr. Queller. C'est la raison pour laquelle vous devez partir, maintenant. Si je vous revois, je vous tue.

– C'est une plaisanterie», avait dit Queller, souriant dans l'espoir de désamorcer la situation.

Le soleil matinal, émergeant de derrière les montagnes austères et encapuchonnées, éclaira le visage de ben Laden.

«Je vais vous prouver que je ne plaisante pas.»

Il tira et atteignit Queller au coude. Instinctivement,

les Bérets verts levèrent leurs armes, mais, devant le nombre des assaillants, les laissèrent aussitôt retomber.

«Il faut que vous compreniez bien que j'ai l'intention de faire de la présence de votre pays sur nos lieux saints un mythe, exactement comme je l'ai fait de celle des Russes en Afghanistan. Dans la religion du Prophète – qu'Allah le bénisse –, il y a, comme vous ne l'ignorez pas, Queller, quelque chose qui s'appelle le djihad. Et une place spéciale réservée dans l'au-delà à ceux qui y prennent part. Quant à l'ennemi du djihad…»

Il cracha sur le sol rocailleux, où les Bérets verts étaient accroupis en cercle autour de Queller et de son bras fracassé, quarante AK braqués sur eux. En dépit des dessins grossiers de la crème de camouflage qui barbouillait leurs visages, en dépit de la douleur qui lui brouillait la vue, Queller n'avait eu aucun mal à lire la stupéfaction et la peur dans le regard des soldats américains. Il s'en souvenait encore aujourd'hui.

D'autres paroles de ben Laden lui revenaient en mémoire. «L'ennemi, c'est la croisade sioniste et américaine sous la bannière des États-Unis. L'ennemi, c'est l'Organisation des Nations unies et son injustice. L'ennemi, c'est vous.»

Queller avala la dernière gorgée de son whisky et se leva. Il jeta un coup d'œil à la télé. C'était maintenant au tour de William Cohen, le secrétaire à la Défense, d'y aller de son couplet.

«Nous ne permettrons jamais aux terroristes de saper notre résolution à poursuivre la tâche exaltante de ceux qui nous ont été enlevés. Leur disparition soudaine ne fera que renforcer notre détermination.»

Puis la présentatrice passa à l'enquête que menait le procureur Kenneth Starr pour savoir si le président Clinton était coupable de parjure ou d'obstruction à la justice, et si une procédure d'*impeachment* était envisageable. Queller se fit la remarque que cette affaire prenait des proportions inquiétantes.

Il remonta dans sa chambre au dernier étage du Kili. Quoi qu'il puisse penser du soutien accordé par le gouvernement à ben Laden dans le passé, sans oublier son rôle à lui dans l'histoire, sa conscience lui disait – comme une voix investie d'une autorité divine – qu'il lui fallait poursuivre cette affaire au mieux de ses compétences.

Il ne fallait pas se dérober aux antagonismes mais les affronter tels qu'ils étaient. L'histoire était l'histoire. Elle devait nécessairement être amputée: le passé était prologue, rien de plus. L'important, maintenant, c'était que ceux qui étaient en deuil, Kenyans, Tanzaniens et Américains confondus, voient justice faite.

Queller décida que, dès qu'il le pourrait, il partirait pour Zanzibar rejoindre Miranda. Ce serait vraiment bizarre de se retrouver là-bas, après tant d'années. Il jeta un coup d'œil en direction du minibar, se demandant s'il était bien sage de reprendre un whisky. Il ne faut pas, se dit-il, en s'allongeant sur le lit, soudain conscient de son épuisement. Mais la tentation, par paliers insensibles, s'était déjà insinuée en lui.

Vers trois heures et demie, il était toujours assis sur le lit, à boire à la bouteille, et à se demander s'il allait trouver le repos avant l'aube. S'il allait jamais le trouver… jusqu'au moment où il discerna, à travers les brumes de son esprit, le Jujubier de l'ultime limite, au zénith du septième ciel: les confins de l'Être où le Prophète, au cours de son voyage nocturne, reçoit les instructions de Dieu avant de retourner sur terre.

Les confins de l'Être, au-delà desquels se trouvait sa Lucy. Il lampa le scotch noyeur de soucis et chasseur de chagrin jusqu'à en suffoquer.

27

Nick Karolides se réveilla, cria, et, instinctivement, se jeta en avant. Pris de panique, il s'agrippa aux côtés du bateau, faisant tanguer dangereusement la petite embarcation. Il avait la bouche desséchée. Il était seul face à l'océan. Sans rames.

Il essaya de comprendre ce qui s'était passé. Guère plus conscient alors qu'il ne l'était maintenant, c'est à peine s'il s'était rendu compte que quelqu'un le hissait à l'intérieur du phare. Il se souvenait d'avoir été traîné jusqu'à la plage dans l'obscurité, d'avoir senti qu'on mettait à l'eau le dinghy à bord duquel lui et Leggatt étaient arrivés. Et puis… un homme mince dans le bateau, aux gestes silencieux, des corps près de lui, l'homme passant les corps par-dessus bord, puis les rames…

Autour de lui, la mer, calme et mystérieuse. À la surface, les taches brunes des sargasses et celles, rouge vif, des méduses, qui flottaient comme de petites îles. Mais pas le moindre signe de terre à l'horizon. Il écouta l'eau clapoter sur les flancs du bateau. Clap, clap. Non, pas de terre, nulle part. Simplement l'océan roulant sa houle à l'infini. Il gémit et s'allongea à nouveau au fond du dinghy, recroquevillé sur lui-même en position fœtale sous le soleil aveuglant. Ce devait être un mauvais rêve. Il se souvenait de l'homme enjambant le rebord du bateau pour repartir à la nage. Pourquoi l'avait-il abandonné ?

Les heures passèrent. Quand il s'éveilla à nouveau, il faisait plus frais. Une pluie fine tombait, tambourinant sur la fibre de verre du dinghy. Il ouvrit la bouche. Il avait terriblement soif. Un épais filet de sang séché lui collait à la tempe, là où la balle l'avait effleuré. Il avait des courbatures partout, et des brûlures là où la corde avait entamé les chairs. Ses genoux, surtout, lui faisaient mal, à la suite des coups que lui avait portés ce gigantesque Arabe. Une profonde entaille sur l'un – que le sel n'arrangeait pas – et de grosses ecchymoses sur les deux. Il aurait été incapable de dire ce qu'il y avait de pire : être coincé sur Lyly avec ces hommes, ou tout seul ici, en pleine mer. D'autres souvenirs lui revenaient : il pendait dans le vide au bout d'une corde, après avoir été jeté du haut du phare...

Il se sentait totalement impuissant, mais savait qu'il devait faire un effort pour sauver sa peau. Sa langue était enflée. Il fit une coupe de ses mains pour tenter de recueillir un peu d'eau de pluie. Faute de mieux, il finit par se lécher les paumes. Et puis, juste au moment où il se demandait s'il n'allait pas mourir de soif, la pluie se fit plus forte, et il put enfin avaler deux ou trois vraies gorgées.

Mais le Seigneur donne et le Seigneur reprend. Tandis que les nuages crevaient et que le ciel s'obscurcissait, les vagues se creusèrent. Le dinghy dérapait sur la houle, retombant avec un claquement sec dans les creux. Nick, le visage fouetté par le vent qui se levait, commença à se demander si l'eau n'allait pas l'envahir. Chaque vague qui arrivait projetait des paquets d'embruns dans l'embarcation. Il essaya d'écoper avec les mains, mais sans succès.

La mer s'enflait autour de lui. Les vagues, toujours plus grosses, s'enchaînaient sans relâche. Il était impuissant à empêcher leur déferlement. Chaque fois qu'elles s'emparaient du dinghy, il se ramassait sur lui-même pour mieux amortir le choc. Mais, invariablement, le dinghy était soulevé, restait un instant en suspens, avant d'aller cogner de la coque dans le creux, faisant vibrer la fibre de verre.

Une lame passa carrément par-dessus le bateau, et Nick faillit être emporté. Il s'agrippa au plat-bord. Une pensée effrayante lui traversa l'esprit. Il avait lu quelque part qu'à Nantucket, les falaises reculaient de près de deux mètres par an sous l'assaut des vagues. Quel espoir placer dans une embarcation aussi frêle, comparée à ces immenses murailles rocheuses? Une huître dans sa coquille avait plus de chances de s'en sortir.

Au bout d'un moment, cependant, le danger immédiat s'éloigna. Le vent faiblit, la mer déclara une trêve dans le combat qu'elle menait avec elle-même, et le soleil amorça son déclin. Écarlate sur le bleu sombre de l'océan, il emporta le cœur de Nick dans sa chute. Dans l'ombre envahissante du crépuscule, silhouette solitaire et voûtée, le jeune Américain commença à se faire à l'idée de sa fin prochaine. Quarante heures de dérive en pleine mer sur un bateau non ponté avaient finalement eu raison des dernières velléités d'espoir de Nick Karolides.

Pendant la nuit qui suivit, le froid l'empêcha de dormir, et il passa son temps à claquer des dents. Le bateau poursuivait sa route aveugle. Nick pensa à Miranda. Ce qui ne fit qu'accroître son sentiment de solitude et d'abandon.

L'aube se leva, rouge sur l'horizon. Ce devait être l'est, là-bas. Il regarda autour de lui, les yeux enflammés par le sel. La mer était à nouveau calme. Mais toujours pas trace de terre. Il était transi jusqu'à la moelle.

Il se dit que si l'est était là, alors il dérivait dans la mauvaise direction. Car l'île devait être à l'ouest. Affolé, il se précipita à l'arrière et se mit à pagayer avec les mains pour essayer de faire virer le dinghy.

Rapidement épuisé, il renonça et se laissa porter là où le courant voulait bien l'emmener. Il resta assis sans bouger pendant une heure, peut-être deux, à regarder défiler les vagues. Essayant de ne pas penser à Leggatt. De ne pas penser à la mort. Revoyant le vieil homme le tapoter du tuyau de sa pipe pour donner plus de poids à ses paroles.

Le soleil se fit à nouveau très chaud, craquelant douloureusement sa peau. Des cloques avaient commencé à se former sur son dos et ses bras. À un moment, il y eut de gros remous dans l'eau, et il pensa aux requins. Les tigres et les marteaux qu'il connaissait bien croisaient dans les parages. Penser aux poissons lui donna une idée. Il reprit un peu courage, poussé par l'énergie du désespoir. Il avait davantage soif que faim, mais s'il arrivait à attraper quelque chose, il aurait une substance liquide à avaler. Il enleva sa chemise, déchira des bandes de tissu qu'il noua les unes aux autres. Puis il ôta sa ceinture et, au risque de se casser une dent, arracha l'ardillon de la boucle, qu'il recourba. Attaché au tissu, l'objet lui servirait d'appât. Il le laissa tomber dans l'eau.

Puis il attendit, se surprenant à imaginer les poissons, là en dessous, intrigués par ce fragment de métal scintillant dans le sillage du bateau. L'un d'eux n'allait sûrement pas tarder à mordre. Il lui vint à l'esprit que les choses les plus faciles à imaginer sont le plus souvent impossibles à réaliser. Il tira sur la bande de tissu. Rien. Mais il ne fallait pas renoncer. Surtout pas.

Il regarda les cormorans plonger. Ils montaient très haut, avant de s'abattre sur la surface de l'eau, comme s'ils cherchaient à mourir. Mais eux ressortaient avec un poisson dans le bec. Celui qui risquait de mourir, c'était bel et bien lui.

Peut-être aurait-il plus de chance s'il essayait de distiller de l'eau de mer. Avec un morceau de la même chemise tendu entre les tolets, il fit une sorte de réceptacle en forme d'entonnoir, sous lequel il plaça une de ses chaussures, dans l'espoir de recueillir quelques gouttes. Mais le tissu fit une poche, et l'eau passa tout de suite au travers. Étant donné l'usage qu'il avait fait de sa chemise, ses efforts pour tenter de survivre eurent pour seul résultat de diminuer encore la mince protection dont il disposait contre le soleil et les embruns. Les cloques se multiplièrent. Les longues heures passées en mer à découvert marquaient sa chair de plus en plus profondément.

Et aussi son esprit. Il avait renoncé à l'espoir d'être repéré. L'eau, maintenant pratiquement immobile, inquiétante, glissait en grandes nappes huileuses le long de la coque. Il se mit à penser à la mort. La grande incertitude. Dans son délire, il se dit qu'il y avait pourtant pire façon que celle-ci de s'en aller. Ce n'était pas donné à tout le monde, après tout, de mourir comme ça, perdu sur une petite embarcation au milieu de l'océan... Sa tête retomba sur sa poitrine. Le dinghy tangua avant de s'immobiliser à nouveau. Ou bien avançait-il tout doucement ? Il ne savait plus.

Il s'éveilla une nouvelle fois de sa torpeur, levant les yeux dans l'espoir d'avoir progressé, d'avoir laissé une autre petite trace sur l'immensité menaçante de la mer, sur cette ardoise d'un gris lumineux. Il ne s'attendait pas à ce qu'il vit. Une forme qui s'interposait entre lui et la ligne inclinée de l'horizon.

Un bateau ! Il se mit tant bien que mal sur ses jambes, les bras tendus vers le ciel. Il essaya de crier, mais seul un croassement étouffé sortit de sa gorge. Il essaya encore, avec un peu plus de succès, mais sa voix ne pouvait porter bien loin. Il appela à nouveau, et se mit à sauter dans le bateau, manquant tomber à l'eau. Pour finir, sa voix le lâcha, et il cessa de crier.

De toute façon, on l'avait repéré depuis longtemps. Il vit voler des cordages. Une embarcation quitter les bossoirs sur de grosses poulies. Des hommes grimper dedans et ramer dans sa direction. Il était à bout de forces, au bord du vertige, ne sachant plus s'ils venaient vraiment vers lui. Il sentit ses jambes se dérober sous lui et s'affala au fond du dinghy. Il y eut un bruit sourd quand l'autre bateau vint cogner contre le sien. Ils le hissèrent par-dessus le plat-bord, avant d'attacher une corde au dinghy pour le remorquer.

Puis il perdit connaissance, ne revenant à lui qu'au moment où il s'effondra sur le pont en fer.

Ils le descendirent. En bas régnait une odeur forte d'hommes mal lavés, de gros tabac et de mauvaise cuisine. Un poêle crachotait dans un coin. Des regards curieux l'examinaient dans la lumière jaune. Des voix bourdonnaient à ses oreilles, parlant une langue qu'il comprenait, même s'il ne la parlait plus guère aujourd'hui. *Va chercher de l'eau. Qu'est-ce qui lui est arrivé ?*

Un des hommes lui retira ses haillons. Un autre approcha une tasse en métal de sa bouche. De l'eau. Boire. Boire. Il voulut agripper la tasse, mais on l'en empêcha. Boire encore. Puis on apporta un seau et une éponge, et on commença à lui laver le visage et le cou pour en enlever le sel. Après quoi, il sombra dans le sommeil.

À son réveil, on lui donna encore de l'eau, chaude,

cette fois-ci, et mélangée à du rhum. L'homme, devant lui, était un grand type aux cheveux d'un noir de jais et au regard fixe. La tasse dans la main, Nick recouvrait lentement l'usage de ses sens. Le marin l'examina avec curiosité l'espace de quelques secondes, avant de remonter sur le pont, ses grosses chaussures faisant résonner l'escalier en colimaçon.

Nick regarda autour de lui. Il était dans une sorte de niche, enveloppé dans des couvertures qui sentaient le Ketchup, des têtes de boulon lui entraient dans les côtes. En face de lui, d'autres niches, des sortes de compartiments avec des cloisons en tôle qui sortaient des flancs du bateau. Des couchettes, bien sûr, à voir les cirés jaunes et autres articles d'habillement pendus à des fils en travers de chaque compartiment. Dans la couchette face à la sienne, on avait collé au-dessus du lit un poster représentant une fille à moitié nue, chevelure blonde flamboyante, sourire timide, seins gonflés à bloc. Il entendait le grondement d'un moteur Diesel. Sentait les vibrations du moteur et le balancement de la mer se communiquer du fer à son corps à travers les couvertures.

Un grand type à moustache, arborant une casquette de capitaine et une veste bien ajustée, descendit l'escalier. Il posa une boîte de spaghettis Heinz sur le poêle et, tout en la faisant réchauffer, commença à questionner Nick dans un anglais hésitant.

« Qu'est-ce qui t'est arrivé ? Pourquoi tu dérivais comme ça ? »

À la grande surprise de l'homme, Nick lui répondit en grec.

« Eh ben, ça alors ! s'exclama l'autre en remuant ses spaghettis à la petite cuiller. Si je m'attendais à trouver un compatriote perdu au beau milieu de l'océan Indien. Quelle histoire !

– Où sommes-nous exactement ?

– Au large de la Tanzanie du nord. À la hauteur de Tanga. »

Il apporta la boîte de conserve, après l'avoir enroulée dans une vieille chaussette pour ne pas se brûler les doigts.

« Du poivre ? »

Pendant la demi-heure qui suivit, Nick apprit que le bateau qui l'avait repêché était un petit cargo, le *Perle de l'océan*, qui faisait route de Suez à Beira, au Mozambique, où il devait décharger sa cargaison de pommes de terre égyptiennes et embarquer du sucre. L'homme qui s'adressait à lui était le capitaine Phillipos, et rien n'aurait pu lui faire plus grand plaisir que les origines grecques de Nick.

Mais quand ce dernier lui demanda s'il pouvait le ramener à Zanzibar, le capitaine fit une grimace qui lui plissa la moustache.

« Nous n'allons pas tarder à passer près de l'île, dit-il. Mais si on accoste, ils vont exiger les taxes portuaires, ce qui est normal, mais aussi toute une kyrielle de bakchichs pour des pseudo-découvertes du service des douanes, ce qui l'est beaucoup moins. Je suis désolé… mais tu vas devoir venir avec nous jusqu'à Beira, à moins que tu puisses aligner deux mille dollars américains.

– Je n'ai pas un sou. Vous avez bien vu comment j'étais quand vous m'avez repêché.

– Dans ce cas, il va falloir te faire une raison. Dis-toi que tu t'en es sorti, c'est déjà pas rien ! »

Il remonta sur le pont. Nick finit ses spaghettis et posa un œil perplexe sur la fille déshabillée. Beira ? Que diable irait-il faire à Beira ? Il écouta les hélices brasser l'eau et, ramenant les couvertures sur lui, se demanda où il avait pu faire fausse route.

Un peu plus tard, le capitaine redescendit avec un paquet de vêtements.

«Tiens, enfile-moi ça. J'ai eu une idée, mais ça va te demander un petit effort.

– De quoi s'agit-il?» demanda Nick, attrapant les effets que lui lançait le capitaine. Un pantalon de toile. Un vieux pull bleu. Une paire de bottes en caoutchouc.

«Comme je te l'ai dit, on peut pas se permettre d'entrer dans le port de Stone Town, c'est déjà assez difficile comme ça de faire du bénéfice. Mais on peut s'arrêter juste devant. Et si on arrive à te trouver une nouvelle paire de rames pour ton bateau…

– Vous voulez dire que je vais y aller à la rame?

– Absolument, dit le capitaine Phillipos. On va passer au large de Stone Town dans environ deux heures. Un de mes hommes va te nettoyer ton dinghy.

– Pour être tout à fait franc, dit Nick, en enfilant une jambe de pantalon, ça m'arrangerait que vous me laissiez au Ras Macpherson. À la pointe Macpherson, au nord de Stone Town.

– Jamais entendu parler, dit le capitaine en secouant la tête. Mais je vais regarder sur ma carte.»

Sur ces mots, le capitaine Phillipos remonta l'escalier. Après avoir enfilé les hautes bottes en caoutchouc, Nick le suivit et émergea sur le pont inondé de soleil. L'équipage, des hommes au visage foncé et buriné, l'accueillit d'un œil circonspect, lui et sa tenue de marin mal ajustée. L'océan respirait doucement contre la coque rouillée du vieux cargo. Sur le pont avant, un type à l'air sombre vidait l'eau du dinghy.

Un des hommes dit en grec: «Il a tout d'un clown.

– Ben, ils sont à vous, ces vêtements, répondit Nick dans la même langue. Et ils sentent pas trop bon.»

Ils se mirent tous à rire, montrant du doigt l'homme

renfrogné qui s'affairait sur le dinghy. Apparemment, les vêtements étaient à lui. Mais lui aussi finit par se joindre à l'hilarité générale.

Après quoi, les hommes ne surent plus qu'inventer pour gâter Nick, lui donnant du chocolat, des cigarettes et le questionnant sur sa famille. Il embellit et grossit un peu les choses en évoquant la vie de son père et de son grand-père, mais personne ne mit en doute la véracité de ses dires. L'existence d'une expérience commune, celle de la marine marchande grecque et de sa longue et rude histoire, était implicite dans l'échange. Nick conçut une certaine fierté à être accepté par ces hommes. Ils avaient quelque chose de quasiment mythique.

Plus tard, le capitaine Phillipos sortit de la cabine de pilotage pour confirmer à Nick qu'ils le laisseraient au large du Ras Macpherson.

«Mais il va falloir te débrouiller pour franchir le récif par tes propres moyens. Moi, je peux pas courir le risque d'entrer dans la lagune. Éleuthérios, va me chercher une paire de rames. Notre visiteur ne va pas tarder à nous quitter.»

Nick gagna l'arrière du bateau. Le jour touchait à sa fin, et le soleil se couchait. Il s'appuya à la rambarde et chercha Zanzibar du regard. Le *Perle de l'océan* poursuivait sa route dans un nuage de vapeurs de gasoil. Les vagues se fonçaient de luisances noires sous la lumière dorée.

28

C'était le soir, et Miranda buvait un rhum-Coca, seule dans le salon du Macpherson. Elle agita les glaçons dans son verre et se souvint, non sans regret, du moment où, chez Leggatt, Nick s'était attablé pour boire avec le vieil homme, tandis qu'elle s'éloignait de lui, indifférente.

À la télévision, le président Clinton se débattait lui aussi avec ses problèmes personnels. Dans la journée, il avait témoigné devant un jury d'accusation fédéral pendant plus de quatre heures, dans le cadre de l'enquête visant à déterminer s'il s'était parjuré ou avait tenté de convaincre d'autres de le faire.

«J'ai bien eu une relation extraconjugale avec Miss Lewinsky, déclarait-il depuis la salle des Cartes de la Maison-Blanche. Je n'aurais pas dû. J'ai commis là une erreur de jugement impardonnable; et de cette faiblesse, j'assume l'entière responsabilité. Je sais que mes déclarations publiques aussi bien que mon silence à ce sujet ont donné une fausse impression…»

L'œil de Miranda passa du visage fermé du Président à la salle chargée d'histoire en arrière-plan. C'était depuis la salle des Cartes, avait déclaré un peu plus tôt le reporter de CNN, que Franklin Roosevelt avait dirigé les troupes alliées pendant la guerre «en liaison avec le

Premier ministre britannique, Winston Churchill, et son conseil de guerre à Londres».

Ce qui lui remit en mémoire le bateau de l'Anglais. Et Leggatt lui-même, mort maintenant: le visage tourné vers le ciel, l'oreille manquante, les stries sous la peau, là où les vers avaient commencé à creuser leurs galeries le long de la joue et du cou.

«Et maintenant il est temps – il est grand temps – de poursuivre notre route. C'est pourquoi, je vous demande ce soir d'oublier les événements de ces sept derniers mois, de réparer...»

* * *

En Floride, Mrs. Karolides faisait partie des millions d'Américains qui assistaient à la retransmission des déclarations du Président. L'écran projetait son clignotement blafard dans un coin de la pièce, tandis qu'au-dessus de sa tête un lampadaire lui offrait une lumière moins parcimonieuse. Elle ne prêtait, en réalité, pas grande attention à l'écran. Ses mains s'activaient, mais elle pensait à son fils avec inquiétude: elle n'avait aucune nouvelle de lui depuis les attentats. Elle avait beau se dire que ceux-ci s'étaient produits sur le continent africain et non à Zanzibar, sur une carte, ça paraissait vraiment tout près. La nouvelle l'avait en fait tirée de sa stupeur religieuse coutumière. Ces jours-ci, elle ne voulait plus entendre parler de son Église de dingues. Elle avait même remisé son autel.

Elle pensait aussi à Dino. Qui s'était montré si gentil avec elle ces derniers temps. Et à son travail. Le sol du séjour était jonché de papier de soie, de coton amidonné, de papier crépon et de cellophane de couleur. À côté d'elle, sur la banquette, il y avait une paire de ciseaux, des pinces, de la bande adhésive et quelques bobines de fil de fer de jardin. Sur ses genoux, un livre ouvert, *Comment faire soi-même ses fleurs artificielles*.

«Tous les modèles de fleurs de cet ouvrage, lut-elle, s'inspirent de fleurs naturelles, mais ne prétendent pas en être une imitation. Les gens qui vous rendent visite n'iront certainement pas toucher vos fleurs en vous demandant: "C'est des vraies?" Mais ils seront à coup sûr très impressionnés…

«Chacun sait qu'il est vain de vouloir parfaire les créations de la Nature. Mais si vous vous persuadez qu'il est possible de s'en approcher, vous pourrez confectionner des fleurs qui auront l'air naturelles à partir de matériaux qui, autrement, iraient à la poubelle.»

Sur l'écran, un groupe d'experts décortiquait le discours du Président. «C'est une question de confiance, déclarait l'un d'eux. Il a rompu son contrat avec le public. Et une fois ce lien coupé…»

* * *

Miranda éteignit la télé et sortit pour regagner sa chambre (en l'occurrence, celle de Nick). Elle traversa le patio du Macpherson, avec ses parterres d'hibiscus et de jasmin, tout en se disant qu'elle détestait ces crétins de puits de science qui saisissaient la moindre occasion pour parader à la télévision. Elle détestait la télé en général, de toute façon. L'hystérie dont ils avaient fait preuve pour couvrir les attentats était scandaleuse. Bien plus éloquent, à sa manière, était le gros titre d'un des journaux tanzaniens, qui rapportait les derniers mots d'une femme morte peu de temps après avoir été retirée des décombres. «Kuta zimebomoka.» Les murailles sont tombées.

* * *

Mrs. Karolides écoutait l'un des experts donner la liste des cadeaux qu'avait offerts le Président à Miss Lewinsky lors du dernier Noël. Une peluche, un *pin* des gratte-ciel de New York, une couverture des Rockettes, une paire de lunettes noires fantaisie, une tête d'ours sculptée en marbre… Mais quel était l'intérêt de toutes ces cochonneries ? Qui aurait bien pu vouloir de tout ça ? Elle coupa court à ce bavardage imbécile à l'aide de la télécommande et revint à son livre.

« Désireux de prendre en compte la vogue dont jouit aujourd'hui la production de masse, nous proposons toute une série de fleurs que l'on peut découper par six ou par huit à la fois. Un coup de ciseaux, un pli, une torsion, et vous voilà très vite avec une pile de fleurs susceptibles de décorer un cône, une boule suspendue ou un anneau. »

* * *

Miranda se déshabilla et s'allongea sur le lit, observant la rigidité d'un cadavre. Elle avait envie de pleurer tant elle se sentait perdue. Le ventilateur brassait l'air au-dessus d'elle, et elle pensait à Nick, et aux fausses accusations dont elle était l'objet.

* * *

« Nous pouvons créer l'idée d'une couronne de houx à suspendre à la porte d'entrée, lisait Mrs. Karolides sous son lampadaire, sans avoir à confectionner préalablement une armature en fil de fer et en mousse… »

* * *

Miranda se redressa d'un bloc. Quelqu'un actionnait la poignée de la porte. Se souvenant de l'avertissement de da Souza à propos des cambrioleurs, elle se glissa hors du lit, s'enveloppant dans le drap, et chercha une arme du regard. Le clair de lune qui entrait dans la chambre n'éclairait rien d'autre que les éponges aux murs. On secoua à nouveau la poignée. Elle sentit son estomac se nouer.

Pour finir, son œil s'arrêta sur une bouteille de bière vide, juste à côté de l'ordinateur de Nick. Elle la prit par le col et s'approcha de la porte.

«Qui est là? demanda-t-elle d'une voix dure.

– Mais qui êtes-vous, vous? lui répondit une voix familière de l'autre côté de la porte.

– Nick?»

Elle ouvrit et se retrouva face à une silhouette en pull bleu et en bottes de marin, qui s'encadrait dans la faible lumière du couloir. Son cœur bondit dans sa poitrine, comme si quelque chose de très précieux, qu'elle avait cru perdu, lui était soudain rendu.

«Miranda!»

Elle se jeta à son cou.

«Dieu merci, tu es là. Où étais-tu passé?

– En enfer, il n'y a pas d'autre mot.»

Il entra dans la chambre à pas lourds. Il avait une tête épouvantable.

«Ça fait des jours que je te cherche partout!» dit-elle, s'accrochant toujours à sa bouteille et à son drap.

Il s'assit sur le lit, respirant à grand bruit. Il avait une large entaille à la tempe.

«C'est un peu compliqué… Tu peux reposer cette

bouteille, maintenant. Mais comment se fait-il que tu sois là ?

– À cause des attentats.

– Quels attentats ?

– Tu étais vraiment au diable, hein ?» dit-elle avec un petit rire.

Elle s'assit à côté de lui, resserrant le drap autour d'elle. «Je commençais à croire que je ne te reverrais jamais.

– Tu as bien failli.

– Qu'est-ce qui s'est passé ?»

Il se pencha en avant et se prit la tête dans les mains, l'air égaré, s'enfonçant les doigts dans le crâne, comme s'il était victime de tous les châtiments de la terre. Elle comprit qu'il lui fallait parer au plus pressé, que ce n'était pas le moment de lui dire ce que signifiait pour elle son retour.

«Tu ne sens vraiment pas bon, tu sais. Pourquoi ne vas-tu pas prendre une douche ? Après, tu me raconteras ce qui s'est passé. Et j'en ferai autant. Et puis il faudrait s'occuper de cette entaille.

– D'accord», murmura-t-il. Il passa dans la salle de bains et commença à se déshabiller.

Miranda remit le drap en place et en profita pour retaper le lit. Elle entendit couler la douche dans la pièce à côté. Elle passa un T-shirt et un short et alla demander une trousse d'urgence à da Souza. Elle revint à temps pour voir Nick sortir de la salle de bains, une serviette autour de la taille, et lui ordonna de s'allonger.

«Il faut que j'enfile quelque chose.

– Contente-toi d'obéir.»

Elle soigna sa coupure à la tempe, qui saignait un peu sous l'effet de l'eau, et pansa la blessure plus profonde du genou. La douleur le fit grimacer, mais il ne dit pas un mot. Pendant que ses mains s'affairaient, elle entendait dehors le murmure apaisé des vagues.

Plus tard, allongés face à face sur le lit, le ventilateur bourdonnant au plafond, ils se racontèrent leurs dernières journées, chacun stupéfait de ce que lui apprenait l'autre. Un peu plus tard encore, à l'heure où le groupe électrogène s'arrêta, le ventilateur cessa de tourner; la lune brillait alors de tous ses feux, diffusant sa clarté sur l'immensité chuchotante de l'océan – plus tard encore, au milieu des murmures et des caresses, ils firent l'amour.

***

«Ou bien nous pouvons imiter, lisait toujours Mrs. Karolides, ces fleurs d'Arabie qui rougissent, inaperçues, sous le soleil du désert, sans avoir à les enfermer sous les vitres d'une serre. Dans le diagramme ci-dessous, vous voyez qu'il est possible de disposer un cœur de pétales de rose à l'intérieur d'un triangle de feuilles et de suggérer ainsi l'impression d'un jardin paradisiaque à l'abri du monde ordinaire.»

Repensant tout à coup à sa pyxide, ce petit coffret dans lequel un prêtre avait autrefois transporté les sacrements, elle se leva pour aller la chercher.

***

Nick se tourna pour plonger dans les yeux verts de Miranda, mouillés de larmes. Une vague d'angoisse l'envahit.

«Ça va?

– Je suis tellement heureuse.

– Ah!

– Tu as grondé comme un fauve», dit-elle en lui pressant la main pour le rassurer.

Il rit. Ses douleurs oubliées pour un temps, il la reprit dans ses bras – l'aimant pour sa bonté, et pour l'aventure que lui offrait son corps.

Ils restèrent ainsi un moment, puis il roula sur elle et enfouit son visage dans ses seins. Un instant plus tard, il prenait un mamelon dans sa bouche, effleurant l'autre de la paume de sa main. Elle poussa un petit cri... Il se laissa glisser le long de son corps, couvrant son ventre et son pubis de baisers légers, puis, comme un colibri au bord d'une fleur, il commença à darder sa langue en elle.

Elle plongea les mains dans ses cheveux, répétant son nom dans un long murmure.

29

L'aube naquit, et, avec elle, les certitudes – du moins pour Miranda. Il était impératif qu'elle avertisse Queller dans les plus brefs délais du retour de Nick et de ce qui lui était arrivé à Lyly. Mais son portable ne fonctionnait pas davantage que le poste fixe. Sauf à reprendre immédiatement un vol pour Dar es-Salaam, il n'y avait pas grand-chose à faire. Elle décida de s'accorder deux ou trois heures. Ils allèrent se baigner avant le petit déjeuner, répit qui lui donna l'occasion de se demander si elle ne différait pas son retour uniquement pour pouvoir rester un peu plus longtemps avec Nick.

Quand ils eurent fini de manger, elle essaya de nouveau le téléphone de l'hôtel. Sans succès. Nick était au salon, sur la banquette, en short et en T-shirt, en train de regarder la télé. Elle alla le rejoindre, tout en composant le numéro sur son portable en chemin.

« Un flash d'information, lui dit Nick, tout excité. Clinton. »

Les yeux de Miranda passèrent du petit écran au creux de sa main au grand écran fixé au mur. Cette fois-ci, même si son *mea culpa* flottait encore dans l'air comme le parfum du jasmin embaumant les jardins du Macpherson, le Président ne parla pas de Monica Lewinsky.

«Nous avons toutes les raisons de croire que ces groupes ont joué un rôle essentiel dans les attentats à la bombe contre nos ambassades au Kenya et en Tanzanie, disait-il depuis sa retraite du Massachusetts. Les terroristes doivent savoir que, face à leurs menaces, l'Amérique est fermement décidée à protéger ses citoyens. Aujourd'hui, nous avons frappé à notre tour.»

«Seigneur, dit Nick.

– Chut», dit Miranda.

«C'était le Président s'adressant au pays depuis sa résidence de Martha's Vineyard, annonça le présentateur. À la suite de sa comparution devant le jury d'accusation, le Président prenait quelques jours de repos en compagnie d'Hillary et de Chelsea. Il vient d'écourter son séjour pour rentrer de toute urgence à Washington. Nous espérons pouvoir vous donner très bientôt, depuis Washington, le détail de ces frappes.»

Une musique de fond se fit entendre, et des images très explicites envahirent l'écran. À Zhawar Kili al-Badr, un complexe de trois camps censément sous contrôle d'Ousama ben Laden, situé dans le voisinage de Khost, en Afghanistan, vingt et une personnes avaient été tuées et une trentaine d'autres blessées. À l'usine pharmaceutique Al-Shifa de Khartoum, au Soudan, dont on disait qu'elle appartenait au chef terroriste et qu'elle fonctionnait grâce à des techniciens irakiens fournis par Saddam Hussein, douze personnes avaient été tuées, et des dizaines d'autres blessées. En ce moment même, comme en témoignait l'écran, on retirait encore certaines d'entre elles des décombres. L'installation, soupçonnée de fabriquer le gaz neurotoxique VX, avait vu «sa capacité de production détruite», selon l'expression du directeur de la Sécurité nationale, Sandy Berger.

Les autorités soudanaises se défendaient de ce que

l'usine eût jamais fabriqué l'Empta, élément indispensable à la préparation du VX. D'après elles, c'étaient des médicaments contre la toux, des antibiotiques et des analgésiques (comme l'aspirine et le paracétamol), ainsi que des produits vétérinaires qui sortaient de l'usine. Laquelle produisait également des remèdes contre le diabète, les ulcères, la tuberculose, les rhumatismes et l'hypertension, et fournissait soixante-dix pour cent des besoins en la matière d'un pays ravagé par la guerre et la maladie.

Les responsables américains, eux, soutenaient qu'il n'existait «aucune preuve» d'une telle production, mais qu'ils détenaient en revanche un prélèvement effectué par la CIA sur le sol de l'usine. Échantillon qu'ils disaient contenir de l'Empta.

Le Soudan ne se faisait par ailleurs pas faute de rappeler qu'il avait expulsé ben Laden en 1996, sous la pression des États-Unis, envoyant une centaine de ses partisans à sa suite en Afghanistan. «Nous avions alors donné aux autorités américaines un conseil qu'elles n'ont jamais jugé bon de suivre, déclarait le ministre des Affaires étrangères soudanais, Salah el-Din. "N'expulsez pas ben Laden du Soudan, sinon vous perdrez tout contrôle sur lui." Et les États-Unis se retrouvent contraints aujourd'hui de mener une guerre contre un ennemi invisible.»

L'image, qui rougeoyait des lueurs de l'usine encore en feu, changea brutalement pour faire place au présentateur: «Nous avons maintenant le Président en ligne depuis le bureau ovale.»

«Bonjour. Aujourd'hui, j'ai donné l'ordre à nos forces armées de frapper des installations liées à des groupes terroristes en Afghanistan et au Soudan, en raison de la menace directe qu'elles représentaient pour la sécurité nationale.

«Je souhaite vous entretenir des objectifs de cette action et des raisons qui l'ont rendue nécessaire. Notre cible, c'était la terreur. Notre mission était claire…»

Miranda regardait la mâchoire de Clinton se durcir.

«Leur mission, c'est le meurtre. Et leur histoire est sanglante…»

«Mon Dieu, ils ont bombardé?» demanda da Souza, qui entrait dans la pièce. Il vint se placer à côté de la banquette, les bras tendus devant lui, en geste de supplication.

«Chut!»

«Nos troupes ont frappé l'une des bases terroristes les plus actives au monde. Elle renfermait des éléments clés de l'infrastructure du réseau ben Laden et servait de camp d'entraînement à des milliers de terroristes venus du monde entier. Nous avons des raisons de croire qu'un rassemblement de chefs terroristes était prévu pour aujourd'hui, ce qui a motivé la soudaineté de notre action.

«Nos forces armées ont également pris pour cible un autre établissement dans la mouvance de ben Laden. Il s'agit d'une usine au Soudan, impliquée dans la fabrication de substances entrant dans la composition d'armes chimiques.

«Les États-Unis ne sous-estiment pas la gravité de cette action… Mais nous persisterons et nous l'emporterons. Je vous remercie. Que Dieu vous bénisse, et qu'Il bénisse l'Amérique.»

«C'était donc le Président, qui va maintenant partir retrouver le calme de Martha's Vineyard, après quelques coups de téléphone passés à d'autres chefs d'État dans le monde, afin de s'assurer de leur soutien.»

Plus tard dans la journée – au cours de laquelle Miranda et Nick se firent apporter pizza et bière par le directeur de l'hôtel –, il apparut que ben Laden n'était pas du tout dans les parages du camp visé par les missiles. À en croire ses protecteurs talibans, il était «vivant et en bonne santé». Selon certaines sources, il avait quitté le camp une heure avant l'attaque. Pour d'autres, il n'y avait pas mis les pieds depuis des mois, pour la bonne raison qu'il louait ces installations à caractère militaire à d'autres groupes terroristes. Quoi qu'il en soit, ben Laden était sur le *qui vive* * depuis les attentats contre les ambassades américaines, selon une source anonyme au sein de la sécurité pakistanaise, et passait sans cesse d'une base à une autre.

«Le bruit court, avança la reporter de CNN, qu'il est actuellement dans une plantation d'opium au sud de Jalalabad. Il n'est aucunement certain que des membres de son organisation aient été tués dans l'attaque. Je vous rends l'antenne, Peter.

– Merci, Wendy. Retournons au Pentagone pour écouter William Cohen», poursuivit le présentateur.

«Nous avons lancé ces opérations dans le but de réduire la capacité de ces organisations terroristes à entraîner et à équiper leurs aveugles partisans, dit le secrétaire à la Défense dans sa mise au point. Ceux qui attaquent nos concitoyens ne trouveront aucun abri, aucun refuge contre le bras de la justice.»

C'est en l'écoutant que Miranda se rendit compte de la rapidité avec laquelle l'opinion de Queller était devenue la position officielle américaine. On avait dû arrêter d'autres membres d'Al-Qaida pendant son absence. Désignant clairement ben Laden lui-même, Cohen ajouta, à propos de l'usine Al-Shifa, que le leader terroriste avait «grandement collaboré à l'installation de cet établissement».

Miranda sortit dans le jardin pour essayer d'avoir

Queller sur son portable, en proie une nouvelle fois au sentiment que le besoin qu'elle avait d'être près de Nick, et son envie de vivre les représailles telles qu'elles se déroulaient en direct sur l'écran constituaient une trahison. La porte grillagée se rabattit derrière elle. Elle s'éloigna un peu, sous le soleil, dans l'espoir qu'en changeant d'endroit elle obtiendrait une tonalité.

Rien à faire. Elle leva les yeux vers le ciel, comme si le temps y était pour quelque chose, et scruta l'immensité bleu et blanc; la masse nuageuse se dissolvait en petits grains comme si... *on lui jetait effectivement du sucre* – c'est l'expression de son père qui lui vint à l'esprit.

Elle remarqua un galago dans un manguier. Remettant le portable dans sa poche, elle s'approcha de l'arbre et resta un moment à regarder l'animal aux allures d'écureuil, qui prit un fruit entre ses griffes minuscules et se mit à le grignoter avec une exquise délicatesse.

Sa tête et les mouvements de ses pattes avaient quelque chose de terriblement humain. Le message évolutionniste était clair: l'écran qui la séparait de la petite créature était fort mince. Miranda éprouva, dans ce moment de profonde symbiose – non seulement avec l'animal, mais avec le fruit jaune et le ciel poudré –, une sorte d'émerveillement à être tout simplement en vie.

Pourtant, au moment où elle voulut analyser cette étrange expérience, le lien établi entre elle et le galago se brisa comme une brindille; l'impression avait disparu. Elle jeta un dernier regard à l'animal – à ce visage évoquant celui d'un embryon humain inachevé, encapuchonné de fourrure –, et retraversa le patio.

À l'intérieur, c'était toujours la même hystérie sur l'écran. Simplement, pour changer, CNN avait été relayé par ABC. «Je ne l'ai jamais rencontré», disait de ben Laden, et en version sous-titrée, le propriétaire de l'usine Al-Shifa, Salal Idris. Un reporter de la chaîne avait retrouvé l'homme d'affaires en Arabie Saoudite. «Je n'ai jamais eu affaire à lui. Ni à aucun de ses agents, du moins en toute connaissance de cause.»

«Ça ne passe toujours pas, dit-elle en se faufilant sous le bras de Nick, posé sur le dossier de la banquette. J'ai manqué quelque chose ?

– Je ne crois pas, non. Ça me dépasse, cette histoire. Quel intérêt de balancer des bombes, si on n'est pas sûr de tuer le mec ? Ça ne tient pas debout.»

Il avait raison. Vouloir rechercher la vérité derrière le grand spectacle (car c'était l'image, inévitablement, que donnait la télévision) revenait à tenter de voir les choses à travers une vitre embuée, pour aussitôt en découvrir une autre derrière, puis une autre encore, et ce, à l'infini. Ils auraient pu la nettoyer, cette vitre, jusqu'à ce qu'elle soit aussi mince qu'une feuille de papier à cigarette, qu'ils n'auraient toujours rien pu voir. Peut-être n'y avait-il pas grand-chose à comprendre de toute façon, dans cette suite insensée d'événements qui menaient de soldats russes morts en Afghanistan au bombardement d'un pays qui détenait des records de malnutrition, en passant, suivant un itinéraire compliqué, par les victimes africaines et américaines de Nairobi et de Dar es-Salaam.

Les morts à venir, dans les champs desséchés du Soudan, on ne les verrait jamais, pas plus sur CNN que dans le *New York Times*, mais leur programmation avait demandé un travail énorme. Pendant la semaine écoulée, les rapports sur les progrès de l'enquête concernant les attentats contre les ambassades avaient inondé la cellule de crise de la Maison-Blanche, en provenance de tous les services de renseignements généraux. Tout, depuis les interrogatoires de suspects jusqu'aux bandes des satellites-espions ou aux écoutes téléphoniques, semblait désigner ben Laden. Tout, en conséquence, donnait raison à Queller. Même Mort Altenburg se voyait maintenant obligé de le reconnaître – allant jusqu'à déclarer, quand il n'était pas en présence de Queller, qu'il avait toujours été de cet avis. Clinton avait rencontré en secret six conseillers pour discuter d'une riposte. Parmi eux, très probablement, le directeur de la Sécurité, Berger, et la secrétaire d'État, Madeleine Albright, ainsi que le général Tom Kirby, du Pentagone. C'étaient eux qui avaient décidé du choix des premières cibles, Al-Shifa et Khost.

Ensuite, la machine s'était mise en marche. Une fois les objectifs localisés par plusieurs des vingt-quatre satellites américains de positionnement global (les GPS), les coordonnées avaient été transmises aux unités armées de six navires de la marine de guerre et d'un sous-marin. Deux d'entre eux étaient dans la mer Rouge, les autres, y compris le sous-marin, étaient dans le golfe Persique. Les deux premiers faisaient partie du Battle Group Abraham Lincoln et du Battle Group Dwight Eisenhower, et les autres, du groupe d'intervention amphibie Essex. Le sous-marin, quant à lui, était l'USS *Columbia*.

L'étape suivante consistait à intégrer les coordonnées des objectifs dans les systèmes de navigation de quatre-vingts missiles de croisière Tomahawk. Ces systèmes étaient dotés, outre le GPS, d'un radar altimétrique avec processus de recalage par corrélation de terrain, procédés qui, comme Tomahawk® lui-même, et sous les sigles TERCOM et DSMAC, étaient devenus des marques déposées de la marine de guerre américaine.

Laquelle avait récemment vendu son premier lot de Tomahawk à un pays étranger, en l'occurrence le Royaume-Uni, qui venait d'en acheter soixante.

Les systèmes une fois amorcés, il suffisait d'attendre que le général Kirby relaie l'ordre d'exécution du président Clinton, qui fut expédié sur une ligne cryptée depuis Martha's Vineyard. Enclencher le système de lancement vertical des différents missiles, une fois l'ordre reçu, n'était plus qu'une affaire de mains tournant des clés et enfonçant des boutons. Cette organisation de la violence, elle était simple comme bonjour, et dénuée de dangers. Chaque étape du processus était soumise à un jeu de freins et de contrepoids, à l'image même du gouvernement sous les auspices duquel se déroulait l'opération. Et ces mains étaient fortes, et forts les bras habillés de kaki, qui les reliaient à des corps musclés, surmontés de têtes rasées, bien-pensantes et patriotes. Certaines de ces têtes portaient des casquettes, d'autres étaient blanches, d'autres encore, noires. Une seule nation indivisible sous l'égide de Dieu. Liberté et justice pour tous.

Ainsi donc, au nom de ces principes, les artificiers de la marine mirent à feu les charges de lancement qui propulsèrent les Tomahawk hors de leurs silos. Les missiles montèrent d'abord tout droit. Puis, une fois atteinte l'altitude optimale, le revêtement extérieur se détacha. Nageoires caudales et latérales se déployèrent sous l'action de servomoteurs automatisés. De minuscules fusées modifièrent l'angle de la poussée. Puis le turbofan prit en charge la propulsion. Après quoi, les missiles cessèrent d'être des projectiles pour devenir des sortes de petits avions robotisés, d'à peine plus de six mètres de long et de cinquante centimètres de diamètre.

Les quatre-vingts engins perdirent de l'altitude, afin d'éviter d'être détectés par les radars. Points argentés dans le ciel, pas plus gros que des cigarettes, ils laissèrent des traînées de vapeur semblables à celles d'un crayon d'enfant sur les murs d'une maternelle. Qui s'évanouirent aussi vite que l'enfance elle-même.

Comme le dit un communiqué de presse de la marine: «En raison de sa longue portée, de son extrême précision et de sa capacité meurtrière, Tomahawk® est devenu l'arme de choix du département de la Défense américain.»

Le directeur de la Sécurité fit remarquer que l'intérêt d'utiliser les Tomahawk était d'éviter «de vendre la mèche». Sur les écrans de télévision du monde entier – dans le salon d'un hôtel de Zanzibar aussi bien que dans une maison de banlieue de Floride ou un repaire secret au cœur de l'Afghanistan –, il expliqua après coup que «la motivation première» avait été «de préserver le secret de l'opération».

Les missiles recalaient constamment leur trajectoire en confrontant les indications de temps et de localisation transmises par les horloges atomiques des satellites à leurs propres horloges et ordinateurs de bord. À partir de ces calculs, ils extrapolaient la distance constamment décroissante qui les séparait des objectifs et opéraient les ajustements nécessaires, tout en tenant compte de la configuration du terrain survolé et des conditions atmosphériques dominantes.

Concomitance parfaite entre l'explosion et l'impact, lequel se faisait par le côté, ou (auquel cas les missiles étaient programmés pour décrire une parabole dans les dernières minutes de leur parcours) par en dessus. À l'usine de Khartoum, des observateurs firent état de trois explosions successives. Avec pour résultat, des murs soufflés, de l'acier et du béton projetés partout alentour. Et dans les camps, la destruction de postes de commandement et de communications, de dépôts d'armes et de munitions, et de zones d'entraînement, en particulier des terrains de tir. On dénombra vingt-sept morts.

C'était une université terroriste, où l'on enseignait la mort, et non une banale usine. Dans les bunkers souterrains, on fabriquait des neurotoxiques mortels. Restez avec nous sur CNN et vous aurez les dernières informations sur les frappes des missiles américains en Afghanistan et au Soudan!

Miranda et Nick restaient assis sans un mot, tandis que les reportages se succédaient. Au fil de la journée, on finit par s'intéresser moins au lancement des missiles qu'à leurs retombées. Dans les pays où avaient explosé les Tomahawk, des responsables politiques donnaient leur avis. Selon le porte-parole du ministère des Affaires étrangères à Kaboul, les frappes constituaient «une violation éhontée des droits de l'homme».

Sur l'écran, des milliers de manifestants afghans jetaient des pierres sur l'ambassade américaine abandonnée. Même scénario à Khartoum, où la foule escaladait la clôture de l'ambassade (également évacuée depuis plusieurs années) et brûlait des drapeaux américains.

«À bas l'Amérique, à bas l'Amérique», hurlaient les manifestants.

«Il s'agit d'un acte de terrorisme, déclarait le président du Soudan, Omar al-Bachir, sur un mode plus retenu. Cette agression prend pour cible des civils musulmans et arabes. Clinton et l'Amérique n'ont aucun droit de frapper le Soudan sans preuve ni certitude. Ils vont devoir payer.»

Sur la question de savoir si l'usine Al-Shifa était ou non utilisée pour la fabrication de gaz neurotoxiques ou d'autres armes chimiques, il observait: «Fabriquer des mensonges n'est pas nouveau de la part des États-Unis et de leur président. Quelqu'un d'aussi immoral ne recule devant aucun mensonge.» Il poursuivait en traitant le Président de «criminel de guerre patenté».

Ailleurs dans le monde arabe, les réactions étaient toutes plus indignées les unes que les autres. «La robe de Lewinsky n'est plus la première préoccupation du monde maintenant que Clinton a découvert le salwar kameez de ben Laden», proclamait un éditorial dans le journal de Beyrouth, *Al-Kifah Al-Arabi*.

«C'est une conspiration contre le monde musulman», disait Qazi Hussain, chef du parti pakistanais Jamaat e-Islami. «Nous allons rejoindre le djihad!» clamaient les manifestants dans les rues de Karachi. Eux aussi brûlaient des drapeaux américains, ainsi que des effigies de Clinton. Pour faire bonne mesure – et les caméras n'hésitaient pas à multiplier les gros plans –, ils piétinaient les cendres brûlantes sur le trottoir.

Devant ces critiques, le gouvernement américain vit rouge. «Dans la vie, le risque zéro n'existe pas, expliqua le sous-secrétaire d'État, Thomas Pickering. Il se peut qu'il y ait d'autres frappes du même genre. Nous agirons unilatéralement s'il le faut, afin de protéger nos ressortissants – et nous invitons les autres pays du monde à se rallier à nous pour mener ce combat.» Ce que firent effectivement certains pays occidentaux. «J'approuve pleinement l'action américaine contre le terrorisme», déclara le Premier ministre britannique, Tony Blair.

Des membres de l'Organisation pour la prohibition des armes chimiques tinrent à faire savoir que, outre des neurotoxiques, l'Empta servait à fabriquer des fongicides et des agents antimicrobiens. Il jouait également un rôle dans un procédé d'assouplissement des plastiques. D'autres scientifiques occidentaux firent remarquer que le gaz VX partageait certains de ses composants chimiques avec l'arôme cerise, tel qu'on le rencontre dans certains bonbons et certains sirops contre la toux.

* * *

«Je ne peux pas parler pour l'instant», dit Queller, quand Miranda réussit enfin à le joindre, le lendemain matin.

Elle le garda en ligne le temps de le mettre au courant pour Nick.

«Quoi ? Vous l'avez retrouvé ? Quand ?»

Elle le lui dit.

«Mais qu'est-ce que vous avez foutu depuis ?»

Renonçant à répondre directement à la question, elle lui dit que son portable ne passait pas.

«Restez là-bas. J'arrive dès que je peux. Où m'avez-vous dit que vous étiez déjà ?

– Au Macpherson Ruins. Juste en dehors de Stone Town.»

Le lendemain, à l'hôtel, la télévision resta allumée tout le temps que le permit le groupe électrogène. S'il leur restait encore la pizza et la bière – sans compter le curry de poulet et le riz à la noix de coco –, l'amour, lui, n'était plus de mise. Sur le toit en tôle, au-dessus du salon, les galagos menaient la sarabande, faisant trembler la parabole, et du même coup l'image sur l'écran. De temps à autre, da Souza entrait dans la pièce, apportant leur nourriture et leurs boissons sur un vieux plateau de métal marqué de l'inscription «Propriété de la

Compagnie Maritime Union Castle: Southampton, Cape Town, Zanzibar».

Affichant un étonnement horrifié devant les événements qui se déroulaient sur l'écran, il restait un moment avec eux.

«Ça sent mauvais, ça sent mauvais, répétait-il. Ils attaquent, les autres répondent, et ça n'arrête pas. Est-ce qu'il n'y a pas moyen de contrôler ces enragés?»

Quand il partait, la porte grillagée craquait sur ses gonds, et des bouffées d'air tiède chargé de jasmin envahissaient la pièce. Le temps passait, et reporters, présentateurs, témoins, commentateurs et experts parlaient toujours.

«Viens, on va se baigner, finit par dire Nick. Avant qu'il fasse nuit.»

Sous un ciel rougeoyant, ils passèrent dans la chambre enfiler leurs maillots de bain, avant de descendre lentement à la plage, leurs serviettes jetées sur l'épaule.

Solitaire, la télé continua à babiller dans le salon, avant de se noircir, au moment où le groupe expira dans un gémissement prolongé. Moment qui coïncida avec la diffusion par CNN d'une nouvelle capitale. Ousama ben Laden en personne avait apparemment envoyé un communiqué d'Afghanistan au journal londonien *Al-Quds Al-Arabi*, où il annonçait qu'il lancerait d'autres attaques contre les «croisés et les juifs».

«La bataille n'a pas encore commencé, poursuivait le communiqué. La vraie riposte sera celle des armes, et non celle des mots.»

* * *

L'auteur de ce message, préparé depuis longtemps en prévision d'une situation d'urgence, se trouvait en ce moment même bien loin de l'endroit où étaient tombés les Tomahawk. Il franchissait à cheval un col perdu dans l'est de l'Afghanistan, le long d'un sentier de contrebandiers. En dessous de lui – il éperonna sa monture, non sans impatience –, il y avait deux de ses lieutenants: Ayman Zawahiri, le médecin égyptien, et Muhammad Atef, le commandant militaire d'Al-Qaida. Derrière eux, également à cheval, sept de ses gardes du corps, tous soigneusement triés sur le volet.

Les gardes restaient toujours à proximité du cheik, mais lui prenait grand soin de garder une certaine distance. Le mystère ne fait qu'augmenter la majesté, le pouvoir est toujours plus fort s'il reste à demi caché. Il veillait aussi à ne pas trop se montrer à ses ennemis, se contentant d'envoyer des messages, leur permettant de l'entrapercevoir sur les vidéos que réalisait Ahmed l'Allemand, et dont certaines finissaient toujours par tomber entre leurs mains. Mieux valait rester dans l'ombre, avant d'apparaître dans toute sa force. La main du voleur qu'il avait vue exposée récemment à Herat tirait toute son horreur non pas de sa présence, mais de l'absence du corps.

Une autre analogie lui vint à l'esprit: celle de la voix qui avait résonné dans Iram, la ville des colonnes, avertissant les pécheurs qui l'habitaient. N'ayant pas voulu l'écouter, ils avaient été transformés en pierres et engloutis dans le sable, au milieu de toutes leurs richesses désormais inutiles. *N'as-tu pas vu ce que ton Seigneur a fait d'Ad, à Iram, la ville aux immenses colonnes qui n'ont pas d'égales dans cette partie du monde!*

Il faisait froid – la neige comblait les trous des rochers de chaque côté du chemin –, et il était heureux d'être enveloppé de son manteau en laine. Ce soir, ils dormiraient dans un abri de berger, après avoir tué une chèvre peut-être, pour la manger avec le riz qu'ils avaient apporté. Il avait déjà faim. Il fouilla dans sa poche, et ses longs doigts fins ramenèrent une datte, qu'il porta à sa bouche.

Tout en mâchonnant la chair sucrée, il arrêta son cheval, dont les sabots cliquetèrent sur le rocher, pour regarder ses compagnons en contrebas. Il eut alors une vision soudaine: il avait des ailes et volait vers eux, rasant le flanc de la montagne. Il ferma les yeux pour se protéger de la réverbération des rochers, cracha son noyau, et s'immergea dans sa vision, travaillant les fils soyeux de sa conscience comme une araignée sa toile. Comme si, par le seul effort de sa volonté, il avait pu monter jusqu'aux portes du paradis, ou fondre vers l'enfer pour en épier les occupants. Ou même, frôlant la surface des océans de ses ailes déployées, voler jusqu'à la terre de l'Ennemi – lequel finirait lui aussi, avec le temps, puisqu'il appartenait au temps, dans le feu de l'enfer.

Il glissa une autre datte dans sa bouche.

* * *

«Je trouve refuge en Dieu, loin de Satan, le lapidé», murmurait Khaled al-Khidr, agenouillé dans une mosquée de Jambangona, la ville de ses parents morts, sur l'île de Pemba. Dehors, il entendait bêler une chèvre, qui attendait l'heure de la traite.

Il en avait fini des reniements. Terminée, la convalescence de la mémoire. La vérité, ce bien le plus précieux, lui était apparue clairement, le réveillant comme le son d'une cloche pénétrant au plus profond de son cœur. Sa propre histoire, cette nuit fatale, marquée au sceau des entailles sur les gorges tranchées, était descendue tout entière, manifeste, limpide, pour se déposer dans le coffret transparent de son âme.

Pourquoi l'avait-il gardée fermée si longtemps, cette âme, s'évadant dans d'autres pensées, alors que la clé était là devant lui, depuis le début ? Était-ce parce qu'il avait délibérément choisi de croire à l'histoire de Zayn ? Parce qu'il avait aspiré de tout son être à ne pas connaître la vérité ?

Il pressa son front sur le sol.

Pour quelque obscure raison – l'aventure du djihad, la possibilité d'échapper à sa famille et à la vie étriquée de Zanzibar –, il s'était engagé dans la seule voie qui, à l'époque, paraissait devoir apaiser sa douleur. Mais le remède s'était révélé aussi néfaste que la maladie : en se l'administrant, il avait été la cause d'une plus grande douleur, pour lui-même et pour les autres.

Il se prit la tête à deux mains, doutant désormais d'avoir devant lui une autre destination que la Géhenne, ce feu nourri d'hommes et de pierres. Tout ce que disait le cheik à propos d'un paradis délicieux – *un jardin ceint de hauts murs et plein de fruits à portée de main* – n'était que mots, faux-semblants destinés à s'insinuer dans l'esprit, à masquer la dévastation et la ruine sous des murmures sirupeux. De cela, il était déjà conscient quand il s'était engagé sur le terrible sentier.

Autour de lui, les fidèles faisaient leurs dévotions selon le rite prescrit par le Coran. Il essaya de se ressaisir. Faisant appel à Allah, plaçant tous ses espoirs en Lui, il pria pour que sa condamnation au péché soit en fait une manière détournée d'arriver jusqu'à Lui. Tout en sachant que, pas plus que le soleil n'a de chance de se lever à l'ouest, il n'en avait, lui, d'obtenir cela du Seigneur.

Lis! Au nom de ton Seigneur qui crée, qui crée l'homme à partir d'un caillot de sang.

Lis! Car ton Seigneur est le Grand Dispensateur, qui enseigne par la plume, qui enseigne à l'homme ce qu'il ne savait pas.

Le mollah évoquait le pouvoir non créé, autonome du Coran. L'essence même du Livre était le nom d'Allah, écrit *alif*, *lam*, *lam*, *ha*. Nom qui est plus grand que les mots dont se sert l'homme pour L'invoquer, puisqu'il donne accès à l'essence de Celui qui a créé le ciel et la terre avec la vérité, qui fend le grain et le noyau de la datte, et détient les clés de l'Invisible.

Les heures et les formules des prières se bousculaient dans la tête de Khaled. Il avait peur. Il n'y a pas terreur plus grande que celle de Dieu, qui ne souffre ni présomption, ni division, qui est un et tout, a toujours été et sera toujours, entier, absolu.

Nous avons discerné les signes destinés à un peuple qui sait…

Nous avons discerné les signes destinés à un peuple qui comprend…

Khaled se sentit envahi par le découragement. Il savait qu'un jour, Celui qui déchaîne les vents et agite les nuages, faisant se lever et revivre jusqu'aux os des morts, révélerait dans Son infinie miséricorde l'explication de tous les événements du monde. Pareil – et pourtant différent, au-delà de la ressemblance et de l'idée même de ressemblance – à un homme de lumière pénétrant dans une pièce obscure, Il prouverait qu'Il contenait déjà l'obscurité de la pièce avant d'entrer, car Il incluait toutes choses en Lui.

Khaled entendait la voix du mollah résonner dans l'édifice depuis les marches du minbar, répercutée par les murs et les piliers lisses de marbre rose.

Elle viendrait à coup sûr, il le savait, cette heure terrible où la terre s'enroulerait comme un manuscrit, et où le soleil et la lune ne seraient plus qu'un. Les montagnes seraient arrachées comme des touffes de laine, et les membres des morts témoigneraient de leurs actes, bons ou mauvais.

Ceux qui s'étaient détournés seraient précipités dans la fournaise, tandis que ceux qui étaient à la droite du Seigneur, ceux qui n'étaient ni dans l'illusion ni dans le sommeil, qui préservaient leur foi et rendaient grâce – ceux-là entreraient dans les jardins, grandement honorés, formant une seule nation, indivisible, rassemblée autour du Seigneur.

Et Il leur parlerait alors, à tous les peuples du Livre – musulmans, chrétiens et juifs – des choses sur lesquelles ils étaient en désaccord. Et ainsi, tous boiraient à l'eau du lac, à l'entrée du Paradis, le Seul, l'Unique, qui est encore un autre nom de Dieu.

Les prières achevées, la foule, avant de se disperser, entraîna Khaled jusqu'à la sortie, lentement d'abord, puis dans un flot précipité en atteignant la rue. Il cligna des yeux dans la lumière. Des champs de cacao et de muscade, de citrons verts et de gingembre, s'étendaient devant lui dans la brume miroitante. Au-dessus des champs, les tapis de verdure de la jungle couvraient les sommets arrondis des montagnes.

Il traversa le centre de Jambangona – passant devant des maisons de pierre, des cabanes de boue séchée, une petite fabrique d'huile de noix de coco. De l'autre côté de la place, il aperçut la maison de ses parents, mais ne s'en approcha pas. Il ne pouvait encore se résoudre à affronter leurs fantômes. Et puis, il y avait un vieil homme assis devant. Il le reconnut: c'était un vagabond, un peu simple d'esprit, qui vivait en réparant des filets et devait avoir élu domicile là.

Sans intention bien arrêtée, Khaled traversa un

champ pour gagner le bord du fleuve, où poussaient des palétuviers envahis par les plantes rampantes et laissant pendre des paquets de lianes emmêlées. Les trous des crabes des cocotiers parsemaient les berges. L'eau croupissante avait le vert des bananes pas mûres.

Il y avait des fleurs partout, de toutes les couleurs. Leur parfum se mêlait à de forts relents de putréfaction, aux endroits où les racines des palétuviers pourrissaient dans la terre noire et détrempée.

Enfant, il avait vu là des serpents. Une fois, lui et son ami Ali avaient attaqué un mamba à coups de pierre et l'avaient écrasé ; le serpent avait fini par être mangé par les crabes, qui sortaient de leurs trous au crépuscule.

Il plongea les yeux dans l'eau, dont la surface verte était parfaitement immobile. Soudain pris de panique, il tomba à genoux et se mit à pleurer sans plus pouvoir se retenir. Il pressa les mains sur la terre humide avant de se les passer, avec des gestes saccadés, sur la figure et les bras. Il entendait à nouveau la voix, cette voix qui lui disait : *entre dans l'eau, entre dans l'eau*…

Il essaya de se reprendre, de se calmer, de ne pas se barbouiller de boue, de ne pas laisser son désarroi transformer un rituel de purification en une souillure délibérée. Il avait souhaité se purifier avant de retourner à la maison de ses parents pour pacifier leurs fantômes et s'occuper du vagabond. Il voulait aussi trouver Ali.

Le rite était celui du *tayammum*, la purification par le sable ou la pierre – ou, à défaut, la terre – quand l'eau n'était pas disponible ou qu'elle était polluée. Dans sa détresse, il faisait tout de travers, mêlant la terre aux larmes et à la sueur. Il fallait simplement toucher la peau avec la terre, et non s'en frotter. Il aurait dû, de toute façon, pratiquer l'ablution avant la prière et non après. Autre signe, s'il en était, de sa condition de pécheur.

30

Zayn Mujuj manœuvra le cruiser pour contourner un rocher dans une crique, sur la côte est de Pemba. Une cigarette lui pendait aux lèvres. La sueur coulait de son crâne rasé. Des oiseaux et des animaux qu'il ne connaissait pas lançaient vers lui leurs appels. Et pourtant il se souvenait d'avoir fait ce voyage. Il était déjà venu ici. Et déjà, il avait trouvé qu'il y avait trop d'oiseaux, d'animaux, de plantes. L'endroit était d'un vert trop profond à son goût. Il était plus à l'aise dans les espaces désertiques. La Palestine, le Soudan, l'Afghanistan. Des lieux ocre. Rocailleux. Semblables à des crânes mis à nu.

Il était à la recherche de Khaled. Dès après l'explosion des bombes, tous deux étaient censés conduire le cruiser de la petite crique près de Dar, où il était resté à l'ancre pendant l'opération, jusqu'à l'endroit, en pleine mer, où ils devaient retrouver un cargo au cours de l'après-midi. Le bateau les emmènerait à Mascate, dans le sultanat d'Oman. Ensuite ce serait à nouveau Dubaï, Karachi, puis par la route jusqu'à Peshawar, et enfin, au-delà de la frontière, l'Afghanistan et le retour au Nid-d'Aigle.

Mais les choses ne s'étaient pas déroulées comme prévu. Le cargo ne s'était pas montré. Ils avaient patienté jusqu'à la nuit, puis s'étaient dirigés sur Pemba, au plus près du lieu de rendez-vous. Ils allaient y rester une semaine. Dans une autre crique déserte. Tous les soirs, Zayn appelait le cheik sur le téléphone satellite. Où est le bateau? *Il arrive*. Où est le bateau? *Il a du retard*. Zayn s'étonnait de se sentir si inquiet. Le matin, il envoyait Khaled acheter du poisson au village voisin. Ils mangeaient. Attendaient.

Et puis, un beau jour, tout changea. Zayn se réveilla dans le bateau, sous le soleil, au milieu des calmes murmures de la mer et du scintillement des flots. Ce qui ne le toucha guère. Pas plus que ne le touchèrent les pics-verts aux couleurs vives perchés dans les palmiers ou les pélicans qui fondaient sur le sable. Il n'était pas dans sa nature de trouver plaisant ce genre de spectacle. Il refusait de leur attribuer une valeur symbolique, et pour cette raison même, était un excellent tueur, dans la mesure où son approche des humains était dictée par les mêmes considérations. Et pourtant, il lui arrivait parfois de se laisser prendre à la beauté, de se laisser désarmer l'espace d'un moment, comme Salomon devant la reine de Saba. Après quoi, sa haine lui revenait, plus forte d'avoir failli sombrer. Il ne pourrait que mourir si l'amour l'assaillait, si – comme quelqu'un qui se glisse dans l'eau fraîche d'un lac par une journée de canicule – il se permettait d'oublier ce qui était arrivé à sa famille à Beyrouth.

Une seule goutte avait suffi à lui empoisonner le sang, ne laissant en lui que souffrance et désolation. La responsabilité première du massacre, perpétré par les forces aériennes israéliennes et la Phalange chrétienne, incombait aux États-Unis, qui avaient fourni en armes les Israéliens et maintenu tout au long que ces derniers étaient «partisans de la paix».

Zayn cracha dans l'eau par la fenêtre, se souvenant du corps de son frère, battu à coups de barre de fer par la

Phalange jusqu'à ne plus être qu'une masse sanglante méconnaissable, se souvenant de sa terreur au fracas des avions israéliens qui déchiraient l'air au-dessus des toits. Les bombes qu'ils avaient lâchées sur la rue Abu Chaker avaient démoli un immeuble après l'autre, jusqu'à ce qu'elles arrivent sur le leur, enfouissant son père, sa mère et sa petite sœur sous des tonnes de béton.

C'était pour cette raison qu'il haïssait les États-Unis et leur entreprise de destruction, pour cette raison, et pour défendre la cause, qu'il avait assassiné les parents de Khaled, punissant le père pour avoir détourné l'argent d'Al-Qaida. Pressentant dans le fils une recrue potentielle, il avait ensuite piégé le jeune Zanzibari. Il n'avait guère perdu de temps en remords: au même titre que la honte, les regrets et l'hésitation, les remords étaient bons pour les idiots.

Il se tourna sur le côté pour voir l'autre couchette. Le gamin n'était pas là. Il avait dû se lever tôt pour aller acheter du poisson. Zayn se leva, boutonna son jean et monta sur le pont. L'œil morne, il regarda de l'autre côté de l'eau les palmiers sur lesquels jouaient le soleil et le vent. Il se ressaisit aussitôt en se fustigeant: ces scènes et ces bruits n'étaient que chimères. Seule comptait l'œuvre à accomplir, qui était en Allah.

Il attendit deux heures. Au bout desquelles il fut persuadé que Khaled s'était enfui. C'était un risque à courir. Il sortit la mallette pour appeler ben Laden sur le téléphone satellite.

Bruissements de soie, tonalité interrompant le grésillement des parasites; puis la voix de son maître, douce comme la caresse d'une plume de corbeau. *Qui?* Pour d'autres oreilles, cette voix soufflait la tempête, pour les siennes, elle avait l'onctuosité du miel.

Il lui dit que Khaled représentait désormais une menace

pour la sécurité. Ajouta qu'il ignorait la raison de sa disparition, mais qu'il avait toujours su que le garçon était un faible.

Ils se servaient d'un code simpliste, à peine déguisé. Ousama était «le directeur». Il était «bien», «à son aise». Oui, les talibans, «les propriétaires de la firme», étaient toujours contents de lui. Khaled était le «verdier timide».

Le directeur donna l'ordre de tuer le verdier timide, si celui-ci refusait de rentrer avec Zayn en Afghanistan. *Il en sait trop*. Et le bateau? *Il ne viendra plus maintenant*. Pourquoi? *Il y a des retards. Des problèmes dans l'organisation. Un homme nous a laissés tomber*. Zayn garda le silence un moment. Chuintements du satellite. *Dépêche-toi de rentrer*, dit encore la voix. *J'ai du travail pour toi*.

Soupçonnant que Khaled était retourné dans son village natal, une petite ville, en fait, située non loin de la crique, Zayn s'y rendit en bateau. Il remonta l'étroit estuaire encombré par les roseaux et la mangrove. Des pigeons sauvages lui lançaient leurs appels depuis les rives, mais il les ignora. Des damans et des singes bondissaient dans les tresses vertes qui pendaient au-dessus de l'eau, une antilope naine vint boire sur la berge – mais il ne leur prêta pas davantage attention.

En arrivant à Jambangona, il amarra le cruiser à un quai délabré, et commença à fouiller le marché. Où l'on trouvait à profusion graines de sésame, tomates, noix de cajou, goyaves, duriones, ignames, oranges, légumes secs, gousses de kapok et de vanille, citrons verts, racines de manioc, pamplemousses. Mais il ne vit rien de tout cela. Pas plus qu'il ne vit les ânes qui erraient entre les étals, ou les femmes qui passaient, leurs pots en cuivre en équilibre sur la tête. C'était pour cette raison que le cheik, le directeur, Mr. Sam le prisait tant. Parce qu'il était implacable. Qu'il ne s'intéressait qu'à la tâche à accomplir, laquelle était dans les mains d'Allah.

* * *

Arrivé à Zanzibar la veille au soir, Jack Queller vint au Macpherson partager le petit déjeuner de Nick et de Miranda. Da Souza leur servit le café, la papaye en tranches et les toasts. Voudraient-ils un œuf? L'atmosphère était un peu tendue. Queller avait du mal à étaler son beurre sur son toast. Nick l'avait mis sur la sellette.

«Mais vous n'auriez pas pu tenter quelque chose plus tôt? Puisque vous étiez au courant des dangers?

– Eh bien, je...»

Le portable de Queller sonna, lui sauvant la mise. C'était Altenburg, le ton brusque, coupant. Il avait des nouvelles des stations d'écoute de Langley.

«Nos services ont repéré une série d'appels en provenance des côtes de l'île de Pemba. Vraisemblablement à destination de ben Laden. C'est toi l'agent le plus proche. Tu peux vérifier?

– Tu as les coordonnées?»

Altenburg les lui fournit.

«Nous envoyons un hélicoptère. Avec quelques hommes. Mais tu arriveras peut-être plus vite sur les lieux.»

Pourquoi est-ce qu'il fait ça? se demanda Queller. Où veut-il en venir? S'il y a une découverte à faire sur Pemba, pourquoi ne cherche-t-il pas à s'en attribuer le mérite? Queller avait vécu au milieu des secrets si longtemps qu'il voyait le clandestin, l'occulte, partout: menées souterraines, arrière-pensées, stratégies qui se paraient de vertu aussi avidement qu'une éponge aspire l'eau. Il était incapable de comprendre, par exemple, qu'Altenburg n'avait peut-être rien d'un bâtisseur d'empire sans scrupule. Qu'il n'était peut-être qu'un homme ordinaire faisant honnêtement son travail.

«Comment est-ce qu'on va à Pemba?» demanda-t-il à ses compagnons.

Da Souza apporta l'œuf, qui avait triste allure avec son blanc effiloché, prêt à se détacher du jaune. Queller le considéra d'un œil étrangement compatissant. C'était Miranda, maintenant, qui le bombardait de questions, à propos de l'appel qu'il venait de recevoir.

«Il y a une piste là-bas, dit-il. Des appels ont été repérés. Il faut partir tout de suite. Il nous faut un bateau rapide.»

* * *

Zayn faisait le tour des vieux murs, baissant la tête sous les linteaux, les franges de chaume. Il fouillait les maisons de pierre, les cabanes, la mosquée de Jambangona. Observé depuis les fenêtres par des visages curieux. Dans une petite fabrique d'huile de noix de coco, la poussière des écorces broyées le fit éternuer à plusieurs reprises. Ces éternuements de tueur en blue-jean, d'adepte du difficile commerce de la mort résonnaient comme un rire démoniaque. Il avait un couteau dissimulé dans sa grande botte, et la fureur – aveuglante comme les éclairs blancs des obus israéliens – lui brûlait le cerveau. Il prit la direction du fleuve.

* * *

Nick réussit, non sans mal, à emprunter le gros bateau à moteur de son ami belge, le *Cythère*, et ils partirent pour Pemba. L'île était très différente de Zanzibar, plus vallonnée et, à certains endroits, beaucoup plus boisée.

Nick était au gouvernail, Miranda à son côté. Queller, assis un peu en retrait, regardait la mer. La proue du bateau semblait rebondir sur chaque vague. La masse verte de l'île apparut bientôt. De la fumée sortait de constructions en forme de ruche, accrochées au flanc des collines.

«Des fours à coprah, dit Nick. Un ami à moi, cria-t-il en direction de Queller, m'a raconté que c'est là, au dix-septième siècle, que le pirate anglais, Captain Kidd, avait caché son trésor.

– Quel ami ? demanda Miranda.

– Leggatt», dit Nick, du bout des lèvres.

Ils se turent, songeant à l'Anglais mort.

* * *

Il n'y avait personne au bord du fleuve. Zayn revint à la maison des parents de Khaled. Un jour, il avait tiré son couteau de sa botte à ce même endroit, pour trancher des gorges dans l'obscurité, avec une froide efficacité. Mais aujourd'hui, il n'y avait personne en dehors d'un vieil idiot occupé à raccommoder un filet. Zayn le mit sur ses pieds et le secoua, mais s'aperçut bientôt que l'homme, au bord de l'évanouissement, ne savait pas où se trouvait Khaled. *Cette famille, elle est morte! Cette famille, assassinée.* Mais ce n'était pas là l'information que cherchait Zayn. Il finit par lâcher le vieux qui tomba par terre, tout tremblant. Puis, reprenant son bateau, il remonta un autre cours d'eau peu profond, qui s'enfonçait dans les terres, traversant des villages de pêcheurs et des palais en ruine envahis par la végétation. Le cours s'élargit et devint fleuve, le fleuve, estuaire, et l'estuaire déboucha sur une baie.

Il était à nouveau au bord de la mer, dans une ville appelée Chake Chake. C'était un port, comme en témoignaient les pêcheurs, les grues et les entrepôts; c'était aussi une station balnéaire, avec ses touristes, ses boutiques de souvenirs et d'objets anciens. Au milieu des visages noirs, quelques visages blancs. Des femmes en bikini allongées sur la plage. Des hommes en bermuda, marchandant des morceaux d'ananas, présentés sur des plateaux retenus par des bretelles en fibre de palmier. Le spectacle mit l'Arabe dans une rage folle. La sueur dégoulinait le long de son crâne rasé. Le soleil était haut dans le ciel. Il y avait deux canons. Des piliers décorés. Il suait pour le directeur. Il suait pour le djihad.

Il laissa le bateau avec les autres, sans daigner signaler sa présence au bureau du port. Son œil tombait ici sur un mendiant, là sur un gamin. Il remontait la grand-rue au milieu de l'animation, Zayn Mujuj, le tueur en blue-jean. Une mallette à la main. Un couteau dans sa botte. Il vit une plaque, *Main Street*. Des objets sculptés disposés sur les trottoirs. Des étals de tissus, de coquillages, de bracelets. À aucun moment, il ne s'arrêta pour regarder ou acheter. Il restait en permanence sur le qui-vive, l'œil aux aguets, fouillant les rues à la recherche de Khaled. Il attendrait le temps qu'il faudrait, mais il finirait le travail.

Il chercha une heure encore, avant de prendre une chambre à l'Hoteli ya Chake. Après avoir dit ses prières, à genoux sur le plancher, il prit une douche. Puis il redescendit et commanda du poulpe grillé. Quand il jeta un coup d'œil par la fenêtre, il se demanda pourquoi la place était noire de monde.

* * *

Il n'y avait rien à l'endroit correspondant aux coordonnées d'Altenburg. En dehors d'une crique déserte. Et d'un village de pêcheurs, d'où on les dirigea sur une petite ville, à l'intérieur des terres. Oui, on avait aperçu un étranger. *Il a blessé un vieillard. Il a remonté le Chake. Pour aller à Chake Chake.*

Ils remontèrent sur le bateau et repartirent. L'étroit fleuve vert débouchait dans une baie bleue. Il y avait là une ville, une sorte de port, de station balnéaire – un endroit typiquement «tropical», invitant au farniente, avec des maisons aux murs de corail pilé et aux toits de papyrus.

La manche vide de Queller claquait au vent, tirant sur la veste en coton léger, là où elle était fixée avec une grosse épingle de sûreté. Du même côté, mais caché sous la veste, un pistolet automatique, niché dans un holster d'épaule en cuir marron. Il alla rejoindre les deux autres à la barre. Le soleil était au zénith.

«C'est un lieu enchanteur, dit-il, tandis qu'ils traversaient la baie étincelante. Certainement pas le genre d'endroit où l'on s'attendrait à traquer des terroristes.»

Un couple de touristes faisait du jet-ski dans la baie. Quelques minutes plus tard, Nick réduisait les gaz, et ils entraient dans le port de Chake. Beaucoup de pirogues avec des outriggers, quatre ou cinq gros boutres en bois et quelques bateaux à moteur modernes avec des coques en fibre de verre. Un quai plus loin, un bateau à coque métallique de plus gros tonnage était amarré juste en dessous d'une grue qui chargeait des caisses de clous de girofle, posées sur des palettes alignées sur une plate-forme en ciment devant un vaste entrepôt.

Dressés sur des socles de pierre blanche et dominant les quais, deux anciens canons portugais gardaient l'entrée du port. Partout, les pêcheurs déversaient leurs prises, thons, poissons-lunes, rougets, crevettes, langoustes, qui frétillaient et luisaient sous le soleil, en glissant des filets dans de petits enclos en bois disposés sur les dalles.

«Regardez-moi un peu ça!» murmura Queller.

Plus loin dans la baie, une plage sur laquelle s'alignaient des jet-skis et des kayaks. Accrochée à des piquets en fer plantés dans le sable, une enseigne délavée et peu respectueuse de l'orthographe proclamait *Sports notiques Kizunguzungu, Bateaus de plaizance à louer.*

Au moment où le *Cythère* passait entre les canons, Nick, lâchant le gouvernail, tendit la main. «Regardez! Le bateau, là! C'est celui qui était à Lyly.»

Ils accostèrent à quelques bateaux du cruiser et descendirent. Près du bureau du port, un mendiant, secoué de tremblements incessants, leur jeta sous le nez un pied enflé. À côté de lui, un gamin swahili taillait les voiles d'un bateau miniature dans la coquille d'un fruit de baobab. Queller avait raison. L'endroit n'avait rien d'un repaire de terroristes. Et pourtant, le cruiser était bel et bien là.

Un hululement retentit dans le lointain.

Ils passèrent devant un requin à l'odeur nauséabonde, suspendu à un cadre en bambou en attendant d'être dépecé, et se perdirent dans un lacis de ruelles humides, toutes semblables. Pour le simple observateur – le pêcheur aux yeux rougis, occupé à enrouler un cordage sur le porche de sa maison –, ils ne différaient sans doute en rien des autres touristes muzungu qui déambulaient dans la ville.

Le hululement se fit plus fort.

Ils finirent par trouver Main Street. Ici aussi, divers objets – plateaux et cafetières en cuivre, paniers et sets de table tressés, cuillers en bois sculpté, coffres arabes en bois d'ébène ou de palétuvier, cloutés de cuivre, collections de cauris aux couleurs brillantes, empilements de coquillages plus petits, épées et poignards arabes – attendaient le bon vouloir et le porte-monnaie des touristes. Miranda remarqua une boutique où étaient accrochés des tapis d'Orient et des métrages de soie, ainsi qu'un étal de bracelets et d'anneaux de cheville en malachite et de colliers d'ambre et d'ivoire.

Ils poursuivirent leur chemin, croisant un homme qui poussait péniblement une brouette d'ananas en direction de la plage, et arrivèrent dans le centre de la ville. Il y avait beaucoup de monde sur la place, ainsi que deux gros taureaux noirs derrière une palissade. L'enceinte était percée d'une porte et allait en se rétrécissant à une extrémité pour déboucher sur une sorte de tribune.

«Qu'est-ce qui se passe ici?» demanda Miranda à un petit homme brun, qui vendait du café dans des gobelets en plastique disposés sur un plateau pendu à ses épaules.

«Vous savez pas? dit-il, l'œil amusé. C'est *mchezo wa ngombe*.

– Qu'est-ce que ça veut dire?

– Le jeu du taureau. Vous voulez du café? Il est par fumé au gingembre.»

Miranda accepta gentiment, et les deux autres en firent autant. Pressés de toutes parts par la foule bourdonnante, les Américains en furent réduits à regarder la course de taureaux, debout sur un mur blanc à demi effondré, à l'ombre d'un casuarina. La coutume, dit Queller, était une survivance de la présence portugaise dans les îles. Miranda se rappelait l'avoir entendu dire la même chose à Washington, lors de leur première rencontre.

Autres lieux, autres temps… c'est bien là ce qu'évoquèrent les taureaux quand ils chargèrent au milieu des nuages de poussière. L'enclos ressemblait assez à ceux dans lesquels étaient déversés les poissons sur le port, si ce n'est qu'il était plus haut et plus solide, avec ses piquets taillés dans des troncs de palmier, et cerclés de bambou. Encouragés par les cris de la foule, qui tapait sur des tambours ou soufflait dans des trompes, de jeunes Africains sautaient dans l'enclos et en ressortaient, après s'être faufilés entre les taureaux et leur avoir agité des morceaux de tissu blanc sous le mufle. D'autres, juchés sur le rebord de la palissade, excitaient les animaux avec un bâton pointu ou essayaient de les attraper avec un lasso et de leur sauter sur le dos.

* * *

La course continuait. La foule regardait de tous ses yeux, et les yeux de la foule étaient rougis par la poussière. Les bêtes avaient de petites cornes, mais à les voir s'ébrouer et racler le sol de leurs sabots, elles représentaient un danger certain pour les garçons qui les affrontaient à tour de rôle, torse nu, les plus cabotins gratifiant les spectateurs de pirouettes et de sauts périlleux. Une fois ressorti de l'enclos, le héros circulait parmi la foule, souriant et couvert de sueur, ou mieux, de sang, s'il avait été blessé. Il présentait un pot de cuivre dans lequel les spectateurs jetaient quelques pièces, en guise de remerciement.

Ou des billets de cinq dollars, dans le cas des trois Américains.

Ou, dans le cas de Zayn Mujuj, qui était sorti de son hôtel pour venir se mêler à la foule, rien du tout.

Un garçon particulièrement content de lui dit aux Américains que les taureaux avaient pour noms Bom-Bom et Wembe. Quant à lui, il s'appelait Ali.

«Qu'est-ce qu'ils veulent dire, les noms des taureaux? demanda Miranda.

– En *inglezi*, répondit Ali avec un large sourire, Bom-Bom et Wembe, c'est Mitrailleuse et Rasoir ! »

Avant de sauter dans l'enclos, les acteurs faisaient entendre une sorte d'aboiement, histoire de se donner du courage ; alors, les tambours battaient plus fort, et les femmes lançaient leurs cris.

« *Kige-lege-le ! Kige-lege-le ! Kige-kige-lege-lege-kige-legele !* »

Ou scandaient en chœur, en tapant des mains : « *Alyie mbuya yangu naanchezele ngombe !* » Mon amoureux à moi, il doit affronter le taureau.

C'est Ali qui assura la traduction. Les hommes, pendant ce temps, sifflaient et frappaient dans leurs mains. Leur tâche à eux, c'était de mettre *Shetani*, le Diable, dans les taureaux.

* * *

Un nouvel acteur sauta dans l'arène. Il portait un T-shirt orné d'un singe sur le devant. Il était heureux de se retrouver parmi les siens et leurs coutumes, de se retrouver avec Ali, loin de la rigueur d'Al-Qaida, de ses exigences de haine et de meurtre. Mais il n'en était pas loin, non pas loin, car une paire d'yeux était rivée sur lui : au premier rang des spectateurs, Zayn le regardait.

* * *

Entre les corps en mouvement, à travers le rideau de poussière, Nick Karolides eut la vision de deux visages à demi oubliés, ceux des deux terroristes, l'un massif, l'air féroce, le crâne rasé, l'autre fin et nerveux, désireux de faire enfin la preuve de sa valeur dans la corrida. Des visages qui émergeaient d'un brouillard de souffrance, du supplice qu'il avait enduré à Lyly.

Khaled, maintenant au centre de l'arène, agrippa la croupe d'un des taureaux et pesa dessus pour faire tourner l'animal et l'obliger à jouer avec lui. L'autre taureau avait été pris au lasso par un garçon assis sur la palissade, et il ébranlait les piquets en se jetant contre elle, au milieu des cris indignés des spectateurs.

«Regardez, au milieu de l'arène, c'est un des terroristes! cria Nick, qui sauta en bas du mur et commença à s'ouvrir un chemin en direction de l'enclos. L'autre, c'est le gros type, là-bas de l'autre côté.»

Miranda et Queller partirent à sa suite. La foule s'écartait pour laisser passer les muzungu. Les trois Américains atteignirent le bord de l'arène. Le taureau que Khaled essayait de pousser, et qui pouvait aussi bien être Bom-Bom que Wembe, refusait obstinément de bouger. Tout à coup, l'autre animal, qui s'était débarrassé du lasso, fit volte-face et chargea le jeune Zanzibari. Celui-ci esquiva d'une roulade sur le sol, et le taureau alla percuter la palissade de l'autre côté – renversant au passage Zayn, lequel venait juste de descendre dans l'arène, pour le plus grand amusement des spectateurs.

* * *

Toujours accroché à la queue de son taureau, clignant des yeux dans le nuage de poussière, Khaled aperçut le visage du Palestinien – empreint d'une douceur effrayante. Frappé d'horreur, il lâcha la queue de la bête et courut vers la palissade. Zayn, poursuivi par l'autre taureau, se précipita à sa suite et s'agrippa à lui pour lui faire lâcher prise. La foule se mit à applaudir bruyamment, convaincue que la scène faisait partie du spectacle. Le taureau qui avait pris Zayn en chasse lui planta une corne dans la jambe, avant de le faire tomber à terre et de commencer à le piétiner, en poussant des mugissements de triomphe.

Khaled franchit la palissade et détala dans la foule. Les trois Américains se lancèrent à sa poursuite le long de Main Street. Dans sa course, Khaled renversa le vendeur d'ananas et sa brouette, avant de disparaître dans un dédale de ruelles étroites. Ils le perdirent de vue un moment jusqu'à ce que Queller, qui avait trébuché sur les ananas et pris du retard, l'aperçoive à nouveau, sortant d'un immeuble, puis disparaissant aussitôt, se croyant à l'abri de toute détection à la vue du Blanc par terre, dans une boutique, dont l'enseigne annonçait: COQUILLAGES ET AUTRES OBJETS DE CURIOSITÉ.

Queller sortit son automatique avant de lui emboîter le pas. À la vue de l'arme, le propriétaire, un Indien, poussa un cri de terreur et fit un signe de la main en direction de l'arrière-boutique. Queller traversa une première pièce, puis une deuxième, avant d'atteindre le fond du magasin, éclairé par une lampe à pétrole qui jetait une lumière tremblotante sur des cartons remplis de coquillages. Il regarda autour de lui. Personne.

Puis il entendit un bruit, et se dirigea vers un coin de la pièce, pistolet au poing. Soudain, une forme bougea dans l'obscurité, une main surgit de nulle part et lui jeta au visage une poignée de minuscules coquillages aux bords tranchants. Momentanément aveuglé, Queller baissa son arme. Khaled en profita pour jaillir de sa cachette et l'envoyer rouler au sol.

Il retraversa la boutique en courant, passant devant l'Indien médusé, et se retrouva dans la rue… et dans les bras de Nick et de Miranda, revenus sur leurs pas. Il bondit avec l'agilité d'un chat, et, les écartant violemment, s'échappa à nouveau. Déséquilibré par la poussée de Khaled, Nick se foula le poignet en tombant dans le caniveau en béton, plein d'une eau croupie où flottaient des matières solides on ne peut plus reconnaissables. Queller émergea de la boutique, et en un temps record – trop vite même pour avoir le temps de plisser le nez devant l'odeur –, tous trois reprirent leur poursuite.

Ce fut Nick qui l'attrapa, le plaquant au sol près d'un des éventaires à la faveur d'un plongeon de rugbyman. Queller, hors d'haleine, braqua son pistolet sur le jeune homme.

« Vous n'allez pas l'abattre ! » hurla Miranda, en faisant un pas en avant.

Khaled profita de cette seconde de distraction pour bondir sur ses pieds et s'emparer d'un poignard exposé sur l'étal. Vif comme l'éclair, il attira Miranda à lui et lui mit la lame sur le cou. Se servant de la jeune femme comme d'un bouclier, il commença à reculer. La pointe du couteau sur la gorge, Miranda restait pétrifiée, les yeux dilatés par la stupeur.

Queller baissa à nouveau son arme. Sa manche vide battait dans le vent.

« Tu n'iras pas bien loin », dit-il, son moignon traversé d'une douleur fulgurante.

Mais il ne croyait guère à la menace qu'il venait de proférer, prêt à se moquer de lui-même, à rire de cette moquerie même, qui l'empêchait de se concentrer sur le danger du moment présent. Désemparé, il ne pouvait que regarder Miranda, et le couteau appuyé sur sa gorge. Envahi d'un sentiment d'impuissance, il se sentait très vieux, se faisait l'impression de ne plus être que l'ombre de lui-même, l'ombre de cet agent hors pair dont l'âge, un bras en moins et la mort d'une épouse avaient eu raison. Le pistolet était dans sa main, le soleil brillait sur Pemba, mais lui, Jack Queller, plongeait dans les profondeurs obscures de l'inconscient et du passé. Il était à nouveau au chevet de sa femme à l'hôpital, à nouveau sur le flanc de la montagne, avec ben Laden

Déjà, Khaled était en vue des quais, traînant toujours à sa suite Miranda, plaquée sur le singe de son T-shirt. Il y avait trop de monde pour que Queller puisse tirer. Des gens couraient dans tous les sens, l'empêchant de viser. Nick était sur les traces du fuyard.

* * *

La tête de la femme coincée sous son bras, Khaled déroula le cordage qui amarrait le cruiser au quai. Puis il grimpa à bord, tirant toujours la femme à sa suite. Il chercha fiévreusement l'endroit où Zayn avait pu laisser les clés. Ouvrit un vide-poche. Pour découvrir un petit pistolet en argent, celui de Zayn, et une torche. Mais pas de clés. Il abaissa le pare-soleil. Elles étaient là. Là où on laisse toujours des clés, quand on en a.

Il fit démarrer le moteur. Sans relâcher sa prise sur la jeune femme. Qui ne bronchait pas. Il n'avait pas la moindre idée de ce qu'il allait faire d'elle. Pas la moindre idée non plus de ce qu'il allait faire de lui-même. Il s'était fourré dans de sales draps. Comment avait-il pu croire qu'il pourrait retrouver sans heurt son ancienne vie ? Tout ce qu'il savait, pour l'instant, c'est qu'il lui fallait échapper à Zayn, échapper à Al-Qaida, échapper aux Amerikani.

Queller et Nick coururent jusqu'au quai, et mirent le *Cythère* en route. Ils n'arrêtaient pas de discuter, de s'accuser mutuellement. Queller, sa manche volant derrière lui, avait perdu son épingle de sûreté, et, avec elle, sa dignité ; Nick, lui, avait fini de rêvasser et se découvrait enfin dans l'action. Le pare-brise du *Cythère* lui renvoya son image : constellée d'embruns, fascinante, elle dansait dans la vitre, comme la mer, dansante et dangereuse, sur laquelle il lui fallait piloter le peu maniable bateau d'Olivier.

Deux paires d'hélices brassèrent les eaux du port de Chake Chake, deux bateaux gagnèrent la baie à vive allure, leurs coques claquant contre les vagues, les pales d'acier produisant à l'avant des remous d'écume blanche, chacune en fonction de sa forme, désordre momentané vite résorbé en un sillage unique. On pourrait rapporter l'histoire seconde par seconde, détailler les pensées qui agitaient chacun des occupants des deux bateaux, leurs sentiments, leurs paroles, ainsi que les gestes qui les accompagnèrent… tout comme les vieux Swahilis, ces gens de la mer, racontent, aujourd'hui comme il y a bien longtemps, les histoires de leurs voyages d'antan, assis autour des feux dans les villages de la côte…

Peu après, un homme blessé, couvert de sang, apparut sur le port, comme s'il était tombé du ciel. Il poussa un rugissement de colère en voyant les bateaux bondir au loin sur les vagues. Montant péniblement à bord, Zayn essaya les moteurs de quelques-uns des bateaux de pêche amarrés là, indifférent aux protestations de leurs propriétaires. L'un après l'autre, les cordons sortirent, puis se ré-enroulèrent d'un coup sec. Aucun moteur ne voulut démarrer. Voyant un touriste, un jeune Blanc à l'air scandinave, s'arrêter sur la petite plage qui jouxtait le port, Zayn pataugea dans l'eau jusqu'à lui et le soulagea de son jet-ski. Quand le Suédois, interloqué, commença à protester, Zayn, d'un coup de poing à terrasser un bœuf, l'envoya rouler dans les vagues.

31

Le bateau qu'ils poursuivaient monta sur la frange mousseuse qui marquait le récif, la suivit un court instant, puis, après avoir viré de bord à un endroit où l'écume mourait, pénétra dans le lagon.

«C'est le mlango, dit Nick. La brèche dans le corail.»

Le jeune Africain avait essayé de leur échapper, en zigzaguant entre les petites îles, mais il n'avait pas été bien difficile de le suivre jusqu'à Lyly. Pourtant, en dépit de la puissance du *Cythère*, le cruiser avait trop d'avance pour qu'ils puissent le rattraper.

«C'est là qu'ils ont fabriqué la bombe? demanda Queller.

– Oui. Bon sang, j'espère qu'elle n'a rien. Vous voyez l'intérieur de la cabine d'ici?»

Queller abaissa les jumelles de luxe dont disposait le *Cythère*. Elles étaient lourdes à manier d'une seule main. Il lui fallut crier pour couvrir le bruit du moteur.

«Non, je n'y arrive pas. Mais qu'il soit revenu ici ne me surprend pas.

– Personnellement, dit Nick, s'efforçant de garder le cap, j'en ai soupé de ce putain d'endroit. S'il s'avise de lui faire quoi que ce soit...»

Queller garda le silence. La tour blanche du phare apparut, ses contours se faisant plus nets à mesure qu'ils approchaient. Il remarqua une maison, ainsi qu'un autre bâtiment. En dehors de ces constructions, l'île était recouverte de l'épais tapis vert de la forêt.

«Pourquoi croyez-vous..., entendit-il dire Nick, au moment où l'autre bateau accostait, qu'il est revenu ici?

– Parce qu'ils le font tous. Comme des chiens qui reviennent à leur vomi. Pathologie criminelle.

– Peut-être qu'il n'avait plus de carburant», cria Nick.

Le *Cythère* fonçait vers la brèche dans le récif, quand brutalement il vira de bord.

«Merde! dit Nick. Il est trop large. Il ne passera pas.»

Il réduisit les gaz.

«Donnez-moi ça.»

Queller lui tendit les jumelles – mais il était facile de voir ce qui se passait à l'œil nu. Traînant Miranda derrière lui, l'homme remontait la plage en direction d'une ouverture dans le rideau de la forêt.

«Il les connaît, c'est sûr, dit Nick, d'un ton résigné.

– Il connaît quoi?»

Le moteur vibrait dans l'eau.

«Il y a des grottes sur cette île. Je ne suis pas arrivé à trouver une entrée, en tout cas pas sur la terre ferme. Leggatt a ouvert un chemin. Cette trouée dans les arbres, là-bas. C'est là qu'il l'emmène. Il va falloir qu'on finisse à la nage.»

Queller regarda les contours du récif sous l'eau. Ils n'avaient guère besoin de plus de trente centimètres de chaque côté pour pouvoir passer. Saisi d'une idée, il ouvrit sa veste pour sortir son pistolet.

«On pourrait faire sauter un bout de récif avec une balle ou deux.»

Nick eut l'air atterré. Il parut hésiter, pour une raison qui échappa à Queller, mais finit par acquiescer. «D'accord.»

Queller arma son pistolet, puis visa le rebord du corail. Un bang! retentissant se fit entendre quand il pressa sur la détente, et une gerbe d'eau jaillit là où la balle frappa la surface. Un gros morceau de récif se détacha et sombra au fond de l'océan. Le tireur s'attaqua ensuite à l'autre côté, et une deuxième ombre blanche coula en tourbillonnant. Le passage était maintenant suffisamment large. Queller replaça son arme dans son étui.

Nick remit les gaz, effectua un tour complet dans l'eau et franchit la brèche sans problème. Il continua droit sur la plage.

«Eh, doucement», dit Queller.

Nick coupa le moteur.

«J'y vais.»

L'arrêt sur le sable fut brutal. Queller fut déséquilibré et, ne disposant que d'un bras pour se rétablir, faillit tomber sur le pont.

«Oui, j'y vais, répéta Nick. Vous, vous restez ici.

– Est-ce qu'il ne vaudrait pas mieux qu'on y aille tous les deux?»

Nick secoua la tête.

«Non, attendez ici et surveillez les alentours. Leggatt disait qu'il y avait plusieurs ouvertures. Il pourrait sortir par n'importe laquelle.

– Où sont-elles?

– Je... je n'en ai trouvé aucune.

– Il vaut mieux que je vienne, alors, dit Queller, en fronçant les sourcils.

– Restez ici. Il pourrait très bien réapparaître tout d'un coup et prendre le bateau.»

Nick s'empara de la lourde torche caoutchoutée qu'Olivier Pastoreau conservait dans la cabine du *Cythère*. Queller, lui, prit les jumelles, qu'il se passa autour du cou. Ils descendirent du bateau et se mirent à remonter la plage au petit trot.

«Comme vous voulez, dit Queller, le souffle court, mais il vaudrait mieux que vous preniez ça.» Il fouilla sous sa veste et brandit son pistolet.

«Je ne me suis jamais vraiment servi de ce genre de truc, dit Nick, jetant sur l'arme un œil sceptique. Je risquerais de l'atteindre, elle.»

Ils atteignirent le chemin qu'avait ouvert Leggatt à l'orée de la forêt.

«Prenez-le quand même. Là, c'est le cran de sûreté.»

Nick prit le pistolet, qu'il soupesa une seconde dans sa main.

«Soyez prudent», dit Queller.

Mais son compagnon s'enfonçait déjà dans le passage ménagé entre les arbres, au bout duquel on apercevait une ouverture ovale au milieu des rochers verdis par la mousse. Queller redescendit sur la plage, regrettant de ne pas avoir insisté davantage pour l'accompagner.

Il attendit d'abord près du rivage, l'œil sur un banc de sable à l'ouest. Ayant remarqué une étrange construction circulaire à l'endroit où le bras reliant le banc à la plage proprement dite rejoignait celle-ci, il alla voir de plus près. La structure ressemblait à une petite fortification. Des piquets plantés dans le sable et maintenus par de gros rochers tout autour. Passant la tête par-dessus les piquets, il regarda à l'intérieur de l'enclos, sans rien voir d'autre que du sable.

* * *

La torche était toujours dans une anfractuosité du rocher, là où il l'avait posée. Des lueurs dansaient sur les parois humides de la grotte. Miranda avait peur. Le jeune Africain la plaqua contre les algues qui tapissaient les murs. D'une main, il pointait son couteau sur sa gorge, de l'autre, il la tenait par les cheveux. À demi suffoquée, elle se répétait qu'il lui fallait absolument garder son calme.

Tout au long des couloirs tortueux qu'ils avaient empruntés pour arriver jusqu'ici, et qu'il semblait bien connaître, il n'avait cessé de parler – à lui-même ou à elle, elle n'aurait su dire –, dans un mélange incompréhensible d'anglais et de swahili. Il y avait une expression qu'elle avait fini par saisir, tant il l'avait répétée: «travail de djihad». Il ne cessait de psalmodier *Ça, travail de djihad? Ou pas travail de djihad? C'est quoi, ce que je fais? Travail de djihad?*

Mais maintenant, le couteau toujours dans la même position, il s'adressait bien à elle.

«Il faut que tu m'aides à m'échapper, disait-il. Tu vas me servir d'otage et tu diras à tes amis de s'en aller.»

Le couteau tremblait dans sa main. Il donnait l'impression d'essayer de se contrôler. De son côté, Miranda, dominant la peur qui l'envahissait, riva ses yeux sur ceux de l'homme dans la lumière vacillante.

«Ils sont dehors, dit-elle, s'efforçant de parler d'une voix calme. Mes amis. Vous les avez vus arriver. Il faut vous rendre. C'est le mieux pour vous.»

Il la regarda fixement, la tête penchée sur le côté. L'air fou.

«Si tu m'aides pas, je te tue. C'est ça qu'elle dit, la voix. Il faut rester tout seul. Tue-les tous. Il faut finir la chasse. Exécute tous les ordres. Au nom d'Allah, pardonne !»

***

Queller arpenta le sable, pour voir s'ils n'étaient pas ressortis ailleurs. Il pénétra à nouveau dans la forêt, empruntant un sentier différent. Des dizaines de chemins s'ouvraient devant lui, qui tous finissaient en cul-de-sac. Des oiseaux sifflaient dans les arbres au-dessus de lui, et la lumière vibrait sur le sol de la forêt. Mais toute cette verdure étouffante et inquiétante, et le calme étrange qui régnait semblaient suggérer que les clairières dans lesquelles il s'arrêtait un instant et les défilés qu'il longeait avaient une présence quasi surnaturelle.

Il fut soulagé de quitter la forêt pour redescendre vers le rivage. C'est alors qu'il aperçut quelque chose d'étrange. Sur le bord du banc de sable, le ressac ballottait un gros objet. Il leva les jumelles et vit un jet-ski, couché sur le côté, que les vagues submergeaient à demi.

* * *

L'homme appuya un peu plus la pointe du couteau sur la gorge de Miranda. Le dos contre la paroi humide de la grotte, la jeune femme cherchait désespérément le mot à dire, le geste à faire. Soudain, elle eut une illumination.

« Vous rendre, c'est justement ce qu'Allah attend de vous, dit-elle doucement, lentement. Vous avez déjà fait assez de mal. Il faut arrêter maintenant. Arrêter. »

Il s'écarta d'elle et se mit à secouer la tête. Elle se laissa glisser le long de la paroi, les nerfs à vif, terrifiée.

Il abaissa son couteau, comme épuisé, et quand il parla, il lui donna l'impression de vouloir avant tout se confier.

« Ils ont tué mes parents. J'ai compris maintenant. Al-Qaida a tué mes parents. Zayn a tué mon père et ma mère. Je voulais le tuer lui, quand j'ai compris. Mais quand je l'ai vu… j'ai eu trop peur. »

Puis, dans un cri, «Trop peur!».

Les mots se répercutèrent dans la grotte.

«L'attentat, c'est vous, hein?»

Il acquiesça de la tête.

«Mais c'est pas moi qui ai fait l'essentiel. C'est les autres… il y a un homme, Zayn… cet homme dont j'ai déjà parlé. Cet homme que je vais tuer.

– Il est temps d'arrêter de tuer, dit Miranda. Le temps n'est plus aux assassinats.»

Il leva à nouveau son arme.

Miranda essayait de garder une voix aussi égale que possible, de mettre en pratique tout ce qu'elle avait appris, dans les livres, en cours, sur la conduite à tenir dans ce genre de situation… établir un lien avec le preneur d'otage, lui faire croire que l'on est de son côté, que l'on comprend son point de vue.

«Vous ne m'avez pas dit votre nom. Comment vous appelez-vous?»

* * *

Queller fit volte-face et parcourut à la jumelle le fer à cheval de la plage – jusqu'à ce qu'il aperçoive la petite construction qu'il avait déjà observée un peu plus tôt. Un homme, la chemise déchirée, maculée de sang, la dominait maintenant de toute sa hauteur. Queller reconnut aussitôt l'Arabe de l'arène. Il pensa au pistolet qu'il avait donné à Nick. Mais l'homme, qui venait juste d'arracher un des piquets de la palissade, était de toute façon trop loin pour offrir une cible acceptable.

Il regarda l'Arabe remonter la plage d'un pas de pachyderme, en s'appuyant sur son bâton. Soudain, l'homme s'arrêta, leva le bâton et se mit à en fouetter le sable. Pendant une bonne minute. Puis il poursuivit son chemin. Il semblait se diriger vers le phare. Revenu au bateau, Queller chercha des yeux quelque chose qui puisse lui servir d'arme. Son regard se posa sur une longue pointe en acier, une sorte de gaffe. Il la ramassa et partit dans la direction que l'homme avait prise.

***

Nick était dans les grottes, pressant le pas le long des corridors, glissant sur les algues, balançant le pistolet d'une main dans l'autre. Il était content maintenant de l'avoir pris, et d'en avoir ôté le cran de sûreté. Il n'arrêtait pas de tomber sur des alcôves, des niches et des petites salles, qui toutes étaient vides. Il continuait, le souffle court, l'humidité de la grotte lui dégoulinant sur le visage. Puis il s'arrêta, l'oreille aux aguets. Des voix, dans le lointain. Un bout d'algue se détacha du plafond et lui tomba sur le nez. Il prêta à nouveau l'oreille. Les voix semblaient tour à tour très lointaines et très proches. Il appela.

L'écho répercuta son cri à travers les cavités et les sinuosités souterraines, le rendant impossible à localiser ou à déchiffrer, tant il le déformait. *Miranda! Miranda!* Au plus profond du dédale, les sonorités semblaient se tordre et se distendre, se nouer et s'emmêler de façon inextricable. *Miraaaanda*...

***

Khaled se redressa brusquement, laissant tomber le couteau. Elle vit l'arme tourner sur elle-même dans le rayon de la torche, avant de disparaître dans l'obscurité. Puis Khaled se mit à tournoyer comme un derviche, décrivant un cercle autour de la grotte, un éclat argenté à la main – elle comprit que c'était le minuscule pistolet qu'il avait pris dans le vide-poche sur le bateau et qu'il venait de sortir de sa ceinture. Il était à nouveau terriblement agité, une vraie boule de nerfs. Tous ses efforts pour tenter de l'amadouer se trouvaient réduits à néant.

Elle avança un pied sur le sol visqueux pour tenter d'atteindre le couteau et le ramener vers elle. L'homme cessa de tourner sur lui-même. Il poussa un étrange soupir et se dirigea vers la torche. L'espace d'un instant, elle aperçut son visage dans la lumière phosphorescente: ses yeux brillaient d'un éclat surnaturel, un sourire bizarre, serein, jouait sur ses lèvres.

Elle sentit le couteau sous son pied.

Il s'empara de la torche et fit volte-face, lui braquant le rayon lumineux en pleine figure. Il fit deux pas en avant, et puis ce fut l'obscurité.

* * *

Juste à côté de la palissade, Queller trouva le cadavre d'un gros serpent vert. Voilà pourquoi le type donnait des coups de bâton dans le sable. Le reptile avait dû essayer de le mordre. Il suivit la trace des pas dans le sable, ponctuée de gouttes de sang. Le taureau avait dû salement l'esquinter.

Il aurait donné cher pour avoir son pistolet sur lui. C'était un 45 Arcadia Machine & Tool, pas de quoi arrêter un éléphant, étant donné qu'il préférait désormais les armes légères, mais autrement plus efficace tout de même qu'une gaffe de pêcheur. Les traces conduisaient jusqu'au phare, puis semblaient disparaître.

Tenant la gaffe devant lui, Queller s'apprêtait à entrer quand il entendit un bruit sur sa gauche. Il se retourna juste à temps pour voir l'Arabe brandir l'épais morceau de bois arraché à la palissade. Il lança son arme en avant, mais il était trop tard. Le pieu l'atteignit en plein visage, le terrassant. L'Arabe se pencha pour s'emparer de la gaffe, qu'il leva au-dessus de sa tête. Oubliant la douleur, Queller vit deux mains énormes agrippées à un manche, et une pointe acérée qui fondait sur lui.

* * *

Dans les profondeurs du labyrinthe, Nick pénétra dans une grande salle, qu'il balaya de sa torche. La lumière, ricochant sur les murs verts comme dans un spectacle au laser, tomba soudain sur une silhouette recroquevillée dans un coin. Au même moment, celle-ci se mit à bouger.

«S'il vous plaît», dit une voix. C'était Miranda.

«C'est moi, dit-il, allant jusqu'à elle. C'est Nick, mon chou.»

Il s'agenouilla et éclaira son visage. Sa bouche était entrouverte et sa figure barbouillée d'algues. Mais rien de grave. Il posa sa torche, et l'attira contre lui.

Elle se mit à sangloter. Il la prit dans ses bras pour la relever. Elle lui passa les bras autour du cou. C'est alors qu'un coup de feu retentit au-dessus d'eux.

* * *

Queller regardait le ciel. Il sentait un poids terrible sur sa poitrine. Des nuages traversaient l'azur, là où, quelques secondes plus tôt, il avait vu une tête à la peau foncée et au crâne rasé, un visage aux traits contorsionnés, et au-dessus, deux mains tenant une gaffe. Dont la pointe avait brillé dans le soleil en descendant sur lui.

Puis cette vision s'était évanouie. Il y avait eu un coup de feu. Une petite détonation, pas son AMT, mais une arme encore plus légère. Un Derringer, peut-être.

Un trou rouge était apparu sur le front de l'Arabe, du sang avait giclé sur le visage de Queller, et, avant qu'il ait eu le temps de comprendre ce qui se passait, l'énorme masse de l'homme s'était abattue sur lui. La gaffe était allée se planter dans le sable, juste derrière sa tête, passant si près qu'elle lui avait effleuré le crâne et accroché quelques mèches de cheveux. La tête de l'Arabe reposait en travers de son épaule.

Une ombre se pencha sur lui, et il sentit que l'on retirait la gaffe du sol. Il vit le visage d'un jeune Africain: celui du garçon qui avait pris Miranda en otage.

«Je suppose que je te dois la vie, merci», dit-il.

Le garçon tenait toujours la gaffe dans une main. Dans l'autre, il avait un petit pistolet, tout à fait conforme à l'idée que s'en était faite Queller.

«Ne me remercie pas. Remercie Allah. C'est Sa voix qui m'a parlé. Elle m'a parlé et Elle m'a dit de laisser tomber tout ça. De faire des choses que j'aurais dû faire il y a longtemps. Il faut que je continue à travailler. Pas contre l'Amérique. Mais pour mes frères musulmans.»

Queller voulut essuyer le sang de l'Arabe de ses yeux, mais n'arriva même pas à lever la main.

«Est-ce qu'il ne vaudrait pas mieux venir avec moi à Dar? dit-il, toujours prisonnier du cadavre. Qu'on parle un peu de tout ça?»

Le garçon approcha la pointe de la lance du front de Queller.

«C'est pas parce que je crois plus en Al-Qaida que je dois faire confiance à l'Amérique!»

Sur ces mots, il leva la gaffe, pivota sur les talons et partit.

Queller tenta de se débarrasser du corps qui l'écrasait, mais avec un seul bras, c'était impossible. Il était trop épuisé, trop vieux. Quelques minutes plus tard, il entendit des coups de feu. Puis le bruit d'un moteur qui démarrait. Peu après, Nick et Miranda arrivaient pour le délivrer.

* * *

Il s'appuya sur eux pour redescendre jusqu'au rivage. Khaled, puisque c'était là son nom comme les en informa Miranda, était parti sur le *Cythère*. Il avait pris le temps d'aller récupérer le jerrycan de carburant de secours sur le cruiser. Il ne leur aurait, de toute façon, été d'aucune utilité. Les coups de feu qu'avait entendus Queller s'expliquaient par une ligne brisée de trous dans la coque du bateau, juste au-dessous de la ligne de flottaison. Au large, le *Cythère* était déjà presque hors de vue, le bruit de son moteur à peine audible.

« Olivier va être furieux, dit Nick. Ce bateau vaut au moins un million de dollars. Il était muni d'un sonar et d'un tas de trucs.

– Ne t'inquiète pas, l'agence le dédommagera, dit Queller en s'asseyant sur un rocher et en se frottant la poitrine.

– Il va où, à votre avis ? »

Queller laissa son regard errer sur la mer. Il n'y avait plus aucune trace du bateau.

« Comment savoir ? dit-il. Et nous, comment est-ce qu'on va pouvoir foutre le camp d'ici ? Vous avez une idée ? »

Il se tourna pour regarder Nick et Miranda, debout main dans la main sur la plage, avec la forêt et le phare en arrière-plan.

«Vous savez que vous êtes couverts tous les deux d'une espèce de truc verdâtre ?»

Nick eut un sourire et jeta un œil en coin à Miranda. «Peut-être qu'on devrait faire un petit plongeon et se laver ?

– Pas de problème, dit Queller en lui rendant son sourire. Je ne regarderai pas, et puis de toute façon je vais monter jusqu'à la maison, là-bas.»

Une heure plus tard, lavés et radieux, Nick et Miranda vinrent le rejoindre. Ils dormirent dans la maison, cette nuit-là. Le lendemain matin, de bonne heure, ils furent réveillés par le bruit des hélicoptères.

32

La nouvelle était déjà connue. CNN et plusieurs autres chaînes avaient eu vent de l'histoire, bien avant le retour des hélicoptères sur le continent. Si bien que, quand Queller, Nick et Miranda arrivèrent dans le hall miteux de l'aéroport de Dar, ils furent accueillis par le crépitement de dizaines de flashs et les cris des reporters qui tendaient vers eux leurs micros bulbeux. Ils débarquèrent comme trois stars de la chanson. Impression de célébrité encore renforcée par la présence des hommes d'Altenburg qui, aidés des policiers tanzaniens dans leur uniforme marron, leur ouvrirent un passage au milieu des journalistes surexcités.

Il y avait également quelqu'un d'autre pour les accueillir, une sorte de miracle baroque, totalement déplacé, qui, pour cette raison même, et à cause de sa longue robe Krishna orange vif pour le moins inattendue dans un tel contexte, put passer à travers les mailles du filet et déposer quelque chose dans la main de Queller.

Un œillet rouge. Il regarda le visage sans expression – blanc comme une amande sortie de sa coque et encadré de longs cheveux châtains – et se surprit à dire «Oh, merci. Merci beaucoup!» Avant de se faire la réflexion, cette image se télescopant dans sa tête avec celle du gros Arabe, qu'en principe ces gens-là avaient le crâne rasé.

La disciple de Krishna disparut aussi vite qu'elle était apparue, évacuée par le service de sécurité. Queller, Miranda et Nick furent entraînés au pas de course jusqu'au parking, puis poussés dans un Landcruiser qui prit la direction du Kilimandjaro et du QG de la FEST Altenburg occupait le siège du passager, à l'avant. Plusieurs véhicules suivaient, transportant aussi bien des agents du FBI que des employés du gouvernement tanzanien. Dans l'un d'eux se trouvait le corps de Zayn, ramené de Lyly en hélicoptère. À défaut de cercueil, on l'avait mis dans une caisse à poisson. Les Tanzaniens responsables de l'opération étaient essentiellement des membres du General Service Unit, nom de leur service de renseignements. Quelques policiers les accompagnaient, dont Ernest Chikambwa, qui, à bord d'un hélicoptère, avait guidé les Américains dans leur recherche de Queller et consorts. Le convoi suivait la route menant de l'aéroport à la ville, au milieu des champs de maïs et des enfants criant sur son passage.

«Bon Dieu, qu'est-ce qui est arrivé? demanda Altenburg, se retournant sur son siège et agrippant l'appui-tête en similicuir. Je veux un compte rendu complet, Jack.

– On aura tout le temps un peu plus tard, si tu n'y vois pas d'inconvénient. On vient de passer un sale moment.

– Dans le genre buté, tu fais fort! s'exclama Altenburg. Je veux tout savoir, dans les moindres détails.

– On a pris deux types en chasse, l'un est mort, l'autre est en cavale. Ça te suffit pour le moment? Tu pourras me demander tout ce que tu veux à l'hôtel. Mais pas avant que j'aie pris un bain et un verre.»

Interrompu par un appel radio l'informant des progrès, ou plutôt de l'absence de progrès, dans les recherches lancées contre Khaled, Altenburg n'insista pas. Tout en tripotant la tige de l'œillet, Queller jeta un coup d'œil à Nick et Miranda. Pas exactement l'image du couple épanoui au soleil de l'amour. Ils avaient l'air éreinté. Miranda regardait d'un œil vide les cabanes et les enseignes des boutiques qui défilaient derrière la vitre. Quant à Nick, il s'était endormi, la tête sur l'épaule de sa compagne.

Queller avait besoin de réfléchir à tête reposée. Dans une demi-heure, ils seraient en ville, approchant des claviers et des micros du centre de communications de la FEST, où il faudrait présenter toute l'affaire prédigérée de manière que Washington soit en mesure de comprendre. Produire un compte rendu construit, débarrassé de toutes les scories, de toute la matière informe qui constituaient la réalité même. Après quoi viendrait le vrai rapport, l'analyse qui pourrait prendre des mois, et au cours de laquelle on réintégrerait toutes les perturbations dans la séquence des événements remémorés pour tenter de les interpréter.

Il porta l'œillet à son nez et respira son parfum À peine perceptible. Le bouton était encore à demi fermé. Pris d'une impulsion soudaine, il fit glisser son bras valide devant lui pour poser la fleur sur le siège vide à côté du sien – sous la manche pendante qui couvrait son moignon. Après sa chute sur le bateau, celui-ci était encore douloureux, comme l'était aussi son visage, là où l'Arabe l'avait frappé avec le pieu. Queller éprouva quelque satisfaction à l'idée de son meurtrier potentiel étendu dans une caisse à poisson, dans un des véhicules qui les suivaient. Il était au moins sorti quelque chose de positif de tout ce gâchis, même si ce n'était qu'une piètre compensation pour tous les blessés des attentats, ou les parents des victimes.

Mais qu'est-ce qui pourrait jamais compenser tant d'horreurs ? L'assassinat de ben Laden ? La capture de tous les membres d'Al-Qaida et leur exécution ? Impossible de traduire la douleur en termes d'arithmétique. La vengeance pouvait, d'une certaine manière, se résumer à une sorte d'équation – œil pour œil, dent pour dent, et même, pourquoi pas ? bras pour bras – mais pas la justice. Surtout quand on risquait de faire des martyrs et d'attiser la violence. Des organisations comme Al-Qaida possédaient la monstrueuse caractéristique de l'hydre, sur laquelle repoussent onze têtes quand on en coupe deux. En tout état de cause, leur véritable force n'était pas fonction du nombre de têtes.

Dehors, la campagne faisait peu à peu place à la ville, les champs et les villages aux bidonvilles et aux entrepôts. Altenburg donnait des ordres à la radio. Queller écoutait : Queller, l'homme aux mille oreilles, l'expert des questions arabes qui avait créé l'expression « l'âge des acronymes » pour décrire la situation sécuritaire de la guerre froide, qui avait élaboré dans ses séminaires ce qu'il pensait être la première application de la théorie de l'organisation au nouvel ordre mondial.

La vérité, c'est que ces « milliers de diables de l'enfer appelés terroristes » (Edmund Burke), ces « enfoirés de terroristes » (Oliver North) avaient au fil du temps une fâcheuse tendance à reproduire le modèle des agences de renseignements auxquelles elles s'opposaient, en imitant leurs méthodes et leur comportement. Les acronymes des uns – ARM, OLP, FPLP, IRA – trouvaient leur contrepartie dans ceux des autres – FBI, CIA, DST, SIS. Ce qui étayait une thèse plus large, à savoir que la structure toujours plus rigide de l'organisation terroriste finirait bien, un jour ou l'autre, par la conduire à la table de négociation.

Assis à l'arrière du Landcruiser de la FEST – épuisé, une balafre écarlate et douloureuse en travers de la joue, un œillet posé à côté de lui –, il n'était pourtant plus aussi convaincu d'adhérer encore aux théories soutenues dans le passé. Elles lui faisaient aujourd'hui l'impression d'une série d'axiomes assez vagues. Qui, de toute façon, ne s'appliquaient pas vraiment à Al-Qaida. La structure de l'organisation de ben Laden était fondée sur le rejet de la notion même de structure: une cellule donnée de l'organisme devait tout ignorer des activités des autres. Il ne voyait pas comment l'Oncle Sam et Mr. Sam pourraient un jour engager des pourparlers de paix autour de la même table. Pas plus qu'il n'imaginait les talibans autorisant l'extradition de ben Laden et son passage devant un tribunal – du moins tant que les sanctions déjà imposées à l'Afghanistan par les Américains n'auraient pas commencé à faire effet.

Queller regarda la nuque d'Altenburg. Cheveux châtains coupés au carré. Un petit bouton. Il était en train de communiquer une nouvelle d'importance au chauffeur: le gouvernement avait imprimé des dizaines de milliers de photos de ben Laden sur des tracts, qui annonçaient également une récompense (dont le montant venait de passer à 5 millions de dollars). L'armée de l'air s'apprêtait à les parachuter sur le territoire afghan dans les semaines à venir.

Arriveraient-ils jamais à mettre la main sur lui? Ben Laden ne s'attarderait pas plus de quelques jours dans un même endroit. En ce moment, il était peut-être en train de lever le camp et de reprendre la route, dans un convoi de 4×4 rutilants assez semblable à celui-ci, pour disparaître dans le paysage de légende de l'Afghanistan, se perdre dans le labyrinthe des montagnes comme un serpent métallique, bien avant que les Tomahawk, impitoyables mais pas toujours infaillibles, aient réussi à repérer leur cible.

Il jeta un coup d'œil à Nick et à Miranda. Elle aussi s'était endormie, le visage gris de fatigue sous la frange épaisse de cheveux noirs. Chaque fois qu'ils passaient sur une bosse ou dans une ornière, ou que le chauffeur donnait un coup de volant pour éviter un cycliste, les yeux de l'un ou de l'autre s'entrouvraient, enregistraient vaguement la présence de Queller avant de se refermer. Leurs mains reposaient entre eux sur la banquette, comme deux poissons morts. Queller se demanda s'ils allaient rester ensemble, former un couple. Toutes ces histoires sur l'adversité qui rapproche les gens, il n'y croyait guère.

Le convoi arrivait dans la zone commerciale de Dar. La circulation était épouvantable. Queller regarda les enseignes et les panneaux qui défilaient en une série d'hallucinations éphémères: *Envi Skin Cream* – «VOUS AUSSI POUVEZ ÊTRE BELLE» – *Nido Milk*, *Kargill Seeds, Standard Bank, Shell, Kahawa by Nestlé* – «LE PLUS FORT DU CAFÉ», *Carlsberg Green and Carlsberg Brown*: «LA MEILLEURE À LA VILLE COMME À LA CAMPAGNE». Aux yeux de Queller, les publicités ne disaient pas tout. Il manquait quelque chose, un couteau, un rasoir, quelque objet tranchant susceptible de déchirer la toile que tissaient inlassablement les compagnies qui fabriquaient ces produits.

Il y avait une chose dont il était certain. Le commerce à l'échelle mondiale était pour l'essentiel un facteur positif, mais il fallait en payer le prix. Il semblait réduire certains pays à une sorte de vassalité dorée, où les contraintes l'emportaient sur les éléments libérateurs. Érosion des investissements locaux, méthodes de marketing douteuses, remplacement de la démocratie par un système soumis au pouvoir des grandes sociétés, perte généralisée d'identité et de volonté... Tandis que les multinationales soit se substituaient à des régimes corrompus et tyranniques, soit marchaient avec eux main dans la main, tous ces facteurs contribuaient à la montée des fondamentalismes, même s'ils n'en étaient pas directement responsables. À terme, c'était là une façon bien coûteuse de faire des affaires.

Faire la guerre aux terroristes ne revenait pas bon marché non plus, et risquait tout aussi bien d'envenimer les choses que de les arranger. Des organisations comme Al-Qaida pouvaient se trouver renforcées des attaques menées contre elles – comme les mauvaises herbes qui finissent par résister aux pesticides –, à mesure que s'exacerbait leur conscience politique et qu'augmentait leur aptitude à la souffrance. Le problème israélien en était le meilleur exemple, même si, depuis les accords d'Oslo, la situation semblait s'améliorer quelque peu

Peut-être, un jour, une sorte d'écologie du terrorisme verrait-elle le jour. Anticiper, réajuster la manière dont s'ordonnaient les choses adoucirait peut-être la fatalité qui les gouvernait. Était-il possible, si l'on remplaçait l'exploitation économique et le vandalisme politique par des actions porteuses d'espoir, d'éviter de telles atrocités à l'avenir? Un monde fondé sur l'espérance serait à jamais vert, un monde dominé par la force perpétuellement à feu et à sang.

Les effets ne sont jamais sans causes – le feu caché dans le bois, comme dans le Coran –, et il devrait être possible, du moins en théorie, de créer les conditions d'une amélioration. La vision d'une grandiose rédemption, d'un grand système unifiant – coûteux pour tous, mais d'un bénéfice sans rapport avec son prix – se présenta à Queller.

Bonheur, savoir, vertu, telles étaient les vraies richesses du genre humain… et ces présents inestimables, pourquoi ne pourrait-on les répandre avec succès partout dans le monde ?

Ce n'était, il en était conscient, qu'un rêve, une utopie, et pour qu'ils deviennent réalité, il faudrait la bienveillante collaboration de nombreux gouvernements et de multiples sociétés internationales. L'avenir restait toujours aussi incertain. Même avec les modèles de projection sophistiqués dont on disposait désormais, l'événement futur qu'on se proposait d'éviter échapperait à l'observation, noyé dans le déluge des permutations numériques.

Peut-être était-il irresponsable, en tout état de cause, d'imaginer une époque où tous les maux seraient éradiqués et valait-il mieux songer à améliorer le présent. Mais les interventions, qu'elles fussent militaires, économiques ou politiques, ne faisaient le plus souvent que multiplier les problèmes. Si judicieux que puisse paraître le plan d'action envisagé au départ, il finissait fréquemment par ne plus pouvoir être dissocié de la cause à combattre, et le bien qui devait en résulter était en définitive mis au débit de ceux qui l'avaient conçu. La meilleure illustration en était la Somalie et ce malheureux pilote mis en pièces par une foule déchaînée.

Quant à l'origine du terrorisme lui-même, Queller estimait beaucoup trop simpliste de la chercher dans le seul phénomène de la mondialisation. Dans l'affaire en cours, en tout cas, c'était très clair. Les causes des attentats étaient multiples et plongeaient leurs racines dans un passé lointain. Il était impossible de suivre le processus, de déterminer à l'avance où et comment chacun des facteurs responsables, lui-même fruit de combinaisons infinies, se manifesterait la fois suivante.

Et c'était encore sans prendre en compte les motivations et la psychologie des membres d'Al-Qaida, ou celles de leur chef, de ce monde fermé où, attisée par les ailes du refoulement et du désir, la flamme du fanatisme allumait un immense incendie.

Queller regarda par la vitre: un gamin jouait avec une petite voiture fabriquée avec du fil de fer. L'innocence se rencontrait partout, mais ici, parmi les pauvres d'Afrique, plus atteints que partout ailleurs, elle brillait comme une étoile au firmament. Accablé par ses propres maux, le continent n'avait nul besoin de ceux des autres. L'innocence valait tellement mieux que la pénitence. Englué dans son désespoir, comme pris au piège d'une fosse pleine de goudron, il se demanda ce qui allait bien pouvoir sortir de bon de son entrevue imminente avec Altenburg.

L'agent qui conduisait le Landcruiser donna un grand coup de klaxon. Ils étaient en plein centre maintenant, juste à côté de la tour de l'horloge, et les panneaux qui s'offraient à l'œil étaient toujours aussi nombreux: *Jambo Snacks, Zanzibar Drop* – «DÉLICIEUSE, RAFRAÎCHISSANTE». L'affiche la plus grande, et la plus voyante avec ses lettres léchées par les flammes, était une publicité pour l'*Église du Feu du Saint-Esprit*. «DIMANCHE JOHN NATHAN TORRANCE PARLERA ICI DE LA FIN DES TEMPS ET DE LA VIE À VENIR.»

Le Landcruiser continuait d'avancer, zigzaguant dans le flot des véhicules.

33

Des promeneurs un peu partout, rassemblés autour du Reflecting Pool ou allongés sous les cerisiers. Miranda trempa une main dans l'eau, avant de monter les marches de l'édifice et de poser entre les colonnes pour une photo que personne ne prendrait. Mais l'idée de cette photo virtuelle était comme un billet à ordre, comme un chèque qui ne serait jamais encaissé.

Une fois à nouveau en bas des marches, elle emprunta le Mall, passant devant le monument à la mémoire des anciens du Viêt-nam. Un mur de granit noir poli, couvert de noms. La mort ordonnée. Elle remarqua qu'il y avait plusieurs Powers dans la liste. Elle poursuivit son chemin vers le centre de la ville, s'arrêtant un moment sous l'obélisque impressionnant du Washington Monument. L'ensemble avait quelque chose de vaguement inquiétant et évoquait un lieu de culte ou de sacrifice.

Elle repensa aux victimes des attentats, jusqu'au moment où un détail sur le côté de l'obélisque attira son attention. À une quarantaine de mètres de hauteur, le marbre changeait très nettement de teinte, et elle se demanda si, désormais, sa vie serait à cette image. Coupée en deux: avant l'attentat/après l'attentat. La Miranda Powers qui était partie pour l'Afrique était très différente de celle d'aujourd'hui, même si elle était loin d'avoir réalisé ses ambitions.

Elle poursuivit son chemin en direction de Federal Square, jusqu'à ce qu'elle se retrouve devant l'édifice de grès brun aux allures de forteresse qui abritait le quartier général du FBI, le bâtiment J. Edgar Hoover, où elle avait eu la veille une entrevue avec Mort Altenburg. Pour une nouvelle mise au point. Ce qui l'avait surtout frappée lors de sa visite, c'étaient les portraits des dix fugitifs les plus recherchés par le Bureau, au nombre desquels Ousama ben Laden figurait en bonne place. L'homme avait le regard fascinant d'un saint, et elle en avait été troublée. Il ressemblait davantage à une icône grecque – saint Jean Baptiste ou un autre – qu'à un génie du mal sorti d'un James Bond. On avait peine à croire qu'il était à l'origine de ce massacre et de toute cette destruction, de même qu'il était difficile d'imaginer qu'il puisse ne jamais être traduit en justice.

Altenburg lui avait dit que l'enquête se poursuivait, et qu'ils étaient sur une piste. Ben Laden, quant à lui, avait proféré de nouvelles menaces. L'homme du FBI avait ajouté que Jack Queller avait été mis en examen «pour divers motifs», mais avait refusé d'entrer dans les détails. Pour ce qui la concernait elle, toute poursuite avait été abandonnée, et elle ne passerait finalement pas devant la commission de discipline. Pour l'instant en congé discrétionnaire, elle devait prendre son nouveau poste dans un mois – à Washington même, dans le département où travaillait Kirsteen, chargé de la protection des chefs d'État et des diplomates en visite.

Comme elle avait faim, elle entra dans un Starbucks, à quelques pas du bâtiment Hoover. D'ordinaire, elle ne fréquentait guère ces établissements, un peu trop stricts à son goût, mais il n'y avait rien d'autre dans les environs. Ray, qui était maintenant sorti de l'hôpital, leur vouait une haine quasi viscérale. Il avait quitté le service et était parti vivre à San Francisco, grâce à une pension d'invalidité du Département d'État. Dans une lettre, il qualifiait la ville de «second Éden», mais elle le soupçonnait de vouloir faire bonne contenance. Il était condamné à marcher avec des cannes pour le restant de ses jours.

Elle commanda un cappuccino au lait écrémé et une barre au chocolat, et resta seule avec ses pensées. Qui se fixèrent sur Nick. Elle avait essayé de le convaincre de rester à Washington, mais sans succès. C'était sans doute inévitable. S'ils s'étaient rencontrés, c'était grâce aux événements, et voilà que, maintenant, les événements les séparaient. Elle n'en souffrait pas moins, beaucoup plus qu'elle aurait cru.

Elle ouvrit son sac et en sortit la petite carapace de bébé tortue qu'elle posa sur la paume de sa main. Les écailles superposées s'allumaient de douces lueurs orangées, chacune des strates réfractant la lumière tamisée des lampes qui éclairaient la table. La vue de l'objet la remplit de tristesse, et elle le rangea aussitôt. Sans pour autant réussir à se défaire de sa morosité... Somme toute, elle n'arrivait pas à se résoudre à croire que leur rencontre avait été le fait du hasard. Ses sentiments pour lui avaient grandi trop vite, et, à en croire son journal, les siens avaient fait de même. S'étaient-ils tous deux, chacun de son côté, trompés quant à la réalité de ce qu'ils avaient vécu?

À ce stade de ses réflexions, elle ne put se défendre d'un certain ressentiment. Progresser, avancer était dans l'ordre des choses, or elle avait le sentiment, du moins avec Nick, qu'elle n'avait pas eu la possibilité de le faire. Elle se faisait l'impression d'un balancier qui, prisonnier de son horloge, ne cesse de buter sur la caisse, tantôt d'un côté, tantôt de l'autre, sans pouvoir s'en échapper.

Elle n'avait pas réussi à obtenir grand-chose de lui; il semblait plus égocentrique que jamais. Il lui avait dit que son travail là-bas n'était pas encore terminé, que, peut-être, quand son contrat viendrait à terme, ils pourraient envisager quelque chose ensemble. Elle avait répliqué que s'il l'aimait vraiment, il resterait ici avec elle, et l'avait aussitôt regretté. Il lui avait objecté qu'elle-même pouvait tout aussi bien venir à Zanzibar si elle le voulait, et qu'il était égoïste de sa part de penser que son travail à elle était plus important que le sien. Ce qui l'avait fort contrariée. C'est alors qu'elle lui avait dit qu'il lui était impossible d'aller le rejoindre.

Mais était-ce bien vrai? Elle n'en était plus si sûre maintenant. La carrière et la réussite constituaient son seul but depuis si longtemps qu'elles avaient tendance à occuper tout son horizon. Mais peut-être que les attentats auraient dû changer cet état d'esprit; peut-être devrait-elle se consacrer à des choses plus essentielles. D'un autre côté, il était vrai aussi que son travail était devenu – il suffisait de penser, ne serait-ce qu'une seconde, aux victimes des attentats – plus important que jamais.

Sans rien laisser paraître de sa frustration, elle avait accepté la situation, et, après un dernier baiser, avait réussi à rebrousser chemin jusqu'au bâtiment du département de la Sécurité diplomatique sans se retourner. Puis, d'une fenêtre à l'étage, elle l'avait regardé couper le long du court de tennis et remonter dans sa voiture de location. Elle était furieuse et triste à la fois, l'aimait tout en ne l'aimant plus, sans plus de contrôle sur elle-même qu'un bouchon ballotté par les vagues.

Elle jeta un coup d'œil au long panneau d'affichage qui couvrait un des murs du Starbucks. À côté d'innombrables petits cartons proposant des cours de tai-chi ou des appartements à louer étaient punaisées des pages du *Washington Post* du jour, qu'elle avait lu dans la matinée. Le Président avait déclaré qu'il ne se retirerait pas, disant que «tout Américain s'est ou est brisé au moins une fois dans sa vie». C'étaient des paroles fortes, émouvantes, qui en appelaient à une indulgence générale susceptible d'absoudre tout un chacun, mais elle avait des doutes quant à la suite des événements.

Elle quitta le Starbucks, suivit le large trottoir jusqu'à ce qu'il commence à s'incliner en arrivant vers le monument aux morts de la marine. Il y avait là une sorte de cuvette, avec une carte des océans incrustée dans le sol comme une mosaïque. Miranda se pencha au-dessus de l'endroit où aurait dû se trouver Zanzibar, et fut surprise de constater que le nom figurait bel et bien. C'était, il est vrai, une carte océanographique, qui ne faisait état que des îles, des ports et des courants marins.

Les pieds sur Zanzibar, elle était entourée de chaque côté par des statues en bronze fixées au mur. L'une d'elles en particulier retint son regard: un quartier-maître en pantalon pattes d'éléphant, caban et casquette. Elle s'en approcha. Le marin avait les mains dans les poches, et son sac posé à côté de lui. Le regard fixé au loin, il semblait guetter l'arrivée d'un bateau. Le sculpteur avait habilement ourlé le bas de son pantalon et le col de son caban, pour donner l'impression qu'ils étaient soulevés par la brise.

Elle resta à regarder la statue pendant près d'une demi-heure. L'homme était légèrement penché en avant, attendant à jamais ce bateau qui devait le libérer de sa prison de bronze. Il y avait quelque chose d'héroïque dans ses yeux, quelque chose de la vertu d'une Amérique encore habitée par les dieux. Miranda eut un geste d'enfant et tendit la main pour toucher son visage. Derrière elle, le vent faisait vibrer les fils de fer sur les mâts d'une rangée de drapeaux.

Elle pensa à la guerre commémorée par la statue, se disant que ceux qui meurent pour une grande cause ne disparaissent jamais tout à fait. Et puis elle pensa à nouveau à Nick, qui aurait voulu la voir tout quitter. La tristesse au cœur, elle remonta le trottoir de l'autre côté de la fosse, jusqu'à l'endroit où il retrouvait son niveau normal. En dessous d'elle, dans le creux, les drapeaux continuaient à flotter au vent.

* * *

LE FBI SUR LES TRACES D'UN SUSPECT
DANS L'ATTENTAT DE DAR ES-SALAAM
Seymour Ong,
Rédacteur au *Washington Post*
Dimanche 18 octobre 1998

La semaine dernière, le FBI a failli capturer un homme soupçonné d'avoir participé à l'attentat contre l'ambassade des États-Unis à Dar es-Salaam le 7 août dernier. Le suspect serait un ressortissant de l'île de Zanzibar sur la côte de l'Afrique de l'Est, un dénommé Khaled al-Khidr, âgé de 23 ans. Une demande d'arrestation a été déposée à son encontre auprès de la Southern District Court de New York.

Mercredi dernier, des agents du FBI et la police des Comores ont investi une maison qu'il avait louée à Moroni, la capitale des îles, à quelque 300 kilomètres de la côte africaine. D'après des sources bien informées, il était arrivé là après s'être enfui de Zanzibar en bateau. Al-Khidr, pour qui une récompense de 2 millions de dollars est offerte, avait quitté les lieux avant l'arrivée des agents.

Il reste depuis introuvable, mais l'investigation du FBI concernant les attentats du 7 août avance à grands pas. Mort Altenburg, qui dirige l'enquête pour le compte du FBI, a confié aux journalistes que «d'énormes progrès» avaient été accomplis. «Nous commençons à mettre au jour une conspiration tentaculaire orchestrée par le militant saoudien Ousama ben Laden et son organisation Al-Qaida», a déclaré Altenburg, qui a ajouté que c'était la plus grosse investigation jamais lancée outre-mer par le FBI.

Les analystes des renseignements ainsi que les services chargés de faire respecter la loi sont actuellement au travail pour tenter de déterminer la taille et la structure globales de l'organisation de ben Laden, ainsi que la personnalité de son dirigeant. «Certains pensent qu'Al-Qaida est structuré à la manière du FBI, d'autres, au contraire, que l'organisation est totalement anarchique. Je suis d'avis, pour ma part, a encore dit Altenburg, que la vérité se situe entre les deux. Ce n'est pas l'énorme machine que l'on prétend. Mais ils ont indubitablement des moyens et des capacités.»

L'expert du FBI a ajouté que l'agence se servait de schémas d'analyse afin de comparer les attentats du 7 août avec d'autres attaques terroristes antérieures. «Il se pourrait qu'Al-Qaida soit responsable de beaucoup plus d'actes de violence que nous ne le soupçonnions.»

***

18 octobre. Torse nu, Queller était assis sur la banquette de son bungalow d'Aquinnah. Il était allé récupérer un colis et une lettre à la poste de Vineyard Haven, ce matin-là, et avait lui-même expédié un envoi. Le colis était un nouveau bras artificiel, le tout dernier modèle auquel il avait droit aux termes de son contrat d'assurance. La lettre, qui émanait du FBI, lui intimait l'ordre d'assister à une audience à huis clos consacrée aux relations entre le gouvernement américain et ben Laden à l'époque de la présidence de Reagan.

Pendant plusieurs semaines, il s'était demandé comment il allait pouvoir s'en sortir, sachant pertinemment qu'il était le bouc émissaire tout désigné. Mais il était las des dérobades et des faux-fuyants. Il n'avait déjà que trop raconté de mensonges, que trop vécu dans la trahison, ne s'était que trop facilement accommodé d'un monde où ce qui se faisait en sous-main n'avait d'autre justification que le secret. Le moment était venu d'arrêter, d'ouvrir la porte à la lumière. Il serait un nouvel Al-Khidr, le Dieu vert qui explique les mystères au commun des mortels, révélant au grand jour ce qui jusqu'ici était resté dans les ténèbres.

Son oiseau familier chantait dehors dans le caroubier, une note tremblée, comme soumise à la loi de la pesanteur. Il avait passé la soirée précédente à rédiger sa version des faits, laquelle, si elle ne lui permettait pas d'échapper totalement à l'ignominie, donnait à l'histoire une coloration différente de celle – il en était certain – qu'Altenburg ne manquerait pas de proposer. C'était ce texte qu'il venait d'adresser à Miranda Powers. S'il l'avait choisie, elle, c'était parce qu'il lui faisait confiance. Ridicule sans doute, mais l'image de sa femme qu'il persistait à voir dans son visage lui était une raison suffisante.

Dans sa lettre, il n'avait pas fait part de ses intentions, n'avait pas dit qu'il était prêt à payer sa dette, dans cette vie, et dans l'autre, en pleine vue de Celui à qui aucun secret ne peut être caché, qui pèse toute faute, à sa droite comme à sa gauche, et entend le moindre murmure de l'âme. Il avait seulement demandé à Miranda de faire de son mieux pour rendre publiques la fréquence et la nature des relations entretenues, au cours des années quatre-vingt et au début des années quatre-vingt-dix, par le gouvernement américain avec ben Laden, soit directement soit par l'intermédiaire du Pakistan.

Dehors, l'oiseau s'envola, emportant avec lui son chant, si mélodieux qu'il donnait l'impression de devoir non pas entrer au ciel mais dans cette république bien-aimée où règnent l'égalité, la liberté et la fraternité. Queller sortit le nouveau bras de son enveloppe bullée. *Cet appendice est une prothèse. Il ne doit être utilisé à aucune autre fin.*

La cavité était munie d'un rembourrage spécial, le plus confortable sur le marché, et le mécanisme d'accrochage était très sophistiqué. Queller s'appareilla, puis passa dans la chambre pour se regarder dans la glace. Un estomac un peu renflé, des épaules voûtées et couvertes de taches de rousseur, le tout barré des sangles couleur crème. La prothèse était en effet un peu plus confortable que tout ce qu'il avait connu auparavant. Il alla jusqu'à la commode et y prit au hasard une main, dont il enfonça l'extrémité dentée dans le bras. Puis il regagna le salon.

Sur la table basse, au milieu de la pièce, un verre de whisky. Posé à côté, son pistolet automatique AMT. Il s'approcha de la table et, se servant de sa prothèse, s'empara du verre, qu'il but. Après l'avoir reposé et fait jouer les muscles de ses épaules pour vérifier l'angle d'élévation et la force de sa prise, il tendit à nouveau la main.

Il s'empara du pistolet. Puis, pensant à sa femme à la manière d'un oiseau migrateur qui n'aspire qu'à retrouver son nid, il leva l'arme contre sa tempe et appuya sur la détente.

* * *

Nick trouva un petit cocon fendu sur les planches de la véranda. Sans doute un bien grand mot pour l'espèce de plate-forme en bois qu'il avait construite autour de la maison de Lyly, désormais entièrement nettoyée et très accueillante. Du pied, il envoya le cocon rebondir au bas des marches, refusant de voir un quelconque symbole dans le fait qu'il était fendu – il y avait longtemps qu'il avait perdu cette habitude. Désormais, il avait une occupation, des responsabilités, la satisfaction de se lever le matin pour accomplir sa besogne, une chronique journalière. Les jours à venir, il se jurait d'en goûter maintenant toute la saveur, jusqu'à la dernière goutte, lentement, en essayant d'en tirer tout le suc et tout le sens possibles, sans attente, ni illusion.

Il aurait été si facile de rester en Amérique, de tirer un trait sur l'Afrique et de tout oublier. Et c'était ce qu'il avait bien failli faire. C'est alors qu'il était descendu en Floride pour aller voir sa mère et Dino. Ils vivaient ensemble maintenant. Il avait longtemps discuté avec Dino, et le vieux avait tenté de le dissuader de repartir. Mais sa voix avait été couverte par celle d'un autre. Nick se sentait une dette envers Leggatt, et il savait que la seule façon de la régler, c'était de revenir ici et de veiller sur les tortues. Quand il allait vérifier les nids, il lui arrivait de revoir l'Anglais à son côté : très droit, léonin, tirant sur sa pipe.

Nick regarda en direction du large. Le soleil couchant rougeoyait sur Zanzibar, fonçant les nuages sur l'horizon. Il ferait bientôt nuit, mais la nuit, désormais, n'était plus pour lui synonyme de terreur. Il alluma la lanterne et descendit sur la plage, jusqu'à la palissade qu'il avait construite avec Leggatt et Miranda.

Il pensait souvent à elle et se demandait parfois s'il avait pris la bonne décision. Rester avec elle aurait fait une jolie fin pour une histoire d'amour. D'un autre côté, ce qu'ils avaient connu n'avait jamais été une véritable histoire d'amour, même s'ils s'étaient aimés. Cela, il l'avait accepté maintenant, de même qu'il s'était fait à l'idée que Zanzibar n'était pas un paradis, ni ne l'avait jamais été. Ce n'était pas à proprement parler de la résignation, dans la mesure où, pour l'essentiel, il était plus heureux. Habité d'une sorte de paix intérieure, du sentiment que son avenir s'éclaircissait – sentiment dont il se défendait aussitôt, sachant que c'était sa vieille habitude qui le reprenait. Se défaire de ses illusions n'était pas chose facile ; elles revenaient constamment à la charge, toujours prêtes à prendre le dessus, se nourrissant du passé.

Il parcourut la plage à pas lents. Il s'arrêta pour observer l'aigle pêcheur à la houppe blanche et à l'air impérial, perché au sommet du phare, regrettant de ne pas avoir de poisson à lui donner. Puis il se dit qu'il était peut-être en train d'attendre les tortues. Il s'apprêtait à taper dans ses mains pour le faire fuir, quand l'oiseau s'envola de lui-même, s'élevant dans les airs en direction d'une trouée entre les nuages. Il le regarda disparaître dans les coulées de lumière rouge orangé que répandait le soleil dans le ciel comme un four déversant du métal en fusion.

Il s'assit à côté de la palissade dressée autour des nids. L'œil sur le gouffre de l'horizon qui s'obscurcissait, il sentit faiblir sa détermination. Il était si difficile de vivre dans le présent, qui passait, fragile et éphémère, si difficile de ne pas se laisser prendre à l'espoir présomptueux d'un avenir sur mesure, si difficile aussi de ne pas se laisser abuser par une image idéalisée de soi. Avoir quelqu'un d'autre à ses côtés ne facilitait pas forcément les choses.

Il se sentit néanmoins envahi d'un grand sentiment de solitude. La vérité était que Miranda lui manquait. Mais s'ils avaient été emportés par les événements sans pouvoir les contrôler, ils n'en avaient pas moins pendant un moment, si bref qu'il eût été, grimpé ensemble à l'arbre de la vie. Pourquoi avait-il éprouvé le besoin de scier la branche ?

Il aurait été bien en peine de le dire, aujourd'hui. Les histoires qu'il s'était racontées, les arguments qu'il avait avancés – les tortues, l'Afrique – n'avaient plus le même poids, ne semblaient plus aller de soi.

Le bruit du ressac lui emplissait les oreilles. Ni tout à fait régulier, ni tout à fait clair – Nick alluma une cigarette et revit son visage –, il n'en gardait pas moins un rythme propre. La quatrième ou la cinquième vague était un ton au-dessus des autres, le processus lui-même – il sentait le besoin de dire son nom tout haut, Miranda – allant crescendo, par paliers successifs, avant de retomber, sans qu'on puisse dire au juste à quel moment.

Avaient-ils vraiment un avenir ensemble ? Ils avaient sans aucun doute du temps devant eux. Mais rien ne sortait jamais de rien. Sans l'aide de la providence, ou de quelque autre forme de destin, et s'ils n'étaient ni l'un ni l'autre prêts à changer, le peu qu'ils avaient s'éteindrait comme un feu qu'on laisse mourir faute de combustible.

Nick ménagea une brèche dans la palissade, comme il le faisait depuis trois soirs. Tandis que la lumière mourante du soleil se mêlait à la lueur spectrale de la nouvelle lune, il resta assis là à attendre, les sourcils et les cheveux bientôt couverts d'embruns. Au frais sous le sable, ignorant tout de ses soins attentifs, des œufs lisses attendaient eux aussi. Quand leur heure viendrait, un tressaillement parcourrait les corps minuscules enfermés dans leurs enveloppes, et ils commenceraient à éclore à la vie… pour être aussitôt menacés de mort – les mouettes qui, en ce moment même, tournoyaient au-dessus d'eux, les crabes prédateurs qui patrouillaient le sable sans relâche. Ainsi donc, après avoir brisé leurs coquilles, s'être frayé un chemin à travers quatre pieds de sable et avoir couvert, sous l'éclat de la lune, le trajet périlleux qui les séparait de l'eau, les tortues, forçant leur destin, rejoindraient l'océan. Mais pas encore. Pas encore…

Remerciements

Que soient remerciés ici tous ceux qui m'ont fourni aide, conseils et encouragements tout au long de la période de gestation de ce roman: Claire Armitstead, Will Atkinson, Anna Borzello, Zev Braun, Lorraine Breen, Steve Caplin, Angus Cargill, Alex Clark, Victoria Coleman-Smith, Peter Couzens, Jim Crace, Michael Downes, John Dugdale, Bridget Frost, Nick Harris, Rachel Hore, Veronica Horwell, Julian Hunt, Derek Johns, Martin Kettle, Julian Loose, Joanna Mackle, Chris McLaren, Ian Pindar, Steven Poole, Eva Sallis, Ian Sansom, Linda Shaughnessy, Elaine Showalter, Paul Theroux, Kate Ward, Sarah Wherry, James Wood. Mes remerciements vont également à l'officier Jeremy Young, pour sa description détaillée de l'écusson de la Boston Police, ainsi qu'à Sarah Spankie, pour avoir commandé l'article qui m'a envoyé à Dar es-Salaam et à Zanzibar au moment des attentats.

GROUPE CPI

Achevé d'imprimer en mai 2004 par
BUSSIÈRE CAMEDAN IMPRIMERIES
à Saint-Amand-Montrond (Cher)
N° d'édition : 66956. - N° d'impression : 042244/1.
Dépôt légal : mai 2004.
Imprimé en France

Collection Points

DERNIERS TITRES PARUS

P1155. L'éléphant s'évapore, *par Haruki Murakami*
P1156. Un amour dangereux, *par Ben Okri*
P1157. Le Siècle des communismes, *ouvrage collectif*
P1158. Funky Guns, *par George P. Pelecanos*
P1159. Les Soldats de l'aube, *par Deon Meyer*
P1160. Le Figuier, *par François Maspero*
P1161. Les Passagers du Roissy-Express, *par François Maspero*
P1125. À ton image, *par Louise L. Lambrichs*
P1162. Visa pour Shangai, *par Qiu Xiaolong*
P1163. Des dalhias rouge et mauve, *par Frédéric Vitoux*
P1164. Il était une fois un vieux couple heureux *par Mohammed Khaïr Eddine*
P1165. Toilette de chat, *par Jean-Marc Roberts*
P1166. Catalina, *par Florence Delay*
P1167. Nid d'hommes, *par Lu Wenfu*
P1168. La Longue Attente, *par Ha Jin*
P1169. Pour l'amour de Judith, *par Meir Shalev*
P1170. L'Appel du couchant, *par Gamal Ghitany*
P1171. Lettres de Drancy
P1172. Quand les parents se séparent, *par Françoise Dolto*
P1173. Amours sorcières, *par Tahar Ben Jelloun*
P1174. Sale Temps, *par Sara Paretsky*
P1175. L'Ange du Bronx, *par Ed Dee*
P1176. La Maison du désir, *par France Huser*
P1177. Cytomégalovirus, *par Hervé Guibert*
P1178. Les Treize Pas, *par Mo Yan*
P1179. Le Pays de l'alcool, *par Mo Yan*
P1180. Le Principe de Frédelle, *par Agnès Desarthe*
P1181. Les Gauchers, *par Yves Pagès*
P1182. Rimbaud en Abyssinie, *par Alain Borer*
P1183. Tout est illuminé, *par Jonathan Safran Foer*
P1184. L'Enfant zigzag, *par David Grossman*
P1185. La Pierre de Rosette, *par Robert Solé / Dominique Valbelle*
P1186. Le Maître de Petersbourg, *par J.M. Coetzee*
P1187. Les Chiens de Riga, *par Henning Mankell*
P1188. Le Tueur, *par Eraldo Baldini*
P1189. Un silence de fer, *par Marcello Fois*
P1190. La Filière du jasmin, *par Denise Hamilton*
P1191. Déportée en Sibérie, *par Margarete Buber-Neumann*
P1192. Les Mystères de Buenos Aires, *par Manuel Puig*
P1193. La Mort de la phalène, *par Virginia Woolf*
P1194. Sionoco, *par Leon de Winter*

P1195. Poèmes et Chansons, *par Georges Brassens*
P1196. Innocente, *par Dominique Souton*
P1197. Taking Lives / Destins violés, *par Michael Pye*
P1198. Gang, *par Toby Litt*
P1199. Elle est partie, *par Catherine Guillebaud*
P1200. Le Luthier de Crémone, *par Herbert Le Porrier*
P1201. Le Temps des déracinés, *par Elie Wiesel*
P1202. Les Portes du sang, *par Michel del Castillo*
P1203. Featherstone, *par Kirsty Gunn*
P1204. Un vrai crime pour livres d'enfants, *par Chloe Hooper*
P1205. Les Vagabonds de la faim, *par Tom Kromer*
P1206. Mr Candid, *par Jules Hardy*
P1207. Déchaînée, *par Lauren Henderson*
P1208. Hypnose mode d'emploi, *par Gérard Miller*
P1209. Corse, *par Jean-Noël Pancrazi et Raymond Depardon*
P1210. Le Dernier Viking, *par Patrick Grainville*
P1211. Charles et Camille, *par Frédéric Vitoux*
P1212. Siloé, *par Paul Gadenne*
P1213. Bob Marley, *par Stephen Davies*
P1214. Ça ne peut plus durer, *par Joseph Connolly*
P1215. Tombe la pluie, *par Andrew Klavan*
P1216. Quatre Soldats, *par Hubert Mingarelli*
P1217. Les Cheveux de Bérénice, *par Denis Guedj*
P1218. Les Garçons d'en face, *par Michèle Gazier*
P1219. Talion, *par Christian de Montebella, Jacques Fansten, Louis Gardel*
P1220. Les Images, *par Alain Rémond*
P1221. La Reine du sud, *par Arturo Perez-Reverte*
P1222. Vieille Menteuse, *par Anne Fine*
P1223. Danse, danse, danse, *par Haruki Murakami*
P1224. Le Vagabond de Holmby Park, *par Herbert Lieberman*
P1225. Des amis haut placés, *par Donna Leon*
P1226. Tableaux d'une ex., *par Jean-Luc Benoziglio*
P1227. La Compagnie, le grand roman de la CIA, *par Robert Little*
P1228. Chair et Sang, *par Jonathan Kellerman*
P1231. Les Tortues de Zanzibar, *par Giles Foden*
P1232. Il a fait l'idiot à la chapelle !, *par Daniel Auteuil*
P1233. Lewis & Alice, *par Didier Decoin*
P1234. Dialogue avec mon jardinier, *par Henri Cueco*
P1235. L'Émeute, *par Shashi Tharoor*
P1236. Le Palais des Miroirs, *par Amitav Ghosh*
P1237. La Mémoire du corps, *par Shauna Singh Baldwin*
P1238. Middlesex, *par Jeffrey Eugenides*
P1241. L'Inconnue de Baltimore, *par Laura Lippman*
P1243. Abattoir 5, *par Kurt Vonnegut*
P1244. Catalogue des idées reçues, *par Marina Yaguello*